HEYNE

Das Buch

Wir schreiben das Jahr 2104, und der lange gehegte Menschheitstraum vom Aufbruch zu den Sternen ist längst Realität geworden: Spaceports sind die neuen Flughäfen, Asteroid Mining ein international boomender Wirtschaftszweig und Astronauten die Rockstars des neuen Jahrhunderts. So auch die Crew der Raumstation *Chione* auf dem Jupitermond Kallisto. Doch Astronauten leben gefährlich, der dunkle Schoß des Alls verzeiht keine Fehler. Eines Tages kommt es zur Katastrophe: Vor den Augen der *Chione*-Crew stürzt ihr Orbiter *Eurybia* ab, ein Besatzungsmitglied stirbt, die Überlebenden sitzen auf Kallisto fest – ohne Möglichkeit zur Erde zurückzukehren. Die Situation spitzt sich weiter zu, als einer nach dem anderen von einem unerklärlichen Fieber und Halluzinationen geplagt wird. Die Kallisto-Mission droht zu scheitern. Währenddessen wird auf der Erde eine Bergungsmannschaft zusammengestellt, die herausfinden soll, was auf dem Jupitermond passiert ist. Niemand ahnt, dass sich in Kallistos ewigem Eis ein uraltes Geheimnis verbirgt. Und was dieses Geheimnis mit dem mysteriösen Tod dreier Geschäftsleute auf der Erde zu tun hat ...

Die Autorin

Kathleen Weise, geboren 1978 in Leipzig, absolvierte ein Studium am Deutschen Literaturinstitut Leipzig mit den Schwerpunkten Prosa und Dramatik/Neue Medien. Sie lebt und arbeitet als freie Autorin und Lektorin in Leipzig und war außerdem viele Jahre ehrenamtlich für das Literaturbüro Leipzig e.V. tätig, wo sie Textwerkstätten, Schullesungen und Workshops organisierte und durchführte. Ihre Veröffentlichungen umfassen Romane für Jugendliche und Erwachsene.

KATHLEEN WEISE

DER
VIERTE
MOND

ROMAN

WILHELM HEYNE VERLAG
MÜNCHEN

Sollte diese Publikation Links auf Webseiten Dritter enthalten,
so übernehmen wir für deren Inhalte keine Haftung,
da wir uns diese nicht zu eigen machen, sondern lediglich auf
deren Stand zum Zeitpunkt der Erstveröffentlichung verweisen.

Abkürzungsverzeichnis, Figurenregister und Glossar
finden sich im Anschluss des Romans.

Penguin Random House Verlagsgruppe FSC® N001967

Originalausgabe 03/2021
Redaktion: Catherine Beck
Copyright © 2021 Kathleen Weise
Copyright © 2021 dieser Ausgabe by Wilhelm Heyne Verlag, München,
in der Penguin Random House Verlagsgruppe GmbH,
Neumarkter Straße 28, 81673 München
Printed in Germany
Umschlaggestaltung: Das Illustrat GbR, München
Satz: Uhl + Massopust, Aalen
Druck und Bindung: GGP Media GmbH, Pößneck
ISBN: 978-3-453-32082-6

www.diezukunft.de

*Für meine Eltern,
die Generation davor –
und meine Tochter,
die Generation danach.*

1

im Jahr 2104,
Jupitermond Kallisto, Chione-Station

Obwohl er es besser weiß, hofft Sam auf ein Wunder.

Genau wie damals, als Ida nach dem Unfall mit dem Highbus ins Koma gefallen ist. Oder als sie beim Stevinus-Aufstand auf dem Erdmond den Weltraumhafen gegen Saboteure verteidigt haben und Colin neben ihm getroffen zu Boden ging. Sam glaubt nicht an Wunder. Aber jetzt hofft er auf eins.

»Wir müssen etwas tun!«, schreit er, aber niemand bewegt sich.

Dicht gedrängt steht die Crew im mittleren der tief ins Eis eingelassenen Kokons aus Basaltfaser, dem Zentrum dieser merkwürdigen Stationsblume, die sie alle nur spöttisch *das Gänseblümchen* nennen.

»Was hat Mercer vor?«, fragt Laure. Vorgebeugt starrt sie auf die CommWall und versucht zu begreifen, was sie auf den Monitoren sieht. Ihre Stirn glänzt feucht von Furcht und Fieber, und immer wieder ruft sie Mercers Namen.

Doch der Pilot im Orbiter Hunderte Kilometer über ihnen reagiert nicht.

Sam blickt hinauf zum Deckenlicht des Moduls, durch das spärlich Licht fällt, aber dort ist nichts zu erkennen. Die *Eurybia* und Mercer befinden sich beinahe auf der anderen Hemisphäre des Jupitermonds. Nur die ohrenbetäubenden Warnsignale, die durch das Schiff schallen, sind über die Funkverbindung zu hören.

»Dieser Idiot«, flüstert Sam. Auf den Monitoren beobachtet er, wie Mercer zitternd in der *Eurybia* sitzt und von Dingen redet, die sie hier unten auf Kallisto weder sehen noch verstehen können. Dabei läuft dem Piloten der Schweiß übers Gesicht, und seine Augen sind rosa unterlaufen wie bei einem fiebernden Kleinkind.

»Er halluziniert«, sagt Bea. Auch sie wirkt blass und verschwitzt.

»Wir könnten den Lander startklar machen und versuchen, ihn zu erreichen«, schlägt Sam vor, aber Adrian schüttelt den Kopf.

»Niemand kann an ein Schiff andocken, dessen Flugroute er nicht berechnen kann«, sagt er, seine sonst ruhige Commander-Stimme zittert. Das Fieber steigt bei ihm stündlich.

»Was ist mit der Überbrückung von hier aus?«

Joãos Finger fliegen erfolglos über die Displays der Comm-Wall. Sein T-Shirt ist im Rücken dunkel vom Schweiß, und nervös tritt er mit dem Ballen gegen den Hocker, auf dem er sitzt. »Mercer hat eine Blockade eingebaut«, sagt er, »die ich so schnell nicht auflösen kann, er fliegt das Schiff manuell. Das ganze System läuft auf Sparflamme, wir haben Glück, dass die Bordkamera überhaupt noch etwas zu uns überträgt.«

Laure legt ihm die Hand auf die Schulter, und sofort hört er auf, den Fuß zu bewegen. Einer nach dem anderen versuchen sie, über Funk auf Mercer einzureden, aber er scheint sie gar nicht zu hören.

Als Letzter versucht es Sam. »Mercer!«, schreit er. »Du musst den Kurs ändern! Du wirst aufschlagen.«

Keine Reaktion.

Während die *Eurybia* immer schneller auf Kallistos Oberfläche zurast, brüllt sich Sam heiser, bis ihm schwindlig wird und Laure sein Handgelenk packt. »Brems ab!«, ruft er weiter. Wieder und wieder, bis ihm die Stimme bricht. Laures Griff wird schmerzhaft, aber er sagt nichts dazu.

Am Ende müssen sie zusehen, wie Mercer unbeweglich auf die Frontscheibe der *Eurybia* starrt, hinter der Kallisto immer näher kommt. Diese schmutzige Eiskugel ist alles, was Mercer noch vor sich sieht. Dann gibt es einen Lichtblitz auf den Monitoren der Station, der sie alle nach hinten zucken lässt, und das Bild erlischt. Der Ton hält sich einen Augenblick länger.

Siebenundvierzig Sekunden nach Kontaktabbruch hört die *Eurybia* auf, Signale von der anderen Seite des Jupitermonds zu senden. Die letzte Anzeige geht auf Null – doch noch immer bewegt sich niemand. Mit hochgezogenen Schultern sind sie vor den Monitoren erstarrt, und Sam schnappt nach Luft, weil ihm das Atmen so schwer fällt wie nach einem Marsch über unebenes Gelände.

Die *Eurybia* war ihr wachsames Auge im Orbit über ihnen. Ihr Absturz lähmt sie, aber solange sich niemand bewegt und keiner spricht, steht auch die Zeit still. So lange ist Mercer noch am Leben und die *Eurybia* nicht zerstört.

Erst dann sitzen sie auf Kallisto fest, und Sam muss einsehen, dass das Wunder, auf das er gehofft hat, nicht geschehen ist.

2

Erde, Französisch-Guyana, l'Île du Lion Rouge

Uche liebt das Meer.

Rot-grüne Wellen, die über schroffe Ufersteine streichen. Beinahe zart. Wie die Finger einer Frau über das Gesicht eines Geliebten, kurz bevor sie sich abwendet.

Früher ist er oft im Meer geschwommen. Doch seit er die Prothesen hat, läuft er nicht mehr gern über den Sand. Er versinkt im angespülten Schlamm aus dem Dschungel, und hinterher ist es die reinste Tortur, die Prothesen wieder sauber zu kriegen.

Aber es gibt viele Dinge, die er nicht mehr so macht wie früher. Die Zehen übers Laken reiben, wenn er morgens aufwacht. Mit dem Fuß zur Musik wippen, die Fersen ans kalte Porzellan der Toilettenschüssel pressen, während er sitzt.

Er fliegt auch nicht mehr ins All.

Seit dem Bergschaden auf dem Mars ist seine Karriere im Asteroid Mining vorbei. Stattdessen verbringt er seine Tage jetzt damit zuzusehen, wie drüben vom Festland aus die Raketen im GSC starten und sich Treibstoffwolken wie Zuckerwatte aufblähen.

Viele seiner alten Kumpel sind noch dabei. Sie können sich das vorzeitige Abkehren nicht leisten, weil ihre Verträge zu schlecht sind. Wer hat schon einen Anwalt dabei, wenn er sich verpflichtet? Niemand, so ist das. Hin und wieder trifft er einen von ihnen, dann hört er sich an, wie sie über die Zustände und Umstände und Missstände klagen. Er spendiert ihnen Drinks, und gemeinsam stoßen sie auf die große Dunkelheit an, in der sie herumfliegen und die so viele von ihnen nur den *Schoß* nennen.

Manchmal beneidet er sie darum, dass sie noch dabei sind. Dann würde er alles dafür tun, ein weiteres Mal durch die Schwerelosigkeit zu fliegen, die Beine leicht wie Papier. Aber Uche weiß nicht recht, ob er wirklich das Fliegen vermisst oder nur sentimental ist.

Gesagt hat er das keinem, Kumpel reden nicht über Sehnsüchte, jeder vermisst irgendwas da draußen im Schoß. Geständnisse sind was fürs Bett und für den Priester. Da sind sie wie Seeleute, ein bisschen abergläubisch eben. Als könnte sich das Universum einen Spaß daraus machen, einem die Dinge wegzunehmen, an denen man hängt, wenn es nur davon hört.

Das ist natürlich Unsinn, er weiß das, aber der lange Aufenthalt im Schoß macht sie alle ein bisschen verrückt. Das ist normal. Vielleicht muss man aber auch schon ein bisschen verrückt sein, um überhaupt Spaceworker zu werden. Das wäre auch möglich.

Über solche und ähnliche Sachen denkt er nach, wenn er aufs Meer schaut und eine Mango isst.

Uche trinkt. Rum. Der ist hier gut und billig. Im Licht der Nachmittagssonne leuchtet er golden wie der Bach, an dem Uche als Kind gespielt hat. Die Dächer der Gebäude vor ihm heben sich weiß gegen einen betonfarbenen Himmel ab, und in der Ferne kann er die Pumpen hören, die dafür sorgen, dass die aufgeschüttete Insel nicht an den Rändern zerfällt. Rund um die Uhr erfüllt ihr stetiges Brummen die Luft und erinnert die Bewohner der Île du Lion Rouge daran, dass das Fundament ihrer Stadt nichts anderes ist als ein riesiger Haufen Sand mitten im Meer. Geschaffen von dem Unternehmen, für das die meisten von ihnen geflogen sind.

Seit einer halben Stunde sitzt Uche schon bei Ricki unter dem Holzdach mit der grünen Markise, vor sich ein Glas Demerara-Rum, das zweite an diesem Tag, und fährt sich hin und wieder über den frisch geschorenen Schädel, als müsste er sichergehen, dass die Haare nicht schon wieder nachgewachsen sind. Sein Zeitgefühl kommt manchmal durcheinander. Dann hält er Minuten für Stunden und Tage für Jahre. Auch das ist normal.

Nachdem er zurückgekommen ist, hat er versucht, die Locken wieder wachsen zu lassen, um sich anzupassen, um weniger so auszusehen wie *von der Insel*. Aber er hat einfach keine Geduld mehr dafür. Als hätten sie ihm mit den Beinen auch die Eitelkeit abgeschnitten.

Er lacht.

Es ist ja nicht so, als würden ihn die Leute gleich wieder vergessen. Sie erinnern sich an ihn, diesen großen Schwarzen mit den Händen wie Bärenpranken und dem immer etwas wackligen Gang und den viel zu weiten Schritten. Der so oft auf seine Beine schielt, als müsste er sich vergewissern, dass sie noch da sind, und wenn ja, wo. Als könnte er sie aus Versehen zu Hause liegen lassen, wenn er nicht aufpasst.

Blinzelnd sieht er nach unten. Wie Insektenbeine wirken die dunklen Prothesen gegen die Terrakottafliesen des Fußbodens, und beinahe erwartet er, mehrere von ihnen zu sehen. Sechs, oder auch acht wie bei den Spinnen, die sein Bad bevölkern.

Achille hat ihm versichert, dass diese Beine Qualitätsware seien. Er habe schon schlechtere bei anderen Spaceworkern gesehen, sagt er. Aber Uche weiß nicht, wie viel er dem Alten glauben soll, der zweimal im Jahr Urlaub in Cannes macht und alle drei Kinder auf Eliteschulen schickt. Sein Vertrauen zu Orthopädietechnikern ist nicht das größte.

Uche greift nach dem Glas. Träge genießt er die Brise aus dem Osten, die ihm über den Schädel fährt und die Stirn kühlt. Der schwarz glänzende Tausendfüßler an der Wand neben ihm wendet den Kopf und sieht Uche ausdruckslos an, während er das Hinterteil aufrichtet und draußen ein Lastwagen hupt.

Eine Larve des Bösen, denkt Uche und hebt schon die Hand, um sich zu bekreuzigen. Aber dann lässt er sie wieder sinken, weil er sich albern vorkommt, den Schrecken seiner Kindheit in die Falle zu tappen.

Das mochte er am All, *no spider on the moon.*

Aus den Lautsprechern dringt brasilianischer Megapop, und aus der Küche weht der Geruch von Bratfett herüber. Wer viel trinkt, wird irgendwann hungrig, und jede Kneipe, die etwas auf sich hält, bietet Pholourie an.

Träge beobachtet Uche die Leute und wie sie auf ihren Carbords und iBikes die weißen Straßen der Insel hinauf- und hinunterfahren und scharfe Schatten auf den getünchten Asphalt werfen, der das Sonnenlicht reflektiert und die Stadt vorm Hitzeschlag bewahren soll. Wer hier keine Sonnenbrille trägt, findet sich schnell mit verbrannter Netzhaut beim Arzt wieder.

Niemand scheint es eilig zu haben.

Vielleicht liegt es daran, dass sie auf dieser Insel alle Rentner vor ihrer Zeit sind. Vielleicht auch daran, dass ihnen die Gravitation zu schaffen macht. Uche versteht das, manchmal wacht er morgens auf, und die Knochen kommen ihm so unendlich schwer vor, dass er einfach liegen bleiben muss. Dann braucht er ein paar Sekunden, um sich daran zu erinnern, dass er wirklich auf der Erde ist. Erst wenn er den Arm ausstreckt und nicht gegen die Kabinenwand stößt, öffnet er die Augen und blinzelt ins Morgenlicht, das durch die getönten Scheiben fällt.

»Was starrst du schon wieder vor dich hin?«, fragt Ricki in diesem Moment, während er sich zu Uche an den Tisch setzt. Laut schabt der Stuhl über die Fliesen, und der Gliederfüßler fällt von der Wand.

Es ist noch ruhig in der Kneipe, der Nachmittag hat bereits begonnen, doch Ricki wirkt noch immer unausgeschlafen und zerknautscht. Sein São-Paulo-Dialekt kommt durch, und die rechte Gesichtshälfte ist rot vom ständigen Kratzen. Er ist auf irgendetwas allergisch, aber keiner weiß wirklich, worauf.

Uche vermutet, es liegt am Chalk, dem Ricki so zugetan ist, wenn er Feierabend hat. Es hilft ihm beim Einschlafen, behauptet er, und wenn er nicht die Statur eines Ochsen hätte, hätte sich das Zeug längst durch seine Organe gefressen. Aber der schlechte Lebenswandel bekommt dem Wirt besser als seinen Gästen das Pholourie.

Uche kann Ricki gut leiden. Der Wirt ist selbst ein paarmal zum Mond geflogen, bevor er sich von Space Rocks die Lizenz besorgt hat, auf der Insel eine Kneipe zu eröffnen. Er versteht die Spaceworker, die so eifrig seinen Rum und alles andere trinken, und das unterscheidet ihn von anderen Geschäftsleuten, die die Infrastruktur der Insel aufrechterhalten und von überall herkommen. Sein Laden ist nicht der tollste, aber darum geht es Leuten wie Uche nicht. Sie sind einfach gern unter sich; dort, wo sie nicht angestarrt werden. Die Displays an den Wänden zeigen Weltraummotive, ein bisschen kitschig, gerade genug, um der sentimentalen Stimmung gerecht zu werden, die sie zuweilen überkommt, wenn sie zu lange auf der Erde sind.

Neugierig hebt Ricki den großen Kopf und beobachtet zwei Männer, die zur Tür hereinkommen und sich umschauen. Uche hat sie noch nie gesehen. Neuankömmlinge auf der Insel, das merkt man sofort. Wahrscheinlich Franzosen, aus Metropole oder einer anderen Megacity. Sie setzen sich an einen Tisch an der Wand und laden die Getränkekarte. Dabei sehen sie sich immer wieder um und sprechen hektisch miteinander, als würde der Laden gleich schließen. *Willkommen in der Provinz!*

Die haben sich ihren Ruhestand auch anders vorgestellt, denkt Uche und grinst Ricki an. Alle träumen sie immer vom Alterssitz auf der tropischen Insel, und wenn sie dann da sind, verziehen sie mürrisch das Gesicht, weil das Paradies nicht klimatisiert ist.

»Stadthunde«, flüstert der Wirt, während er sich zu Uche hinüberbeugt und die Ellbogen auf dem Tisch abstützt, bis der quietscht. Es klingt nicht unfreundlich. Nur nach ein bisschen gutmütigem Spott.

Uche weiß, was er meint. Stadthunde wirken immer irgendwie nervös. Ihr Blick ist unstet, die Schultern sind hochgezogen, jederzeit bereit für einen Angriff, der nicht kommt. Zumindest nicht hier, zu dieser Uhrzeit. Viel zu heiß zum Kämpfen. Die Menschen der Insel sind nachtaktive Tiere. Als wäre ihnen die Dunkelheit des Schoßes unter die Haut gekrochen.

Vielleicht kommt die Unruhe der Stadthunde davon, dass sie den blauen Himmel nicht gewöhnt sind. In ihren Megacitys sehen sie ihn vor lauter hohen Gebäuden gar nicht mehr. Alles ist eng, die Straßen, der Blick und unweigerlich auch das Herz. Dann fliegen sie jahrelang in Blechdosen durchs All und arbeiten auf den Asteroiden untertage, da sind sie die Weite einfach nicht gewöhnt, denkt sich Uche. Jahrhundertelang eingepfercht in Asphalt und Lärm, das muss sich doch im Blut niederschlagen.

Er reibt sich übers Kinn.

Uche mag die Megacitys nicht besonders. Damals in Toulouse hat ihn der Lärm fast verrückt gemacht. Er war froh, als ihn seine Maman und Christopher nach Luxemburg auf die Space Academy geschickt haben. War ihm völlig egal, was er dort gelernt hat, einfach raus, das war das Ziel. Und vier Jahre später war er froh, als Space Rocks ihn verpflichtet hat und er zurück nach Kourou konnte, zurück in das Land, aus dem er kam.

So ist das bei ihm, er ist nicht gern allzu lange an einem Ort.

Trotzdem stellt er sich vor, dass es irgendwo da draußen einen Platz für ihn gibt, an dem er sesshaft werden kann. Eine Art Heimat findet. Nicht Macouria, wo er geboren wurde. Nicht Toulouse, wo er mit zwölf hingekommen ist. Und sicher nicht diese Insel hier, auf die Space Rocks ihn abgeschoben hat. Er will ja nicht viel, nur einfach mal zur Ruhe kommen. Im Kopf, vielleicht. Und auch im Herzen. Das ist doch nicht zu viel verlangt, findet er.

Uche sieht auf. Auf der anderen Straßenseite leuchtet ein riesiges V-Display über dem Supermarkt. Abwechselnd schweben Burger, Waschmittel und Fertiggerichte in der Luft und erinnern daran, dass es zu Hause noch Dinge zu tun gibt. Wäsche waschen, Abendessen kochen. Uche fand schon immer, dass Werbung etwas sehr Tröstliches hat.

»Ich dachte, in diesem Sommer verschwindest du endlich«, sagt Ricki und nickt seiner Kellnerin Maria zu, die sich um die Franzosen kümmern soll.

»Ich hab da noch diese Sache zu erledigen …« Uche zuckt mit den Schultern.

»Das sagst du jedes Mal.«

»Weihnachten verbringe ich an einem schönen Ort.«

»Ist doch schön hier, weiß gar nicht, was du hast.« Der Wirt winkt ab. »Alles da. Meer, Sonne, Frauen. Hier kannst du leben wie Gott in Frankreich.« Er lacht über seinen eigenen Witz.

Eigenständigkeit ist für das Land ein steter Kompromiss, erst kamen die Franzosen, dann die Goldwäscher und nun die Unternehmer aus Luxemburg. Seit Französisch-Guyana vor vierzig Jahren unabhängig geworden ist, besteht zwischen den Ländern ein angespanntes Handelsbündnis, in dem alle Beteiligten versuchen, die Vergangenheit bestmöglich zu ignorieren. Wie ehemalige Geliebte, die sich im Interesse der Kinder und Hunde zusammenraufen. Wenn Uche die Politiker darüber reden hört, kommt ihm das manchmal vor, als versuche man, ein neues Paar Schuhe zu putzen, nachdem man es das erste Mal auf der Straße getragen hat. Das wird auch nie wieder ganz sauber.

Uche spart sich die Antwort auf Rickis Bemerkung und trinkt stattdessen. Sie wissen beide, dass die Île du Lion Rouge nicht das Paradies ist, das ihnen von Space Rocks versprochen wurde. Dafür ist es hier zu heiß, zu feucht, und die Prämien aus den Verträgen decken kaum die medizinische Betreuung, die eine Spaceworkerrente so mit sich bringt. Ständig laufen sie Gefahr, dass ihnen etwas auf den Kopf fällt, sollte eine Rakete nach dem Start explodieren. Offiziell liegt die Insel nicht im Startkorridor, aber was wissen Bruchstücke schon von Berechnungen?

In zynischen Momenten kommt es Uche vor, als wäre

17

die ganze Insel nichts anderes als eine große Lagerhalle für ausrangierte Verschleißteile. Zum Glück ist er nicht immer zynisch. Nie an Sonntagen, die sind ihm heilig.

Meistens will er einfach nur weg. Nach Norwegen vielleicht. Dort will er in den Fjorden Meersalz gewinnen. Seinen eigenen kleinen Laden aufmachen. Nichts Verrücktes. Fisch und Salz, das war schon immer eine beinahe mystische Verbindung. Dann kann er die Sache mit seiner Hüfte angehen, eventuell die Schmerzmittel reduzieren und endlich seine Verdauung und die Schlafstörungen in den Griff kriegen. Das ist wirklich nicht zu viel verlangt, findet er. Nach allem.

Darauf spart er. Dafür geht er seinen Geschäften nach. Genau wie so viele andere auf der Insel. Und er steht kurz davor, seinen Traum Wirklichkeit werden zu lassen. Ein Kunde noch, ein Verkauf, dann hat er es geschafft.

Er meint, was er sagt. Weihnachten wird er nicht mehr hier sein.

»Du musst mehr unter die Leute, Junge.« Ricki schüttelt den Kopf, als wäre er alt und weise und nicht nur zwei Jahre älter als Uche. »Warum kommst du nicht mal zu unseren Dame-Abenden?«

Es ist nicht das erste Mal, dass er Uche einlädt, und es wird auch nicht das letzte Mal sein. Vermutlich wäre er ein bisschen erschüttert, wenn Uche tatsächlich eines Tages vorbeikommen würde.

Aber Uche will nicht gemeinsam mit anderen in Erinnerungen schwelgen, sie erinnern sich ohnehin nie an dasselbe. Und wenn er über sein Limit trinkt, hat er am nächsten Tag manchmal Schwierigkeiten mit dem Interface der Prothesen, weil Alkohol auf die Nerven schlägt. Er ist kein netter Betrunkener, und Ricki mag es nicht, wenn man sich in seiner Kneipe prügelt. Außerdem hat Uche manchmal das Gefühl, dass die Kumpel sich in seiner Gegenwart unwohl fühlen. Nicht wegen der Prothesen, keiner von ihnen ist ganz heil, sondern weil er so viel Glück hatte. Einen Unfall wie seinen überlebt da draußen eigentlich niemand. Das ist wie ein Lottogewinn. Da fragt man sich natürlich unweigerlich, wenn man so eine Geschichte hört, ob einem das Glück genauso hold wäre. Und niemand hat gern den Verdacht, dass einem das Pech viel treuer ist.

Die Tür zur Bar öffnet sich ein weiteres Mal, und plötzlich ändert sich die Atmosphäre. Für einen Moment verstummen die Gespräche, werden Gläser nicht abgestellt. Der Tausendfüßler auf dem Boden hört auf, sich zu winden.

Uche sieht auf.

Almira steht in der Nähe des Eingangs und schaut sich nach einem Platz um. Als sie Uche erkennt, nickt sie und durchquert den Raum. Blicke folgen ihr, und auch Uche kann nicht wegsehen, während sie auf ihn zukommt.

Es liegt nicht daran, wie sie aussieht. Es ist nichts Auffälliges an ihr. Wie die meisten Spaceworker, deren Familien schon in der dritten Generation ins All fliegen, ist sie nicht besonders groß, aber kräftig. Mit schwerem Knochenbau, wie seine Maman immer gesagt hat, und dunklem Haar, das von einem Spinnwebennetz aus Grau bedeckt ist. Die Haut strahlengegerbt, ein breiter Mund und Augen so dunkel wie Schwarzerde.

Almira gehört zu den alten Hasen im Geschäft, und viele von Rickis Kunden kennen sie. Obwohl sie noch gar nicht in Rente ist, wohnt sie schon auf der Insel. Zweimal hat sie bereits einen Bonus erhalten, weil sie bei der Grubenwehr war. Solche Kumpel wie sie gibt es nicht zu Hunderten, und wer mit ihr arbeitet, kann sich glücklich schätzen.

Doch das sind alles nicht die Gründe, warum sie heute diese Reaktion hervorruft. Es sind das schlichte schwarze

Band über dem hochgekrempelten blauen Hemdsärmel und die Anstecknadel am Revers. Schwarzer Schlägel und Eisen auf goldener Sonne. Das Zeichen ihrer Zunft. Sie tragen es zu vielen Anlässen, in Kombination mit dem schwarzen Band jedoch nur zu einem.

Uche bestellt ihr Rum, bevor sie den Tisch erreicht.

Er sagt nichts, schiebt nur mit dem Fuß einen Stuhl in ihre Richtung.

Ricki rückt ein wenig ab, um ihr Platz zu schaffen. »Armer Teufel«, flüstert er und nickt, während sich Almira setzt; schwerfällig, als wäre sie hundert Jahre alt.

»Enricos Jüngster, Olivier«, sagt sie. »Ein Bohrer hat sich aus der Verankerung gelöst. Er wollte das Ding stabilisieren, bevor es durch den Rückstoß ganz davontreibt, aber es hat ihn bloß mitgezogen. Die Sicherungsleinen sind gerissen.« Sie nickt Maria zu, die den Rum vor ihr abstellt und ihr dabei kurz die Schulter drückt.

Ricki gibt Anweisungen, eine Flasche zu bringen. Aufs Haus.

»Eine verdammte Schande. Ich kenne den Jungen, seit er vierzehn ist.« Sie schüttelt den Kopf, und Uche würde gern etwas sagen, um ihr die Sache zu erleichtern, aber was gibt es da schon zu sagen?

»Wie war die Gedenkfeier?«, fragt er stattdessen.

»Gut.« Sie nickt. »Sie haben ihn geliebt. Ich meine, darum geht es doch irgendwie, dass dich jemand vermisst, oder?«

Sie redet von Familie, aber das ist ein Thema, das ihm Unbehagen bereitet. Er hat keine Kinder, und er war ein schlechter Sohn. In beiden Familien, in denen er aufgewachsen ist. Auf seiner Beerdigung werden ein paar Kumpel trauern, vielleicht die eine oder andere Frau, mit der er das Bett geteilt hat, wahrscheinlich Jada. Aber sonst? Seine Maman. Wenn sie rechtzeitig davon erfährt.

»Mann, ich hasse diese Sachen.« Almira zieht am Kragen ihres Hemds, als wäre es ein Hundehalsband. Dann senkt sie den Kopf. »Ich hab den Jungen ausgenüchtert, als er seinen ersten schlimmen Pillenkater hatte, und dann treibt er einfach so davon…«

Eine irrationale Angst greift nach Uche.

Die *Treibenden* sind wie ein Kinderschreck. Dass sie da draußen sterben können, wissen sie alle. Die Gefahren sind vielzählig, aber die meisten von ihnen verrecken an den Spätfolgen. Hier auf der Erde. Das Davontreiben jedoch ist das, wovor sie sich alle fürchten. Es kommt in ihren Albträumen vor und den Gesprächen mit so manchem Firmenpsychologen. Meistens passiert es auf den kleineren Asteroiden, für die sich die Unternehmen weder Sicherheitsnetze noch Rettungskapseln leisten. Es ist einer der häufigsten Unfälle bei ihrer Arbeit und etwas, an das sie sich nie gewöhnen werden. Wenn einer bei vollem Bewusstsein weggeschleudert wird. Keine Chance auf Rettung. Bei Funkkontakt bis zum Ende.

Almira hebt das Glas, und sie stoßen an. Leeren die Gläser in einem Zug, und Ricki schenkt nach bis zum Rand.

Anschließend wischt sich Almira übers Gesicht und lacht verschämt, während sie sich auf der Tischplatte abstützt, als würde ein PLSS-Rucksack sie niederdrücken. »Soll ich euch ein Geheimnis verraten? Ich hab es nie gemocht, wenn meine Laure zu einem Flug aufbricht. Ich kann mich einfach nicht an das Gefühl gewöhnen, so lange von ihr getrennt zu sein.«

»Du fliegst doch selbst«, erwidert Ricki.

»Trotzdem.«

»Deine Tochter ist ziemlich gut. Der passiert da draußen nichts«, sagt Uche.

Almira nickt und leert das zweite Glas. Manchmal spielt

es eben keine Rolle, ob jemand gut ist oder nicht, dumme Sachen passieren. Aber das will keine Mutter hören, wenn sie gerade den Sohn eines anderen begraben hat und die eigene Tochter im äußeren Bereich unterwegs ist.

Sie wussten immer alle, dass es das Mädchen mal zu etwas bringen würde, stur wie ihre Mutter, aber doppelt so ehrgeizig. Deshalb gehört Laure auch der vierten Kallisto-Mission an. Als Spaceworkerin hat sie mit dem Jupitermond das große Los gezogen. Vier Jahre ist sie unterwegs, danach kann sie sich ihre Missionen aussuchen und muss sich um ihre Rente keine Sorgen mehr machen. Nur ums Altwerden vielleicht.

Wem es gelingt, dauerhaft eine Station auf Kallisto zu etablieren, der kontrolliert die Wasservorräte aller zukünftigen Missionen zu den äußeren Planeten und somit die Verkehrswege in den äußeren Rand des Sonnensystems. Die Händler von heute ähneln den Händlern von gestern. Das Asteroid Mining hat vielen Ländern einen Aufschwung verschafft, denen es ohnehin schon gut ging, aber auch für gesellschaftlichen Kurswechsel in Schwellenländern gesorgt. Und alle wollen sie ein Stück vom Kuchen.

Deswegen ist Laure mit ihrer Crew jetzt dort draußen; vordergründig, um weiter nach Leben auf dem Mond Europa zu suchen, eigentlich aber, um Space Rocks Station auszubauen.

»Es sind gute Leute dabei.« Bekräftigend nickt Almira. »Für Laure ist es ein Karrieresprung, stimmt's? Ihr wisst ja, wie sie mit den Kallisto-Missionen sind.« Sie holt tief Luft. »Ich glaube, ich werde einfach langsam zu alt für diesen Mist.«

»Du willst aufhören?« Uche ist so erstaunt, dass er die Beine anzieht und mit den Prothesen gegen Almiras Füße stößt. Er hat immer gedacht, sie ist der Typ, der auf einem

Frachter stirbt. An Altersschwäche. Ihre Eltern sind schon Spaceworker gewesen, ihre Tochter ist Spaceworkerin, es steckt ihnen buchstäblich in den Genen.

»Ich will Zeit mit Laure verbringen. Kaum ist sie von einer Mission zurück, bin ich selbst unterwegs.«

»So ist das, wenn Kinder erwachsen werden. Was glaubst du, wie oft ich meine zu sehen kriege.« Ricki winkt ab. »Zweimal im Jahr, höchstens. Und die wohnen auf demselben Kontinent. Glaub mir, das ist normal.«

Zweifelnd blickt sie an ihm vorbei. Dann hebt sie die Hände und seufzt. »Außerdem spüre ich es langsam in den Knochen.«

»Dir fehlt unser schönes Fleckchen Erde, gib es nur zu«, versucht Ricki, die Stimmung zu heben, und sie quittiert es mit einem müden Lächeln, das ihr die Falten ins Gesicht treibt.

Die Falten eines Spaceworkers sind wie Baumringe, an ihnen kann man die Jahre ablesen, die einer im Schoß verbracht hat.

»Und dann?«, will Uche wissen.

»Als ich jung war, hab ich für die Verwaltung gearbeitet, vielleicht mache ich das wieder. Wenn ich nach der nächsten Mondmission aufhöre, verliere ich die letzten beiden Stufen meiner Pensionierung, aber für einen Umzug reicht's allemal.«

Er kann sie sich nicht in einem Büro vorstellen. Vor einem strahlenden Himmel ohne Spaceworkerkluft. Noch zwanzig Jahre langweilige Tätigkeiten vor sich.

Aber er hält den Mund, so nah haben sie sich nie gestanden. Zweimal ist er mit ihr geflogen, einmal waren sie beide auf dem Mars stationiert. Sie respektieren sich. Doch für nicht erbetene Ratschläge reicht es nicht. Schon gar nicht an einem Tag wie diesem. Almira war jung, als sie das

Mädchen gekriegt hat, mit sechzehn selbst noch ein halbes Kind, und dann hat sie Laure acht Jahre lang allein großgezogen, bevor sie zu ihrem ersten Raumflug aufgebrochen ist und das Mädchen für die Zeit ihrer Abwesenheit in eins der Betreuungsheime für Spaceworkerkinder gegeben hat. Vielleicht glaubt sie, es Laure schuldig zu sein. Was weiß er schon. Die Köpfe von Müttern sind seltsame Orte.

Uche stößt mit seinem Glas erneut gegen ihres. »Auf die Pensionierung.«

Sie trinken und schauen in den Himmel, der von hier unten so anders aussieht als aus dem Fenster eines Raumschiffs. Hell. Und fast freundlich.

Stumm hängen sie ihren Gedanken nach, bis das Display auf der anderen Seite der Straße zu den Nachrichten schaltet und ein Name darauf erscheint, der wie ein Schlag in den Magen ist.

Isabella Linkeln, CEO der Kurz-Mediengruppe, ist im Alter von zweiundfünfzig Jahren in Chicago verstorben. Organversagen. Der Kampf ums persönliche und berufliche Erbe hat bereits begonnen, das ist sogar eine Schlagzeile wert.

»Mhm«, macht Ricki und schnalzt mit der Zunge. »Irgendwie komisch, wenn solche Leute einfach so sterben. Man denkt doch immer, die können es sich leisten, hundertfünf zu werden.«

Uche sagt nichts dazu. Offiziell kennt er Isabella nicht. Leute wie er verkehren nicht mit Leuten wie ihr.

Dennoch.

Er weiß, dass sie mit tiefer Stimme gesprochen hat, ungewöhnlich für eine Frau. Als würde sie versuchen, mit der Stimme das Volumen zu generieren, das ihr an Statur fehlte. Sie war klein und schmal, eine Handvoll. Mit einem Rückgrat aus Titan. Wer es so weit an die Spitze schafft, erlaubt sich keine Schwächen. Er erinnert sich noch, wie er unter ihrem forschenden Blick die Arme verschränkt hat, obwohl er doppelt so breit war wie sie. Dabei ist er schon von Asteroid zu Asteroid gesprungen, mit nichts als einem Seil zwischen sich und der verschlingenden Unendlichkeit des Schoßes. Er ist kein Feigling, und es schaffen nicht mehr viele Leute, ihn zu beeindrucken, aber Isabella hat es getan.

Und nun ist sie tot.

Er steht auf, schiebt den Stuhl so heftig nach hinten, dass er beinahe umkippt, und irritiert sehen ihn die beiden anderen an. »Ich muss los«, sagt er.

»Du bist doch gerade erst gekommen.« Ricki zieht die Nase hoch. »Trink wenigstens noch deinen Rum.«

Uche kippt ihn hinunter wie Wasser und hustet einmal kräftig in die vom Schweiß feuchte Hand. Als er den ersten Schritt vom Tisch weg macht, greift Ricki nach seinem Arm.

»Weihnachten, eh?«, sagt er grinsend.

Uche nickt. Das war der Plan.

Aber Pläne ändern sich.

3

Jupitermond Kallisto, Chione-Station

Sam erinnert sich noch genau an das Gespräch mit seinen Eltern, in dessen Anschluss er sich im Büro der EASF in Leicester gemeldet hat. Daran, wie sein Vater ihn gefragt hat, ob er Ida nicht mit dem Zweisitzer von der Schule abholen wolle? Und wie er geantwortet hat, ja, so sei das angedacht. Aber dann war er zu beschäftigt damit, in Belgrave auf Gamerkämpfe zu wetten, um Ida rechtzeitig abzuholen. Es war ja nicht fest ausgemacht, also hat er ihr gesagt, sie solle den Highbus nehmen, weil er keine Zeit für sie habe. Es konnte doch niemand ahnen, dass der Bus mit einem abstürzenden Copter kollidiert.

Vierzehn Jahre ist das jetzt her, aber vergessen hat er nichts.

Genauso deutlich erinnert sich Sam jetzt an sein letztes Gespräch mit Mercer an Bord der *Eurybia*. Zwölf Stunden nach dem zweiten Landgang auf der von Jupiter abgewandten Hemisphäre von Europa, bei dem die Crew Bohrungen für ESA und NASA durchgeführt hat. Dafür musste der Landebahnausbau auf Kallisto für Space Rocks warten. Während sie auf die letzten Daten des IR-Spektrometers gewartet haben, saßen sich Mercer und Sam im winzigen

Aufenthaltsbereich der *Eurybia* gegenüber, der auch als Küche diente, die Wände ein aufmunterndes Pink.

Mercer hat die Füße auf der Bank gehabt und gesagt: »Nein, Masturbieren erfordert keine Feinmotorik.« Es klang amüsiert und noch immer ein bisschen erschöpft vom Landgang, der aufgrund der Eisschollen und Double Ridges gefährlich, anstrengend und daher zeitlich stark begrenzt war.

»So wie du es anstellst, vielleicht nicht«, hat Sam ihn aufgezogen und sich darin ergangen, wie er der Zentrale vorschlagen wird, dem gängigen Feinmotoriktest der Spaceworker ein Update zu verpassen.

Gelacht haben sie über diesen Unsinn, der ihrer Erschöpfung geschuldet war, aber mittendrin ist Mercer plötzlich ernst geworden. »Manchmal frage ich mich, warum wir überhaupt hier draußen sind. Ich meine, wie viele Bohrlöcher wollen sie uns noch ins Eis brennen lassen? Uns wachsen Hörner von der Strahlung, bevor wir hier etwas finden.«

Es war nicht das erste Mal, dass er behauptet hat, es hätte sie stutzig machen sollen, dass nie jemand zweimal zu den Jupitermonden geflogen ist. Sie wussten, dass die Mission mit einem hohen Risiko verbunden ist, keiner von ihnen ist ein naiver Anfänger. Die Crew vor ihnen hat einen Mann verloren. Henderson ist während der dritten Mission bei einem Außeneinsatz auf Kallisto in eine Kraterspalte gefallen. Zu tief, um gerettet zu werden. Damals haben die Nachrichten zu Hause zynisch von einer »Bluttaufe« für den Jupitermond gesprochen.

Sam ahnte, dass Mercer an Henderson dachte, wenn er so düster vor sich hingebrütet hat.

Bevor er jedoch etwas erwidern konnte, kam Laure herein und hat ihnen mitgeteilt, dass die Crew in einer Stunde mit dem Lander zur *Chione* zurückkehren würde. Also hat

Sam Mercer nur freundschaftlich gegen die Schulter geschlagen, um dann seine Sachen für den Abflug zu packen. Er war froh, die *Eurybia* verlassen zu können, denn nach zehn Tagen hatte er genug von der Einsamkeit des Orbiters und freute sich auf den menschlichen Kontakt in der Station am Boden. Selbst wenn João immer noch geglaubt hat, Spanien würde Weltmeister werden. Sams Schicht auf dem Orbiter als Wächter über die *Chione* war vorbei und Mercers begann, weil immer einer von ihnen an Bord der *Eurybia* bleiben musste.

»Wenn du wieder runterkommst, hilfst du mir mit dem Feinmotoriktest«, hat er beim Abschied zu Mercer vor der Schleuse gesagt, die zum Lander führte, und das waren seine letzten Worte an ihn. Ein alberner Scherz.

An Mercers Erwiderung kann er sich nicht mehr erinnern. Alles, was danach kam, war schon vom Fieber gezeichnet. Zu lange hat der Pilot ihnen verschwiegen, dass es ihm nach ihrer Abreise mit jedem Tag schlechter ging. Vielleicht hat Mercer geglaubt, die Medikamente würden es regeln; am Anfang haben sie ja auch noch gedacht, er sähe einfach so erschöpft aus, weil die Einsamkeit des Orbiters ihm zusetzt. Dunkle Augenringe haben sie alle, seit sie den Mars passiert haben.

Dabei fing es ganz harmlos an. Ein bisschen höhere Temperatur als die im All üblichen 38°C, ein Sausen im Ohr und Übelkeit. Sam ist der Einzige, der sich nicht angesteckt hat, deshalb haben sie zuerst vermutet, es läge an den eingelegten Pfirsichen, die sie nach ihrem Landgang auf Europa im Orbiter gegessen haben. Während er noch Daten an die Zentrale übermittelt hat, haben die anderen schon mit dem Essen begonnen. Als er dazukam, waren die Pfirsiche alle.

Nachdem Mercer das Fieber nicht mehr verleugnen konnte, hat Bea ihm genau gesagt, welche Medikamente er nehmen solle, und er hat bereitwillig genickt, weil das alles so unwichtig erschien und niemand Beas Kompetenz als Ärztin anzweifelte. Jeder wird mal krank, und jeder leidet mal an Verstopfung. Man muss das nicht dramatisieren. Auf der Erde stirbt man auch nicht an Schnupfen. Es ging Mercer besser, und sie haben alle geglaubt, dass er seine 10-Tage-Schicht an Bord des Orbiters wie geplant beenden kann.

Und dann kam das Fieber zurück.

Das war vor vier Tagen, und seitdem ist es immer schlimmer geworden, genauso wie Mercers Nachrichten an die Station im Eis unter ihm. Als sie endlich begriffen haben, dass er unter einer Psychose leidet und den Orbiter aus seiner vorgesehenen Umlaufbahn heraussteuert, war es längst zu spät. Ausgerechnet er, der erfahrenste Pilot unter ihnen, mit seiner beinahe lächerlichen Zuneigung zu allem Technischen, hat am Ende ignoriert, was die Instrumente ihm sagten und er direkt vor sich sehen konnte.

Sam macht sich deswegen Vorwürfe. Wenn er eher gemerkt hätte, was mit Mercer los ist, hätte er zur *Eurybia* fliegen und verhindern können, was geschehen ist. Dann müsste Loan zu Hause auf der Erde jetzt nicht Mercers Sachen aus dem Schrank nehmen und in einem zu großen Bett allein schlafen.

Aber Sam hat es nicht gemerkt.

Und deshalb ist sein Kamerad jetzt tot.

Schweigend sitzen sie sich im Versorgungsmodul der *Chione* gegenüber, beinahe eine Kopie seiner Erinnerung. Sam auf der einen Seite des Tisches, Laure und João auf der anderen. Nur das stetige Surren der Belüftung unterbricht die Stille, während die schwache Beleuchtung alles in ein sanftes grünes Licht taucht.

Sam wirft einen Blick zur Uhr über dem Kaffeeautomaten. Sie ist eines dieser sinnlosen Geschenke für Spaceworker, die immer genau die Uhrzeit des Orts auf der Erde anzeigen, die man vor Startbeginn einstellt. Ihre Uhr läuft auf Pariser Zeit, weil Adrians Familie schon seit hundert Jahren ihren Nachwuchs zwischen Le Havre und Lyon in die Welt presst. Dabei ist diese Uhr hier so nützlich wie ein Radio. Seit zwölf Minuten sitzen sie schweigend am Tisch.

Schließlich sagt Sam: »Wir können nichts mehr für ihn tun.«

»Wir müssen es aber versuchen!«, entgegnet Laure sofort.

»Ihr könnt Mercer nicht mehr retten, und in den Trümmern findet ihr sowieso keinen Leichnam. Wir haben dringendere Probleme.«

»Das weißt du nicht«, mischt sich João ein. »Er könnte es in eine Rettungskapsel geschafft haben.«

»Das ist doch Unsinn, und das weißt du auch. Ihr habt gesehen, wie er da im Sessel saß. Mercer ist nirgendwo mehr hingerannt.«

Laure lehnt sich zurück, atmet tief durch und spreizt die Finger auf der Tischplatte. Es ist ein merkwürdiger Tick, den Sam schon bei vielen Spaceworkern gesehen hat. Statt festem Boden unter den Füßen brauchen sie etwas Solides unter den Händen. Vielleicht, weil man sich in der Schwerelosigkeit so viel mit den Händen voranbewegt. Sie betrachtet ihn, als wäre er der Feind, und das irritiert ihn. Nach der langen Zeit des Herflugs und des Aufenthalts auf Kallisto kommt ihm inzwischen alles an ihnen wie eine Verlängerung seiner selbst vor. Die rasierten Schädel, die tätowierten Punkte im Nacken, hinter dem Ohr und an den Schläfen, damit sie immer wieder an denselben Stellen Blut abnehmen und mit Ultraschall messen können. Die dunklen Augenringe, die mit der Schlaflosigkeit einhergehen. Sam spürt den Verlust von Mercer wie eine entzündete Wunde am eigenen Körper, aber er muss trotzdem einen kühlen Kopf bewahren, das ist seine Aufgabe.

Erschöpft reibt er sich übers Gesicht. »Du hast doch gesehen, was passiert ist«, sagt er noch einmal zu Laure. »Wie soll das jemand überleben?« Seine Hand deutet auf die Mikrowelle, meint aber das, was dahinter liegt, hinter der Wand aus Basaltfaser und Eis. »Wie wollt ihr die Trümmer untersuchen, wenn ihr maximal vier Stunden raus dürft? Da seid ihr noch nicht mal an der Absturzstelle. Und die Kraterspalten sind nicht gerade Schlaglöcher. Wollt ihr, dass es euch wie Henderson geht?«

»Das ist doch eine Ausnahmesituation.« Laure wird lauter. »Der Rover hält das aus, und eine Weile sind wir da ganz gut vor der Strahlung geschützt. Wir könnten auch den Lander nehmen.«

»Kommt nicht infrage, den brauchen wir hier, falls irgendwas passiert. Wie sollen wir sonst von Kallisto runterkommen?« Er schüttelt den Kopf. »Sieh dich an, Laure. Ihr schwitzt wie die Schweine, und euer Blutdruck geht durch die Decke, die Temperatur steigt. In dem Zustand seid ihr niemandem eine Hilfe, und ich werde euch sicher nicht den Belastungen aussetzen, die mit einer Bergung einhergehen. Nicht jetzt, wenn es sowieso keine Rolle mehr spielt. João und du wartet, bis ihr wieder fit seid, bevor ihr aufbrecht.«

»Und wenn wir nicht wieder gesund werden?«

Er weicht ihrem Blick aus. »Natürlich werdet ihr das. Wir warten auf Befehle aus der Zentrale.«

»Du bist nicht der Commander.«

»Nein, aber Sicherheitschef, und ihr beide seid ein Sicherheitsrisiko, wenn ihr euch nicht bald einkriegt.«

Die Hierarchie ist klar. Adrian ist Mission Commander, aber er ist im Moment nicht in der Lage, Entscheidungen zu treffen, weil er sich die Seele aus dem Leib kotzt. Und

31

Mercer, sein Stellvertreter, ist mit der *Eurybia* explodiert. Nun hat Sam das Sagen.

Laure hat die Hierarchien nie angezweifelt, selbst wenn sie wie die meisten Spaceworker auf Wissenschaftler und Soldaten ein bisschen herabblickt, weil sie sie für schwach hält, wenn es um den Schoß geht. Sie ist ehrgeizig, aber nicht dumm. Laure weiß, wie die Dinge laufen, und dass die ESA- und EASF-Leute Vorrang haben. Bisher war das kein Problem, aber seit das Fieber in der Station und auf dem Orbiter ausgebrochen ist, hat sich die Stimmung der Crew verschlechtert.

Sam rollt den Kopf von einer Seite zur anderen, erst jetzt merkt er, wie angespannt er in den letzten Minuten war. »Denkt ihr vielleicht, es macht mir Spaß, euch zu bremsen? Ich will auch zur Absturzstelle fliegen und nachsehen, was noch übrig ist. Ich versteh das. Aber es geht nicht. Das Risiko ist zu hoch, und ich brauche euch hier.« Er wirft einen Blick zur Tür. »Wir wissen nicht, wie sich die Sache noch entwickelt.«

»Du meinst, ob du dich ansteckst?«

»Das glaube ich nicht, das wäre längst passiert.«

Beinahe neidisch betrachten sie ihn, und Sam hofft, dass die Zentrale bald mit einer Idee um die Ecke kommt, wie sie sich helfen können, denn Bea gehen die Ideen aus. Nach den Pfirsichen hat sie geglaubt, dass die hohe Strahlung vielleicht irgendetwas in ihren Körpern aktiviert hat. Ein latentes Virus reaktiviert haben könnte.

»Herpes geht immer«, hat João lachend gesagt, während sie ihm Blut abnahm. Aber das war es auch nicht.

Sam ist nicht dumm. Er weiß, was ihn von den anderen Crewmitgliedern unterscheidet. Er war nicht auf Europa. Während seine Kameraden den Landgang unternommen haben, hat er oben in der *Eurybia* gesessen und sich

gelangweilt. Eifersüchtig hat er auf diese glänzende Eiskugel geblickt, die die Projektionsfläche so vieler Träume
war. Ihretwegen sind sie wieder zum Jupiter und Kallisto
aufgebrochen – die vierte Mission zum vierten Mond, eine
Glückszahl.

Am ersten Tag auf Kallisto hat Sam seine Initialen in
eine Eisscholle gelasert und ein Bild davon nach Hause geschickt. Damit sie in den Spinney Hills stolz auf ihn sind,
weil ausgerechnet er, dieser dürre Junge, der früher mit seinen Freunden zum Spaß Transportdrohnen vom Himmel
geschossen hat, nun Teil eines Teams war, das vielleicht Geschichte schreibt. Die Station auf Kallisto, außerhalb des
Strahlungsgürtels, ist der Ausgangspunkt für Flüge zum
Mond Europa, und erneut haben sie darauf gehofft, dort
Leben zu finden.

Auf Kallisto selbst sind die Eisschichten zu dick, um bis
zum flüssigen Wasser hindurchzubohren, aber für Europa
bestand Hoffnung. Immer verbunden mit diesem einen
Wort, das wie ein geflüstertes Gebet klang – *Ozean*.

Witze haben sie darüber gerissen, während sie zwischen
den Schichten Karten spielten. Irgendwie haben sich doch
alle vorgestellt, dass man dort Delfine findet. Als wäre ein
Ozean etwas, das man kennt. Als wäre irgendetwas hier
draußen auch nur annähernd so wie auf der Erde.

Stattdessen nichts als Kälte, Eis und Unwirtschaftlich-
keit. Europa ist eben noch nicht so weit, heißt es zu Hause.
Sie sind ein paar Jahrtausende zu zeitig dran. Eine frühe
Erde, die ihrem Potenzial erst noch gerecht werden muss.

Ist also genau dort etwas passiert?

Das fragt er sich.

Und die Zentrale fragt sich das auch.

Deshalb lässt sie Bea alle Proben, die die Crew von dort
mitgebracht hat, noch einmal untersuchen. Doch in ihrem

Zustand kommt Bea nur langsam voran. Laure hilft, aber auch sie muss immer wieder Pausen einlegen. Und Sam ist keine große Unterstützung. Er ist Soldat mit ausreichenden Ingenieur- und Navigationskenntnissen, um im Schoß von A nach B zu kommen und die passenden Ventilatoren auswechseln zu können, damit er nicht auf halber Strecke stecken bleibt. Er verträgt den Weltraum und kann gut mit Menschen, deshalb hat er es so weit geschafft. Es war nie vorgesehen, dass er herausfinden muss, was seine Kameraden tötet. Bei militärischen Operationen ist der Feind bekannt.

»Ich werde euch nicht erlauben, jetzt aufzubrechen«, sagt Sam bestimmt. »Wir werden die Absturzstelle aufsuchen, aber dafür müssen wir den Lander nehmen, sonst dauert das zu lange. Zuerst müssen die Cambots das Gelände erkunden, vorher können wir nicht landen. Außerdem gibt es vielfältige Interessen zu beachten, sonst machen sie uns zu Hause die Hölle heiß.«

Angewidert sieht Laure ihn an und verschränkt die Arme. »Das ist typisch. Wir können hier draußen ja verrecken, Hauptsache, die Interessen sind gewahrt. Du vergisst wohl, dass du genauso hier festsitzt wie wir. Die EASF und ihre Interessen helfen dir hier auch nicht, nur wir. Es ist wichtig, dass wir zusammenhalten.«

»Du musst mir keinen Vortrag über Unterstützung halten. Wenn du mal die herausquellenden Gedärme deines Kameraden in der Schwerelosigkeit eingefangen hast, weißt du, was es bedeutet, aufeinander angewiesen zu sein.«

»Fang bloß nicht mit dem Stevinus-Aufstand an«, warnt sie leise, und Sam hebt die Hände. Der Aufstand ist immer noch ein sensibles Thema zwischen Spaceworkern und der EASF.

»Ich weiß, dass ihr glaubt, Mercer im Stich zu lassen,

wenn ihr ihm nicht folgt, aber Tote kann man nicht mehr retten, und der Preis für eure Loyalität ist zu hoch.«

Wütend steht Laure auf und geht zur Tür. »Ich sehe mal nach Bea und Adrian.«

Die Art, wie sie ihm den Rücken zuwendet, beunruhigt Sam.

Nach einem Moment der Stille räuspert sich João. »Wenn du meinen Rat wissen willst, dann hör auf sie. Von uns allen hat sie die meiste Erfahrung im Schoß. Laure hat einen guten Instinkt, und wenn sie der Meinung ist, dass wir etwas tun sollten, ist das vermutlich das Richtige.« Schwerfällig erhebt er sich, und Sam sieht zu ihm hoch.

»Ich vertraue Laures Instinkt, aber ich verstehe nicht, warum sie es in dieser Sache so eilig hat. Das ist keine Rettungsmission, João, es bleibt uns nur noch die Bergung. Ein überstürzter Aufbruch ohne Wissen darüber, was uns an der Absturzstelle erwartet, ist viel zu riskant.«

»Sie weiß das, Sam.«

»Warum drängt sie dann so? Auch wenn sie das nicht hören will, müssen wir die Interessen des Unternehmens und der ESA im Hinterkopf behalten. Spätestens wenn wir zur Erde zurückkehren, wird man Rechenschaft von uns verlangen.«

João winkt verärgert ab. »Und selbst in einer solchen Situation sollen wir uns weiterhin professionell verhalten, nicht wahr? Dafür wurden wir schließlich trainiert und ausgesucht. Dafür werden wir bezahlt. Ist es das, was du sagen willst? Moral gilt dabei nur wenig.«

»Tut mir leid, Mann.«

João klopft ihm auf die Schulter, sein Blick ist nicht unfreundlich. »Ruh dich aus. Ich sehe mal nach, wie weit die Cambots schon gekommen sind. Wenn es etwas Neues gibt, sage ich dir Bescheid.«

»Ihr braucht den Schlaf dringender als ich.«

»Kumpel, Schlaf ist etwas für Leute ohne Probleme.« Nach diesen Worten verschwindet auch João im Gang zum Comm-Modul, und während Sam ihm nachsieht, hat er das merkwürdige Gefühl, einem Fremden nachzublicken.

Er ahnt, wo sie den Fehler begangen haben. Sie sind unvorsichtig geworden und haben einfach nicht mehr damit gerechnet, dass etwas passiert. Seit Startbeginn lief alles hervorragend. Es gab kaum Störungen, keine größeren Ausfälle, keine brenzlige Situation beim Durchflug des Gürtels, und das Landen klappte wie nach Lehrbuch. Zu Hause wird bereits Merchandise mit ihren Gesichtern darauf designt, denn für die Daheimgebliebenen sind sie hier draußen Götter, und eine Zeit lang haben sie das selbst geglaubt. Alles schien möglich.

Aber jetzt ist Mercer tot, und Bea und Adrian schaffen es kaum noch von ihren Liegen hoch, so schlimm ist das Fieber. Aus Göttern werden Sterbliche, und als solche nagt die Angst an ihnen.

4

Luxemburg, Esch-sur-Alzette

Das ist alles eine riesige Scheiße.

»Ist er betrunken?«

»Benzos.«

»Verstehe. Rufen Sie seinen Arzt an, er soll zusehen, wie er dem Ganzen entgegenwirken kann. Wir brauchen Romain nüchtern. Und holen Sie Kaffee.«

»*My special boy.*«

»*Yes, Mama?*«

»*You are God's gift to me, sweet thing.*«

»*Am I?*«

»Monsieur.« Langsam und ruhig tritt Annabella auf Romain zu. Ihre Aura ist ein leuchtendes Violett, das sich ausdehnt und wieder zusammenzieht. Sie beugt sich über ihn. »Wie fühlen Sie sich?«

Zerbrochen.

Der Ausbau der Kallisto-Station zu einem Weltraumhafen sollte sein Vermächtnis werden. Aber jetzt ist alles kaputt.

Stöhnend richtet sich Romain auf, bis er sitzt. Seine Mutter und Annabella blicken auf ihn herab wie zwillingshafte Sachmet-Statuen, die Arme hinter dem Rücken verschränkt, während um sie herum die Welt erzittert.

Er hat seine Mutter ewig nicht mehr gesehen, sie verlässt Oxfordshire nur noch selten. Das letzte Mal zu Weihnachten, als Geraldine und er das Chalet in Zermatt gebucht hatten. Wenn sie von der großen Insel rübergeflogen kommt, muss es schlimmer um das Unternehmen stehen, als er befürchtet hat.

»Nimmt er die oft?«, fragt sie und greift nach dem Pillenbeutel auf dem Polster neben ihm. Dabei runzelt sie die Stirn, und das Funkeln ihrer Smaragdohrringe brennt sich auf seine Retina.

»Ich bin mir nicht sicher«, antwortet Annabella, die Fabelhafte, aber die vorgeschobene Unterlippe verrät ihm, dass sie lügt. Sie kennt die Wahrheit.

Romain wird das honorieren, immerhin ist sie noch nicht lange seine Assistentin und Loyalität so eine Sache.

»Das sollten Sie aber.« Missbilligend richtet sich seine Mutter wieder auf und verschränkt die Arme.

In seinen Ohren klingt ihr Akzent hart. Seit sie nicht mehr mit seinem Vater spricht, gibt sie sich kaum noch Mühe mit ihrem Französisch.

»Reiß dich zusammen, Romain! Jetzt ist nicht der Zeitpunkt, den Kopf zu verlieren.« Sie packt ihn am Oberarm und zieht ihn in die Höhe. Für eine Frau ihres Alters und ihrer Statur hat sie erstaunlich viel Kraft. Ungeduldig schiebt sie ihn ins angrenzende Bad, als wäre er ein ungezogenes Kind.

Romain findet, dass sie übertreibt. Er ist schon lange kein Kind mehr. Seit über zwanzig Jahren im Unternehmen, seit fünf Jahren steht er an der Spitze, zwei Tage vor der Einäscherung seines Vaters hat er den ersten Milliardendeal unterschrieben. Er weiß, was von ihm erwartet wird und wie man einen Konzern regiert, dafür wurde er schließlich ausgebildet. Sein Leben lang. Auf teuren Privatschulen und

Eliteuniversitäten, während der Ferien auf Luxusjachten und an den Bars der besten Hotels. Er besitzt das passende Know-how, die Gesten, den Lifestyle, die *Emotionen*. Alles so zugeschnitten wie seine Anzüge.

Er versucht, etwas zu sagen, aber seine Mutter unterbricht ihn.

»Daniel hat eine außerordentliche Sitzung einberufen«, sagt sie.

Romain nickt.

Auch das weiß er. Er wird sich darum kümmern. Um alles. Aber noch nicht jetzt, nicht sofort. Zuerst muss er die flammenden Bilder auf der Innenseite seines Schädels loswerden. Die Aufnahmen des abstürzenden Orbiters. Grobkörnig und verwackelt. Er muss den verzerrten Funkspruch verhallen lassen, diese Stimme eines Geists. Den Gedanken an das, was verloren ist. Die Investitionen, die jahrzehntelange Arbeit, Romains Pläne und Träume – alles umsonst.

Er weint. Was soll man auch anderes tun angesichts dieser Katastrophe?

Einen Moment lang ist er überrascht, dass er es überhaupt noch kann, weil doch auch das Weinen vor so vielen Jahren der Schere zum Opfer gefallen ist, als der Emotionsanzug für seine Persönlichkeit zugeschnitten wurde. Es muss sich wie ein Ersatzknopf irgendwo versteckt haben.

»Trink das«, sagt seine Mutter und hält ihm ein Glas entgegen, während er auf der Bank sitzt und darauf wartet, wieder Boden unter den Füßen zu spüren.

Wie in Zeitlupe greift er nach dem Wasser und hört sie schwer seufzen, bevor sie sich seinem Spiegelbild zuwendet und sagt: »You're just like your father.«

Romain blinzelt.

I'm really not.

5

Französisch-Guyana, l'Île du Lion Rouge

Auf den Stufen vor dem Haus sitzt eines der Proctorkids. In seinem gelben T-Shirt vor der Eidotterfassade sieht es beinahe aus wie ein Chamäleon. Fünf sind es an der Zahl, das sechste ist schon unterwegs.

Uche kann sie nicht auseinanderhalten. Ständig verwechselt er ihre Namen und ihr Alter, manchmal sogar, ob es Jungen oder Mädchen sind, weil sie alle dieselben langen blonden Locken und dreckigen Füße vom Barfußlaufen haben.

Jeder im Viertel kennt die Proctorkids und ihre flinken Finger. Wenn sie in der Nähe sind, halten alle fest, wonach sie greifen können. Die Familie leidet unter chronischem Geldmangel, da muss eben jeder mithelfen. Selbst Nachbarn und Fremde, wenn sie nicht aufpassen.

Seit Richard pensioniert ist, scheint er jedes Jahr ein Kind gezeugt zu haben. Manchmal machen die Nachbarn Witze darüber, dass er auf diese Weise seinen Lebensabend finanziert, sie nennen es die *Vögel-Prämie*. Weil die großen Companies es gern sehen, wenn Kinder ihren Eltern ins Mining folgen. Manche behaupten, im Mining würden Steine genauso gefördert wie Kinder. Aber das ist natürlich ein bisschen zynisch, und im Grunde sind sie nur alle erstaunt, dass Richard überhaupt noch Kinder zeugen kann nach all den Jahren im All. Das verleiht der Existenz dieser Plagen beinahe eine magische Aura. Vielleicht zeigt sie deshalb niemand an.

Und wer will es dem armen Kerl schon verübeln, wenn er die Zuschüsse in Anspruch nimmt; die Antiverstrahlungstherapie frisst ihnen allen die Haare vom Kopf.

Uche nickt dem Kind auf der Treppe zu, das ganz vertieft in sein HolMag ist. Die Finger feucht glänzend vom Saft einer halb aufgegessenen Maracuja neben seinen Füßen, um die die Fliegen schwirren.

Als Uche an ihm vorbeigeht, murmelt es etwas in einem merkwürdigen Kreolisch, das außerhalb der Familie kaum jemand versteht. Das Kind wirft Uche einen kurzen Blick zu, in dem das stumme Urteil schon liegt, bevor er Uche überhaupt trifft. Das beherrschen sie ganz gut, diese Proctorkids.

Sie sind einfach seltsame kleine Kreaturen, findet Uche.

Er drückt die Fingerspitzen auf das Display neben der Tür, und mit einem leisen Summen schiebt sie sich zur Seite. Das Dämmerlicht des Treppenhauses lässt ihn fast stolpern, und blinzelnd schiebt er die Sonnenbrille nach oben.

Heute nimmt er den Fahrstuhl. Ihm tun schon wieder die Hüften weh, und die Zeiten, in denen er irgendjemandem etwas beweisen musste, sind längst vorbei. Im spiegelnden Display der Fahrstuhlkabine erkennt er sich kaum wieder. Seine Haut hat einen Rotstich, und die Flecken unter den Armen heben sich unangenehm deutlich gegen das Hellgrün des Shirts ab. Er muss sich mal wieder rasieren.

Uche kratzt sich die Wange. Eine Biene hat sich in die Kabine verirrt und stößt immer wieder gegen die Wände. Als er aussteigt, leitet er das Tier mit seiner großen Hand vorsichtig aus der Kabine. Prêtre Albert hat immer gesagt, Bienen verrichten Gottes Werk und die Moskitos das des Teufels. In manchen Nächten versteht Uche sehr gut, was der Alte meinte.

In der Wohnung ist es unerträglich stickig, die Klimaanlage ist ausgefallen. Schon zum zweiten Mal in diesem Monat, und es kann eine Weile dauern, bis das Problem behoben wird, er kennt das schon.

Der Geruch nach warmem Holz irritiert ihn, auch wenn er so typisch für die Gegend ist. Kaum ein Haus auf der Insel ist aus Stein. Eine Wohnung sieht aus wie die andere, beinahe wie Bienenwaben. Kleine Räume, damit die Statik funktioniert, und große Spiegel, um die Illusion von Weite zu erzeugen. Eine Verschwendung, findet Uche, niemand mit Klaustrophobie arbeitet als Spaceworker.

Erschöpft geht er hinüber zu dem alten Sofa mit den bunten, bestickten Kissen, die ihm Hli geschenkt hat, als sie noch geglaubt hat, sie würden bald zusammenziehen. Unter seinen Sohlen knarzen die Dielen, weil die Feuchtigkeit das Holz verzieht, und schnaufend lässt er sich auf die Polster fallen. Unter dem Tisch entdeckt er eine letzte grüne Scherbe von dem Glas, das er vor ein paar Tagen gegen die Wand geschmissen hat. Aber er hebt sie nicht auf, löst nur die Prothesen von den Interfaces unter dem Knie und stellt sie beiseite. Genervt reibt er sich die Stelle am Knie, an der das Interface mit der Haut verwächst, die Ränder sehen entzündet aus.

Uche flucht. Lang und ausgiebig, wie er es von Kalu gelernt hat, denn ältere Brüder sind ein nie versiegender Quell an Schimpfwörtern, selbst Adoptivbrüder. Danach seufzt er, nicht ganz so lang, und greift nach der Tablettenschachtel auf dem kleinen Tisch neben dem Sofa, die dort immer liegt. Ohne Wasser schluckt er zwei Pillen, lehnt sich zurück und schließt die Augen. Während sich Uche über die Hüften streicht und darauf wartet, dass die Schmerzmittel wirken, denkt er an das, was er Ricki gesagt hat. An seinen Wunsch, von hier wegzugehen.

Welche Ironie.

Im Bauch der Asteroiden konnte er es kaum erwarten, eines Tages eine Wohnung auf dieser Insel zu besitzen. Früher haben ihn die Menschenmassen in Metropole beinahe zerdrückt, jetzt kann er die immer selben Gesichter auf den Straßen der Insel kaum noch ertragen und sehnt sich fort.

Er denkt auch an Isabella, die noch vor wenigen Wochen quicklebendig war und nun unter der Erde liegt. Genauso wie Montgomery und Richter.

Bei Montgomery hat er sich nichts gedacht, als er von dessen Tod gehört hat. Was interessiert es Uche, wenn einer stirbt, mit dem er nur ein einziges Mal ein Geschäft abgewickelt hat? Bei Richter hat er dann gedacht: So ein Pech. Den mochte er irgendwie. Selbst wenn er dermaßen viel Dreck am Stecken hatte wie dieser Kerl. Manchmal werden Leute, die im großen Stil mit Koks und Pillen dealen, eben nicht alt, das bringt der Beruf so mit sich.

Aber drei sind einfach einer zu viel. Das ist wie bei den meisten Beziehungen. Das ist kein Zufall mehr. Nicht wenn alle drei einen Immunschock erlitten haben. In drei verschiedenen Ländern, auf zwei Kontinenten.

Uche öffnet die Augen.

Er hat nie ernsthaft daran gedacht, was passiert, wenn sie ihn bei der Schmuggelei erwischen. Irgendwie hat er immer geglaubt, dass ihm das Glück auch weiter hold sein würde. Hier und da ein Verkauf, nicht jedes Jahr, nicht bei jeder Gelegenheit. Ewig hat er gewartet, bevor er die Sachen von Antoines letztem Flug verkauft hat. Er war nicht gierig.

Doch jetzt hat er Angst.

Uche zieht das zusammengerollte V-Display aus dem Fach in der Sofalehne. Breitet es über den Oberschenkeln aus, bis es einrastet und steif bleibt. Im Licht der einfallenden Sonne zeigen sich seine Fingerabdrücke auf der Oberfläche. Er gibt Isabellas Namen in die Suchmaschine ein. Sein Blick huscht über die Nachrichten zu ihrem Tod. Er gibt auch die beiden anderen Namen ein. Vergleicht die Daten, das, was über die Todesursachen bekannt ist. Viel dringt jedoch nicht an die Öffentlichkeit. Man sollte meinen, dass bei diesen Leuten genauer hingesehen wird, dass jemand Fragen stellt, doch die Welt dreht sich weiter wie bisher. Die Öffentlichkeit interessiert sich nicht dafür, wie Isabella gestorben ist, sondern nur dafür, wer das beträchtliche Erbe übernimmt. Und die Familie zieht daran wie Hunde an einem Stück Fleisch.

Uche schüttelt den Kopf. Er hat nur an diese drei verkauft. Den Rest wollte er nächsten Monat abstoßen. Zwischen jedem Deal lässt er sich Zeit. Vier Monate sind vergangen, seit der Erste von ihnen gestorben ist, plötzlich und ohne Vorwarnung. Und Uche wartet darauf, dass es an seiner Tür klingelt, weil jemand festgestellt hat, dass sein Name in allen drei Kalendern auftaucht.

Aber natürlich steht sein Name nirgendwo. Warum hätten sie ihre heimlichen Treffen irgendwo vermerken sollen? Solche Sachen werden nicht schriftlich festgehalten. Drei Wochen ist es her, dass er sich mit Isabella getroffen hat. In einer Mittagspause; in einer Hotelsuite, die ohnehin für Meetings genutzt wird. Isabella hat ständig Leute gesehen, die Sachen für sie erledigen. Wen interessiert da dieser Schwarze mit den Prothesen? Vielleicht wollte der für irgendeine Wohltätigkeitsveranstaltung sammeln. Vielleicht etwas pitchen. Wer achtet schon auf Bittsteller im Beisein der wahrhaft Mächtigen?

Uche aktiviert das HolMag am Handgelenk. »Ruf Antoine an«, sagt er und wartet.

Das Bild baut sich langsam auf, doch dann wird es stabil. Antoine sitzt auf einer weiß gefliesten Terrasse, im Hintergrund laufen Leute herum, aber es ist keine Party. Vielleicht ein Arbeitstreffen. Er trägt ein neongrünes Aparaishirt, seine goldenen EarMags glänzen in der Sonne. Er sieht erholt aus.

Jedes Kind im Land kennt ihn. Dieses seltsam breite Gesicht, das inzwischen so typisch für viele Spaceworker ist. Selbst die Zahnlücke zwischen den oberen Schneidezähnen findet immer wieder Erwähnung, als wäre sie irgendwie ein Zeichen dafür, dass Antoine ein besonderer Mensch ist. Friseure im ganzen Land werden gebeten, seine sauber nach hinten gegelten schwarzen Locken auf die Köpfe fremder Leute zu zaubern. Antoine ist ein Held. Und damit auch ein guter Werbeträger.

Er war bei der dritten Kallisto-Mission dabei und versteht es, die Leute mit Anekdoten zum Lachen zu bringen. Er nimmt sie für sich ein und hat vielen über die Enttäuschung hinweggeholfen, dass wieder kein Leben auf Europa gefunden wurde; und über den Schock, dass einer dieser Helden der Kallisto-Mission nicht zurückgekehrt ist.

»Uche Faure, mein Freund«, begrüßt ihn Antoine. »Was kann ich für dich tun?« Er klingt erfreut, von Uche zu hören, dabei telefonieren sie nie.

»Isabella Linkeln ist gestorben«, antwortet Uche. »Das ist ein Ding, was? Vielleicht ist ihr irgendwas nicht bekommen.«

Antoine runzelt die Stirn. Er kann nichts fragen, weil ihn jedes Wort zu sehr in Schwierigkeiten bringt, wenn es die falschen Leute hören. Heutzutage wird es immer schwieriger, unentdeckt zu bleiben, überall lauern Kameras und

Mikrofone, jeder Ladestation gegenüber ist man misstrauisch, weil man nicht weiß, welche Signale sie empfängt und
versendet. Aber das ist auch der Grund, warum so wenige
Schmuggler hochgenommen werden. Sie sind an Paranoia
grenzend vorsichtig.

Uche wischt sich den Schweiß von der Stirn. Das Shirt
klebt ihm am Rücken, er muss es wechseln.

Antoine ist nicht dumm. Er wird wissen, dass Uche ihm
einen seiner Kunden nennt, etwas, das er nie zuvor getan
hat. Den Rest kann er sich zusammensuchen. Die Art ihres
Todes, ähnliche Fälle, er wird die anderen beiden finden und
eins und eins zusammenzählen.

»Vielleicht sollten wir uns treffen«, sagt Uche.

Antoine wirft einen Blick über die Schulter. »Ich sehe,
was sich machen lässt.« Dann unterbricht er das Gespräch,
und der Bildschirm wird dunkel.

Das war's. Kurz und knapp, als würde es um angebrannte
Jerk-Pattys gehen. Zehn Sekunden und ein Stirnrunzeln für
die Toten.

Uche reibt sich die feuchten Handflächen an der Hose
ab, lehnt den Kopf auf die Rückenlehne und starrt an die
Decke. Er atmet ein, er atmet aus, und der Schmerz zieht
sich langsam zurück. Ganz verschwindet er nicht, er lauert
wie ein angeschlagenes Tier. Uche will nicht schon wieder bei seinem Orthopäden vorstellig werden. Achille wird
ihm ein Dutzend Medikamente verschreiben, und am Ende
hätte eine Salbe gereicht. Anzeigen müsste man diesen
Halsabschneider, aber die Verträge mit Space Rocks hindern Uche daran, sich einen anderen Arzt zu suchen. Dabei
hat er noch Glück gehabt. Achille ist kein schlechter Medi-
ziner und wenigstens auf Spaceworker spezialisiert, auch
wenn er ihnen das Geld aus der Tasche zieht und immer
wieder denselben dummen Witz darüber reißt, dass sein

46

Name *Schmerz* bedeutet. Dabei hat Uche schon beim ersten Mal nicht darüber gelacht, als er ohne Prothesen auf der Liege saß und geglaubt hat, das Brennen in den Stümpfen würde ihn umbringen.

Aber Schmerz bringt einen nicht um. Er macht einen nur verrückt.

Eine unbestimmte Nervosität erfasst ihn, beinahe wie damals auf seinem ersten Flug. Da hat er auch Antoine kennengelernt. Als sie beide noch glänzende Karrieren vor sich hatten. Gute Bewertungen und Empfehlungen von oben. Der ganze Schnickschnack mit Stempeln und Punkten. Sie waren heiß auf das Abenteuer und die Herausforderungen, wie ein Fieber war das. Entdecker wollten sie sein. Helden, die das Unmögliche schaffen. Ein bisschen größenwahnsinnig waren sie, wie eben die Jugend so ist, wenn sie noch die ganze Nacht hindurch vögeln kann.

Doch schon nach dem ersten Flug ist sein Enthusiasmus kleiner geworden. Als er erlebt hat, wie ein Kumpel elendig erstickt ist, weil die Belüftungsfilter defekt waren. Das kann einem die Stimmung schon mal verderben.

Vielleicht ist das auch ein Grund, warum Antoine am Ende zu einer Kallisto-Mission aufgebrochen ist, während sich Uche in der Reha mit den Prothesen abgemüht hat. Von Antoine hat sich der Glanz nie richtig abgerieben. Er hat sich von den toten Kumpeln nicht so aus der Ruhe bringen lassen.

Nachdenklich schaut Uche zu dem einzigen Bild, das sich in seiner Wohnung befindet. Ein altes Plakat der Mars-One-Mission, das unter dem Glas an den Rändern längst gelb geworden ist wie ein Museumsstück. Seine Maman hat es ihm geschenkt, als er auf der Academy angefangen hat, und er kann es einfach nicht wegschmeißen, nicht mal jetzt, nach seiner Pensionierung. Weil er eine heimliche Schwäche dafür und die damit verbundene Naivität von damals hat. Die Hoffnung. Mit der hat schließlich alles angefangen. Mit diesen ersten sechs Menschen, die auf eine Reise gegangen sind, von der niemand wusste, wie sie enden würde.

Doch sie sind heimgekehrt. Nicht unversehrt, aber lebendig. Im Vergleich dazu waren die Landungen auf dem Mond ein Kinderspiel. Erst als der Mensch zum ersten Mal den Fuß auf einen anderen Planeten gesetzt hat, schien auf einmal wirklich alles möglich, und die Raumfahrt wirkte wie ein Heilsversprechen.

Wen wundert es da, dass der Schmuggel mit interstellaren Andenken solche Blüten treibt? Die Leute sind ganz verrückt danach und zahlen unmögliche Summen für Steine, Mineralien und Sand aus dem Schoß. Im Grunde für Dreck. Selbst für gefrorenes Wasser. Es ist schon erstaunlich.

Kann es ihm irgendjemand übel nehmen, dass er da seinen Anteil wollte?

Und jetzt kann Uche einfach nicht vergessen, wie ihn Isabella angesehen hat, als er ihr die Eiswürfel über den Tisch geschoben hat. Als würde er sie zu einem Mitglied in einem geheimen Club machen.

Innerlich hat er über sie den Kopf geschüttelt. Wenigstens hat sie nicht versucht, sich ihm gegenüber zu rechtfertigen oder zu glänzen, so wie Montgomery und Richter. Der eine hat ihm eine halbe Stunde lang philosophisches Geschwurbel erzählt, wie der Mensch neu geboren würde, wenn er das jungfräuliche Wasser von Europa trinke. Das Wasser eines Neubeginns. Die Reinwaschung einer verdorbenen Spezies. Beinahe wie eine Taufe. Dabei hat das Gold an seinen Handgelenken schwach geglänzt.

Die Erklärung des anderen war schon nachvollziehbarer. In einer Welt, in der es vor allem darauf ankommt, etwas

Besonderes zu sein, ist ein Cocktail mit Europaeis das ultimative Statussymbol.

Uche hat nur genickt. Ihm ist es egal gewesen. Er hat versucht, sich nicht allzu offensichtlich umzusehen. In der Hotelsuite, im Penthouse, in der Privatwohnung. Alle drei so unterschiedlich wie ihre Bewohner. Aber alle drei Orte Ausdruck des Reichtums. Steine vom Mond und Eis von Europa versetzen Uche nicht in Erstaunen. Goldene Wasserhähne und V-Displays in Wandgröße hingegen schon.

Plötzlich klingelt es an der Tür, und auf einmal rast sein Herz wie beim Start einer Rakete.

Uche hebt den Kopf. Lauscht. Das Signal ertönt ein zweites Mal.

Vielleicht eines der Proctorkids. Ein Streich? Ein Nachbar, der fragen will, ob auch bei ihm die Klimaanlage ausgefallen ist?

Ein drittes Klingeln, und Uche steckt sich die Prothesen wieder an. Mühsam kommt er auf die Beine. Rickis Rum macht ihn müde, und es dauert immer ein paar Schritte, bis er sich an das leichte Vibrieren in den Knochen gewöhnt hat. Langsam geht er zur Wohnungstür, jeder Schritt ein Gebet, und späht auf das Display daneben.

Es zeigt Lars, still wie eine Madonna steht er im Flur und blickt auf seine Füße, die Hände vorm Bauch gefaltet. Sein T-Shirt weist keine Schweißflecken auf, und einen Moment lang überlegt Uche ernsthaft, ob er einfach nicht öffnen soll. Aber er ahnt, dass Lars irgendwie weiß, dass er da ist. Sonst hätte er sich nicht die Mühe gemacht hierherzukommen. Es hieße also lediglich, die Begegnung aufzuschieben, und Uche will den Mann nicht verärgern. Er schreit ja auch keinen Alligator an, bevor er an ihm vorbeigelaufen ist.

Also öffnet er die Tür.

Lars hebt den Blick und nickt.

»So schnell habe ich nicht mit dir gerechnet«, sagt Uche.

»Bin mit dem Schnellboot gekommen.« Lars schiebt sich an Uche vorbei, gefolgt von einem stämmigen Kali'na mit künstlichen Augen, der Uche gerade mal bis zum Kinn reicht. Vermutlich ist er eine Mischung aus Assistent, Bodyguard und Unterhalter.

Der Kali'na stellt sich an die Wand und lässt auf seinem HolMag unauffällig ein Abhördiagnoseprogramm laufen. Uche erkennt es an der Art, wie er mit der Hand vor dem Bauch langsam von links nach rechts fährt, als wäre er ein betrunkener Dirigent. Dabei sieht er nicht bedrohlich aus, hat sogar beinahe etwas Freundliches an sich. Wie die Obstverkäufer aus Uches Kindheit, bei denen er Pampelmusen für seinen Grand-père gekauft hat.

Lars wohnt in Régina am Approuague und arbeitet ganz altmodisch mit Papier, Brieftauben, Fischerbooten und Überbringern. Er hat ein Netz aus Boten, die nur für ihn arbeiten. Kali'nas, die den Maroni, den Mana und den Approuague rauf und runter fahren und alles Mögliche für ihn schmuggeln. Nicht nur Weltraumdreck, Lars hat seine Finger in vielen Töpfen: Pillen, Chalk, Gold und seltene Hölzer. Wenn ihnen irgendwer auf den Fersen ist, lenken sie die schmalen, hochmodernen Boote in die Stromschnellen. Lars kennt sich im Flusssystem fast so gut aus wie die Kali'nas, die für ihn tätig sind. Mit Anfang zwanzig ist er aus Europa hergekommen und nie wieder weggegangen. Vierzehn Jahre hat er unter den Baumläufern gelebt, die im Wald ihre Hütten in luftiger Höhe bauen und von denen viele den Schmuggel zu ihrem Haupterwerbszweig gemacht haben. Inzwischen lebt Lars zwar wieder in einer kleineren Stadt, aber Menschenmassen sind ihm nach wie vor ein Gräuel. Sein Haus mit dem riesigen Pool liegt umgeben von einer drei Meter hohen Mauer direkt am Waldrand.

Uche hat nie herausgefunden, woher Lars genau stammt oder wie sein Hintergrund ist. Nur manchmal hat er ihn ein bisschen beneidet, weil es Lars so leichtzufallen schien, an diesem für ihn fremden Ort eine Heimat zu finden.

Der Mann setzt sich auf das Sofa, als gehöre es ihm, und schlägt die Beine übereinander. Seine Hose ist von guter Qualität, der Stoff verzieht sich kaum durch die Luftfeuchtigkeit. Und Uche fragt sich nicht zum ersten Mal, ob diese Eigenschaft, sich Orte und Dinge anzueignen, als hätten sie nur darauf gewartet, erobert zu werden, angeboren ist, oder ob man sie irgendwie erlernen kann.

Lars scheint es nicht zu stören, dass sein Anblick auf Uches Couch wie ein Riss in einer Leinwand wirkt. Unverhohlen lässt er den Blick durch die Wohnung schweifen, bevor er mit den Schultern zuckt und Uche eindringlich ansieht. »Du hast sicherlich die Nachrichten gesehen«, sagt er.

Uche nickt.

»Es beunruhigt mich, wenn drei meiner besten Kontakte plötzlich über den Jordan gehen. Da stellt man sich natürlich unweigerlich ein paar Fragen. Was das alles mit einem selbst zu tun hat und wie sich so eine Sache entwickeln wird. Aber dann passiert nichts. Keiner hat was gehört, keiner hat irgendein Problem, das er mit mir lösen muss. Es scheint, die ganze Sache hat rein gar nichts mit mir zu tun.« Er verschränkt die Arme. Die Nachmittagssonne macht aus seinem hellen Haar einen Heiligenschein. »Wir machen doch schon eine Weile Geschäfte, und ich war doch wirklich fair zu dir, das kannst du nicht bestreiten, oder, Uche?«

Das ist wahr. Lars hat ihm schon Kunden vermittelt, als Uche noch selbst Sachen auf die Erde geschmuggelt und auch andere Hehler beliefert hat. Seit er jedoch Antoines Zeug verkauft, arbeitet er ausschließlich mit Lars zusammen. Antoine besorgt die Ware, Lars vermittelt interessierte

Kontakte, und Uche hält alles zusammen, denn Antoine ist viel zu bekannt, um sich mit einem Hehler zu treffen. Lars' Kunden hingegen wollen einen Spaceworker, der ihnen die Echtheit der Ware bestätigen kann. Für Lars ist der Handel mit dem extraterrestrischen Dreck nur ein kleines Geschäft, deshalb zieht er lediglich seine Prozente ab und überlässt Uche die persönliche Übergabe. Uche hat nie versucht, eigene Kontakte aufzubauen oder herauszufinden, welche Kumpel noch für Lars arbeiten. Jeder kennt seinen Platz und seine Aufgabe, so funktioniert das System.

»Wenn es also nicht an mir liegt, dann muss ich davon ausgehen, dass es an dir liegt, oder?« Lars sieht ihn weiterhin prüfend an. »Vielleicht an dem, was du ihnen verkauft hast.«

Uche schweigt. Sie haben Mist gebaut, Antoine und er.

»Muss ich etwas unternehmen?«, fragt Lars.

»Ich glaube nicht.«

»Du glaubst nicht.« Er nickt erneut. »Was ist mit deinem Kontakt?«

»Ich habe noch nicht mit ihm gesprochen.«

»Das solltest du aber. Drei Leute sind tot. Ich habe noch nie erlebt, dass einer an einem Scheißstein verreckt ist.« Es ist seine Art zu fragen, was Antoine und Uche verkauft haben, aber als er keine Antwort erhält, bohrt er nicht nach. Weil er erwartet, dass Uche das Problem behebt, bevor es ihnen auf die Füße fällt. »Ich will keinen Ärger«, sagt er, und was er meint, ist: Lars will Uche nicht mehr Ärger machen als unbedingt nötig, und Uche glaubt ihm das.

Lars wirkt nicht wie jemand, der Spaß an Gewalt hat, aber es gibt Gerüchte über Geschäftspartner, die sich nicht an Absprachen gehalten haben und irgendwann von der Bildfläche verschwunden sind. Von Haifischfütterungen und Gräbern im Dschungel, die niemand mehr findet. Die

Kali'nas tragen ihre Macheten nicht nur zum Freihacken der Leons, so viel steht fest.

»Bring das in Ordnung, ja?«

Uche nickt.

Der Kali'na an der Wand nickt.

Alles läuft sehr zivilisiert ab. Niemand wird laut. Niemand macht irgendwem irgendwelche Vorwürfe. Leute wie Lars sagen nie viel. Sie gehen einfach davon aus, dass alle Beteiligten wissen, wovon sie reden, schließlich würde niemand unvorbereitet in ein Gespräch mit ihnen gehen.

Nervös fährt sich Uche über den Schädel. Ihm kommt die eigene Haut zu eng vor. Als wäre er ein verpupptes Insekt, das kurz vor dem Durchbruch steht. Eingeklemmt zwischen Daumen und Zeigefinger.

Er will nicht zerquetscht werden.

Lars erhebt sich. »Eine Hitze ist das«, sagt er und zieht sich das Hemd von der Brust.

»Die Klimaanlage ist kaputt.«

»Ja. Die Straßen da draußen platzen auf wie Schildkröteneier.« Er schüttelt Uche die Hand und klopft ihm auf die Schulter. »Melde dich einfach, wenn du etwas herausgefunden hast, in Ordnung? Wir kriegen das hin. Wir lassen Gras über die Sache wachsen, und wenn du mir das nächste Mal etwas anbietest, gehen wir das Ganze ein bisschen kleiner an, okay?«

Uche nickt erneut. Dann verlassen Lars und der Schatten die Wohnung. Sie unterhalten sich darüber, wo sie essen gehen können, bevor sie wieder zurückfahren – die Garnelen sollen gut sein –, und Uche nennt ihnen ein paar Restaurants, von denen er glaubt, dass sie Lars' Geschmack treffen.

Sie verabschieden sich wie alte Freunde.

Und als die Tür wieder zu und Uche allein ist, sinkt er an der Wand hinab, streckt die Beine aus, die ihn nicht mehr tragen wollen, und betet zur Jungfrau Maria. Genauso, wie er es in den Minuten getan hat, in denen er auf dem Mars unter dem Walzenlader lag.

Der Schmerz in den Oberschenkeln kehrt zurück, breitet sich aus in die Knie und die Waden darunter, die nicht mehr da sind. Auf Händen und Stümpfen kriecht er zur Couch, wo die Schmerzmittel liegen, schluckt noch zwei Tabletten und verwünscht den Tag, an dem er bei Space Rocks unterschrieben hat.

Niemand hat ihm gesagt, dass der Schoß auch Zähne hat.

Eine halbe Stunde später hat er sich wieder beruhigt. Er kommt zu sich. Der Schmerz hat nachgelassen. Die Panik auch. Langsam steckt er die Prothesen wieder an, geht in die Küche und öffnet das Gefrierfach, in dem ein halbes Dutzend Fertiggerichte liegt. Packung um Packung holt er heraus und legt sie auf die Anrichte. Ein wildes Durcheinander aus Bohnen, Chop Suey und Chicken Nuggets. Ganz hinten steht eine rote Gefrierdose. Ein grüner Deckel mit einer Katze darauf. Uche nimmt sie heraus, öffnet den Deckel und blickt auf den Inhalt hinab.

Es ist nur Eis.

Acht kleine Eiswürfel, keiner größer als fünfzehn Kubikzentimeter. Wenn jemand das Gefrierfach öffnen und in diese Dose schauen würde, müsste er annehmen, Uche will sich irgendwann einen Drink mixen. Es ist nichts Verdächtiges dabei, Eiswürfel im Kühlschrank zu haben.

Doch Uche ist der Einzige, der Eis von einem Jupitermond im Kühlfach hat.

6

Französisch-Guyana, l'Île du Lion Rouge

Das Schwimmbad im Zentrum der Insel hat vierundzwanzig Stunden, sieben Tage die Woche geöffnet. Es ist eines der wenigen grundsoliden Gebäude auf der Insel, und der Eintritt ist billig.

Trotzdem lassen sich hier selten Kinder blicken. Manchmal an den Nachmittagen in den Ferien, aber spätestens, wenn die Sonne untergeht, kommen nur noch Erwachsene her. Meistens allein, viele kennen sich.

Es ist ein einfacher Flachbau mit Gemeinschafts- und Einzelkabinen, einem Whirlpool, Kalt- und Salzwasserbecken und einer Theke, an der gegessen und getrunken werden kann. Laut wird es nie, es wird auch keine Musik gespielt. Die Decke ist niedrig und mit dunklen Metallplatten verkleidet, die das große Bassin darunter spiegeln, sodass der Hauptraum gleichzeitig niedrig und hoch wirkt. An den Seiten sind Bodenlichter angebracht, die alles in ein angenehmes orangenes Licht tauchen. In diesen Räumen herrscht immer irgendwie Nacht, und es ist nichts für Leute mit Klaustrophobie.

Aber die kommen auch nicht her.

Almira zieht ihre Bahnen, hundert Meter Brust, hundert Meter Kraul, von vorn. Manchmal wenige Meter Rücken, zum Entspannen, wenn ihr die Knie wehtun.

Heute jedoch nicht. Das Chlorwasser brennt ihr in den Augen, sie hat die Brille vergessen, vermutlich liegt sie auf der Bank im Flur. Dafür hat sich der Schmerz aus der Hüfte verabschiedet, ein Nerv ist wieder dahin gesprungen, wo er hingehört. Auf den Bahnen neben ihr schwimmen ein halbes Dutzend andere Spaceworker, schweigend und konzentriert, während Harald am Beckenrand entlangläuft und alles im Blick hat, was in seiner Schwimmhalle passiert.

Auf einer der Liegen am Rand spricht Tony Vassallo leise in sein HolMag, vermutlich mit einem seiner Kinder. Schon als Almira mit ihm in der Grubenwehr war, hat er in jeder freien Minute seine Familie angefunkt. Er ist verlässlich und seit wenigen Monaten in Rente. Sie wird ihm nachher ein deutsches Bier ausgeben, wenn sie an der Theke stehen, weil er das am liebsten mag. So ist es üblich in der Grubenwehr. Ein Kodex unter Kumpeln. Die Jüngeren kaufen für die Älteren, weil es hart ist, wirklich alt zu werden unter Tage im Schoß. Es ist eine Geste des Respekts.

Nach einer weiteren Bahn schwimmt sie an den Rand, tritt einen Moment lang Wasser, bevor sie sich langsam nach unten bis auf den Beckenboden gleiten lässt. Dort verharrt sie in dieser merkwürdigen Position, beinahe, als würde sie sitzen.

Nach wenigen Herzschlägen gewöhnt sie sich an den Druck in den Ohren, an das seltsame Gefühl, dass ihr Blut in den Kopf steigt, während ihre Glieder schweben. Trotz des Brennens öffnet sie die Augen. Das Licht bricht sich an der Wasseroberfläche, es ist still, und alles in ihr kommt zur Ruhe. Wird leichter, der Ballast ihrer kreisenden Gedanken fällt ab, und was bleibt, ist ein fast tierischer Instinkt, eins zu sein mit dem, was sie umgibt. Ausgeliefert zu sein. Wie im Schoß.

Alle Spaceworker lieben das Wasser. Näher können sie der Schwerelosigkeit hier unten nicht kommen, und manchmal haben sie einfach Sehnsucht danach. Nach der Leichtigkeit des Alls und dass sich der Druck, der auf ihnen lastet, hebt. Dann kommen sie hierher und tun das Gleiche wie Almira.

Sie gehen unter.

Und für wenige Sekunden fühlt es sich ein bisschen so an wie da oben.

Das ist der Grund, warum Space Rocks das Bad gebaut hat und es in Schuss hält. Es erspart ihnen manche Therapie. Einige Kumpel sind drei-, viermal die Woche hier, andere nur gelegentlich, aber alle kommen sie wieder. Denn die Rückkehr nach unten ist schwer, und wer einmal im Schoß war, kommt nicht unversehrt zurück.

Als ihr die Luft ausgeht, gleitet Almira langsam wieder nach oben, sie atmet tief ein und stützt sich auf den Beckenrand. Mit dem Handgelenk wischt sie sich das Wasser aus den Augen. Als sie sie öffnet, sieht sie nackte Knie und blickt auf.

Gutmütig und ein bisschen amüsiert lächelt Harald auf sie herab. Das weiße Unterhemd hebt sich grell gegen seine gebräunte Haut ab, dunkle Sommersprossen überziehen Schultern und Gesicht. Haare und Bart sind noch immer so rot wie in seiner Jugend. Ein echter Rotschopf. Inzwischen hat er die sechzig längst überschritten und auch sein Idealgewicht. Aber man sieht ihm noch an, dass er mal schwer gearbeitet hat, an den breiten Schultern und den muskulösen Oberarmen. Er ist kein Typ für jeden Geschmack, aber Almira gefällt er.

57

»Komm am Wochenende vorbei, ich koche uns was«, sagt er ohne Begrüßung und reicht ihr die Hand, um sie aus dem Wasser zu ziehen.

Sie lässt sich aus dem Becken helfen, er gibt ihr das Handtuch, das sie an der Stirnseite auf eine Liege gelegt hatte.

»Warst du wieder fischen und hast zu viel?«, fragt sie, während sie sich abtrocknet.

»Was soll ich sagen, ich fange sie alle.«

Sie schnaubt, dann setzt sie sich auf die nächstgelegene Liege und drückt das Handtuch in die Haare. Harald setzt sich ihr gegenüber, schaut aber aufs Becken. Seit zehn Jahren ist er hier angestellt, siebzehn Mal musste er Wiederbelebungsmaßnahmen durchführen, nur zwei hat er verloren. Aber da hätte niemand mehr etwas machen können, der Schaden war schon lange vorher angerichtet.

»Du hast gehört, was passiert ist, oder? Mit Olivier«, fragt sie und legt sich das Handtuch um den Hals.

»Dachte, du kannst vielleicht ein bisschen Aufmunterung gebrauchen.«

»Und ich dachte, deine Kinder kommen zu Besuch.«

Er winkt ab. »Olga musste beruflich nach New York, und Katarina lässt ihren alten Herrn sitzen, weil sie eine Einladung zu einem dieser *Meet New Friends*-Events gekriegt hat. In Oslo!« Der Ton verrät, was er davon hält.

»Meine Eltern haben sich bei so was kennengelernt.«

»Eben, das sind doch nichts weiter als Verkupplungsbörsen. Das Zuchtprogramm für Spaceworker.«

»Kommen die besten Stuten bei raus.«

Diesmal lacht er. Harald lacht so laut, dass sich die anderen nach ihnen umsehen, bevor er mit dem Fuß gegen ihren stößt. »Was ist also? Fisch am Samstag, dazu Wein und die beste Gesellschaft, die diese Hölleninsel zu bieten hat?«

58

»Wer könnte da widerstehen?«

»Eben.« Noch einmal drückt er ihre Hand, dann steht er auf. »Ich helf mal Gustav aus dem Wasser.«

Sie beobachtet ihn dabei, wie er die Prothese vom Regal holt und ans flache Ende des Beckens tritt, um einem anderen Kumpel zu helfen, und sie merkt, wie sich die bedrückende Stimmung ein wenig von ihr hebt.

Seit zwei Jahren kennen sie sich nun schon, aber Almira ist nicht die einzige Frau, die Harald zum Essen einlädt. Das stört sie nicht. An einem Freitag haben sie sich kennengelernt, als er schlecht gelaunt war und sie vor Schmerzen kaum den rechten Arm heben konnte. Inzwischen weiß er, dass sie am Morgen nicht gesprächig ist, und sie bringt ihm keine Erdbeeren, weil er darauf allergisch reagiert. Almira ist froh, dass er nicht jeden Tag vor ihrer Tür steht und davon ausgeht, dass sie seine Wäsche wäscht, nur weil sie sich hin und wieder treffen. Sie halten es unverbindlich, Harald verlangt nichts von ihr und sie nichts von ihm. Sie tun sich gut.

Nachdem sie sich eine Weile ausgeruht hat, geht sie in die Kabine, duscht, zieht sich an und verstaut die nassen Sachen in einer Tasche. Als sie das HolMag aus der Hosentasche zieht, blinkt es. Ohne es umzubinden, aktiviert sie die eingegangene Nachricht.

Es ist Susanna, ihre Koordinatorin bei Space Rocks. Sie sieht blass aus und blickt direkt in die Kamera, als hätte Almira am anderen Ende gesessen. Das Haar nachlässig mit einem bunten Haargummi hochgebunden, der aussieht wie von einem Kind. Almira erinnert sich daran, dass Susanna Zwillinge erwähnt hat.

»Du musst umgehend in die Zentrale in Kourou kommen. Melde dich, sobald du das hier siehst.«

Almiras erster Gedanke ist: *Mist, sie brauchen mich für die Grubenwehr.*

59

Es ist nicht das erste Mal, dass Space Rocks versucht, sie noch einmal auf einen Rettungseinsatz zu schicken; erfahrene Leute, die krisenerprobt sind, gibt es nicht wie Sand am Meer. Aber Almira hat ihren Dienst geleistet, manche Dinge muss man irgendwann auch den Jungen überlassen, und sie hat klar formuliert, dass so etwas nicht mehr infrage kommt.

Ihr zweiter Gedanke ist: *Laure.*

7

Französisch-Guyana, l'Île du Lion Rouge

Antoine meldet sich nicht.

Uche hat es über alle Kanäle versucht. Aber es lässt sich kein Kontakt herstellen. Zuerst hat er noch geglaubt, Antoine würde das Signal einfach nicht hören. Das kann passieren, manchmal ist man eben abgelenkt. Dann hat er den Messenger versucht. Wieder nichts. Und auch die Speakline bleibt tot.

Ist Antoine etwas passiert? Ein Unfall? Möglich ist alles.

Ist ihnen die EASF längst auf den Fersen? Haben sie ihn schon abgeholt? Hat Lars herausgefunden, wer Uches Lieferant ist? Auch das ist möglich.

Uche kann nicht darauf warten, dass Lars sich ein zweites Mal bei ihm meldet, denn dann wird das Gespräch anders verlaufen. Er hat schon vieles überlebt, die Bombe in Cayenne, die Messerstecherei in Lyon, das Feuer auf dem Mond und den Unfall auf dem Mars – er will jetzt nicht als Haifischfutter enden. Oder klein gehackt zwischen den Wurzeln eines Kapokbaums als Futter für die Krokodile. Er muss wissen, was in dem Eis von Europa steckt und drei Leute umgebracht hat. Deshalb will er rüber nach Kourou.

Uche stellt den Rucksack neben die Wohnungstür. In der

Innentasche liegt die schmale Kühltasche mit dem Eis, und er ahnt, dass sie ihm Ärger machen wird wie ein schlechtes Opfer an die Loa, wenn man sie um Hilfe bittet. Die Proben müssen irgendwie kontaminiert gewesen sein. Das kann beim Tauen und Wiedereinfrieren schnell passieren. Er hat sich darauf verlassen, dass Antoine das Eis überprüft, aber offenbar ist das nicht geschehen. Unter welchen Umständen Montgomery, Richter und Isabella das Eis auch zu sich genommen haben, es hat sie vergiftet.

Misstrauisch beäugt Uche den Rucksack.

Während er nach der Konsole neben der Tür greift, um die Wohnung auf seine Abwesenheit vorzubereiten, zittert ihm die Hand. Als er die Fenster verdunkelt, klingelt es plötzlich an der Tür.

Erstarrt bleibt er stehen. Keinen Finger kann er rühren. Dieses Geräusch ist ihm auf einmal so verhasst, als würde es selbst jeden Moment die Patrone aus einer Pistole lösen, die ihn trifft.

Es klingelt ein zweites Mal.

Wie in Zeitlupe hebt er den Arm und berührt die Konsole neben der Tür. Der Bildschirm zeigt den Raum davor. Und Janique, die auf der anderen Seite steht. Einen verschlissenen Rucksack über der Schulter. Seinem eigenen nicht unähnlich.

Die Erleichterung bricht wie ein Tsunami über ihn herein, und über sich selbst erstaunt öffnet Uche die Tür. In letzter Zeit beunruhigt ihn so vieles.

Janique grinst und hebt die Hand. »Na, wie geht's?«, fragt sie in ihrem merkwürdigen Französisch, dem jeglicher Dialekt fehlt, selbst die anerzogenen. Als wären sie auf einen Kaffee verabredet gewesen.

Er sieht ihr über die Schulter, aber da ist niemand. Von unten hört er Kinderstimmen, vielleicht sind die Proctorkids wieder vor dem Haus. Es sind keine schweren Stiefel zu hören. Das Surren von SARs bleibt aus. Stattdessen riecht es nach Bouillon d'aurora, weil Lulu, die Portugiesin im zweiten Stock, wieder für ihre Studiengruppe kocht.

»Kann ich reinkommen?«, fragt Janique irritiert und wirft ebenfalls einen Blick über die Schulter. Sein Verhalten macht sie nervös.

Uche zögert.

Dann tritt er schließlich doch zur Seite und lässt sie herein. Als sie an ihm vorbei ins Wohnzimmer geht, fällt ihm auf, wie schmal sie geworden ist, seit er sie das letzte Mal gesehen hat. Sie treffen sich nicht oft, eher zufällig, oder wenn sie wieder einmal Geld braucht, doch seit ihrer letzten Begegnung hat sie sicher noch mal fünf Kilo verloren. Im Gegensatz zu Ricki ist sie nicht wie ein Ochse gebaut.

Janique war immer schon zierlich für eine Spaceworkerin, aber zäh. Jetzt sieht sie einfach nur dürr aus. Ihr rasiertes Haar wächst wieder, die Falten um ihren Mund haben sich tief eingegraben, und ihre Lippen wirken eingefallen. Das Narbengewebe, das sich vom Hals bis zum Handgelenk des rechten Arms zieht, glänzt feucht. Im Gegensatz zu Spaceworkern wie Almira verfügt sie nicht über die vererbte bessere Strahlenresistenz oder das geringere Schmerzempfinden. Sie plagt sich mit den Schäden an ihrem Körper genauso herum wie er. Kein Wunder, dass sie Schmerztabletten isst wie andere Bonbons.

»Ich dachte mir, dass ich vielleicht ein paar Tage bei dir bleiben kann«, sagt sie und zieht dabei eine merkwürdige Grimasse, halb Lächeln, halb Vorsicht.

»Bist du aus deiner Wohnung geflogen?«

»Ach, das war doch sowieso eine Bruchbude.« Ein Schulterzucken.

Unrecht hat sie damit nicht, ihr Straßenzug ist schon

zweimal überschwemmt worden. Space Rocks hat im Schnellverfahren neue Leitungen ver- und die Häuser trockengelegt. Doch von den Fundamenten zieht die Nässe in den Putz. Es ist immer klamm und schimmelt schnell.

Uche will sie nicht hier haben. Er kann sich jetzt nicht darum kümmern. Er hat andere, dringendere Probleme.

Aber er kann auch nicht Nein sagen. Weil sie sich so lange kennen und auf einem halben Dutzend Einsätzen zusammen waren. Weil sie mal eine ziemlich gute Ingenieurin war und ihm auf dem Mars den Arsch gerettet hat. Ohne sie wäre er unter dem Walzenlader jämmerlich zugrunde gegangen. Sein Glück hat viel mit ihrem Können zu tun gehabt.

Manchmal hat er allerdings den Verdacht, dass sie die Sache mit seinen Beinen schlechter wegsteckt als er und sich Vorwürfe macht, ihn nicht eher rausgeholt zu haben. Das ist ein Grund dafür, dass sie sich so selten sehen. Dabei hätte das seine Beine auch nicht mehr gerettet.

»Du kannst die Couch haben«, sagt er deshalb, und sie nickt dankbar. »Ich muss ein, zwei Tage weg, ich geb Bescheid, wenn ich wieder zurückkomme.«

Ein paar Augenblicke stehen sie einander stumm gegenüber, dann zieht er ihre Hand zur Konsole neben der Tür, um ihre Fingerabdrücke für das Türschloss zu sichern. Anschließend nimmt er den Rucksack und schwingt ihn sich über die Schulter.

Bevor er die Tür hinter sich zuzieht, sagt er: »Ich will das Zeug nicht in meiner Wohnung, okay?«

Kurz zögert sie, als würde sie abwägen, ihre Sucht abzustreiten. Doch dann nickt sie ein zweites Mal, während sich Uche ein bisschen wie ein Heuchler vorkommt. Die Strafen für den Eigenbedarf von Chalk sind niedrig im Vergleich zu dem, was ihm an Jahren droht, sollte irgendwer mitkriegen, dass er extraterrestrischen Staub schmuggelt. Aber er hat das Zeug schon immer gehasst. Weil es so leicht daherkommt, beinahe wie Kopfschmerztabletten, und sich ihrem Bedarf so gut anpasst. Es gibt Gründe dafür, warum es vor allem bei Spaceworkern beliebt ist und sich so rasant unter ihnen ausbreitet.

Doch wenn er Janique ansieht, muss er daran denken, wie sie durch die Schwerelosigkeit geflogen ist. Wie andere Leute auf Surfbrettern durch die Wellen. Ihre Hilflosigkeit auf der Erde kommt ihm fremd vor. Als hätte ein Alien ihren Körper übernommen. Von dem Kumpel, den er einst gekannt hat, ist nicht mehr viel übrig, und das Bedauern darüber überrollt ihn wie eine Welle.

Er schließt die Tür.

8

Luxemburg, Esch-sur-Alzette

Während Bogdan zielt, denkt er an die Pferde.

An die Sommer in Ivandvor und das Stampfen der Hengste. Den Geruch von trockenem Heu und an das Dutzend Katzen, die mit trägem Blick alles beobachten, während sie unter ihren Pfoten zappelnde Nager halten. Er denkt an die aus der Perspektive eines Jungen unendlichen Wiesen, deren Gras sich vergeblich gegen die Dürre stemmt.

Bogdan korrigiert die Pistole ein Stück nach unten.

Die Tiere haben ihm das Leben gerettet, da ist er sich sicher. Seine erste Erinnerung ist die einer winzigen Hand auf der zitternden Flanke eines Lipizzanerfohlens, und seine erste Liebe war die zu einem schwarzen Hengst, diesem Einen-unter-Hundert, der schwarz bleibt. Ihretwegen hat er durchgehalten, bis er alt genug war, die Faust seines Vaters aufzuhalten. Später hat er an sie gedacht, während neben ihm Kameraden an Fassaden heruntergerutscht sind, und noch später, als sich herausgestellt hat, dass es schwer ist, sich den Krieg wieder abzugewöhnen.

Bogdan denkt immer an die Pferde, wenn er sich konzentrieren muss. Dann bildet er sich manchmal ein, dass er sie riechen kann, und eine große Ruhe überkommt ihn. Als wäre er noch immer dieser dürre Junge aus Đakovo, der mehr Zeit im Stall verbringt als zu Hause, weil Pferde nicht grausam sind.

Er drückt ab.

»Was sagst du?«, fragt ihn Müller, der neben ihm steht und kritisch auf den Probenkoffer starrt, als wüsste er nicht recht, was er von dessen Inhalt halten soll. Der Schweizer hat eine Schwäche für Kampfroboter; selbst zu schießen, hält er für altmodisch und ineffektiv. Er ist ein guter Soldat, aber er war auch nie bei den *Aufräumern*.

Bogdan legt die Waffe zurück in den Koffer. Die Geräte am Ende des Raums senden ihm die Daten auf das Display neben ihm. »Nicht schlecht. Die Waffe liegt leicht in der Hand, für meinen Geschmack fast zu leicht, aber wer's mag. Effizient, guter Energieverbrauch. Leichtes Gepäck. Könnte ich mir vorstellen, um Protestmengen von innen aufzulösen.«

Müller nickt. »Die Hitze wird gerade unangenehm genug, um die Leute zu vertreiben, aber nicht stark genug, um sie gleich umzubringen.« Er wackelt mit den Augenbrauen, und Bogdan erinnert sich an die letzten Probleme mit einer Hitzewaffe, die ihnen eine Klage wegen Körperverletzung durch Verbrennungen eingebracht hat. Die Rechtsabteilung konnte das zwar abbiegen, Abmahnungen hat es für das Team trotzdem gehagelt.

»Bestell ein Dutzend zum Testen«, sagt er, »und verteil sie an Leute, die damit umgehen können.«

»Geht klar.« Müller schließt den Koffer und verlässt den Schießstand. In seiner hellen Kleidung verschwimmt er beinahe vor den Milchglaswänden der Halle.

Bogdan kneift die Augen zusammen, manchmal reagiert

er empfindlich auf zu grelles Licht, das sind die Überbleibsel aus seiner Zeit in der Arktis.

Er vertraut seinem Stellvertreter, Müller hat ein gutes Gespür für Leute und weiß, wer von den Ex-Militärleuten im Team zu trigger happy ist. Er kann sich selbst noch gut daran erinnern, wie schwer ihm die Umstellung gefallen ist. Wer darauf trainiert ist, beim ersten Schuss zu töten, ist manchmal zu schnell mit einer Entscheidung, wenn es nur darum geht, jemanden aufzuhalten oder einzuschüchtern.

Bogdan wendet sich ab.

Die Räume für Romain Claviers private Sicherheit befinden sich in der Etage unter seinem Büro in der Spitze des Padalka-Towers, im Gegensatz zur Konzernsicherheit, die im zweiten Stock ihren Sitz hat. Die Trainingshalle und der Schießstand bilden zusammen ein Atrium, über dem die Büros, Aufenthaltsräume, Duschen und Umkleidekabinen liegen. Die obere Ebene erreicht man innen über Leitern, Stangen und schmale Trittbretter, die sich automatisch nach oben und unten bewegen, damit die Wege kurz bleiben. Treppen und Fahrstühle gibt es nur außerhalb des Areals. Jeder Winkel ist erleuchtet, und überall prangt das goldschwarze Space-Rocks-Logo, dieses Netz unter dem *SR*.

Als könnten sie vergessen, für wen sie arbeiten, wenn sie nicht permanent daran erinnert werden. Selbst in ihre Trainingskleidung ist das Logo eingestickt. Bogdan ist sich sicher, dass das Marketing ihnen das Logo noch auf die Stirn tätowieren lassen würde, wenn es dürfte.

Er schwingt sich auf ein Trittbrett, das automatisch nach oben fährt. Noch bevor es in der zweiten Ebene ankommt, springt er herunter. Sein fensterloses Büro befindet sich direkt über dem Schießstand, und er verbringt mehr Zeit darin, als es sein Job rechtfertigen würde. Zu viele Nächte schläft er auf der absenkbaren Liege, und in dem versteckten

Schrank zwischen den Regalen befinden sich zu viele private Sachen. Die untere Hälfte des Raums hat er mintgrün streichen lassen, während die obere Hälfte weiß ist, und oft genug muss er sich deswegen den Spott seiner Kameraden anhören. Schweigend lässt er ihn über sich ergehen, denn es ist ihm ein bisschen peinlich, zugeben zu müssen, dass es aus Sentimentalität geschehen ist.

Die Ställe in Ivandvor besaßen dieselbe Farbe.

Er schluckt eine Tablette gegen die Kopfschmerzen und sieht den Trainingsplan für die nächste Woche durch. Die Übungen werden um zusätzliche Stunden mit den nicht tödlichen Waffen erweitert. Das kann nicht schaden. Er will, dass seine Leute aufmerksam bleiben und aus einer Reihe Strategien wählen können. Anschließend trinkt er den Viertelliter verdünnten Apfelessig, der gut für seine Verdauung ist, und macht sich daran, die überfälligen Berichte zu verfassen.

Das ist der Teil seiner Arbeit, den er am wenigsten mag, weil das Controlling immer etwas zu empfehlen hat und glaubt, es könnten noch Einsparungen an einem Skelett vorgenommen werden. Er will nicht mehr mit Menschen, die keine Ahnung vom Einsatz haben, darüber diskutieren, ob es wirklich notwendig ist, schon wieder neue Schutzwesten zu kaufen. Als würden die Copkiller nicht auch weiterentwickelt. Das hat er sich früher nicht träumen lassen, dass der Job als persönlicher Sicherheitschef eines CEO mit dermaßen viel Bürokratie verbunden ist. Formular über Formular, Anträge und Protokolle, wenn am Ende eines jeden Tages doch nur eins wirklich zählt: dass der Klient noch lebt.

Clavier selbst lässt ihm vieles durchgehen, seit Bogdans Team die erste Entführung verhindert hat, aber offiziell ist Bogdan eben doch bei Space Rocks und nicht bei Clavier angestellt und muss sich den Konzernregeln beugen und

Rechenschaft ablegen. Er weiß, dass die anderen Security-abteilungen ihn nicht besonders mögen, weil er sein eigenes Team hat, seine eigenen Räume in Claviers Nähe, und auf den menschlichen Faktor setzt statt auf Hightechausrüstung, die keine Ahnung davon hat, wie lange es dauert, getrocknetes Blut unter den Fingernägeln herauszukratzen.

Aber solche Antipathien interessieren ihn nicht mehr. Es ist ein guter Job, selbst mit der ganzen Formularausfüllerei. Weitere Ambitionen hat er nicht. Fünf Jahre wird er noch für Space Rocks und Clavier arbeiten, dann läuft sein Vertrag aus, und die Prämie wird fällig. Danach setzt er sich zur Ruhe und wird sich um die Pferde kümmern. Vielleicht auch um Miran und Franka, die sind inzwischen beide erwachsen; schon möglich, dass sie ihren Vater besser kennenlernen wollen.

Er dimmt das Licht.

Als er mitten in der Abrechnung für die Neuerwerbungen steckt, meldet sich sein HolMag. Es ist Annabella, Claviers Assistentin, die kleine Rothaarige, die immer aussieht, als wäre sie selbst beim Militär gewesen, so gerade, wie sie dasteht.

Sie hält sich nicht mit Förmlichkeiten auf. »Sie müssen sofort hochkommen«, sagt sie. »Es wird eine Notsitzung einberufen.« Dann beendet sie das Gespräch, bevor es begonnen hat.

Irritiert lässt er den Arm sinken und greift sich seine Weste mit Waffe aus dem Sicherheitsschrank. Tiger, der gerade für den aktiven Dienst bei Clavier eingeteilt ist, hat keinen Alarm ausgelöst, also ist es kein akuter Notfall, ein Blick auf den Nachrichtenkanal zeigt keine Eilmeldung. Es muss die Konzernsicherheit oder Clavier betreffen.

Auf dem Weg zum Fahrstuhl gibt er Müller Bescheid, damit sein Team weiß, wo er sich aufhält. Er betritt Claviers persönlichen Aufzug, der ihn ohne Zwischenhalt direkt in die oberste Etage bringt.

Als sich die Türen öffnen und er den Gang betritt, stehen Mitarbeiter in kleinen Gruppen zusammen und sprechen aufgeregt miteinander. Annabella wartet bereits vor ihrem Büro auf ihn. Knapp winkt sie ihn zu sich.

»Ich dachte, ich soll zu Clavier?«, fragt Bogdan, während er an ihr vorbei ins Büro geht, das jeden Tag aussieht, als wäre sie gerade eingezogen. Nichts liegt herum.

Sie schüttelt den Kopf und schließt die Tür hinter ihm. Das Display in der Wand neben dem Schreibtisch zeigt, dass ein Sicherheitsprogramm läuft, das den Raum auf Zugriff von außen überprüft.

»Das ist im Moment nicht möglich«, sagt sie. »Ich habe Sie hergebeten, um Ihnen die Situation zu erklären, damit Sie Ihr Team auf die kommenden Wochen vorbereiten können. Die Konzernsecurity ist bereits informiert, sie leiten alles ein, um unsere Sicherheitsmaßnahmen zu erhöhen. Dasselbe erwarte ich von Ihnen in Bezug auf Monsieur Claviers persönliche Sicherheit.« Sie bietet ihm weder an, sich zu setzen, noch nimmt sie selbst Platz. Stattdessen schiebt sie ihm auf dem Schreibtisch ein Blue-Paper-Quadrat entgegen, auf dem drei Abhör-Microsysteme liegen. »Die wurden in den Toilettenvorräumen und der Gemeinschaftsküche dieser Etage gefunden.«

»Warum weiß mein Team nichts davon?«

»Die Überwachungsdrohne hat sie erst vor acht Minuten gefunden. Sie sind die Ersten, die davon erfahren.« Annabella dreht eines der Displays auf ihrem Schreibtisch zu ihm um.

Zuerst begreift er gar nicht, was die Daten ihm sagen sollen, doch dann erfasst er das Ausmaß der Katastrophe und warum Annabella ihn sehen wollte.

Es werden zwei Spaceworker auf Kallisto vermisst, nachdem sie den Befehl verweigert haben, und der Zustand der erkrankten Crewmitglieder verschlechtert sich weiter. Die Mission wird zum Desaster.

»Wer immer diese Abhörsysteme bei uns hinterlassen hat«, sagt sie, »hatte Zugang zu diesen Räumen und hat gehofft, dass er in relativ kurzer Zeit von schwatzenden Mitarbeitern etwas Diskriminierendes erfährt, das er nutzen kann.«

Bogdan richtet sich auf und verschränkt die Arme. »Jemand, der die schlechten Nachrichten von Kallisto kannte und sie für sich nutzen will.«

Sie nickt. »Wir stehen unter Beschuss.«

9

Französisch-Guyana, l'Île du Lion Rouge

Die Armstrong Bridge erstreckt sich glänzend von der
Insel rüber zum Festland. Ihre Endtürme spiegeln die
Wolken und das Rot-Grün des Ozeans, und an manchen
Tagen sieht sie beinahe aus wie eine wabernde Fata Mor-
gana. Sie ist das Glanzstück der Insel und wirkt wie das Tor
in eine bessere Welt.

Mit einem Dutzend anderer Passagiere fährt Uche mit
dem Fahrstuhl im Einstiegsturm nach oben, der Kabinen-
boden ist aus Glas, sodass der Eindruck entsteht, man würde
schweben. Oben angekommen, hält er das Handgelenk an
den Scanner, als Bewohner der Insel bezahlt er nichts für den
Transport. Er steigt in den Highbus, der über die eigentliche
Straße rollt. Die Türen des Busses und des Turms schließen
sich, und ohne Ruckeln setzt sich der Bus in Bewegung. Unter
ihm fahren die Wagen und iBikes. Einige wenige Menschen
gehen sogar zu Fuß über die Brücke. Vermutlich Touristen,
die die Hitze unterschätzen. Es kommt nicht selten vor, dass
Leute von der Brücke springen, um an Land zu schwimmen, weil sie es nicht mehr aushalten. Wenn sie Glück haben,
kommen sie mit einem gebrochenen Bein davon.

Uche stellt den Rucksack auf den Platz neben sich. Die

Klimaanlage vertreibt den Schweiß von der Stirn, und die grünen Innenwände erinnern an das tunnelhafte Baumgeflecht über den Flüssen des Waldes. Doch statt Ottergeschnatter und Piharufen hört man nur das Brummen der elektrischen Leitungen.

Ihm gegenüber sitzt eine Mutter mit ihrem Sohn. Sie teilen sich einen Maniokfladen, während der Junge das HolMag seiner Mutter gerade biegt und irgendetwas anschaut.

Uche denkt an seine eigene Mammy, aber die Erinnerungen werden immer blasser. Mit jedem Jahr verschwinden sie mehr hinter den Bildern des letzten gemeinsamen Tages. Das Blau-Gelb-Rot des Anschlags zerstört die Erinnerungen wie die Bombe alles andere.

Er weiß noch, dass sie eine blaue Hose und ein weißes Shirt getragen hat. Und goldene Ohrringe. Die Zöpfe neu geflochten, weil es eine große Familienzusammenkunft war. Karneval in Cayenne, und alle sind sie gekommen. Sie sind den Fluss hochgefahren, haben sich in der Wohnung eines Cousins umgezogen, den Staub von den Gliedern gewaschen. Trockene Sachen angezogen. Acaisaft getrunken. Und gelacht, gelacht. Dann sind sie losgegangen, um zu tanzen, zu essen, Leute zu treffen, Nachbarn und Freunde. Uche erinnert sich nicht mehr an das, was die folgenden zwei Stunden betrifft. Nicht an die Bombe selbst oder wie er ins Krankenhaus gekommen ist. Nicht an die Gliedmaßen, das Geschrei und den Staub. An nichts. Nur daran, wie ihn ein Mann mittleren Alters zwei Wochen später ins Flugzeug gesetzt hat. Nach Frankreich, zu dieser entfernt verwandten Familie, von der er nichts wusste. Die sein Kreolisch nicht verstand und ihn ansah, als wäre er etwas anderes als ein Mensch. Nicht aus Bosheit, nicht aus Arroganz, sondern weil sie sich nicht vorstellen konnten, was aus jemandem wird, der eine solche Tragödie überlebt.

Als Kind hat er oft gedacht, dass sich an jenem Tag, als er seine Eltern, Großeltern, Geschwister, Tanten, Onkel und Cousins verloren hat, etwas an ihn geheftet haben muss, das die Leute riechen oder irgendwie spüren können und was sie heimlich abstößt. Wie ein böser Geist.

Der Junge ihm gegenüber lacht. Die Mutter schüttelt den Kopf und teilt das letzte Stück Fladen.

Uche wendet sich ab. Er sieht aus dem Fenster rüber zum Festland, wo sich hinter den Häusern der Dschungel wie eine grüne Mauer erhebt. Der Himmel, der Wald, das Wasser; die Natur malt hier mit breiten Pinseln.

Er muss Antoine finden. Deshalb fährt Uche jetzt rüber nach Kourou. Keine drei Minuten dauert es zum Festland. Er erhebt sich, die Mutter zieht ihren Sohn vom Plastiksitz. Zurück bleiben die Maniokkrümel, über die Uche hinwegsteigt. Das Display zeigt nun Werbung für Restaurants und Nachtclubs.

Schon der erste Schritt aus dem Turm hinaus auf die Straße macht klar, dass sie die Insel verlassen haben. Es riecht anders, es fühlt sich anders an. Die feuchtwarme Luft ist vom Lärm der Fahrzeuge und Bikes erfüllt. Die Straßen werden von Westsidepalmen und Olivenbäumen gesäumt, die mit den 40 Grad Hitze gut umgehen können. Überall sieht man die alten Häuser mit ihren bordeauxfarbenen Spitzdächern und den hellen Fassaden. Manche Einheimische nennen die Stadt abfällig *Pastellcity*.

Aber Uche mag das. Der grelle Himmel sticht ihm genug in die Augen. Trotz der unruhigen Geschichte war Kourou schon immer eine sanfte Stadt, mit ihren Hügeln und halbhohen Gebäuden. Sie galt als verschlafenes Nest, bevor der Weltraumhafen an Bedeutung gewann. Niemand hat sich für den Ort interessiert, selbst als die ESA längst ihren Stützpunkt hier errichtet hatte. Doch jetzt ist es eine

Boomtown, genau wie Cayenne. Vor sich das Meer und im Rücken den Dschungel, konnten die beiden Städte nur in die Breite wachsen, und so schließt sich das Küstenband immer dichter und dichter, als würden sich die Städte rechts und links die Hände reichen.

Während der Fahrt durch die Straßen rauschen die Sonnenschirme, die überall gespannt sind, an ihm vorbei und werden zu einem bunten Streifen. Obwohl der Weltraumhafen der Gegend zu einer florierenden Wirtschaft verholfen hat, sieht die Stadt ein bisschen heruntergekommen aus. Das Wetter frisst an den Fassaden wie die Totenkopfäffchen an Abfallresten.

Wenigstens gibt es nicht so viel Müll wie in anderen Gegenden. Die Stadt versucht immer noch, Touristen anzuziehen, tagsüber verkauft sie sich als familienfreundliche Oase mit dem Paradies gleich vor der Tür, nachts als exotische Brutstätte aller Arten von Leibesfreuden. Ein bunter Reigen unter der schützenden Hand religiöser Gemeinden, deren Kirchen aussehen wie Clubhäuser.

Das ist es, was die jungen Leute präsentiert bekommen, bevor sie die Verträge mit den großen Unternehmen des Asteroid Minings unterschreiben.

Uche wischt sich den Schweiß von der Oberlippe. Trotzdem steigt er eine Haltestelle eher aus, denn die letzten Meter will er laufen, um den Kopf freizukriegen, auch wenn es ihm seine Hüfte übel nimmt.

Hin und wieder wirft ihm jemand einen Blick zu, daran merkt er, dass er sich nicht mehr unter Spaceworkern befindet. Er ist nicht genetisch modifiziert, aber irgendetwas verrät ihn. Nicht jeder Blick ist freundlich, vielen ist die Rentnerinsel vor Kourou ein Dorn im Auge. Wer zu fünft in zwei Zimmern wohnt, muss es für ein Luxusressort halten. Da interessiert es nicht, dass die Wohnungen schimmeln, ein Drittel der Bevölkerung chalkabhängig und die Selbstmordrate doppelt so hoch ist wie auf dem Festland. Der Rest verschuldet sich für die medizinische Nachsorge. Wer einen Pool vor der Tür hat, soll nicht klagen – denn niemand glaubt an den Schwarzen Kaiman am Boden des Pools.

Als Uche in die Avenue des Îles einbiegt, sieht er an einer Fassade Plakate der Corps-pur-Bewegung kleben. Sie ist wie ein Geschwür, das immer weiterwächst. Ihre Wurzeln hat die Bewegung in der Demokratischen Republik Kongo. Obwohl die Gründer dem römisch-katholischen Glauben nahe standen, sind in der Bewegung inzwischen verschiedene Glaubensansätze aufgegangen. Ziel ist es, sämtliche genetischen oder biotechnischen Eingriffe am Menschen zu verhindern, allerdings gibt es innerhalb der Bewegung unterschiedliche Auffassungen darüber, wie weit die Verweigerung reichen soll. Während manche Anhänger selbst Herzschrittmacher und Prothesen ablehnen, ziehen andere die Grenze bei vorgeburtlichen Eingriffen oder Modifikationen. Durch die weite Verbreitung der Bewegung gibt es kein lenkendes Zentralorgan, sondern mehrere, zum Teil unabhängige Zellen, die sich in ihrer Radikalität sehr unterscheiden.

Er hat schon Mitglieder getroffen, die waren gegen künstliche Hüftgelenke. Das war so absurd, da hat er beinahe Mitleid mit ihnen gehabt, hätte ein Arm dieser Bewegung nicht die Gedärme seiner Familie auf dem Asphalt verteilt.

Am liebsten würde er ausspucken. Erst als ihn ein Mann anrempelt, merkt er, dass er stehen geblieben ist. Der Mann blickt ihm geradewegs in die Augen.

Kein Versehen, Bruder.

Uche wüsste gern, ob der Mann ihn auch angerempelt

hätte, wenn Uche kein Spaceworker wäre, sondern seine Beine durch einen Verkehrsunfall verloren hätte. Bei diesen Typen weiß man nie, womit sie gerade ein Problem haben.

Mit zu Fäusten geballten Händen geht er weiter, ohne etwas zu sagen, aber die Wut treibt ihm das Blut ins Gesicht. Er kann nicht riskieren, dass die Security ihn wegen einer Prügelei aufgreift, nur weil er den Mund aufgemacht hat.

Uche ist sich bewusst, dass der Mann ihm nachstarrt, bis er um die Ecke gebogen ist, und für einen kurzen Moment riecht die Luft nach Asche.

Antoine wohnt in einem teuren Komplex am Lac du Bois Chaudat. Früher hat er auch auf der Insel gelebt, doch durch die Werbeverträge und die Schmuggelei hat er genug Geld gemacht, um wieder von ihr fortzugehen. Er könnte auch das Land verlassen, aber aus irgendeinem Grund bleibt er hier. Vielleicht weil er an diesem Ort ein Nationalheld ist. Eitelkeit bindet genauso wie Patriotismus.

Uche erreicht den Wohnkomplex, der nicht aus Holz gebaut ist, sondern spiegelnde Fassaden besitzt, glänzende Displays, Logokacheln und Sicherheitsschranken. Jede Etage hat ihren eigenen Garten, Rollbänder und Stauräume für iBikes. Im Erdgeschoss gibt es Geschäfte, Ärzte und Restaurants. Besucher kommen problemlos hinein und hinaus, die Fahrstühle erfordern keine Berechtigungsschlüssel. Erst in den Etagen selbst finden sich Sicherheitsschranken vor dschungelgrünen Plexiglastüren, die verhindern, dass sich unerwünschte Gäste zu den Wohnungen begeben. Die Bewohner zahlen für ihre Ruhe wie für alles andere.

Uche verspürt den Impuls, sich die Füße abzuputzen und den Schweiß aus dem Gesicht zu wischen. Dabei ist er in einem Komplex wie dem hier aufgewachsen, in den Straßen von Metropole und Toulouse mit ihren leuchtenden Geschäften und attraktiven Verkäufern. Den gut riechenden Wohnungen, als hätte jemand Parfum darin versprüht. Den Bewohnern, die immer nach Urlaub aussahen, erholt und gepflegt. Mit glänzender Haut und teuren Haarschnitten. Diesen Leuten, die stets nett waren, selten schlecht gelaunt und immer höflich. Jeder Kindergeburtstag ein großes Fest.

Während er in der geräumigen Fahrstuhlkabine nach oben fährt, denkt Uche auch daran, wie unwohl er sich in ihrer Mitte gefühlt hat. Und dass er mit fünfzehn die Hebebühne im Parkdeck lahmgelegt hat. An die Befriedigung, die der Zerstörungswut folgte, weil für einen kurzen Moment der Rhythmus dieser Leute unterbrochen war.

Das hat ihm eine Ohrfeige von Christopher eingebracht und verzweifelte Blicke seiner Maman, die er so nennen sollte, obwohl sie nur eine Cousine zweiten Grades seiner Mammy war. Keinen Monat hat es gedauert, bis sie ihn aufs Internat geschickt haben. Weil sie angeblich nicht mehr wussten, wie sie mit ihm reden sollten. Diesem schwierigen Teenager, der nachts noch immer nach der toten Mutter und den Geschwistern rief, die er tagsüber mit keinem Wort erwähnte.

Dabei wollte er gar nicht reden, der fremde Akzent rollte ihm schwer von der Zunge. In seiner Klasse nur Mitschüler mit ebenso gepflegten, netten Eltern. Aber dann endlich hatte er ein Ziel vor Augen. Weltraumbergbautechnologe. Das klang nach Verantwortung, nach Bedeutung. So weit weg wie möglich. Als er das erste Mal zum Mond geflogen ist, hat seine Maman beim Abschied geweint. Und Christopher hat ihn umarmt, als wäre Uche einer seiner Söhne und nicht nur ein entfernter Verwandter seiner Frau, den sie bei sich aufgenommen haben, weil es sonst niemanden gab, der sich um den Jungen kümmern konnte.

Uche hat ihnen jeden Euro zurückgezahlt, den die Ausbildung gekostet hat. Er ist unabhängig geworden, hat sich seine erste eigene Wohnung gekauft. Das erste Boot. Doch mit jedem weiteren Flug sind die Anrufe bei seiner Maman seltener geworden, bis er sie ganz eingestellt hat. Weil er immer noch nicht wusste, was er zu ihr sagen sollte. Zu dieser Frau, die ihn getröstet und in jenen Nächten, in denen er schweißgebadet aus Albträumen erwacht ist, an seinem Bett gesessen hat. Toulouse war nicht Cayenne und Uche kein Franzose. Seine Sprache klang nur ein bisschen so wie das, was seine Maman sprach. Und am Ende ist er nie ganz einer von ihnen geworden, ein *Stadthund*.

Das Problem ist nur, dass er auch nicht mehr richtig hierher gehört. Als hätten die großen Städte zu sehr auf ihn abgefärbt. Das allumfassende Grün erstickt ihn beinahe, die Musik in den Häusern geht ihm auf die Nerven, der ewige Optimismus auch. Das Klima bekommt ihm nicht mehr. Er sehnt sich nach kühleren Winden und festeren Straßen und nach einem Ort, der den Sternen nicht so nah ist.

Uche sieht nach unten.

Die Bodenleuchten zeigen ihm den Weg. Er fährt bis zur vierten Etage, steigt aus und tritt an die Sicherheitsschranke, hinter der die Milchglastür den Blick aufs Innere des Gangs und die Dutzende Wohnungen versperrt. Daneben befindet sich ein glänzender Bambustresen, auf dem eine Schale mit Papageienschnabelblumen steht, deren Geruch den Raum erfüllt.

Ein junger Mann sieht Uche lächelnd entgegen, vermutlich ein Hmong. Während er Uche begrüßt, wischen seine Finger weiter über ein Display, bearbeiten Wünsche der Bewohner und ordnen die Putzdrohnen an.

Uche nennt Antoines Namen.

Der junge Mann nickt. Aber es passiert nichts. Antoine gibt keine Erlaubnis hereinzukommen. Uche blickt zur Tür und erwartet irgendwie, dass Antoine jeden Moment erscheint, um ihn zu begrüßen. Ein bisschen sauer vielleicht, weil Uche ihre Sicherheitsregeln umgeht.

»Versuchen Sie es noch mal«, sagt er, als nichts geschieht.

Der Mann nickt erneut. Sein Ausdruck bleibt professionell freundlich. Nach einigen Augenblicken fragt er: »Haben Sie sich angemeldet?«

Uche schüttelt den Kopf.

Die Mimik ändert sich, drückt Ratlosigkeit ob dieser Unhöflichkeit aus.

»Es soll eine Überraschung sein.«

Der Blick wird misstrauisch.

»Wir sind Kollegen.« Uche ahnt, dass der Mann nun überlegt, ob er Uche kennen müsste. Der Blick gleitet über ihn hinweg wie ein Scanner.

»Ich kann Ihnen leider nicht helfen. Es antwortet niemand.« Es klingt beinahe bedauernd. »Möchten Sie eine Nachricht hinterlassen?«

Uche schüttelt erneut den Kopf. »Sind Sie sicher, dass er nicht da ist?«

»Tut mir leid, aber das fällt unter die Privatssphäreregel. Ich kann Ihnen leider nicht sagen, ob er nicht anwesend ist oder nur nicht öffnet.«

Uche blickt in die Kamera, die an der Wand neben der Tür hängt. Er ist sich sicher, dass Antoine ihn erkennen und hereinlassen würde, wenn er da wäre. Kurz wägt er ab, den Portier zu bestechen. Doch wahrscheinlich zeichnet die Kamera alles auf.

Wer weiß noch von dem Europa-Eis? Hat Antoine auch an andere verkauft? Hat er irgendjemandem davon erzählt? Hat er von Uche erzählt? Wenn niemand weiß, woran Montgomery, Richter und Isabella gestorben sind, kann auch niemand eine Verbindung ziehen. Oder doch?

81

»Wenn hier etwas passieren würde, würden Sie das mit-kriegen, oder?«, fragt er. »Wenn zum Beispiel…« *Ein Feuer ausbricht, jemand erschossen oder ein Bewohner entführt wird.*

Der Mann starrt ihn, ohne zu blinzeln, an, aber seine Irri-tation überträgt sich trotzdem.

Uche winkt ab. »Schon gut.« Er verabschiedet sich.

Er weiß, dass Antoines Freundin Theresa in einem Nachtclub in der Nähe arbeitet, dort wird er es als Nächstes versuchen. Vielleicht hat sie eine Ahnung, wo Antoine ist.

Doch bis der Club öffnet, hat er noch eine andere Sache zu erledigen.

Er geht denselben Weg zurück, den er gekommen ist. Als er das Gebäude verlässt, wischt er sich mit der Hand über die Stirn, zum hundertsten Mal an diesem Tag. Der Schmerz in den Hüften nimmt wieder zu, der Asphalt in Kourou ist nicht der beste; wenn Uche zu lange zu Fuß unterwegs ist, bekommt er Schwierigkeiten. Überall um ihn herum leuchten plötzlich die öffentlichen Displays und Hologramme mit einer Eilmeldung auf. Das V-Display an einer Haltestelle projiziert eine blinkende Schlagzeile.

Kallisto-Orbiter zerstört – ein Toter, zwei Verschollene.

Uche glaubt nicht, was er da liest. Es kann nicht sein.

Er denkt an Almira.

Er denkt an Laure.

Und bekreuzigt sich, als würde er noch immer jeden Sonntag in die Kirche gehen.

Almira hätte nichts sagen dürfen.

Vielleicht hört das Universum doch zu.

10

Luxemburg, Esch-sur-Alzette

Romain beobachtet, wie die anderen am gegenüberliegenden Ende des Raums hereinkommen.

»Das ist der erste Kaffee, den ich heute trinke«, sagt Felix, während er durch die Tür tritt. »Beinahe wäre ich auf dem Weg hierher eingeschlafen.« Er fährt sich den Sessel am anderen Ende des riesigen Konferenztisches heraus. Auf der Stirnseite, Romain direkt gegenüber.

»Welchen Sinn hat es, Kaffee einzuschränken, nur um dann Koffeintabletten zu schlucken?« Rachele schüttelt den Kopf und setzt sich an die Längsseite neben Felix. Mit Daumen und Zeigefinger zieht sie eine der Kaffeetassen zu sich heran, während sie gleichzeitig auf ihr HolMag schielt, um die stetig hereinkommenden Nachrichten zu überfliegen. Als Leiterin der PR-Abteilung wird sie permanent darüber informiert, was die Öffentlichkeit über Space Rocks zu sagen hat. Und im Moment gibt es nichts, worüber mehr geredet wird.

Es ist keine zufällige Platzwahl.

Die Führung eines Unternehmens ist manchmal wie Schach spielen, Romain ist der König und Felix die gegnerische Dame auf dem Platz ihres Königs. Rachele und

Felix sind nicht dumm und wissen sehr genau, was sie tun und welchen Eindruck sie mit ihrer Platzwahl erwecken. Im sechsundzwanzigsten Stock des Padalka-Towers beziehen sie Stellung auf dem Schlachtfeld, *Servientes equites* im aufziehenden Krieg, der unvermeidlich ist. Die Trennlinie verläuft in der Mitte des Tisches.

Gegen das, was Romain bevorsteht, waren alle bisherigen Auseinandersetzungen lediglich Scharmützel auf den wirtschaftlichen Ackerfeldern der Großindustrie. Doch jetzt geht es ums Ganze, nun muss er beweisen, was er kann und ob er dazu in der Lage ist, die Firma zu führen, genauso wie die Männer vor ihm.

Er muss die Zweifler in Schach halten und die Unentschiedenen für sich gewinnen. An diesem Tag ist es nur eine familiäre außerordentliche Sitzung mit Geschäftsführer und Anteilseignern, aber in einer Woche wird es eine Abstimmung des Gesellschafterausschusses geben, und Romain ahnt, was auf der Tagesordnung steht. Er muss sicher sein, wie die Abstimmung ausfällt.

Romain hat den Verdacht, dass der Versuch, seine Mitarbeiter abzuhören, intern gesteuert war, aber solange er es nicht beweisen kann, wartet er ab.

»Es ist der Magen.« Felix reibt sich den Bauch. »Ich vertrag's einfach nicht mehr. Jenseits der fünfzig musst du aufpassen.«

Rachele winkt ab, und stumm beobachtet Romain, wie sich der Raum füllt.

Mit im Schoß verschränkten Fingern und übereinandergeschlagenen Beinen sitzt er da, starr, als würde ihn das alles nichts angehen, als wäre er nur ein Gast auf der Veranstaltung eines anderen. Weder greift er nach dem Kaffee noch tut er so, als würde er auf einem Display etwas lesen oder ein Telefonat führen. Die anderen sollen sich seiner Aufmerksamkeit bewusst sein, und niemand soll auf die Idee kommen, er wäre verlegen oder nervös. Auch das gehört zur Kriegsführung. Deswegen ist der König die wichtigste Figur auf dem Feld, selbst wenn er nur von hinten das Geschehen betrachtet. Er ist das Symbol. Wenn er fällt, bricht alles zusammen.

Romain hat nicht vor, in die Knie zu gehen.

Auch wenn seine Finger zucken. Aber das sind nur die Nerven, eine lästige Nebenwirkung des Litozells, die er seit ein paar Monaten verspürt. Dr. Rochert hat gesagt, er solle sich keine Sorgen machen. Genau genommen hat er gesagt, es werde sich wieder geben, wenn Romain das Litozell lässt, aber das ist doch quasi dasselbe.

Wenn das hier alles vorbei ist, wird er sich auch darum kümmern. Um die Pillen; die vier Stunden Schlaf in guten Nächten; das Laufband neben seinem Bett, mit dem er manchmal die Pillen ersetzt. Vielleicht Urlaub machen und auf eine Insel fahren, sich auf dem Meer treiben lassen, Cocktails trinken, zur Ruhe kommen. Wenn es sein muss, auch ohne Geraldine, deren Klienten so zeitraubend und fordernd sind wie das Geschäft mit den Sternen. Romain wird sich um alles kümmern. Später.

»Ich bin jedes Mal beeindruckt, wenn ich herkomme, erstaunlich, was?« Mit den Fingerspitzen fährt seine Cousine Emily über die Wand und legt ihre Tasche auf einem Sessel genau zwischen Felix und Romain ab.

In die Marmorverkleidung der Wände ist brauner Pseudobrookit eingelassen, der im Licht der unsichtbaren Deckenlampen wie etwas Wertvolles schimmert. Dabei fördert Space Rocks das Zeug eimerweise auf dem Mond. Wenn Romain wollte, könnte er seinen Besprechungsraum vollständig damit auskleiden lassen.

Mit dem zu engen Etuikleid über den üppigen Rundungen und dem sanften Lächeln wirkt Emily wie eine Praktikantin, die zum ersten Mal die Big Player live erleben darf und noch darüber verwundert ist, dass sie tatsächlich existieren. Dabei ist sie schon länger dabei als die meisten von ihnen und hat ein halbes Dutzend dieser *Personae* im Repertoire.

Dass sie in dieser Angelegenheit mit ihrer naiven Freundlichkeit ins Feld zieht, erstaunt Romain, aber vielleicht soll ihn das einfach beruhigen, bis sie die Maske fallen lässt.

»Setz dich neben mich«, fordert sie Ricardo auf, der gerade eingetreten ist und sich verlegen umsieht.

Der Junge, der eigentlich nur wenige Jahre jünger ist als Romain, zögert, setzt sich dann jedoch neben sie. Immer wieder wirft er nervöse Blicke zu den Fenstern, hinter denen Drohnen und Copter schweben, um ins Innere der Space-Rocks-Zentrale zu spähen. Reine Zeitverschwendung, die Scheiben geben nichts preis außer dem reflektierten Abbild der Wolken. Der ganze Tower ist abhörsicher, und die Security schläft nie.

Romain hat sich schon oft gefragt, ob Ricardo vielleicht gar nicht wirklich zur Familie gehört und stattdessen adoptiert wurde, so nervös, wie er wird, wenn es ums Geschäft geht. Als wären da ein paar Gene einfach ausgeschaltet worden. Seine Kleidung sieht nachlässig aus, der Haarschnitt ist altmodisch, als würde Ricardo auf all das wenig Wert legen. Als hätte ihm nie jemand beigebracht, worauf es wirklich ankommt im Leben.

Romain kann mit ihm nichts anfangen, für ihn ist Ricardo wie ein gestrandeter Wal, der auf dem Trockenen hin und her zuckt und sich bei dem Versuch, ins Wasser zurückzukommen, hilflos krümmt. Aber der Junge hält eben seinen Anteil am Unternehmen, deshalb sitzt er wie die anderen an diesem Tisch und hat ein Recht darauf, gehört zu werden. Weil sein Großvater der Bruder des Firmengründers war und die richtige Frau geschwängert hat. So einfach ist das. Leute wie sie lernen Erbrecht wie andere Rechnen und Schreiben. Immerhin gehört er zur direkten Familie und nicht zum angeheirateten Zweig wie Daniel und Felix. Romain darf ihn nicht ignorieren.

Genauso wenig wie Nicklas, Luis und Svenja, die zur selben Zeit hereinkommen und sich auf derselben Seite des Tisches niederlassen. Nicklas, ihr CFO, in der Mitte, die beiden anderen zu seinen Seiten, Svenja auf Romains Hälfte des Tisches, Luis hinter der unsichtbaren Linie in Felix' Nähe.

Das überrascht Romain, das hat er nicht kommen sehen. Ausgerechnet Luis, der Leiter seiner Kallisto-Mission, bringt Abstand zwischen sie.

Romain ahnt, dass es mit der nicht gewährten Beteiligung im Jahr zuvor zu tun hat. Er hat sich immer gefragt, ob Luis das Projekt genauso viel bedeutet wie ihm, immerhin war er von Anfang an dabei, als Romain seine Vision entwickelt hat.

Heute erhält er also eine Antwort darauf. Menschen mit Weitblick sind selten, und Felix muss ihm eine Position angeboten haben, die zeitnahe Erfolge verspricht. Als stellvertretender Aufsichtsratsvorsitzender kennt er genügend Leute, um entsprechende Angebote unterbreiten zu können.

Auf Luis kann sich Romain also nicht mehr verlassen, er muss sich auf Emily und Nicklas konzentrieren, seine Stärke vor ihnen beweisen, damit sie daran glauben, dass er gewinnen kann.

Als Nächste betritt Romains Mutter den Raum, auch sie kommt in Begleitung. Kurt hat die Hand auf ihren Rücken gelegt und sich zu ihr hinuntergebeugt, weil sie leise spricht. Er überragt die meisten Menschen und hat das Neigen von

Kopf und Rumpf zu einem komplexen System entwickelt, an dem man ablesen kann, wie viel Respekt er seinem Gegenüber entgegenbringt. Es ist keine Überraschung, dass er sich neben Emily auf Romains Seite des Tisches setzt.

Schon seit Längerem hat Romain die Vermutung, dass hinter Kurts sachlichem Kalkül im Grunde eine Schwäche für seine Mutter steckt. Eine Verliebtheit, die das Überbleibsel vergangener Jahrzehnte ist. Das würde erklären, warum er erst in seine Position als CTO aufgestiegen ist, als Romains Vater längst das Zeitliche gesegnet hat. Vielleicht ist Kurt seiner Mutter etwas schuldig und hat seinen Platz daher so gewählt. In Kriegszeiten werden Schulden eben eingefordert.

Regungslos beobachtet Romain, wie sich seine Mutter an seine Seite setzt, die Zeichen des Alters sichtbar, ein permanent schmerzender Rücken, die stets zitternden Hände, aber unnachgiebig bis ins Grab. Sie ist das, was man *alte Schule* nennt. Ein seit Hunderten von Jahren unverändert vererbter Verhaltenskodex, der sich längst mit ihren Zellen verbunden hat. Leute wie sie interessiert die sich ändernde Moral nicht. Sie halten fest an dem, was sie als Stärke kennen und anerkennen. Schwäche ist etwas für Leute, die es nicht besser wissen. Dieses System hat sich bewährt, daher erhalten sie es aufrecht.

Sie sieht ihn nicht an, niemand tut das, solange der König nicht gesprochen hat, nicht einmal sie, die sich sonst so viel herausnimmt. Ganz gleich, wie wütend sie noch auf ihn ist, sie kennt das Spiel, und nichts liegt ihr ferner, als Romains Autorität zu untergraben. Es gibt keine bessere Dame als sie.

Plötzlich fällt Schweigen über den Raum.

Die letzte Figur betritt das Feld.

Der andere König.

Einen Moment lang bleibt Daniel im Türrahmen stehen, sieht sich um, spricht mit jemandem auf dem Gang und macht einen Scherz, als wären das hier seine Räume, sein Personal und sein Kaffee. Dann erst kommt er herein. Lächelnd und grüßend, die Stirn sorgenfrei glatt, der Anzug aus Vikunja-Wolle.

Für einen Vorstandsvorsitzenden wirkt er unscheinbar. Er war schon immer ein Mann, dessen Anzüge eher ihn zu tragen scheinen als andersherum. Sein Gesicht ist so nichtssagend, dass man es nach der ersten Begegnung gleich wieder vergessen hat. Er drängt sich nicht in den Vordergrund, er posiert nicht. Doch auf ihn kommt es an.

Ihm steht Romain gegenüber, auch wenn Daniel auf der anderen Seite des Tisches neben Felix an der Längsseite Platz nimmt, als wäre er der zweite Mann, die rechte Hand. Aber das ist er nicht. Er ist der Kopf, der fallen muss.

Romain nickt. Nun sind sie vollzählig. Alle Stühle sind besetzt und alle Figuren aufgestellt.

Annabella schließt die Tür.

Die Schlacht beginnt.

11

Luxemburg, Esch-sur-Alzette

Kannst du uns sagen, was passiert ist?«, beginnt Felix und beugt sich ein Stück nach vorn, die Unterarme auf die Tischkante gestützt, die Finger verschränkt.

»Wir haben euch die relevanten Daten aufbereitet.« Romain deutet auf die Displays. »Wir haben sicher einen Mann verloren, und den Orbiter. Zwei Mitglieder gelten nach einer Befehlsverweigerung als verschollen.«

»Mein Gott«, flüstert Emily, obwohl sie so wenig gläubig ist wie der Rest von ihnen.

Romain hebt das Kinn. »Wir werten die Daten aus, aber das nimmt Zeit in Anspruch.«

»Ist es wahr, dass sich das Fieber von zwei der drei in der Station Verbliebenen weiter verschlimmert und wir vielleicht noch mehr Leute verlieren?«, fragt Felix.

»Ja, das scheint so zu sein, wobei das dritte Mitglied bisher überhaupt nicht betroffen ist. Aber wir müssen noch weitere Daten abwarten, um ein genaues Bild zu erhalten.«

»Das ist nicht viel«, erwidert Felix und runzelt die Stirn. Nicht missbilligend, nur besorgt, als wüssten nicht alle am Tisch, dass er von Anfang an gegen das neue Kallisto-Projekt und den Ausbau der *Chione* war.

Es hat Jahre gedauert, den Vorstand von Romains Vision für den vierten Jupitermond zu überzeugen, die Freigabe zu erhalten, weil die Erweiterung der Station von dem abweicht, was sein Vater angelegt hat, und Profit in weiter Ferne liegt. Dafür sind die Investitionen horrend. Space Rocks ist als Partner seit der zweiten Kallisto-Mission dabei, doch zu Lebzeiten seines Vaters war es nicht geplant, dass das Unternehmen die Führung beim Ausbau eines Weltraumhafens übernimmt. Dieser favorisierte die Beteiligung mehrerer Unternehmen, um die Risikoverteilung und Investitionen weiter zu splitten. Romains Kurswechsel kommt nicht bei allen gut an, weder intern noch bei der Konkurrenz, die sich zum Teil aus einem zukünftig wichtigen Markt verdrängt sieht. Schon bei der dritten Mission haben sie einen Mann verloren, mit der neuen Crew wollte sich Romain profilieren.

Aber jetzt schweigt er. Er wartet. Der König erklärt sich nicht.

Er trinkt Kaffee. Der ist noch heiß und dampft vor sich hin. Vor fünf Minuten hat ihm Annabella das dritte Mal nachgeschenkt, weil Felix laut verkündet hat, dass er keinen Kaffee mehr verträgt. Deshalb ist sie Romains Assistentin. Sie ist sein Turm.

»Ich fürchte, wir brauchen mehr als das«, sagt Felix und sieht auffordernd in die Runde, woraufhin Rachele nickt.

»Wir müssen der Öffentlichkeit bald etwas sagen können, sonst ist der Imageverlust enorm«, fügt sie hinzu. »Meine Quellen bei Lindenhof und TecAd haben mir mitgeteilt, dass sie bereits Gespräche mit unseren Vertragspartnern in den USA und Peking geführt haben, weil sie anbieten, uns zu ersetzen. Die Geier kreisen.«

»Ihr werdet mehr bekommen, wenn wir mehr wissen«, erwidert Romain. »Es sind erst wenige Stunden vergangen.«

»Beinahe zwei Tage.« Felix gibt nicht nach, er wird lauter.

»Das ist nichts, gemessen an der Entfernung, die wir hier zugrunde legen. Das IPN ist nicht gerade eine Standardtelefonleitung, und der Jupiter unterbricht die Verbindung immer wieder.«

»Und das war ja auch von Anfang an das Problem, nicht wahr?«, fragt Daniel sanft und lehnt sich zurück, die Hände im Schoß wie ein Großvater. Es sind die ersten Worte, die er während dieser Sitzung spricht, und Romain sieht, wie seine Mutter den Kopf senkt, einem angriffslustigen Bullen gleich.

Dieser Fehler geht auf Romain, er hätte die Falle sehen müssen, doch er ist geradewegs hineingelaufen. Das darf ihm kein zweites Mal passieren, er muss sich besser konzentrieren.

Natürlich nutzt Felix Romains Lapsus, um seinen Zug zu machen. Er wendet sich an Emily. »Wir müssen ernsthaft darüber reden, ob die Zukunft dieses Unternehmens auf den Jupitermonden liegt«, sagt er. »Wie man sieht, sind wir im Falle einer Krise nicht in der Lage, schnell genug zu reagieren, oder wie soll man das anders nennen, wenn uns da draußen Leute an einem Fieber sterben? Das ist doch verrückt. Die Kosten explodieren, Gewinn ist nicht abzusehen. Es war von Anfang an ein Prestigeprojekt, aber jetzt droht uns auch noch enormer Schaden durch den Fehlschlag. Wir haben den Orbiter verloren, wahrscheinlich drei Mitarbeiter, wenn die beiden Befehlsverweigerer nicht wie durch ein Wunder wieder auftauchen, und der Zeitplan verschiebt sich unabsehbar nach hinten.« Er dreht sich zu Luis. »Was meinst du dazu?«

»Als Leiter der vierten Kallisto-Mission schmerzt mich diese Entwicklung natürlich besonders, wir haben da draußen gute Leute verloren, aber auch eine Menge Technik.

Die ESA wird sich bald anderen, lohnenderen Projekten zuwenden, ihr Interesse gilt vor allem der Entdeckung von Leben, ihr nächstes Ziel sind also die Saturnmonde. Wenn wir jetzt die bisher gewonnenen Daten auswerten und in die Patententwicklung gehen, können wir die Bilanz des Projekts positiv bewerten. Investieren wir weiter, droht uns ein enormer Verlust.«

Romains Mutter schnalzt mit der Zunge. »Seid nicht albern, ihr wisst genau, dass das Unternehmen in die Zukunft investieren muss. Wenn es Space Rocks gelingt, sich auf den Jupitermonden zu positionieren, haben wir nicht nur Zugang zum Wasser, sondern auch zu den Trojanerasteroiden und den Ressourcen, die darauf zu finden sind.«

Wer das Jupitersystem kontrolliert, kontrolliert auch die Verkehrswege in den äußeren Rand des Sonnensystems. So einfach ist das. Im Grunde ist Kallisto nur ein weiterer Hafen wie so viele vor ihm, den es zu erobern und zu verteidigen gilt, an einem Fluss, der ins unendliche Meer der Sterne mündet. Nichts hat sich geändert seit den Tagen der alten Könige, nur dass das Gold für die Kronen nun von den Asteroiden kommt.

»Das wird noch Jahrzehnte dauern, ehe sich die Erschließung wirtschaftlich für uns lohnt«, erwidert Felix.

»Das war zu Beginn des Unternehmens auch so, wir müssen in dieser Branche langfristig planen«, fügt Kurt unaufgeregt hinzu, wie es seine Art ist. »Die Beteiligung an den Forschungsprojekten der ESA ist außerdem für unser Image enorm wichtig und sichert uns den permanenten Zugang in die politischen Kreise.« Damit sagt er das, was eigentlich Rachele sagen müsste.

Dass sie es nicht tut, zeigt, auf welcher Seite sie steht. Und Romain fragt sich, womit Daniel sie gelockt hat.

»Genau diese Kooperationen mit der ESA stehen auf

dem Spiel«, mischt sich Luis ein, um dessen Projekt es hier geht. »Wenn wir uns als unzuverlässiger Partner erweisen, werden sie die Zusammenarbeit beenden. Die ELC sitzt uns ohnehin im Nacken und wartet nur darauf, uns Steine in den Weg zu legen.« Er sieht Romain nicht an, während er spricht.

Im Licht der Bildschirme glänzt seine Stirn feucht, und Romain spürt die Abneigung gegen diesen Mann als Kribbeln unter der Haut. Am liebsten würde er Bogdans Männern vor der Tür sagen, sie sollen Luis aus dem Tower werfen und ihm seinen Ausweis abnehmen.

Aber er hält den Mund. Der König lässt sich nicht von Unterlegenen aus der Ruhe bringen.

»Wir haben gute Kontakte zur ESA, die sich seit vielen Jahren bewähren«, wirft Romains Mutter ein. »Sie haben genauso von uns profitiert wie wir von ihnen. Wenn wir die Jupitermonde jetzt aufgeben, werden wir bei Saturn nicht dabei sein. Und genau das können wir uns nicht leisten, wenn wir den Übergang zur Stufe drei in der Raumfahrt nicht verpassen wollen. Die ELC versucht sich an jedem mit Verbindungen in die Politik, das ist nichts Neues.«

»Dinge ändern sich«, antwortet Daniel. »Eine neue Generation wächst heran, die sich nicht unbedingt an alte Absprachen hält.«

Seine Art, subtil Druck zu erzeugen, beantwortet sie mit einem Stirnrunzeln. Sie mag es nicht, wenn er mit ihr redet, als wäre sie eine Anfängerin. Jahrzehntelang hat sie in der Firma gearbeitet, die Kontakte zur Halbleiterindustrie aufgebaut, um ihre Investitionen in Firmenprojekte zu sichern. Als die ersten Asteroiden von unbemannten Raumsonden eingefangen und in die Umlaufbahn des Monds geschubst wurden, um sie in situ zu verarbeiten, hat sie die Prämienschecks unterschrieben. Ein Großteil der Lobbyarbeit baut nach wie vor auf dem auf, was sie vor Ewigkeiten in Gang gesetzt hat. Sie weiß, was auf dem Spiel steht. Zu glauben, diese Dame wäre alt und zahnlos, ist ein bedauernswerter Fehler.

»Außerdem wird es Fragen geben, weil wir mit dem Absturz des Orbiters natürlich die Richtlinien des Planetary-Protection-Abkommens verletzt haben.«

»Mein Gott, Daniel, es ist doch nicht so, als hätten wir die *Eurybia* mit Absicht auf den Mond krachen lassen. Natürlich werden wir die Überreste entfernen.«

»Mit weiteren Kosten.«

»Die ESA und ihre Partner werden sich daran beteiligen. Sie haben ein größeres politisches Interesse daran, sich von der NASA nicht belehren zu lassen.«

»Wir sind nicht die Einzigen, die sich rechtfertigen müssen«, sagt Romain. »Die ESA muss sich ebenfalls äußern. Wir wissen noch nicht, was passiert ist, wer oder was verantwortlich ist. Es liegt in ihrem Interesse, mit uns zusammenzuarbeiten. Wenn die EU ihnen Gelder kürzt, haben auch sie ein Problem. Immerhin war Mercer Green ihr Mann. Er hat die *Eurybia* auf den Mond stürzen lassen.«

»Werden wir Schadensersatz von ihnen verlangen?«, fragt Emily und sieht Romain direkt an.

»Die Rechtsabteilung bereitet sich auf mehrere Möglichkeiten vor, aber eine Forderung an die ESA ist nur im äußersten Notfall ratsam. Wenn wir ihnen vorwerfen, uns inkompetente Mitarbeiter zur Verfügung gestellt zu haben, müssen wir uns unserer Sache sehr sicher sein.«

»Und das sind wir nicht?«, fragt Daniel.

Romain weicht seinem Blick nicht aus. »Warum fragst du das nicht Luis? Wenn in unserer Station oder unserem Orbiter ein Fieber ausbricht, das fünf Leute befällt, müssen wir uns die Frage gefallen lassen, ob mit unseren Systemen etwas nicht stimmt. Wenn wir ihnen vorwerfen, dass Green für eine derartige Mission psychisch ungeeignet war, werden sie alles versuchen, um die Schuld auf uns abzuwälzen. Es wäre fahrlässig für das Unternehmen, wenn wir so arrogant wären und nicht in Betracht zögen, dass unsere Filter hier versagt haben und sich so Bakterien oder Pilze in der Station verteilen konnten.«

»Die Filter kommen nicht von uns, Greif Inc. zeichnet dafür verantwortlich«, springt ihm Kurt bei, und Romain entspannt sich ein wenig.

Er führt diesen Kampf nicht allein.

Luis winkt frustriert ab. »Niemand ist vor Fehlern gefeit. Auch wir mussten aufgrund der Einsparungen so manches Mal die kostengünstigere Variante wählen. Das heißt aber nicht, dass mein Team nicht erstklassige Arbeit geleistet hat.«

Wenigstens diese Ehre besitzt er noch, denkt sich Romain; auch wenn er das Projekt loswerden will, auf die getane Arbeit lässt er nichts kommen. Doch wie gut kann ein Mann die Hand für Hunderte Leute ins Feuer legen? An der Mission waren Dutzende Unternehmen beteiligt, unzählige Zulieferungen durch Subunternehmer wurden geleistet. Selbst der engagierteste Mensch kann nicht jede Schraube kontrollieren, und das ist im All alles, was es braucht, um eine Katastrophe auszulösen.

Auf einmal beugt sich Svenja vor, die bisher stumm geblieben ist. »Als Erstes müssen wir klären, wie wir medizinische Hilfe leisten können. Wir müssen herausfinden, wieso sich der Zustand der Leute verschlimmert. Und natürlich, wann wir die Crew von Kallisto holen. Wir haben ihnen gegenüber schließlich eine Verantwortung.«

»Król ist bei der EASF angestellt, Ludwig und Gramont bei der ESA«, erwidert Felix. »Die sollen sich beteiligen.«

Romains Mutter schüttelt den Kopf. »Das werden sie, aber diese Leute sind in unserer Station, während unserer Mission. Wir können anderen nicht die Führung überlassen und darauf vertrauen, unsere Sachen zu erledigen. Welcher Eindruck soll da entstehen? Außerdem wissen wir noch nicht, was passiert ist. Król könnte auch dafür verantwortlich sein, immerhin ist er der Einzige, der nicht erkrankt ist. Wir wissen nicht, ob es menschliches oder technisches Versagen war, das zu dieser Katastrophe geführt hat, oder warum zwei Teammitglieder plötzlich die Befehle verweigern. Wenn wir die Führung jetzt anderen überlassen, verlieren wir jeden Respekt in der Branche.«

Romain nickt. »Es wäre unklug, anderen die Untersuchungen zu überlassen, wenn wir nicht wissen, was man eventuell findet.«

»Wir müssen die fünfte Kallisto-Mission vorziehen«, wirft Kurt ein. »Die Technik ist bereit, in einigen Wochen könnte die Crew starten.«

Einen Moment lang ist es ganz still, dann ruft Luis: »Das ist doch verrückt!« Er hebt die Hände und schüttelt heftig den Kopf. »Wie stellt ihr euch das vor? Die Mission ist darauf ausgelegt, dass die jetzige Crew ihre Vorarbeiten leistet, diese Aufgaben kann man nicht einfach austauschen, das ist keine Bergungsmission. Wenn sie dort ankommen, wird der Ausbau ein anderer sein, als es vorgesehen war.«

»Eine vorgezogene Mission könnte erhöhte Kosten bedeuten«, gibt auch Nicklas zu bedenken.

»Mag sein. Aber wenn wir ein anderes Unternehmen, das ein Schiff nah am Gürtel hat, dafür bezahlen, dass es hindurchfliegt und unsere Leute abholt, wird das auch nicht billig«, gibt Kurt zu bedenken. »Es ist ja nicht so, dass sie geplant hatten, zu einer solchen Reise aufzubrechen. Das werden sie sich natürlich bezahlen lassen. Und wollen wir

97

wirklich, dass sie sich in Ruhe unsere Technik ansehen und sie einsammeln können?«

Romain nickt. »Mit einer Bergungs- und Aufbaumission könnten wir signalisieren, dass wir dranbleiben.«

Daniel legt eine Hand auf den Tisch. »Die Frage ist doch, ob wir überhaupt dranbleiben wollen? Ob wir eine weitere Mission rechtfertigen können. Oder ob wir nicht eine einfache Bergungsmission zusammenstellen, die Crew und die Technik retten, unsere Zelte auf den Jupitermonden abbrechen und das Kallisto-Projekt beenden.«

Es ist also ausgesprochen.

Sie sehen sich an, die anderen warten und beobachten, der nächste Zug ist entscheidend.

»Ich bin dafür, dass wir ein inoffizielles Stimmungsbild abnehmen«, sagt Felix in die Stille hinein, und selbst Romain ist überrascht, wie schnell der Vorschlag kommt.

Dass es darauf hinausläuft, den Ausbau der Station zu kippen, war ihm klar, aber die Eile, mit der Felix dieses Ziel für Daniel verfolgt, kommt unerwartet. Offenbar geht es diesmal nicht um Finesse, sondern um Zeit.

Romain spürt den Blick seiner Mutter auf sich, er wendet ihr nicht den Kopf zu, senkt nur langsam das Kinn. Sie denken dasselbe: Daniel hat Absprachen getroffen. Absprachen, die die nähere Zukunft des Unternehmens betreffen. Die voraussetzen, dass Gelder frei werden, Kapazitäten und Ressourcen. Er hat Pläne gemacht, vielleicht sogar seine eigene Vision für Space Rocks entwickelt, die er nun erfüllt sehen will.

Aber so leicht wird sich Romain nicht schachmatt setzen lassen.

»Na schön«, sagt Daniel. »Wer ist dafür, eine Bergungsmission zu schicken, die anschließend sofort zurückkehrt, und die Stationierung auf den Jupitermonden aufzugeben?

Wir sollten uns wie bisher auf die M-Asteroiden konzentrieren.« Er hebt selbst die Hand, und Romain muss zusehen, wie Felix und Luis es ihm nachtun.

»Wer ist dafür, dass die fünfte Mission zur Wiederaufbaumission wird?«, hält seine Mutter dagegen, während sie bereits den Arm hebt.

Romain und Kurt tun es ihr gleich. Eine Bewegung aus dem Ellbogen heraus. Die Hand in Schulterhöhe, zwanzig Zentimeter von der Schulter entfernt, wie sein Vater es ihm gezeigt hat.

Patt.

Svenja, Rachele und Annabella haben keine Stimmen. Nicklas, Emily und Ricardo enthalten sich. Betreten sieht der Junge auf die Tischplatte, während Emily entschuldigend mit den Schultern zuckt.

»Ich denke, ich möchte erst noch mehr wissen, bevor wir hier voreilig eine Entscheidung treffen. Es steht immerhin viel auf dem Spiel.«

Romain nickt. Das hat er erwartet. Emily versichert sich gern, dass sie auf der Gewinnerseite steht, sie trifft ihre Entscheidungen stets in letzter Minute. Dass Nicklas sich enthält, ist hingegen nicht ganz überraschend, der Mann wird erst die Zahlen befragen, bevor er sich entscheidet.

Innerlich seufzt Romain, er weiß, dass er Emily überzeugen muss, denn je nachdem, wie sie sich entscheidet, wird sich auch Ricardo entscheiden. So war das schon immer, der Junge ist nichts weiter als ein Anhängsel. Wenn Nicklas auf die andere Seite fällt, braucht Romain ihre Stimmen.

»Nächste Woche Dienstag um vier wird es die endgültige Abstimmung des Gesellschafterausschusses darüber geben«, sagt Daniel und erhebt sich. Er scheint mit dem Verlauf der Sitzung nicht unzufrieden. »Halt uns bis dahin auf dem Laufenden, Romain.«

Romain nickt, auch wenn er es nicht mag, wie ein Angestellter behandelt zu werden. Als er sich erhebt, stehen auch die anderen auf. Einer nach dem anderen verlässt den Raum, bis nur noch seine Mutter bei ihm ist.

Sie umfasst seinen Unterarm, bis sich ihre Nägel durch das Hemd in sein Fleisch drücken. Ganz dicht tritt sie an ihn heran, als wollte sie ihn umarmen. »Du darfst dir keine Fehler erlauben«, sagt sie leise und eindringlich.

»Ich weiß.«

»Felix und Daniel werden versuchen, deinen Einfluss einzudämmen. Sie wollen dich ersetzen, damit sie mehr Kontrolle über die Geschäfte gewinnen.«

»Auch das weiß ich.«

»Dann tu endlich etwas, und versuch nicht, dir die Welt mit Pillen bunter zu machen.« Mit diesen Worten lässt sie ihn stehen, und er bleibt allein im Konferenzraum zurück.

Ein drückender Schmerz bildet sich in seinem Magen, und der Kaffee verursacht ihm Sodbrennen. Er atmet ein paarmal tief durch.

Romain steht unter Druck. Jeden Tag, jede Nacht, jede Stunde. Das ist nichts Neues. Doch die drohende Niederlage war noch nie so hoch. Wenn er jetzt versagt, wird er alles verlieren – seinen Platz im Unternehmen, seine Zukunft, seine Vision des Mannes, der er sein will. Ständig ist da diese Stimme in seinem Kopf, die von Versagen flüstert. Von Verrätern in den eigenen Reihen, die an seinem Stuhl sägen, und er kann das Gefühl nicht abschütteln, dass ihm alles zu eng wird.

Romain schließt die Augen und atmet noch einmal tief durch. Eine Minute wird er sich noch geben, dann wird er es angehen. Denn wenn er nicht herausfindet, was auf Kallisto passiert ist und die anderen in ihre Schranken weist, heißt es bald: *Der König ist tot – lang lebe der König.*

12

Französisch-Guyana, Kourou

Das Forschungsgebäude der Université de Guyane in Cayenne ist nicht zu übersehen. Es ist einer der wenigen Wolkenkratzer in der Stadt und ähnelt einer Miesmuschel. Die Stadt kann es sich nicht leisten, Nutzfläche zu verschwenden, die zur Versorgung eines Hochhauses notwendig wäre. Auch wenn das Land vom Asteroid Mining profitiert, gehen die großen Gewinne doch an die Companies. Wer nicht in der Raumfahrt und allen unterstützenden Dienstleistungen beschäftigt ist, findet schwer ausreichend Arbeit. Die Städte kommen dem Bevölkerungszuwachs kaum bei, und jeder Quadratmeter wird gebraucht. Bürgermeister Solarin achtet darauf, dass die Leute vernünftig bleiben. Daher sind solche architektonischen Glanzstücke selten.

Neben dem Eingang hat eine Bekehrungsgruppe der Corps-pur-Bewegung ihren Tisch aufgebaut, um Studenten und Mitarbeiter der Universität mit Informationsmaterial zu versorgen. Sie sind wie Schmeißfliegen, man kann ihnen kaum entkommen. Ein riesiges Display verkündet: *Haltet eure Körper rein!*

An diesem Tag hat es Uche mit einer eher mild gestimmten Gruppe zu tun. Als er an ihnen vorübergeht, richten sie zwar die Blicke auf ihn, rufen aber weder Beleidigungen noch Drohungen.

Uche lässt sich von einem irritierten jungen Mann ein Infoblatt geben, das er nach wenigen Metern zusammengeknüllt in den Mülleimer neben dem Eingang wirft. Ein Blatt weniger, das einen neuen Besitzer finden kann.

Als er das klimatisierte Foyer betritt, ist ihm ein bisschen schlecht. Auf dem Weg hierher hat er in einem Straßenimbiss Pholourie gegessen und nun Sodbrennen. Er weiß nicht, ob es klug ist, was er hier tut, aber Jada ist die Einzige, die ihm helfen kann.

Zwei Jahre haben sie sich schon nicht gesehen und seit Monaten nicht mehr miteinander gesprochen. Der Unfall auf dem Mars ist nicht schuld am Ende ihrer Beziehung, die war schon lange vorher vorbei, trotzdem wollte Uche nicht wissen, wie Jada bei seinem Anblick reagieren würde. Also hat er jeden ihrer Versuche, mit ihm zu reden, blockiert.

Er weiß nicht, ob sie sich darüber freut, ihn jetzt wiederzusehen. Aber er hat keine Wahl. Es gibt nur wenige Menschen, denen er vertraut, und niemandem so sehr wie ihr.

Es ist später Nachmittag, und die Gänge sind leer. Eine merkwürdige Ruhe liegt über allem, niemand rennt hektisch herum oder redet laut. Es riecht nach Chlor, und die Hinweisschilder helfen dem Besucher in einem leuchtenden Pink. Auch hier gibt es Sicherheitssperren auf jeder Etage, aber nachdem er sich beim Empfang angemeldet hat, wird Uche durch alle hindurchgewinkt. Dabei wäre er nicht überrascht gewesen, wenn Jada ihm durch den Pförtner mitgeteilt hätte, er solle sich zum Teufel scheren.

Die letzten Meter geht er langsam. Viel langsamer, als es seine Prothesen erfordern. Als er vor der Tür zu Jadas Büro steht, wischt er sich die Hände an der Hose ab. Dann klopft er und schiebt die Tür auf. Wie von einer Schnur gezogen tritt er ein.

Sofort fühlt er sich in seine aktive Zeit versetzt. Es ist ein Büro mit angeschlossenem S2-Labor, Dutzenden Bildschirmen, staubfreien Regalen, dem Licht zu vieler Lampen und einigen persönlichen Gegenständen der Mitarbeiter, wahllos auf den Tischen und Fensterbänken verteilt. Ein halbes Dutzend dreckiger Kaffeetassen wartet darauf, in die Spülmaschine gestellt zu werden. Hundert Mal hat er in solchen Räumen gestanden, Proben abgegeben, Anweisungen entgegengenommen. Wie ein Spieler während eines Auswärtsspiels auf fremdem Rasen kam er sich dabei vor. Es ist nicht seine Spielwiese, aber sie ist ihm vertraut.

Jada ist allein. Ruhig steht sie vor dem getönten Fenster. Sie trägt ein mohnrotes Kleid, ohne Laborkittel, zwischen den schwarzen Locken blitzen rote Turmalinohrringe auf. Sie ist älter geworden, genau wie er.

Lange sieht sie ihn an, macht ihre eigene Bestandsaufnahme seines Körpers, scheut nicht den Blick auf seine Prothesen, bevor sie ihm wieder ins Gesicht sieht. »Was willst du hier?«, fragt sie schließlich, und er hört den Seufzer in ihrer Stimme.

Uche wirft einen Blick über die Schulter, aber es ist niemand auf dem Gang. Der ganze Komplex ist eine Geisterstätte in Mint, getaucht in sanftes OLED-Licht.

Einen Schritt geht er auf sie zu. »Du arbeitest spät. Musst du nicht nach Hause?«, fragt er.

»Lâm ist bei Freunden, und ich habe noch zu tun.«

»Wie geht es dir?«

Ungehalten verzieht sie den Mund und legt den Kopf schief. »Was willst du?«, wiederholt sie.

Er macht einen weiteren Schritt auf sie zu. »Du musst etwas für mich tun.«

»Ich muss überhaupt nichts.«

»Bitte.«

Misstrauisch runzelt sie die Stirn und stemmt die Hände in die Hüften.

»Ich würde dich nicht darum bitten, wenn es nicht wichtig wäre.«

»Was ist es?«, fragt sie zögerlich.

»Kannst du eine Analyse durchführen?« Er deutet auf den Rucksack, den er neben sich gestellt hat.

Das Stirnrunzeln vertieft sich. »Warum?«

»Ich muss etwas wissen.«

»Bringt mich das in Schwierigkeiten?«

Er schüttelt den Kopf.

»Lüg mich nicht an, Uche, das kann ich nicht leiden.«

»Ich …«

Sie hebt die Hand. »Nicht!«

Er verstummt.

»Bist du inzwischen in Therapie, wie du es versprochen hast?«, fragt sie unvermittelt.

»Wozu?«

»Du weißt, warum.«

»Es geht mir gut, Jada, wirklich.«

Sie nickt und verschränkt die Arme. »Deshalb kommst du auch nach monatelanger Funkstille zu mir. Nicht weil du in irgendeinem Schlamassel steckst, sondern weil es dir gut geht.« Ihr Blick seziert ihn, und irritiert kratzt er sich eine juckende Stelle am Ellbogen. »Soll ich dir etwas verraten? Wir sehen hier jede Menge Spaceworker. Weißt du, was ihr alle gemein habt?«

Er schüttelt den Kopf.

»Rund um die Uhr seid ihr wütend, es ist immer dasselbe. Ihr seid wütend, weil ihr nicht unversehrt geblieben seid, weil eure Versicherung die medizinischen Kosten nicht deckt, weil ihr viel zu oft Antibiotika nehmen müsst, um die Infektionen zu stoppen, und dadurch eine schlechte Verdauung habt.« Nun tritt sie auf ihn zu, aber er weicht zurück. Ihr Zeigefinger zielt auf sein Herz. »Ihr könnt nicht mehr normal mit anderen Menschen reden, deren Antworten sofort und nicht erst nach Minuten bei euch ankommen. Also sind die einzigen Leute, mit denen ihr wirklich reden könnt, andere Spaceworker, was euch permanent daran erinnert, dass ihr anders seid als andere Menschen. Nicht weil ihr Prothesen tragt, sondern weil ihr macht, was ihr eben macht. Deshalb seid ihr auch auf eure Prothesen wütend, denn nicht mal diese Dinger schaffen es, dass ihr Kontakt zu anderen Menschen herstellen könnt, weil ein Mann, der durch einen Motorradunfall sein Bein verliert, immer noch nicht versteht, was ihr durchgemacht habt. Und weil euch sowieso niemand versteht, gebt ihr euch auch keine Mühe mehr und fangt an, die Leute aus eurem Leben auszuschließen.« Sie atmet tief durch, und Uche schweigt. Es scheint, als hätte Jada eine lange Zeit darauf gewartet, ihm das zu sagen. Ihr Monolog lässt nicht viel Raum für Erwiderung.

Stattdessen bittet er ein weiteres Mal um ihre Hilfe.

»Ich weiß nicht, Uche.«

Schließlich bittet er ein drittes Mal, wie im Märchen. »Ich habe sonst niemanden, der mir helfen kann, Jada, und es ist wirklich wichtig. Glaub mir, ich habe mir unser erstes Treffen nach all dieser Zeit auch anders vorgestellt.«

Irritiert sieht sie ihn an. »Hast du es dir denn vorgestellt?«

Er nickt. Oft genug hat er auch daran gedacht, was hätte sein können, wenn er nicht so viel Zeit im Schoß verbracht hätte. Wenn er irgendetwas auf der Erde gemacht hätte und bei ihr geblieben wäre. Dann wären sie vielleicht zusammen geblieben. Sie würden in Paris leben, vielleicht in London oder Amsterdam. Lâm wäre sein Sohn und nicht das Kind eines anderen. Uche würde sich abends neben sie ins Bett legen und sie zu Jahrestagen kokett auf die Schulter küssen.

Doch so, wie es ist, ist er nur der Mann, mit dem etwas hätte sein können. Und sie ist die Erinnerung, die er hervorgeholt hat, wenn ihm die Reisen durch den Schoß zu lang wurden. Wenn er Sehnsucht nach der Erde hatte. In seinem Bauch war das immer ein und dasselbe: sie und die Heimat. Beides Dinge, die er nicht besitzt, nur eine grobe Vorstellung davon.

Jada seufzt. Und mit dem Ausatmen verschwindet auch die Wut aus ihrem Körper, ihre Schultern sacken nach vorn. Er würde sie gern in die Arme nehmen und all die Jahre vergessen, die dazu geführt haben, dass sie ein Kind mit einem anderen Mann hat. Aber er lässt es.

Sie wird ihm helfen. Er weiß es, bevor sie ungehalten die Hand nach dem Rucksack ausstreckt. An der Art, wie sie die Hüfte einknickt, die Nasenflügel aufbläht und die Lippen aufeinanderpresst, kann er sehen, dass sie sich über sich selbst ärgert.

»Ich melde mich bei dir, wenn ich etwas herausgefunden habe«, sagt sie und dreht ihm den Rücken zu. Er ist entlassen.

Einen kurzen Moment bleibt er noch stehen und betrachtet sie, dann dreht auch er sich um.

Als Uche die Tür fast erreicht hat, sagt sie: »Es hätte mir nichts ausgemacht, weißt du. Wenn du dich nur gemeldet hättest…«

Uche nickt langsam, obwohl sie es nicht sehen kann. Dann tritt er in den Gang und schließt die Tür hinter sich. Sein Rucksack fühlt sich leichter an, sein Herz nicht.

Jada wird herausfinden, was es mit dem Eis von Europa auf sich hat, und das ist im Moment das Wichtigste.

13

Jupitermond Kallisto, Chione-Station

Ich könnte jetzt in einem Pub sitzen und Bier trinken. Und anschließend zu irgendjemandem ins Bett steigen. Stattdessen sitze ich hier fest. So eine Scheiße!«

Mit angezogenen Knien hockt Sam im Modulgang, den Rücken an die Schleusentür gelehnt, und die Kälte, die von außen durch die Tür dringt, kriecht ihm unter die Haut in die Knochen. Zwei Stunden sitzt er schon hier, die Whiskeyflasche ist längst leer und liegt an der Wand neben ihm. Silvester haben sie damit angestoßen, und jetzt hat der Rest daraus ihm einen ordentlichen Rausch beschert.

Er schnippst an den kleinen Plexiglaskäfig, der vor seinen Füßen steht. »Was sagt ihr dazu?«

Gottmaus schweigt. Teufelsmaus gräbt sich durch die Streu.

Sie sind die Letzten ihrer Art, alle anderen Tiere sind in den letzten Monaten eingegangen, schon bevor das Desaster über der *Chione* hereingebrochen ist. Vorher waren sie nur Nummern in einer Liste, aber jetzt hat er sie benannt. *Gott* und *Teufel*, weil die am Ende übrig bleiben, das hat schon sein Vater immer gesagt.

Gott und der Teufel und der FC Sheffield.

»Ich war schon ewig nicht mehr im Stadion. Seit meiner Verpflichtung nicht mehr. Hätte ich gewusst, wie sich das alles hier so entwickelt, wäre ich öfter gegangen.«

Gottmaus zuckt mit der Schnauze. Sie hat nicht viel übrig für seine Stimmung. Seit er Bea und Adrian im Eis begraben hat, steht es mit der nicht zum Besten. Aber irgendwie muss er die Leichen ja erhalten, bis sie jemand abholen kommt.

Es hat eine Weile gedauert, die Löcher mit dem Eisschmelzer tief genug einzubrennen. Peinlich genau hat er darauf geachtet, dass sie nicht im 30-Meter-Landeradius liegen. Auch nicht zu nah am Reaktor, selbst wenn die Verstrahlung den Leichen wahrscheinlich nichts mehr ausmacht. Es schien ihm eine Frage des Respekts zu sein. Da war er noch nüchtern.

Der Rausch hätte das Ablegen der Leichen vermutlich erträglicher gemacht, aber das Risiko, sich mit Anzug und Schleuse zu vertun, war viel zu hoch. Es sind so verdammt viele Knöpfe zu drücken.

»Und ich hab so dicke Finger, siehst du«, sagt er und hält die Hand vor den Käfig.

Teufelsmaus schnuppert und verschwindet schnell in die andere Ecke, wahrscheinlich weht der Geruch von Whiskey durch die Löcher im Plexiglas.

»Du riechst auch nicht gerade nach Rosen, Kamerad«, erwidert Sam ein bisschen beleidigt.

Gottmaus zuckt nur mit dem Schwanz, während sie zum ihm hinaufstarrt. Ihr winziges Mäusegesicht scheint ihm vorwurfsvoll.

Sam sieht zu der Kamera über der Tür am Ende des Gangs und winkt ab. »Die beruhigen sich schon wieder. Dann kriegt die Zentrale eben mal nicht jede Minute übermittelt, was hier draußen los ist. Ich stelle die Kameras schon wieder an.« Er hebt die Hände und schreit: »Außerdem ist das hier doch gerade eine Feier... Beerdigung... eine Beerdigungsfeier!« Er schlägt sich gegen die Brust und versucht zu vergessen, wie er Adrian gefunden hat.

Als das Fieber nicht gesunken ist und Adrian das Blut schon aus Mund und Ohren lief, hat der Commander eine Packung Schlaftabletten geschluckt. Wie er es überhaupt noch ins Labor geschafft hat, bleibt ein Rätsel. Im Modulgang hat Sam ihn dann gefunden, blutig und vollgeschissen, mit gebrochenem Blick. Ein paar Minuten nur hat Sam die Kameramonitore im Comm-Modul aus dem Blick gelassen, weil er nicht damit gerechnet hat, dass ihnen die Zeit so schnell davonläuft. Er wollte doch nur schnell etwas essen. Um bei Kräften zu bleiben.

Und Bea hat einfach so aufgehört zu atmen, während sie noch Sams Hand gedrückt hat. Wie ein Kind hat er sich an sie geklammert und geweigert, sie gehen zu lassen, denn hier draußen, wo es außer ihm und zwei Mäusen niemanden weiter gibt, bringt der Tod eine Einsamkeit mit sich, die nur schwer zu ertragen ist.

In allen Einsätzen, in jedem Krisengebiet, in dem er war, gab es immer noch Menschen irgendwo. Doch hier hinter dem Gürtel ist niemand mehr außer ihm. Nicht mal der Feind hinter der nächsten Häuserecke. Keine Zivilisten, keine entfernten Coptergeräusche, nur das beständige Rauschen der Station.

Gottmaus wendet sich ab, und Sam beugt sich runter zum Käfig, bis seine Nasenspitze fast das Glas berührt. »Ja, davon willst du nichts hören, was? Aufgebahrt hab ich sie da draußen. In ihren silbernen Leichensäcken, wie haltbare Schweinehälften! Und wenn die Zentrale es sagt, kann ich sie auch noch in kleine Stücke hauen, um sie platzsparender nach Hause zu bringen.«

Gottmaus dreht sich zu ihm um und sieht ihn mit ihren roten Knopfaugen unergründlich an.

»Schau mich nicht so an! Was hast du gedacht, was ich mit ihnen mache?« Schwer atmend lehnt er sich wieder an die Schleusentür. »Immerhin. Mercer hat nicht so viel Glück gehabt. Und Laure und João auch nicht. Die bleiben für immer auf Kallisto, diese Idioten... Was hauen sie auch ab? Ich hab ihnen doch gesagt, dass sie hierbleiben sollen...« Er legt die Stirn auf die Knie und würde seine Seele dafür verkaufen, wieder in Leicester zu sein, um wie sein Vater in der Textilfabrik Fasern einzufärben. Aber der Teufel lässt sich nicht blicken. Dem ist es hier draußen zu kalt.

Und auf einmal ist Sam so wütend wie lange nicht mehr.

Weil die anderen ihn allein gelassen haben. Einer nach dem anderen sind sie abgehauen, und er bleibt als Letzter zurück, um sich zu fragen, ob er genauso durchdrehen wird wie seine Kameraden. Wird er vielleicht die *Chione* in die Luft sprengen? Den Reaktor zum Überkochen bringen? Nackt raus aufs Eis rennen?

Im Moment scheint alles möglich. Auch wenn seine Temperatur nicht steigt. Er ist kerngesund. Ein bisschen verstrahlt vielleicht, aber in guter körperlicher Verfassung. Nur sein Kopf läuft nicht ganz rund. Draußen vor der *Chione*, als er die Löcher ins Eis gebohrt hat, da hat er sich plötzlich eingebildet, das Eis würde knacken. Dabei weiß er doch, dass es Einbildung ist, weil in dieser kaum vorhandenen Atmosphäre keine Geräusche übertragen werden.

Das hat ihn ein bisschen beunruhigt. Das kennt er nicht von sich. Zu Hause gilt er als einer, der sich nicht aus der Ruhe bringen lässt. Der seine Emotionen abschalten kann, wenn er den Anzug überzieht und den Helm schließt. Bett ist Bett und Schiff ist Schiff. Das hat er noch nie verwechselt. Doch jetzt gerät alles aus den Fugen. Das Schweigen in der Station kratzt an seinen Nerven, und die Wut, die er auf Laure und João hat, treibt ihm die Galle auf die Zunge.

»Das hätte nicht sein müssen! Sie hatten zwar Fieber, aber nicht so hoch wie die anderen, vielleicht hätten sie es ja geschafft, oder?« Sam sieht die Mäuse an, aber die antworten nicht. Ihre Kommunikation ist nicht die beste.

Er hebt die Hände und wird laut. »Aber sie mussten ja unbedingt mit dem Lander zur Absturzstelle aufbrechen! Wie ich hier wegkomme, hat sie nicht interessiert. Rausgeschlichen haben sie sich! Während ich geschlafen habe, sind sie auf die andere Seite des Monds geflogen.«

Sie haben ihn mit Bea und Adrian allein gelassen und jeden Funkspruch ignoriert. Anklagend sieht er auf die Mäuse hinab.

»Macht man das unter Kameraden?«

Nein. Dieser Vertrauensbruch wiegt schwerer als alles andere.

»Und was sollte ich denn machen, als der Lander plötzlich aufgehört hat zu senden? Wie soll ich denn hier in der Station sein und gleichzeitig ihren Arsch retten?«

Natürlich hat er sofort Cambots losgeschickt. Mit dem Rover konnte er ihnen nicht folgen; Bea und Adrian waren zu krank, um sich selbst zu versorgen. Als die Cambots den Lander gefunden haben, lag er zerstört seitwärts in einem Krater.

»Als hätten sie versucht, an seinem Rand zu landen… und dann sind sie irgendwie umgekippt…« Sam nimmt den Kopf zwischen die Hände. »Selbst wenn sie es in die Rettungskapseln geschafft haben, kommen sie doch nie zu Fuß übers Eis zurück zur Station. Oder? Sauerstoff lässt sich nur im Lander produzieren, und wenn sie dort bleiben, geht ihnen das Essen aus. Das ist doch keine Wahl.«

Die Mäuse schweigen.

Langsam nimmt er das persönlich. Wahrscheinlich wissen sie es noch nicht, aber sie sind hier auch mit ihm gefangen. Sein Gesicht wird das Einzige sein, was sie für eine lange Zeit sehen werden. Da kommt nicht plötzlich ein motivierter Doktorand um die Ecke, der ihnen ihr Futter bringt.

»Ich mach mir keine Illusionen darüber, was mit ihnen passiert ist. Ich hab doch keine Möglichkeit, ihnen zu helfen. Mit dem Rover schaffe ich es niemals, dazu ist die Oberfläche zu uneben. Das haben sie nun davon, diese Idioten.«

Der Schoß ist gegenüber Fehlern gnadenlos.

Sam versteht es einfach nicht. An diesem Ort, an dem sie nur sich hatten, hat er ihnen blind vertraut. Mehr als seiner eigenen Mutter. Weil das notwendig ist, wenn man so weit von zu Hause entfernt überleben und nicht durchdrehen will. Sie haben das Beste und das Schlimmste voneinander gesehen. Auf so engem Raum bleibt es nicht aus, dass man sich ein paarmal am liebsten gegenseitig umbringen möchte. Weil einer am Daumennagel kaut oder ein anderer das Regal nicht richtig einräumt. Aber sie sind Kameraden! Und die verrät man nicht.

»Die beiden waren doch erfahrene Spaceworker... zwei Dutzend Einsätze hatten die hinter sich. Die Besten ihres Fachs, verdammte Angeber. Deshalb wurden sie doch überhaupt für die Mission ausgewählt!«

Die Mäuse legen sich zum Schlafen nieder, aber so leicht gibt Sam nicht auf. Er spricht einfach lauter.

»Spaceworker sind nicht leichtsinnig, die drehen nicht einfach durch...«

Von allen, die im Schoß unterwegs sind, können sie dem Wahnsinn, den er manchmal mit sich bringt, am besten widerstehen.

»Das kommt doch erst viel später…«

Unten auf der Erde.

»Trotzdem haben sie keinen meiner Funksprüche beantwortet. Und da frag ich mich natürlich, wer von uns ver-
rückter ist? Ich, weil ich hier im Gänseblümchen geblieben
bin, oder Laure und João, weil sie raus aufs Eis gegangen
sind, um nach Mercer zu suchen?«

Die Mäuse reagieren nicht.

»Ja, euch raubt nichts den Schlaf, was?«

Sam rutscht zur Seite und schließt die Augen. Deshalb
hat er die Kameras abgestellt und der Zentrale gesagt, dass
er eine Auszeit braucht. Um sich zu betrinken. Mit sich
selbst hat er angestoßen auf die toten Kameraden, weil er
nichts anderes mehr für sie tun konnte. Und jetzt hört er
nur noch das leise Fiepen der Mäuse und das Surren der
Station, das wie ein Flüstern klingt.

14

Französisch-Guyana, Kourou

Der Club in der Av. du Général de Gaulle ist eine eigene Welt.

Sobald sich die Tür hinter Uche schließt, erfasst ihn der Bass und drückt gegen die Organe. Das Licht der sich stetig verändernden Hologramme flackert unruhig auf der Netzhaut und erzeugt Echos in der Luft. Der Club ist nicht zu vergleichen mit den großen in Metropole, aber er ist weit davon entfernt, eine Provinztanzbar zu sein. Er ist eine gut geölte Maschine, die an sechs von sieben Wochentagen läuft und dröhnt und nur an Sonntagen schläft, so wie der Herr es will.

Es riecht nach Schweiß, Parfum und Sperma, auf jedem Meter drängen sich Menschen gegen Uche. Hände fahren ihm über Arme, Po und Oberschenkel. Blicke streifen ihn, abschätzend, auffordernd oder einfach nur neugierig. Die Nacht ist großzügig, hier ist seine größte Sünde das Alter, das er so wenig zu verbergen sucht. Doch auch dafür finden sich Liebhaber. Es tut ihm gut, dieses kurze schmerzlose Begehren, und für einen Moment bekommt er Lust, sich darin zu verlieren. Aber er darf nicht.

Uche geht weiter.

Schritt für Schritt schiebt er sich durch die euphorische Menge. Hier drinnen fällt er weniger auf als anderswo, die Bodymusic-Leute mit ihren Implantaten verraten sich durch ruckartige Bewegungen, immer wieder blitzen Reflektoren auf, als wären die Besucher dieses Clubs mehr Katze als Mensch. Das Publikum ist international, Sprachen mischen sich wie Farben und Vorlieben. Displays über den Tischen leuchten als türkisfarbene Fische.

Es ist ein Aquarium, denkt Uche, voller Raubfische und Anemonen.

Er geht zur Bar. Bestellt einen Navy Grog, weil auch er seine Vorlieben hat, und die Barkeeperin ist die schnellste, die er je gesehen hat. In weniger als zwanzig Sekunden hat sie seine Bestellung ausgeführt, abkassiert und sich dem nächsten Gast zugewandt. Das Lächeln ist gratis, Worte sind es nicht.

Uche sieht sich nach Theresa um.

Schließlich entdeckt er sie am anderen Ende der sternförmigen Bar aus Bambusholz, umringt von einer Gruppe Geschäftsleute, die den größten Teil ihres Abends schon hinter sich haben. Ihren Gesten nach zu urteilen, bleibt ihnen nicht mehr viel Zeit, bevor sie sich entweder auf der Toilette wiederfinden oder einfach einschlafen. Keiner von ihnen wird mehr in der Lage sein, das durchzuziehen, was sie sich von Theresa erhoffen.

Dabei sind die Animierleute des Clubs gar keine Sexworker, sie sehen sich eher in der Tradition der Touloulous. Nur dass sie eben das ganze Jahr herauskommen und nicht nur zum Karneval. Ihre Kostüme sind weniger aufwendig, die Masken schmaler, weil sie ja wollen, dass man ihre Gesichter erkennt. Aber sie halten fest an der Damenwahl und bringen die Besucher dazu, reichlich zu trinken. Die Clubs zahlen gutes Geld für diese Art der Unterhaltung, weil die Animierleute viel Geld in ihr Aussehen investieren.

Es ist harte Arbeit.

Uche beobachtet Theresa. Sie sind sich nur einmal begegnet, und das ist schon einige Jahre her, eine Space-Rocks-Party, zu der Antoine sie mitgebracht hat. Bei Nacht ist sie noch immer die schönste Frau, die er je gesehen hat. Das schwarze Haar fällt ihr weich bis zu den Hüften, ihre Wangenknochen glänzen im Scheinwerferlicht ebenso wie die vollen Lippen. Die langen Fingernägel lassen jeden Mann dasselbe denken. An allem hat sie etwas machen lassen, selbst an der Stimme. Alles an ihr ist einfach perfekt, und die Reihe ihrer Verehrer ist so lang, dass sie sich ihre Namen nicht merken kann, aber das erwartet auch niemand von ihr.

Sie ist ein Traum, und Träume kommen mit der Dunkelheit.

Nach einer Weile lässt er ihr durch den Clubmessenger eine Nachricht zukommen. Er kann genau den Moment erkennen, in dem sie sie liest. Mit einem Stirnrunzeln dreht sie sich um und sucht nach seiner Tischnummer. Einen Augenblick zögert sie noch, dann kommt sie auf ihn zu. Die Menge teilt sich für sie wie das Rote Meer für Moses. Neben seinem Tisch bleibt sie stehen, sie setzt sich erst, als er ihr einen Drink bestellt. Schließlich geht sie hier einem Job nach. Doch sie rührt das Glas nicht an.

Ohne Kommentar lässt er ihre Musterung über sich ergehen, bis er merkt, dass sie ihn endlich erkannt hat.

»Warum suchst du nach Antoine?«, eröffnet sie schließlich das Gespräch.

»Etwas Geschäftliches.«

»Dann hinterlass eine Nachricht.«

»Das habe ich.«

Sie dreht das Glas und blickt in die tanzende Menge.

»Es ist wichtig«, sagt Uche, und sie antwortet: »Das ist es immer.«

»Ich wäre nicht hier, wenn es nicht sein müsste.«

»Natürlich nicht.« Sie betrachtet ihn. Bewertend und ein bisschen geringschätzig.

Er weiß nicht, ob es daran liegt, dass er als Spaceworker auf der Île du Lion Rouge wohnt, oder an den Prothesen. Für sie ist er uninteressant, sie meint es nicht böse. Ihr Blick flackert, sie sieht wieder in die Menge, und er begreift, dass auch sie nicht weiß, wo Antoine ist.

»Er hat dir nicht gesagt, was er vorhat«, stellt er laut fest, und sie verzieht den Mund.

»Acht verdammte Jahre!« Ihr Blick wird herausfordernd, als ob Uche etwas dazu sagen müsste, und er nickt anerkennend.

Acht Jahre sind lang für jede Art von Beziehung.

»Und jetzt zieht er diesen Scheiß ab. Gestern ist er hergekommen. Heute ist er wieder aufgebrochen. Gleich nachdem die Nachricht von Kallisto und dem zerstörten Orbiter reinkam.«

Uche spürt, wie sich die Schlinge um seinen Hals zuzieht. Er kann es spüren, er weiß nur nicht, warum. Wie alles zusammenhängt. Er fängt an zu schwitzen. »Wohin?«, fragt er.

Theresa zuckt mit den Schultern. »Keine Ahnung. In den Wald.«

»Will er über die Grenze?«

»Ich sag doch, dass er nichts erzählt hat.«

Das glaubt er ihr sogar. Wenn Antoine untergetaucht ist, dann ist er nicht so dumm, irgendwem zu erzählen, wohin er geht. Vor allem, wenn er vorhat, nicht wiederzukommen.

Zum selben Ergebnis ist wahrscheinlich auch Theresa gekommen. Eine ziemlich schäbige Art, eine Beziehung nach acht Jahren zu beenden.

»Hast du eine Möglichkeit, mit ihm Kontakt aufzunehmen?«

Sie schüttelt den Kopf. »Hör mal, es ist doch klar, dass er irgendwie Ärger hat.« Sie sieht ihn an und wartet auf Bestätigung, aber Uche schweigt.

Die Musik dringt in seine Eingeweide, und seine Beine zittern, weil die Vibration das Interface stört. Er legt die Hände auf die Knie. Antoine weiß etwas, das Uche noch nicht weiß. Etwas, das ihn von hier fortgetrieben hat. Über Nacht. Wovor hat Antoine solche Angst? Die EASF? ESB? Davor, dass Uches Hehler verlangt, dass er den Namen seines Zulieferers preisgibt, weil drei Leute gestorben sind?

Das Licht eines plötzlich aufflackernden Hologramms blendet ihn. Er blinzelt. Sie werden unterbrochen.

Ein Mann tritt an den Tisch und beugt sich zu Theresa hinunter. Es ist einer der Geschäftsleute, mit denen sie zuvor zusammen war. Sein Gesicht ist rot und verschwitzt, der Blick unstet. Vielleicht ist er high, das Kokain ist hier billig im Vergleich zu den Staaten.

»Kommst du?«, fragt er und wirft Uche einen warnenden Blick zu.

Theresa sieht zwischen ihnen hin und her und nickt dann. »Einen Moment noch.«

»Gleich!«

Verärgert runzelt sie die Stirn.

»Es dauert nicht mehr lange, Kumpel«, mischt sich Uche ein, aber das scheint den Mann nur wütender zu machen.

»Ich bin nicht dein Kumpel. Warum verziehst du dich nicht auf deine Scheißinsel?«, fragt er und deutet mit dem Zeigefinger in Uches Richtung.

»Wir reden gerade.« Die altbekannte Wut steigt in Uche auf, und er verspürt große Lust, dem Mann eine reinzuhauen. Die Leute vergessen manchmal, dass jemand ohne Beine sehr trainierte Arme hat.

»Ihr müsst gar nichts besprechen.« Der Mann klingt wie

ein Kleinkind mit Tobsuchtsanfall, und mütterlich legt ihm Theresa, die spürt, dass die Auseinandersetzung kurz vor der Eskalation steht, die Hand auf den Arm.

»Geh doch schon mal vor, und bestell mir noch was zu trinken«, sagt sie. Ihr Lächeln lullt ihn ein, besänftigt ihn, und mit wackelndem Kopf zieht er ab. Er wird sie an diesem Abend nicht mehr sprechen, er weiß es nur noch nicht. Sie ist nicht auf ihn angewiesen und sucht sich die Tische und die Gesellschaft selbst aus. Wenn ihr jemand Ärger macht, sorgt die Clubsecurity dafür, dass der Ärger verschwindet.

»Vielleicht solltest du dich ein bisschen bedeckt halten, wenn dich jemand nach Antoine fragt«, deutet Uche an. »Es muss ja nicht jeder wissen, dass ihr ein Verhältnis hattet.« Er will nicht, dass die Presse sich an ihre Fersen heftet. Oder Lars.

»Ist es so schlimm?«

Er könnte ihr die Wahrheit sagen. Dass es nicht lebensbedrohend gefährlich ist, nur *katastrophal*. Dass er nicht glaubt, dass Antoine so schnell wiederkommt. Aber wozu sollte das gut sein? Uche glaubt nicht daran, dass so etwas einen Unterschied darin machen würde, ob sie auf Antoine wartet. Entweder lässt sie sich auf einen anderen Mann ein oder nicht. Und wen interessiert es schon, wen sie in ihr Bett lässt.

»Er wird schon wiederkommen«, sagt er und erhebt sich. Hier wird er keine Antworten finden. Außer vielleicht dieser einen, dass Antoine sich nicht verpflichtet fühlt. Weder Uche noch einer Frau gegenüber, mit der er jahrelang zusammen war.

Es ist eine Sache, sich da draußen im Schoß aufeinander verlassen zu können, eine ganz andere hier auf der Erde.

15

Luxemburg, Esch-sur-Alzette

Der Padalka-Tower ist eine Luxusimmobilie. Sie ragt weithin über die sie umgebenden Gebäude hinaus und bis in die Wolken hinein. Das Zimmer, in dem Almira wartet, ist sechseckig wie Bienenwaben, und jedes Möbelstück auf Wunsch und Knopfdruck verschiebbar. Auf dem neuesten technischen Stand demonstriert der Tower den Reichtum des Unternehmens, der Stadt und des Landes. Das Asteroid Mining hat Luxemburg aus der Bedeutungslosigkeit gehoben und zu einem der wichtigsten Spieler am Tisch der Global Player gemacht, so wie die Ölvorkommen vor fünfzig Jahren Angola.

Almira geht vom Fenster hinüber zum Barautomaten und bestellt einen Medrohno, und dann noch einen, weil sie weiß, dass der erste nicht reichen wird. Sie setzt sich an den Tisch. Trinkt. Und wartet weiter darauf, dass jemand hereinkommt, um ihr zu sagen, was mit Laure passiert ist. Seit Stunden wartet sie schon.

Sie sieht auf das Glas in ihrer Hand.

Und trinkt weiter.

Harald hat angeboten, mit ihr zu kommen, aber sie hat abgelehnt, sie hat ihn gebeten, sich um ihre Wohnung zu kümmern. Anschließend hat sie hastig gepackt und ihn zum Abschied lange umarmt. Gesagt haben sie nichts mehr, weil es nichts zu sagen gab. Almiras Eltern haben sich bei ihr gemeldet. Noch auf dem Flughafen in Kourou. Es war kein langes Gespräch, sie haben ein paar Fragen gestellt, Almira hat ihnen erzählt, was sie weiß, dann haben sie das Gespräch beendet. Besonders nah standen sie sich nie, aber wenigstens kennen sie ihre Tochter gut genug, um zu wissen, dass Almira im Moment keinen Trost erträgt.

Wie die meisten Spaceworker hat Almira Schwierigkeiten, Beziehungen aufrechtzuerhalten, das ist ihr vollkommen klar. Ihre Freunde sind fast auch alle Kumpel. Einmal im Jahr besucht sie ihre Eltern, die inzwischen in Frankreich leben, nie länger als drei Tage, und auch das Verhältnis zu Laure war zwiespältig. Die ersten acht Jahre, in denen Almira noch nicht geflogen ist und die sie Laure allein aufgezogen hat, haben ein Band geformt, das später durch die beiderseitigen langen Aufenthalte im Weltraum gespannt wurde.

Mit sechzehn hat Almira selbst kaum gewusst, wie die Welt funktioniert, geschweige denn, wie sie einem Kind die Welt erklären soll. Sie haben sich durchgeschlagen, irgendwie. Das erste Jahr war eine Katastrophe, in dem sie sich immer wieder gefragt hat, warum sie sich für das Kind entschieden hat. Dieses Baby in seiner Wippe war für sie nicht mehr als ein Haustier, und wenn Almira Laure im Arm durch die Wohnung trug, hat sie sich oft vorgestellt, wie es wäre, wenn das Kind einfach nicht mehr da wäre. Sie hat sich gefragt, ob sie darüber traurig wäre, und es hat Monate gedauert, bis die Antwort nicht mehr nein hieß.

Manchmal hat sie in der Nacht weinend auf dem Klo gesessen, weil sie vor Erschöpfung nicht mehr weiterwusste. Die Gedanken an die Schule, das Kind, den Kampf mit den

Eltern und die ungewisse Zukunft haben ihr den ohnehin spärlichen Schlaf geraubt. Alle haben immer geglaubt, Almira würde in die Fußstapfen ihrer Eltern treten und Spaceworkerin werden, aber wie sollte sie die Ausbildung schaffen? Also ist sie erst einmal in die Verwaltung gegangen, aber dort ist sie vor Langeweile fast umgekommen. Als sie endlich ihre eigene Wohnung hatte, wurde es ein bisschen besser. Laure wurde älter, sie beide zu einem Team – gemeinsam gegen den Rest der Welt.

Almira strauchelte ins Erwachsenendasein, das Kind fest an der Hand. Ein paarmal sind sie zusammen hingefallen, aber sie sind auch zusammen wieder aufgestanden, das Mädchen so stur wie seine Mutter. Laure war ein schweigsames Kind, aber immer auf der Suche nach Abenteuern und neugierig. Selbst als Almira zu ihrem ersten Flug aufgebrochen ist und Laure in ein Betreuungsheim für Kinder aus Spaceworkerfamilien gegeben hat, hat Laure nicht geweint. Obwohl sie sich vier Monate lang nicht gesehen haben. Sie hat Almira Fotos und Videos zum Mond geschickt, und Almira hat versucht, das schlechte Gewissen abzuschütteln, weil sie sich so frei fühlte wie nie zuvor. Nachdem sie ihre Zeit auf dem Mond herumgebracht hatte, ist sie zur Erde zurückgekehrt und hat mit Laure die beste Zeit ihres Lebens gehabt.

Erst als Laure in die Pubertät kam, wurde es wieder schwieriger, und die Abstände, in denen sie sich sahen, größer. Auf einmal ist Laure ihr nicht mehr entgegengerannt, wenn Almira im Flughafen durch die Tür in den Wartesaal kam. Sie hat kaum noch Bilder geschickt, und wenn sie zum Abendessen zusammensaßen, konnte es Laure kaum erwarten, wieder aufzuspringen, um sich mit Freunden zu treffen. Mit sechzehn ist sie dann von zu Hause ausgezogen, als müsste sich die Geschichte unweigerlich wiederholen. Aber anstatt schwanger zu werden, hat sie sich für eine Spaceworkerausbildung beworben, Schwerpunkt Geologie, und als Klassenbeste abgeschlossen. Als Laure dann das erste Mal geflogen ist, war Almira stolz auf sie, und ein kleines bisschen auch auf sich, weil sie schließlich als Mutter auch einen Anteil daran hatte.

Hart stellt Almira das Glas auf dem Tisch ab und holt sich einen neuen Drink. Manche Gedanken lassen sich nüchtern schwer ertragen.

Andere Eltern tun alles in ihrer Macht Stehende, um ihre Kinder zu beschützen, Almira hat Laure zugejubelt, als sie in den Schoß aufgebrochen ist. Und genau der hat sie umgebracht, das muss sich Almira nun eingestehen. Diese selbstsüchtige Eitelkeit und Erleichterung darüber, dass es jemanden gab, der Almira versteht, weil er ihr ähnelt, ist Laure zum Verhängnis geworden.

Das ist alles, was Almira bisher weiß. Laure hat die Station verlassen und ist nicht zurückgekehrt. Der Lander gibt keine Signale mehr ab, die Systeme sind defekt, und niemand überlebt das. Damit sind drei Crewmitglieder der Kallisto-Mission tot, zwei stehen auf der Schwelle, und nur Król ist noch gesund. Dass Laure einen Befehl verweigert hat, wird sich auch auf den Umgang mit Almira auswirken, das ist ihr klar. Irgendwann wird jemand zu ihr kommen und Fragen stellen. Befehlsverweigerung ist nichts, was die ESB so einfach durchrutschen lässt. Die Gründe dafür werden sehr genau untersucht.

Was ist da draußen nur passiert?

Almira kehrt mit dem neuen Glas zu ihrem Platz am Tisch zurück. Im Zimmer ist es still.

Man hat ihr mitgeteilt, dass sich Romain Clavier persönlich bei den Angehörigen melden wird, aber sie verspricht sich nicht viel davon. Es ist noch zu früh. Sie können noch gar nicht genau wissen, was passiert ist, und das, was sie wissen, werden sie erst auswerten.

Almira hört Leute an der Tür vorbeigehen, aber niemand kommt herein. Von den Familien der anderen hat sie noch niemanden getroffen. Vielleicht ist das Absicht, vielleicht hält man sie getrennt. Vor Laures Abflug hat sie Fotos der Crew gesehen, sie kennt ihre Namen. So wie jede Mutter die Namen der Kindergartenfreunde ihres Kindes kennt. Geburtstage, Eigenheiten, Partner. Almira wollte all das vor Laures Abflug wissen, deshalb weiß sie jetzt auch genau, wer wie sie aus der Zeit gefallen ist, mit nichts als den eigenen Gedanken als Gesellschaft.

Sie überlegt, was sie zu den Familien der Überlebenden sagen kann. Ob sie es überhaupt erträgt, ihnen die Hand zu schütteln, denn der Neid hat sich tief in ihre Eingeweide gegraben, sie wäre so gern an ihrer Stelle. Dann hätte sie noch Hoffnung.

Stattdessen begreift sie, welchen Fehler sie gemacht hat, als sie Laures Entscheidung, in ihre Fußstapfen zu treten, hingenommen hat, als gäbe es für die Mitglieder ihrer Familie keinen anderen Weg. Nur weil schon die Generation vor ihnen zu den Sternen geflogen ist.

Sie muss daran denken, dass manche Menschen behaupten, das Leben käme ihnen nach einer Katastrophe manchmal wie ein Traum vor, dass es sich gar nicht echt anfühlt und sie nur darauf warten aufzuwachen.

Bei Almira ist das anders. Sie hat das Gefühl, endlich erwacht zu sein. Das ist das wahre Leben, und alles davor war der Traum. Die Illusion zu glauben, sie würden es unbeschadet schaffen, wenn ein Ereignis wie dieses hier doch viel wahrscheinlicher ist.

Was hat Laure nur dazu bewogen, ihre Anweisungen zu

ignorieren und einem Toten hinterherzujagen? Und João? Wieso ist er mitgegangen? Haben sie wirklich geglaubt, den Piloten retten zu können?

Offiziell gelten Laure und João als verschollen. Noch hat es niemand ausgesprochen, aber Almira macht sich nichts vor, dafür war sie nie der Typ. Wer im Schoß verloren geht, taucht nicht wieder auf, und die beiden hätten längst zur Station zurückkehren müssen. Aber das sind sie nicht. Genau wie Henderson wird das Eis von Kallisto ihre Körper einschließen und nicht mehr freigeben. Sie bleiben unter Tage, und diesen Gedanken kann Almira kaum ertragen.

Sie öffnet Laures Testament auf ihrem HolMag. Es wird noch eine Weile dauern, bis die Behörden ihren Tod offiziell anerkennen, das hier ist kein normaler Vermisstenfall, aber für Spaceworker gelten Ausnahmen.

Laure will eine Seebestattung. Das Geld vermacht sie Almira, ein paar persönliche Gegenstände Freunden. Es gibt keinen Brief, keine Datei, keine letzten Worte, wie es viele Spaceworker handhaben. Es scheint, als hätte Laure Almira nichts zu sagen gehabt.

Für jeden Spaceworker ist es Pflicht, das ganze Vorsorgepaket bei jemandem zu hinterlassen, bevor er aufbricht. Bisher hat Almira nie in Laures Unterlagen geschaut, die sie ihr gegeben hat, da war sie abergläubisch. Sie selbst hat vor jeder neuen Mission ihre Abschiedsdatei erneuert. Jedes Mal hat sie sich die Zeit genommen und Laure etwas aufgesprochen. Sie geht davon aus, dass Laure nie erfahren hat, was Almira ihr sagen wollte, in dieser Hinsicht ähnelten sie sich. Auch Laure konnte zuweilen irrational abergläubisch sein.

Almira sieht sich keine Fotos auf dem HolMag an. Seit Susanna sie in die Zentrale gerufen hat, hat sie kein einziges Bild oder Video von Laure angeschaut. Dafür ist es noch zu früh. Stattdessen erinnert sie sich daran, wie sie vor ein paar Tagen bei Oliviers Beerdigung war und wie leid ihr Enrico und Magdalena getan haben, und wie sie nichts verstanden hat. *Was es wirklich bedeutet.*

Dass auf einmal alles zum Stillstand kommt, von dem man vorher gar nicht gemerkt hat, dass es im Fluss war. Der stete Strom an Emotionen – fort.

Sie erinnert sich auch daran, wie Uche und Ricki ihr versichert haben, dass Laure nichts passieren wird, und sie ihnen ja irgendwie geglaubt hat. Weil Kinder nicht vor ihren Eltern sterben und Laure so viel besser war, als es Almira je gewesen ist. Almira hat sie fliegen sehen, in ihrem grauen Anzug vor dem gleißenden Dunkel des Schoßes. Das Mädchen war etwas Besonderes, das haben alle gesagt. Selbst für Almira war der Schoß immer eine Herausforderung, aber Laure schien wie gemacht dafür. Mit anderthalb schon auf dem Trampolin, mit vier in der ersten Schwebekammer. Mehr Flughörnchen als Mensch.

Almira erinnert sich daran, wie sie ihn laut ausgesprochen hat, diesen Zweifel, diesen ketzerischen Gedanken, dass sie Laure bei sich haben will, als wäre das Mädchen noch ein Kind. Hat sie damit das Unglück heraufbeschworen?

Sie weiß, was Harald dazu sagen würde. Dass das Unsinn ist, weil Spaceworker nun mal sterben. Da draußen, hier unten, was macht das für einen Unterschied? Sie werden nicht alt, und wer seine Kinder raus in den Schoß schickt, der muss damit rechnen, dass sie nicht wiederkehren.

Das ist die Wahrheit. Und die verschwindet nicht, ganz gleich, wie viel man trinkt.

16

Französisch-Guyana, l'Île du Lion Rouge

Willst du auch etwas essen?«, fragt Janique. Sie steht in der Tür zur Küche und trommelt mit den Fingern auf den Türrahmen. »Ich kann uns was kochen.«

Heute ist ein guter Tag, ihre Stirn ist glatt, die Schultern nicht krampfhaft hochgezogen. Die letzte Dosis Chalk kann noch nicht lang her sein. Es führt dazu, dass sie wie ein Riese isst. Mindestens acht Mahlzeiten am Tag.

Eigentlich hat Uche keinen Hunger, und Janique ist nicht die beste Köchin. Wie bei vielen Spaceworkern ist ihr Geschmackssinn über die Jahre schlechter geworden, und die halb fertigen Mahlzeiten der Raumschiffe fördern nicht gerade die Kochkunst, aber Uche will sie auch nicht bloßstellen, deshalb antwortet er: »Meinetwegen«, und sie lächelt und nickt.

Es tut gut, eine Aufgabe zu haben, er weiß das. Uche würde gern mehr für sie tun, aber im Moment sind ihm die Hände gebunden.

Stattdessen geht er ins Schlafzimmer und überlegt, ob er den Kontakt in der Speakline seines HolMags aktivieren soll. In Toulouse ist es noch sehr früh, und er weiß, wie gern seine Maman lange schläft, weil sie es früher der Kinder und Arbeit wegen nicht konnte. Erst nach einer Weile lässt er sich verbinden.

Beim vierten Klingeln nimmt sie ab. »Hallo?«

»Maman.«

Einen Moment lang ist es still zwischen ihnen, sie sehen sich nur an. Er erkennt nicht mal das Zimmer, in dem sie sitzt, er weiß nicht, ob es in ihrem Haus ist. Sie trägt die Haare an den Seiten inzwischen kurz, nur der Schopf ist länger. Es steht ihr gut.

»Uche?«, fragt sie, obwohl sie ihn auf dem Display sieht.

»Ja, Maman.«

Sie atmet laut aus. »Wie geht es dir?«

»Gut.« Er überlegt, was er ihr erzählen könnte, seit vier Jahren haben sie sich nicht gehört, und in vier Jahren kann viel passieren. In vier Jahren ist viel passiert.

Weil sie merkt, dass er Probleme hat, Worte zu finden, übernimmt sie das Reden. Sie erzählt ihm von Christophers Versuch, ein altes Jastram wieder seetüchtig zu machen. Marielle ist inzwischen Mutter geworden, seine Maman eine Grand-mère. Sie sind umgezogen. Raus aus der Stadt. Sie hat nun eine künstliche Hüfte, genau wie er, und sie lachen beide darüber. Seine Maman beklagt sich über den Präsidenten, der zu viele Feste feiert, anstatt zu regieren. Sie liest noch immer Zeitung und spendet für die Parti communiste français. Ihr Französisch klingt merkwürdig in seinen Ohren. Ein bisschen umständlich, zu viele Wörter in zu langen Sätzen.

Manchmal fragt sich Uche, ob dort, wo sie ist, die Zeit stehen geblieben ist. Oder vielleicht sogar rückwärts läuft, weil er sich jünger vorkommt, wenn er mit ihr redet. Beinahe kindlich. Da ist auch wieder dieses komplizierte Gefühl aus Schuld und Dankbarkeit, das er immer mit ihr verbindet. Mit der Stadt und dem ganzen Land.

»Ich habe überlegt, ob ich euch besuchen kommen soll«,

sagt er nach einer halben Stunde, und plötzlich ist es still am anderen Ende. Uche wartet.

»Meinst du das ernst?«, fragt sie schließlich, und ihre Lippen beben.

Er nickt.

Sie legt die Hand auf den Mund und sieht zur Seite.

Das Schuldgefühl wird stärker.

»Wann?«

»Nächste Woche?«

Sie nickt eifrig. Sie würde zu allem Ja sagen, was er vorschlägt, so war seine Maman schon immer.

Eine Weile reden sie noch, dann verspricht er, sich mit Details zu melden. Danach lehnt er sich erschöpft zurück. Nicht nur sein Kopf ist erschöpft, auch seine Zunge.

Ob sie glaubt, er käme ihretwegen?

Er schließt die Augen.

Als er ein paar Minuten später einen Blick in die Küche wirft, rührt Janique hektisch in zwei Töpfen, und er muss daran denken, wie merkwürdig diese Szene ist. Sie liefern die Parodie einer häuslichen Szene. *Der Junkie und der Krüppel in einem Paradies, an dem das Meer frisst.*

Er reibt sich über den rechten Stumpf. Janique stört es nicht, wenn er zu Hause die Prothesen abnimmt. Sie sind Kumpel, über solche Sachen sind sie längst hinweg. Uche kann den Besuch bei Achille nicht länger hinauszögern. Die Infektion breitet sich aus, und ganz gleich, was in der nächsten Zeit passiert, er braucht funktionierende Beine.

Sie ruft über die Schulter: »In zwei Minuten können wir essen.«

Er nickt. Dann ruft er Achille an. Während Janique die Teller füllt und Interviews verfolgt, in denen sich irgendwer zur Katastrophe auf Kallisto äußert, bereitet er sich auf seinen Abgang von der Insel vor.

17

Luxemburg, Esch-sur-Alzette

Die Schlechtwetterfront hält sich hartnäckig. Der Wind treibt die herabgefallenen Blätter durch die Straßen, und der so selten gewordene Sommerregen verwandelt das trockene Gras in Mulch, ein unangenehmer Gammelgeruch legt sich über die Stadt, sodass man kaum noch die Fenster öffnen möchte.

Nicht gerade das passende Wetter, um die Laune zu heben. Und Romains Laune könnte es gebrauchen. Seit der Nachricht, dass zwei weitere Crewmitglieder verstorben sind und es nur noch einen einzigen Überlebenden auf Kallisto gibt, ist Romain ausschließlich mit Schadensbegrenzung beschäftigt. Inzwischen schluckt er Beruhigungstabletten wie Vitamine, er schläft im Tower, und die letzten Stunden hat er damit zugebracht, Nicklas mehrere unbekannte Variablen in seinen möglichen Finanzszenarien zu erklären. Ihm ist klar, dass er nicht zu versuchen braucht, Nicklas einzureden, eine Aufbaumission wäre preiswerter, als den Bergungsauftrag an Subunternehmer abzugeben. Daniel hat mit Luis' Hilfe genug Tabellen aufstellen lassen, die jedem Dummkopf aufzeigen, welche Investitionen ins Haus stehen, wenn sie die fünfte Kallisto-Mission vorziehen.

Romain hat nur eine Chance, Nicklas in der bevorstehenden Abstimmung für sich zu gewinnen. Wenn er glaubwürdig darstellen kann, wie sich ihr Umsatz langfristig entwickelt, sollte es ihnen gelingen, einen Weltraumhafen auf Kallisto zu etablieren.

Seine erste Maßnahme war daher, Nicklas für die zu diesem Zeitpunkt geleisteten Überstunden einen Urlaub für die Zeit nach der Krise zuzusichern – für die ganze Familie auf Kosten des Unternehmens, einschließlich der vier Enkel, die Nicklas daran erinnern sollen, dass er auch für die zukünftige Generation arbeitet.

Romain hängt das Jackett an die Garderobe und krempelt im Gehen die Hemdsärmel hoch. *Wenn du mit den Leuten an der Basis redest, mach dich nahbar*, hat sein Vater immer gesagt. Und heute ist ein solcher Tag.

Annabella schließt sich ihm an, als er sein Büro verlässt, und läuft neben ihm, sie passt sich seiner Schrittlänge an, ohne aus der Puste zu geraten.

»Mit wem habe ich es zu tun?«, fragt er, während er auf das Fahrstuhldisplay drückt.

»Beide Eltern von drei Mitgliedern, eine Mutter eines weiteren, dazu vier Partner. Also insgesamt elf Leute. Wir haben es eingegrenzt. Vor den Toren stehen mehr Leute, weitere Angehörige und Freunde, dazu die übliche Protestmenge. Die Presse wartet im Erdgeschoss auf eine Erklärung sowohl von den Angehörigen als auch von uns.«

»Na schön. Setzen Sie die Pressekonferenz in einer Stunde an. Stellen Sie Kaffee und Wasser zur Verfügung. Haben wir noch die Zelte vom letzten Fest?«

Sie nickt und betritt nach ihm den Fahrstuhl.

»Gut. Lassen Sie die draußen aufstellen, heute wird es nicht mehr aufhören zu regnen. Hat Bogdan etwas vermeldet?«

Sie schüttelt den Kopf. Im Kabinenlicht glänzen ihre Earbuds. »Die Menge draußen ist ruhig, die Security hat alles im Griff.«

»In Ordnung. Schicken Sie nach Bier für den Konferenzraum.«

Er kann ihr Gesicht in der verchromten Aufzugtür sehen, das Zucken ihrer Lippen entgeht ihm nicht.

»Glauben Sie mir, wenn die gerade über ihr totes Kind reden, wird der eine oder andere dankbar sein, wenn er dabei ein Bier trinken kann.«

»Und wenn einer aggressiv wird?«

»Bogdans Leute sind mit im Zimmer, die können damit umgehen. Wir müssen uns den Leuten annähern, wenn wir zu distanziert bleiben, sind sie nicht kooperativ.«

Romain wappnet sich. Die nächste Stunde wird nicht einfach. Die Leute sind aufgebracht, aufgewühlt und verstehen wenig vom Geschäft. Das macht es schwierig, ihnen manche Sachen zu erklären. Aber auch das gehört nun einmal dazu. Wer an der Spitze bleiben will, muss auch die unangenehmen Dinge aushalten. Magenschmerzen bei Entlassungen sind ein gutes Zeichen dafür, dass es jemand nicht schaffen wird. Ganz oben sind die Leute robust. Auch das hat er von seinem Vater gelernt. Doch er ist ungeduldig, diese Stunde fehlt ihm für das, was er eigentlich erledigen muss.

Annabella folgt ihm zum Konferenzraum, in dem die trauernden Angehörigen der Kallisto-Crew warten. Ihr Anzug ist schwarz, und sie trägt ein Trauerabzeichen der UESW am Revers. Es ist nicht übertrieben, gerade richtig, um Mitgefühl auszudrücken.

Er lässt ihr den Vortritt.

»Wir wollen wissen, was passiert ist.«

Das wollen wir alle, denkt Romain und trinkt einen Schluck Wasser.

»Ich will wissen, wie es meinem Sohn geht«, sagt ein älterer Mann, und Romain hätte die Frage nicht hören müssen, um zu wissen, dass dieser Mann, der ihm da gegenübersitzt, Król senior ist.

Sein Sohn sieht ihm ähnlich. Blond, attraktiv, sportlich. Ein starker Dialekt, der Herkunft und Klasse verrät. Seine Frau sitzt neben ihm, vorgebeugt und die Hände auf dem Tisch geballt, latente Aggressivität im Blick.

»Es geht ihm den Umständen entsprechend gut«, antwortet Romain. »Er lebt und kann sich versorgen. Wir stehen in ständigem Kontakt mit ihm, um sicherzugehen, dass er mental und physisch versorgt ist.«

Mrs. Król atmet tief durch. »Was planen Sie, um ihn zurückzuholen? Irgendein Schiff muss doch in der Nähe sein, das ihn auflesen kann.«

Almira Castel lehnt sich zurück, bis der Stuhl knarzt. Sie verschränkt die Arme, und ihr Blick verrät, dass sie von den Zivilisten genervt ist.

Nachdem er ihr Namensschild gelesen hat, konnte er sich vage daran erinnern, dass er ihr Gesicht schon einmal gesehen hat. Bei irgendeinem Jubiläum in Kourou zu Ehren der Grubenwehr. Möglicherweise hat er ihr dabei die Hand geschüttelt. In ihrer Familie hat das Mining eine lange Tradition, es überrascht ihn nicht, dass ihre Tochter ebenfalls Spaceworkerin geworden ist.

Sie scheint von allen am besten mit der Situation umgehen zu können, immerhin kennt sie die Risiken. Doch ihre Augenringe sind beinahe schwarz, und ihr Blick ist vorsichtig. Ihre Befragung zu Laure hat nichts ergeben, der Hintergrundcheck verlief bei beiden bisher ergebnislos, keine

Auffälligkeiten, die darauf hindeuten, warum Laure Castel plötzlich einen Befehl verweigert, der dazu gedient hat, sie am Leben zu halten.

»Wir stehen in Kontakt mit Schiffen, die sich in der Nähe des Gürtels befinden und ihn gegebenenfalls erreichen können. Natürlich müssen wir vor einer Entscheidung weitere Berechnungen anstellen«, beruhigt Romain.

»Was soll das heißen?« Mr. Król wird lauter. »Das darf doch nicht wahr sein! Wollen Sie meinen Sohn etwa da draußen draufgehen lassen?«

Beschwichtigend hebt Romain die Hände. »Davon kann nicht die Rede sein. Wir werden ihn auf jeden Fall zurückholen. Eine Crew wird aufbrechen und zu Kallisto fliegen.«

»Wann?«, will Castel wissen. Sie hat die Arme verschränkt und lässt ihn nicht aus den Augen.

»Das können wir noch nicht genau sagen. Wahrscheinlich in ein paar Wochen.«

»Himmel!«, flüstert Mrs. Król, und für einen Moment ist es ganz still im Raum.

Der Flug zu den Jupitermonden dauert Monate, allen scheint auf einmal klar zu werden, wie lange Król da draußen allein auf sich gestellt wäre, wenn er auf eine Ablösecrew warten muss.

Romain wird ihnen nicht sagen, dass noch nicht entschieden ist, ob er die Mission innerhalb des Unternehmens durchkriegt. Wenn er diesen Krieg verliert, können sie immer noch irgendein Schiff in der Nähe losschicken. Jetzt gilt es, diese Leute ruhigzustellen, ihnen irgendetwas zu geben, damit sie der Presse gegenüber still bleiben.

»Wir wollen mit unserem Sohn reden«, sagt Mr. Król, und Romain nickt.

»Wir werden das arrangieren, aber Sie müssen sich darauf einstellen, dass die Kommunikation aufgrund der Entfernung sehr schwierig ist. Ich werde einen zeitnahen Termin für Sie ausmachen.«

»Was ist mit den Leichen der anderen?«, fragt Castel, und Bea Ludwigs Mutter fängt leise an zu weinen.

Ihr Mann legt den Arm um ihre Schultern, während Beas Ehemann, ein schlaksiger Mittdreißiger, den Kopf in den Händen vergräbt.

»Wir wissen noch nicht genau, was passiert ist, wir müssen erst die Daten auswerten. Eine Bergung der Toten innerhalb der Station wird natürlich stattfinden. Wie es mit den Verschollenen aussieht, können wir im Moment noch nicht sagen.«

»Stufen Sie Laure und João offiziell als tot ein?«

»Noch nicht.«

Castel runzelt die Stirn. »Warum nicht?«

»Weil wir noch keine Bestätigung dafür haben.«

»Soll das heißen, Sie wissen nicht, wo die Leichen zu finden sind?«

Er räuspert sich. »Wie ich schon sagte, es ist noch nicht klar, was passiert ist. Wir wissen nur, dass der Lander zerstört wurde.«

Sie hebt das Kinn. »Es handelt sich um einen Kurzstreckenlander mit eingeschränkten Ressourcen. Das ist kein Habitat. Wecken Sie keine falschen Hoffnungen, wenn wir alle wissen, dass es sich höchstens um Tage handelt, die die beiden da draußen überleben können.« Sie sieht zu Montes Frau, die ähnlich finster schaut wie Castel selbst.

Die Art, wie sie mit dem Tod umgehen, irritiert und beeindruckt Romain. Spaceworker sind ein seltsamer Menschenschlag.

»Wir arbeiten daran, das herauszufinden, aber aus Sicherheitsgründen kann ich Ihnen darüber leider noch nichts Genaues sagen. Wir haben Auflagen sowohl von der ESA als auch der ESB …« Er spricht den Satz nicht zu Ende, aber allen ist klar, dass er auf die Befehlsverweigerung anspielt.

In einigen Medien wird bereits der Verdacht geäußert, Castel und Montes hätten das Fieber durch in Essensrationen eingeschmuggelte Viren in der Station verursacht, um die Station für die Konkurrenz zu sabotieren, wofür sie Geld erhalten hätten. Deshalb wären sie geflohen.

Das ist natürlich Unsinn, weil es auf Kallisto keinen Ort gibt, an den man flüchten kann. Und die Konten wurden von der ESB als Erstes überprüft. Trotzdem ist auch das ein Szenario, das sie ausschließen müssen. Ganz gleich, wie absurd es klingt.

Dass seine Antwort Castel nicht gefällt, sieht er ihr an. Mit gerunzelter Stirn betrachtet sie ihn, und ihr Schweigen bedeutet nicht, dass sie keine weiteren Fragen hat. Von allen in diesem Raum verfügt sie über die größte Erfahrung. Bei ihr muss er aufpassen.

»Wir werden alles dafür tun, Ihnen beizustehen. Uns ist klar, dass wir Ihren Verlust nicht ersetzen können, aber vielleicht können wir Ihren Schmerz mildern. Selbstverständlich übernehmen wir sämtliche Beerdigungskosten, sollten Sie sich für ein Begräbnis entscheiden. Außerdem zahlen wir für eine Übergangszeit von sechs Monaten anfallende unkündbare Verpflichtungen, für die Ihre Lieben aufkommen müssten.«

»Was ist mit der Prämie?«, fragt Montes Ehefrau, eine zierliche Brünette, worauf Greens Partner sagt: »Also bitte.«

Anklagend richtet sie den Zeigefinger auf den Engländer. »Es ist mir egal, was Sie von mir halten, ich habe zu Hause drei Kinder, die ich versorgen und deren Schulgeld ich aufbringen muss. Joãos Eltern waren auch Spaceworker und leben nicht mehr, von dieser Seite kann ich keine Unterstützung erwarten. Wenn Sie auf diese Prämie nicht angewiesen sind, gut für Sie. Ich habe diesen Luxus nicht.«

Der Mann schüttelt irritiert den Kopf, sagt jedoch nichts weiter dazu.

Romain ist nicht überrascht; über kurz oder lang mussten sie auf dieses Thema kommen. Er hat kein Interesse daran, um die Prämie zu feilschen, im Vergleich zu den noch anfallenden Kosten für Bergung und Wiederaufbau der Station ist die das geringste Übel. »Auch diese werden Sie selbstverständlich erhalten«, sagt er. »Sobald die Formalitäten erledigt sind.«

Svenja hat ihm bereits gesagt, dass die Spaceworker eine Klausel im Vertrag haben, die die Kürzung von Prämienpunkten unter bestimmten Bedingungen vorsieht. Meuterei zum Beispiel. Aber damit muss er sich nicht auseinandersetzen, nicht am heutigen Tag.

Er sieht sich im Kreis um. »Wenn Sie die Hilfe von Psychologen in Anspruch nehmen wollen, können wir Sie an kompetente Ärzte vermitteln. Auch diese Kosten werden wir selbstverständlich übernehmen.« Er redet und redet, bis die Stunde um ist. Dann schüttelt er Hände, trinkt mit Król und Ludwig ein Bier und versichert allen, dass er sich persönlich darum kümmern wird, diese Sache aufzuklären. Dass Space Rocks seine Mitarbeiter und ihre Familien nicht im Stich lässt. Dass sie sich auch um die Leute der ESA und EASF kümmern, weil sie ein Team sind. Eine Crew, hier unten wie da oben. Er legt jedem die Hand auf die Schulter. Nur Castel nicht, die ihn an seine Mutter erinnert.

Sie verlässt als Letzte den Raum, und der Blick, den sie ihm dabei zuwirft, verrät, was sie von Romain hält.

Nicht viel.

18

Luxemburg, Esch-sur-Alzette

W as haben wir?«

Tamara schiebt die Auswertungen aufs Display. Die Tätowierungen auf ihren Fingern stehen im starken Kontrast zur Helligkeit des Raums. SAVE und CLEAN. Jugendsünden, die sie leicht beheben könnte, aber Tamara war nie jemand, der sich Fehler nicht eingestehen kann. Unter ihresgleichen genießen die *Aufräumer* noch immer einen gewissen Ruf, der es manchmal leichter macht, einer Barprügelei zu entgehen.

Bogdan überfliegt die Einträge. Solange er nicht weiß, was genau hinter der Katastrophe von Kallisto steckt, kann er nicht sagen, womit er hier unten noch zu rechnen hat. Und genau das ist seine Aufgabe: Dinge vorauszusehen. Annabella hat recht, sie stehen unter Beschuss, Clavier steht unter Beschuss. Aber haben die Ereignisse auf Kallisto direkt damit zu tun, oder nutzt sie nur jemand, um Ereignisse hier auf der Erde zu beschleunigen? Eine Firmenübernahme zum Beispiel.

»Glaubst du wirklich, dass das ein Anschlag war?«, fragt Tamara. »So weit draußen? Auf diese Weise?«

Er zuckt mit den Schultern.

Sabotage im Weltraum ist nicht neu und Industrie-
spionage seit den Tagen der Industrialisierung ein Problem.
Um dort draußen jedoch eine solche Aktion durchzuführen,
müssten die Verursacher über Ressourcen verfügen, die nur
wenigen zur Verfügung stehen. Viel wahrscheinlicher ist es,
dass die Ursachen für diese Katastrophe in einem Materialfehler oder in menschlichem Versagen liegen. Vielleicht
sogar nur ein dummer Zufall sind. Pech eben.

Im Grunde ist Bogdan mehr Mathematiker als alles andere. Er stellt Wahrscheinlichkeiten auf, und nur weil eine
Wahrscheinlichkeit gering ist, heißt das nicht, dass das Ereignis nicht eintritt. Es ist sein Job, mit allem zu rechnen,
selbst wenn es so absurd klingt wie ein Anschlag auf den
Jupitermonden.

Deshalb ist grundsätzlich erst mal jeder verdächtig. Die
Konkurrenz, Daniel Bonnet und Felix Gauthier, die Corps-
pur, Teile der UESW. Letztlich vertraut Bogdan nur seinem
eigenen Team, er verlässt sich ungern auf die Informationen,
die ihm die Konzernsicherheit überlässt, weil er sich nicht
sicher sein kann, auf wessen Gehaltsliste die Leute wirklich
stehen, das haben die Abhörversuche der letzten Tage gezeigt.

Aus diesem Grund schieben seine Leute jetzt Überstunden, studieren Datensatz um Datensatz, kontrollieren jede
Drohne, die über Claviers Grundstück fliegt, jeden Anschluss, jedes Fahrzeug, das in der Nähe parkt, und immer
wieder ihre eigenen Räume im Tower.

»Status?«, fragt er, und Müller klopft dreimal auf den
Tisch, der zwar wie Holz aussieht, aber eigentlich aus Plastik ist.

»Ein paar Bekennerschreiben, ansonsten ruhig. Aber die
ganze Sache ist auch noch zu früh. Warte noch ein paar
Tage, und es wird etwas reinkommen. Auch Fanatiker be-

nötigen Vorbereitung.« Er verschränkt die Arme, während Tiger Kaffee nachschenkt.

Zu viert sitzen sie in Bogdans Büro, um die Strategie für die nächsten Tage festzulegen. Sie rechnen mit einem Anstieg der Proteste, Angriffen auf die Firmensoftware, Übergriffen aller Art. Das ist nichts Neues. Wenn so etwas wie die Zerstörung der *Eurybia* passiert, kriechen die Ratten aus ihren Löchern, weil sie eine Schwäche wittern und glauben, dass die Sicherheit in Zeiten des Chaos nachlässt und anderweitig beschäftigt ist.

Aber genau das Gegenteil ist der Fall. Bogdan und sein Team haben nichts anderes zu tun; niemand benötigt sie, um ein Schiff zum Jupiter zu fliegen, sie konzentrieren sich nur auf einen einzigen Mann und dessen Probleme.

»Das ist eine irre Geschichte, ich kann es immer noch nicht glauben«, sagt Tiger und setzt sich endlich an den Tisch. Er zieht eins der Displays zu sich heran und liest sich in die letzten Statusreporte ein. Dabei pocht seine künstliche Halsschlagader unablässig vor sich hin. Bläulich schimmert sie durch die Haut, die von Narben übersät und beinahe haarlos ist. *Friendly fire* wird nicht besser, wenn es in Form chemischer Kampfstoffe daherkommt, sagt er immer, fragt ihn jemand nach den Verletzungen. Dafür, dass er erst Ende zwanzig ist, hat er schon ganz schön viel mitgemacht.

Müller schnaubt gutmütig. »Du hast gegen einen Eisbär gekämpft, aber das hier kommt dir irre vor?«

Tiger grinst, sieht aber nicht auf. »Der Eisbär war nicht das Gefährliche. Die Parkranger oben in Spitzbergen waren das Irre. Die sind nicht zimperlich.«

»Kein Wunder, wenn sie glauben, dass du ihren Eisbären abknallen willst«, erwidert Tamara und hebt die Tasse.

Jetzt sieht Tiger doch auf und deutet anklagend mit dem

Zeigefinger auf sie. »Der kam auf mich zu, nicht umgekehrt.«

»Das sag ich auch immer, wenn mich die Leute fragen, wie ich Pavel kennengelernt habe.«

Bogdan lacht, dann öffnet er die aktuellen Daten zur Kallisto-Mission. Fünf Tote und ein zerstörter Orbiter, aber niemand kennt die genaue Ursache. Das alles sieht nach einer Katastrophe aus, aber nicht nach einem Anschlag. Doch wenn Bogdan in seiner aktiven Zeit als Söldner eines gelernt hat, dann, dass Krieg nicht immer so aussieht, wie man es erwartet. Er hat genug Geisterstädte gesehen, leer gefegt, mit intakten Häusern, in denen noch der Fernseher lief. Wenn er ehrlich ist, muss er zugeben, dass er mehr Angst vor den Dingen hat, die er nicht sehen kann, als vor einem Gegner, der mit Waffe und Drohne auf ihn zukommt.

Er schiebt Tamara eine Akte hin, und sie wirft ihm einen überraschten Blick zu.

»Król? Was willst du denn mit dem?«, fragt sie. »Castel und Montes haben doch den Befehl verweigert.«

»Die wollten doch nur ihren Kameraden retten.«

»Die Interne sieht das möglicherweise anders.«

»Haben sie denn etwas zu den beiden gefunden?«

Tamara schüttelt den Kopf. »Die Konten waren sauber. Wenn die Geld für ihre Familien sichern wollten, haben sie es jedenfalls clever angestellt. Spaceworker Güteklasse A.« Es klingt abfällig.

»Die Eltern schon Spaceworker?«

»Und deren Eltern und so weiter und so weiter.«

»Na siehst du. Diese Leute haben ihren eigenen Kodex. Die lassen keinen zurück. Ich verwette meinen Arsch darauf, dass die nur losgeflogen sind, um nachzusehen, ob sie noch was retten können.«

Skeptisch sieht sie ihn an. »Das ist doch bescheuert. Was soll da schon übrig geblieben sein?«

Doch bevor er antworten kann, beugt sich Müller interessiert nach vorn. »Glaubst du, Król hat die Mission sabotiert?«

Bogdan zuckt mit den Schultern. Wenn von sechs Leuten nur noch einer übrig bleibt, muss man sich doch fragen, warum. »Dass die beiden Spaceworker den Befehl verweigert haben, wissen wir nur von Król«, sagt er vorsichtig. »Wir haben keine Bestätigung von Castel und Montes selbst.«

»Ja, weil die ihren Abflug mit dem Lander nicht auch noch angekündigt haben«, erwidert Tamara.

»Woher wissen wir also, dass es genau so war?«

»Was? Glaubst du, Król hat das nur vorgetäuscht? Warum?«

»Vielleicht weil er die beiden im Schlaf erdolcht hat«, wirft Tiger ein, und Tamara verdreht die Augen.

»Klar, der meuchelt mal eben vier seiner Kollegen, damit er dann auf diesem Scheißmond festsitzt. Das glaubt ihr doch nicht im Ernst.« Sie lehnt sich zurück und verschränkt die Arme. »Selbst wenn … für uns hier ist der doch keine Gefahr. Hintermänner vielleicht, aber …« Sie beendet den Satz nicht, schüttelt nur abwehrend den Kopf. Offenbar ist ihr diese Theorie zu weit hergeholt.

Doch Müller spinnt den Faden weiter. »Die Frage bleibt aber trotzdem, warum? Für Geld? Überzeugung?«

Bogdan hat sich die Aufzeichnungen der Übertragung angesehen und Króls Erklärungen zur Situation auf der *Chione*. Er hat sich alles besorgt, was es über Król zu wissen gibt, und versucht, sich ein Bild von dem Mann zu machen, der jetzt da draußen als letzter Überlebender seiner Mannschaft auf einem Eismond hockt und darauf wartet, dass ihn irgendwer abholt. Immer wieder wirft er einen Blick auf das aufgestellte Display auf dem Tisch. Die Daten, die ein Leben zusammenfassen. Bogdan starrt auf die Bilder auf dem V-Display, die in Schleife hintereinander laufen. Offizielle Fotos, private Aufnahmen. Videos aus Trainigssessions.

Król ist in Leicester, England, aufgewachsen. Wie viele seiner Klassenkameraden ist er früh der EASF beigetreten, die Perspektiven und Arbeit verspricht. Er hat eine grundlegende technische Ausbildung erhalten, zeichnet sich durch hervorragende Noten und noch bessere Testergebnisse aus. Im Training ist er ein Ass. Keine Verwarnung im Dienst. Tadelloses Verhalten. Ein schlauer Kopf. Seine außergewöhnlichen Fähigkeiten haben ihm einen guten Ruf bei den Kameraden und hervorragende Karriereaussichten eingebracht. Die vierte Kallisto-Mission sollte sein Sprungbrett in die Führungsriege werden.

Das ist die offizielle Seite, das, worauf jeder Zugriff hat. Und dann sind da noch die Sachen, die die Sicherheitsüberprüfung zutage gebracht hat, die roten Seiten, für die man eine besondere Sicherheitsstufe braucht und die Clavier zur Verfügung gestellt bekommen hat, damit sich sein Sicherheitsteam damit vertraut machen kann. Sie haben die Personalakten ihrer Spaceworker ebenfalls an EASF und ESB weitergegeben.

Król ist nicht gebunden. Er hat keine Kinder. Außer seinen Eltern und ein paar engeren Freunden gibt es niemanden, der ihm wirklich nahezustehen scheint. Seine medizinischen Daten sind sauber. Król hat wechselnde Partner, er ist nicht wählerisch. Aber keine längeren Beziehungen. Er gibt sein Geld gern aus, aber nicht verschwenderisch. Er spart, geht auf Nummer sicher, was seine Zukunft betrifft.

Offiziell keiner, der ausflippt und seine Kameraden vergiftet.

Aber wer weiß schon, was da draußen mit den Leuten passiert, wenn sie zu lange in dieser tückischen Dunkelheit unterwegs sind? Es wäre nicht der erste Fall von jemandem, dem der Schoß nicht bekommt. Vielleicht hat das seltsame Fieber auf der Station ihn genauso angegriffen wie Green, er hat es nur besser vertragen?

»Das ist das, was wir haben. Ich will deinen Eindruck«, sagt er zu Tamara. »Was du über Król weißt. Du hast doch eine Zeit lang mit ihm gedient.«

»Ehrlich?« Überrascht schaut Tiger auf und unterbricht seine Arbeit, um ihre Antwort abzuwarten.

Sie zuckt mit den Schultern. »Das ist doch schon ewig her. Seine Einheit war vier Monate in Neuseeland stationiert, weil sie irgend so einen besonderen Satelliten bewachen sollte. Wir sind uns vielleicht ein Dutzend Mal begegnet.«

»Ich nehme, was ich kriegen kann«, sagt Bogdan. »Und als du die Nachricht über die Kallisto-Mission gehört hast, hast du ziemlich betroffen ausgesehen.«

»Das ist doch menschlich, Mann.«

Bogdan vertraut ihrem Urteil, sie haben zusammen in Mexico eine Weile bei den Aufräumern gedient. Mit Anfang zwanzig und mehr Glück als Verstand gesegnet. Sie hat früher aufgehört als er, weil sie schlau genug ist zu erkennen, wann es zu heiß wird. Anschließend hat sie sich in Neuseeland bei einem privaten Unternehmen verdingt, der *Junkbrigade*, wie sie es zur Erheiterung aller nennt. Einfache Space-Missionen zur Weltraummüllentsorgung. Aber das war auf Dauer nicht das Richtige für sie, mit dem Schoß ist sie nie ganz warm geworden. Und Bogdan kann sie verstehen. Er weiß, dass sich viele Exsöldner bei der EASF bewerben, aber der Gedanke daran, eingepfercht in einer Blechdose im Vakuum herumzufliegen, bereitet ihm Unbehagen.

144

Nachdem er den Absprung geschafft und sich seine Position bei Clavier erarbeitet hat, hat er Tamara nachgeholt. Die Einsätze haben sie vorzeitig altern lassen, und sie ist ohnehin schon älter als die meisten im Team, aber praxiserfahren, und das weiß er zu schätzen. Wenn er sie ansieht, manchmal bei einem Bier nach Feierabend, erinnert er sich an das, was hinter ihnen liegt und was sie überlebt haben. Tamaras Nieren sind nicht mehr echt, und ihm fehlt ein Teil seiner Lunge, aber sie sind noch am Leben, und das ist alles, was zählt.

Nach einem Moment seufzt sie und zeigt auf Króls Bild. »Um ihn wäre es schade. Von diesem Kaliber gibt es nicht viele. Seine Leute halten große Stücke auf ihn, und er ist bekannt dafür, dass er keine Ausnahmen macht. Keine Animositäten, kein Problem mit irgendwelchen Religionen oder Ansichten, dafür diszipliniert, aber mit einem offenen Ohr.«

»Ein guter Mann also?«

Sie nickt. »Soweit ich weiß. Ich meine, seien wir doch mal ehrlich, wir haben alle irgendwelche schlechten Angewohnheiten.« Entschuldigend grinst sie, aber er nimmt es ihr nicht übel.

Bogdan weiß, dass er ein guter Teamleiter ist, aber einfach ist er nicht. Manchmal zu schweigsam, manchmal zu forsch. Sein Führungsstil ist ehrlich, aber rau. Das muss man abkönnen.

Tamara reibt sich über die Augen und wirkt auf einmal müde. »Wirklich wissen kann man so was natürlich nie, aber es würde mich sehr wundern, wenn ihr plötzlich feststellt, dass der ein Schläfer für die Corps-pur oder die Konkurrenz ist.«

»Denkst du, die ESB glaubt ihm?«

Beinahe wütend winkt sie ab. »Die ESB glaubt niemandem, das ist ihr Job. Die sind immer misstrauisch. Die werden ihn in Gewahrsam nehmen, sobald sie seiner habhaft werden. Und dann werden sie ihn wieder freilassen. Weil sie nichts finden werden.«

»Du bist dir ziemlich sicher bei jemandem, den du nur oberflächlich kennst.«

Da passiert etwas, das Bogdan nur sehr selten erlebt hat: Tamara wird verlegen. Sie lacht und fährt sich noch einmal übers Gesicht. Sie zögert, wirft einen Blick in die Runde, aber dann sagt sie: »Das muss unter uns bleiben, erzählt es nicht Pavel, okay?«

Einer nach dem anderen nicken sie. Was sie in diesem Raum besprechen, bleibt unter ihnen, darauf können sie sich verlassen.

Sie atmet tief durch. »Das war, bevor ich Pavel kannte, und ich weiß, wie sich das anhört, aber ihr müsst das jetzt einfach mal so hinnehmen, okay?«

Wieder nicken sie.

»Als wir in Neuseeland bei der Junkbrigade stationiert waren, das war langweilig, aber gut bezahlt. Die Freizeitaktivitäten waren begrenzt, also hat man sich was einfallen lassen, um sich die Zeit zu vertreiben. Manche sind dabei eben besonders kreativ geworden, weil sie sonst vor Langeweile durchgedreht wären. Die Einheimischen haben sich drauf eingestellt.« Sie kratzt sich am Hinterkopf, und Tiger hebt die Hände.

»Was denn?«, sagt er. »Mach es nicht so spannend. Ihr habt euer Geld in die Bordelle getragen, oder was willst du damit sagen?«

»So was in der Art.«

»Seid ihr euch dort über den Weg gelaufen, in denselben Clubs?«, fragt Bogdan.

Tiger zieht die Brauen hoch, aber Tamara schlägt ihm

mit der flachen Hand gegen die Schulter, bevor er etwas sagen kann.

»Worauf ich hinauswill, man kann das schwer erklären, der Mann hat einfach etwas an sich. Das muss man erlebt haben. Da kannst du nicht neidisch sein, ist einfach so. Ich meine, seht ihn euch doch mal an.« Sie zeigt auf sein Foto, als würde das alles erklären.

Und vielleicht tut es das auch. Król sieht nach dem Maßstab der meisten Leute gut aus, das blond gewellte Haar und die langen Wimpern geben ihm etwas Jungenhaftes, das ihm auch noch im Alter anhaften wird. Sein Grinsen wirkt gleichzeitig anzüglich und charmant. Ein Typ, dem man vieles durchgehen lässt, denkt Bogdan.

»Reihenweise sind sie ihm hinterhergerannt«, fährt Tamara fort. »Ich hab so was noch nicht erlebt, verheiratete Frauen, die ihr ganzes Leben nur einen Mann hatten, und Kerle, die sonst nie im Leben einen anderen Mann anschauen würden, hatten plötzlich das Bedürfnis, sich nach vorn zu beugen.«

»Du auch?«, fragt Tiger amüsiert.

Sie hebt die Hände, antwortet aber nicht. Bogdan kann ihr ansehen, dass ihr das Ganze peinlich ist, beinahe wirkt sie selbst verwundert über das, was sie erzählt.

»Kennt ihr diese Leute, die man nur ansehen muss, und man weiß einfach, dass der Sex gut wird?«

»Das kann böse täuschen«, wirft Müller ein, und für einen Augenblick sehen sie ihn an, als wäre ihm ein zweiter Kopf gewachsen. »Was?«, fragt er irritiert.

»Mann, du bist seit zwanzig Jahren verheiratet!«, ruft Tiger. »Einer der Letzten, die so was noch machen und ernst meinen.«

»Aber ich war auch mal jung!«, entgegnet Müller beleidigt.

Tiger sieht aus, als würde er das anzweifeln, beschränkt sich aber auf ein skeptisches Kopfschütteln.

Tamara grinst reumütig, dann sagt sie: »Nicht in diesem Fall. Der Mann liefert, was er verspricht.«

»In seiner Position nicht unproblematisch«, wirft Bogdan ein.

»Im Gegenteil. Das ist der Grund, warum es so gut funktioniert.«

»Willst du damit sagen, er schläft mit seinen Kameraden?«

»Nein, aber mit allen anderen. Der Mann hat einen *Ruf*. Wenn du mir nicht glaubst, frag ruhig jemand anders. Aber sie werden dir alle das Gleiche erzählen. Król macht daraus kein Geheimnis.«

Bogdan verschränkt die Arme. »Und?«

»Er ist gut gelaunt, also sind seine Leute gut gelaunt. Ich habe noch nie jemanden getroffen, der so klar zwischen Privatleben und Job trennen kann. Fast als wären das zwei verschiedene Menschen. Wenn er die Uniform anzieht, ist er beherrscht und eine Führungspersönlichkeit. Zieht er sie aus …« Sie zuckt mit den Schultern.

Zweifelnd hebt Bogdan die Brauen. »Du willst mir doch jetzt nicht ernsthaft die Legende vom magischen Schwanz erzählen, oder?«

»Du wolltest meine Meinung.« Sie trinkt Kaffee und sieht ein bisschen beleidigt aus.

»Und die ist wie? Dass er kein Schläfer sein kann, weil er … was? Zu beschäftigt damit ist, sich durch die Gegend zu vögeln?«

»Ich will damit sagen, der Mann hat ein Ventil gefunden.«

Er muss sie nicht fragen, wofür dieses Ventil ist, sie alle stehen unter Druck, aber da oben im All ist das Level ein anderes.

Mit Soldaten kennt sich Bogdan aus. Leuten, die mit Gewalt vertraut sind. Zwanzig Jahre Einsatz, und zusätzlich hat er vier Jahre insgesamt in irgendwelchen Löchern verbracht, eingezwängt zwischen Wänden und der Aggression und dem Schmerz anderer Männer. Er kennt diese Leute, die ihren Körper als Waffe begreifen, als Werkzeug. Schmerz ist nichts, was man fürchtet, es ist etwas, das man überwindet. Es geht ums Weitermachen. Da gibt es diese merkwürdige Trennung zwischen Geist und Körper, als wäre der eine Herr über den anderen. Beinahe *ein anderer*.

Stolz sind sie alle, es ist das, was sie aufrecht hält, wenn sich die Finger kaum noch krümmen lassen, jeder Atemzug brennt und der Schlafmangel sie von jedem Stuhl aufspringen lässt, als wäre er aus Feuer. Sie sind hart. Nicht weil sie einem anderen die Nase brechen können, sondern weil sie den eigenen Schmerz ertragen.

»Sie sind wie Hunde, die ihre Wunden lecken und trotzdem noch beißen können«, hat sein Ausbilder mal gesagt.

Bogdan weiß, dass viele Anfänger das Vögeln nach einer Auseinandersetzung für einen besonderen Rausch halten, doch die Befriedigung darüber, sich nach dem Bandagieren mit gebrochenen Rippen wieder von der Sanitäterpritsche zu erheben und gerade zu stehen, geht tiefer.

Bogdan ist lange genug dabei, um zu wissen, dass es ein fataler Stolz ist zu glauben, allen Umständen standzuhalten. Jeder Körper gibt irgendwann nach, jeden Menschen kann man brechen.

Aber diese Leute da oben im Schoß sind anders. Eine andere Sorte Mensch. Für kein Geld der Welt würde Bogdan hinaus ins All fliegen. Auf der Erde hat man wenigstens die Illusion, die Dinge beeinflussen zu können, doch dort draußen? Da ist Illusion etwas für Verrückte. Vor dieser kalten Leere schrumpft jegliches Überlegenheitsgefühl auf ein

Nichts zusammen. Er ist sicher, dass so mancher da draußen einen Gott gefunden hat, im Angesicht der eigenen Bedeutungslosigkeit. Es ist ihre Bereitschaft, hinter den feindlichen Linien zu leben, die er nicht begreift. Es gibt keine Pause, keine sicheren Orte, nur die stete Gefahr, dass etwas schiefgehen kann und die Konsequenzen tödlich sind. Als hätten sie keine Angst vor dem Tod. Das ist es, was er nicht versteht.

Ist das bei Król also so eine merkwürdige Sache, dass er sich auf der Erde beweist, noch am Leben zu sein, indem er von Bett zu Bett zieht?

»Vielleicht ist er einfach sexsüchtig«, wirft Müller trocken ein.

»Dann würde er es gar nicht so lange da draußen aushalten«, erwidert Tamara. Sie gießt Kaffee nach. »Nein, das ist es nicht. Ich hab doch gesagt, ich kann das nicht beschreiben. Der Mann ist beschäftigt, mit seinem Dienst und damit, angenehme Erinnerungen zu sammeln. Und er verschafft anderen angenehme Erinnerungen. Was soll ich sagen, er hat einfach Charme.«

»Ich kann nicht fassen, dass ich so was ausgerechnet von dir höre«, sagt Bogdan. »Was soll ich Clavier in sein Dossier schreiben? Dass Król psychisch stabil ist, weil er sich seine Probleme aus dem Leib vögelt?«

»Weil er menschlichen Kontakt sucht.«

»Durch Sex«, sagt Tiger und grinst.

Tamara seufzt. »Er ist ein guter Mann, das ist alles, was ich sagen will.«

Tiger stößt sie mit dem Ellbogen an. »Und? Hast du?«

»Das wäre ziemlich unprofessionell.«

»Beantwortet die Frage nicht.«

»Doch, tut es.« Sie schiebt das Display von sich, und Bogdan haut mit der flachen Hand auf den Tisch.

»Na schön. Król ist zu entspannt für Sabotage, und Castel und Montes haben nur getan, worauf sie genetisch programmiert sind, was bleibt also?« Er blickt in die Runde, aber niemand antwortet. »Großartig. Dann wieder von vorn, denn mit dieser Einschätzung kann ich nicht beim Chef auftauchen. Wir brauchen mehr als Küchenpsychologie.«

Die anderen nicken, und gemeinsam sehen sie die Daten zur aktuellen Sicherheitslage durch. Während Tiger neuen Kaffee ansetzt, lässt sich Bogdan mit den beratenden Ärzten der Mission verbinden. Er will wissen, für wie wahrscheinlich sie es halten, dass Król an einer Psychose leidet.

Bogdan ahnt schon, dass Króls Verhalten außerhalb des Diensts mehr mit sozialem Kontakt als mit dem reinen Vergnügen zu tun hat, und genau das ist das Problem. Denn was Tamara bei ihrer Einschätzung vergisst, ist die Tatsache, dass Król da draußen jetzt allein ist. Welches Ventil findet er also, wenn es niemanden gibt, mit dem er sich den Stress wegvögeln kann?

Ein bisschen hofft Bogdan fast darauf, dass die Antwort der Ärzte positiv ausfällt. Es würde seine Arbeit hier unten ziemlich erleichtern, wenn das Ganze ein medizinisches Problem ist und keine Strippenzieher im Hintergrund zu finden sind.

19

Belgien, Brüssel

Der Flug war holprig, ein Gewitter braut sich zusammen. Wie ein Vorbote auf die kommenden Stunden. Auf halber Strecke zwischen der Stadt des Stahls und der Stadt der Pralinen hat sich Romain den Schweiß von der Stirn gewischt und im Bad mit der Hand kaltes Wasser über den Nacken laufen lassen. Drei Mal hat er den Sitz seines Anzugs geprüft und die Manschettenknöpfe gedreht. Die Verärgerung vibriert in ihm wie der Bass eines zu hoch eingestellten Audiosystems.

Sie haben ihn herzitiert.

Darum *gebeten*, dass er nach Brüssel kommt, um über die Situation zu reden. Aber es ist keine Bitte. Wenn die ESB um ein Gespräch bittet, lehnt man nicht ab. Man hat auch keine Termine, die sich nicht verschieben lassen. Stattdessen lässt man alles stehen und liegen und begibt sich zu seinem Flugzeug. Weil die ESB zwar wie ein zahnloser, halb blinder Straßenköter wirkt, das Gängelband der Gesetze aber so straff um ihrer aller Hälse ziehen kann, dass das Atmen schwer wird.

Eine Stunde, haben sie ihm gesagt, dann kann er sich wieder seinen Geschäften widmen, ein inoffizielles Gespräch ohne Presse oder Anwälte. Gesucht wird einfach der persönliche Kontakt. Geraldine will mit dem Abendessen auf ihn warten, es gibt Lachs aus Norwegen, sie macht sich keine Sorgen. Sie hat Freunde eingeladen, damit sie sich ein bisschen ablenken können, immerhin weiß sie genau, wie angespannt Romain im Moment ist. Außerdem sind Freunde gute Multiplikatoren, wenn sie weitergeben, dass Romain zum Dinner einlädt. Schließlich kann es dann nicht so schlecht um das Unternehmen stehen. Über das HolMag hat Geraldine ihn gebeten, auf dem Rückweg Pralinen von *Julian* mitzubringen, einem Ableger der Schokoladendynastie Marcolini. Wenn er schon mal da ist, sagt sie. Er lässt einen von Bogdans Leuten, die ihm im Van gegenübersitzen, die Bestellung abgeben.

Während sich der Mann auf seinem HolMag minutenlang durch Konfektangebote arbeitet, nimmt Romain einen Spinatsmoothie aus dem Mixerautomaten und trinkt in kleinen Schlucken. Seit dem Aufstehen hat er nichts gegessen, aber er weiß, dass man ihn zum Essen einladen wird. Nervös sieht er durch die getönten Scheiben nach draußen.

Brüssel ist ein Labyrinth. Auf mehreren Etagen ziehen sich die Verkehrswege wie ein Adergeflecht durch die Stadt. Schwebende Straßen, hell erleuchtete Tunnel, alles ein Sinnbild für die Wege, die Informationen hier nehmen. Meetings in Konferenzräumen, Restaurants und Privatwohnungen, Autofahrten hierhin und dorthin, Papiere von einem Schreibtisch zum nächsten und wieder zurück. Brüssel ist ein Organismus, eine komplexe Maschinerie, verwirrend für Außenstehende und hochgradig süchtig machend für alle Beteiligten.

Wie Arbeitsbienen um die Königin scharen sich die Büros global agierender Konzerne um Parlament und Council der EU, in den Straßen rund um die Rue de la Loi. Doch die Frage, wer wem dient, bleibt offen.

Der Wagen reiht sich ein, die Tunnellichter sind schwache Inseln auf den getönten Scheiben. Bogdan sitzt neben ihm und tippt mit dem Mittelfinger auf das cremefarbene Lederpolster.

»Muss ich mir Sorgen machen?«, fragt Romain und sieht die aktuellen Daten durch.

Bogdan wendet den Blick nicht von der Scheibe ab, als er spricht. »Es gab einige Drohungen von Konzerngegnern, ein Teil davon operiert von Brüssel aus. Es gibt immer Typen, die sich in solchen Zeiten beweisen wollen«, antwortet er ruhig, während er die anderen Fahrzeuge beobachtet. Die tiefe Stimme passt zu seinem massigen Körper, der die Leute schnell davon ablenkt, weshalb Romain den Kroaten in Wirklichkeit protegiert.

Der Mann ist schlau. Seit fünfzehn Jahren arbeitet er für die Firma, angefangen hat er ganz unten, im Gebäudeschutz, inzwischen ist er Romains persönlicher Sicherheitschef. Er hat seine eigenen Leute angestellt, zwanzig erfahrene Männer und Frauen, die schweigen können und verstehen, dass ihre Treue Romain und nicht Space Rocks gilt. Wenn Bogdan jemanden haben will, fragt Romain nicht, warum. Zweimal hat sein Team bereits eine Entführung verhindert und ein halbes Dutzend Angriffe abgewehrt. Fünf Jahre wird er noch bei Romain bleiben, dann geht er in Rente. Er hat Romain nie erzählt, was er nach seinem aktiven Dienst machen will, aber Romain vermutet, dass es etwas mit Pferden zu tun hat, weil sich Bogdan wie ein Besessener Pferderennen ansieht, wenn sie im Flugzeug unterwegs sind. Ob er Familie hat, weiß Romain nicht, die offiziellen Akten über Bogdan beinhalten keinen Vermerk, aber das heißt ja nichts. Es gibt Tage, da traut er dem Kroaten mehr als Geraldine.

Nach wenigen Minuten Fahrt kommen sie an der Sicherheitsschranke des ESB-Hauptsitzes an. Das Gelände ist von einer fünf Meter hohen Glasmauer umgeben, durch die man nicht hineinsehen kann, sondern nur von der anderen Seite nach draußen. Dahinter erhebt sich ein altmodischer Betonwürfel mit massiven Wänden und kleinen Fenstern mit spiegelnden Scheiben. Der Bau ist nicht subtil, er ist ein Symbol. Eine Festung.

Romain stellt den Smoothie weg. Löscht alle Daten auf den Bordsystemen und stellt die Bildschirme ab. Das Risiko, dass das Fahrzeug gestohlen wird, ist zu hoch.

Der Sicherheitscheck ist so gründlich, wie er nur sein kann, keine Sekunde lang hat Romain das Gefühl, dass sich einer der Securityleute langweilt. Bogdan nickt anerkennend, als sie den Wagen durchwinken, er weiß gute Arbeit zu schätzen.

Romain ist angespannt. Ganz gleich, was die ESB behauptet, das hier ist kein Routinetreffen. Rede und Antwort soll er ihnen stehen, Erklärungen abgeben, Versicherungen aussprechen, während alle an ihren Presseerklärungen feilen, um den Imageverlust in Grenzen zu halten. Er rechnet mit einem Einschnitt des Budgets, wenn er Pech hat, muss sich Space Rocks vor einem Ausschuss rechtfertigen und nach neuen Partnern umsehen. Wenn die ESB zu dem Ergebnis kommt, dass Space Rocks ein Sicherheitsrisiko darstellt, weil das Unternehmen nicht verlässlich ist, dann werden sie es in Zukunft schwer haben, auf Gesetzesentwürfe Einfluss zu nehmen. Bisher galt ihre Stimme im EART etwas, aber das kann sich ändern. Es gilt also, in der Demonstration seines Verhaltens das richtige Maß zu finden zwischen Selbstbewusstsein und Verantwortungsbewusstsein. Denn wenn er hier in Brüssel versagt, wird Daniel das für sich nutzen.

Kaum betreten sie den Eingangsraum, kommt ihnen ein junger Mann entgegen, der sie in die sechste Etage bringt und sie bittet, in einem Aufenthaltsraum zu warten. Ein Lounge-Zimmer mit Entertainment-Equipment, Bar und Liegebereich. Es ist bezeichnend, dass Romain persönlich abgeholt und nicht durch ein Hologramm geleitet wird, Brüssel gefällt sich in der Rolle des zwischenmenschlichen Vermittlers. Hier spricht selbst der Pförtner drei Sprachen und verströmt eine Freundlichkeit, die man sonst nur von Massagesalons kennt.

Romain macht keinen Gebrauch von den Angeboten, genauso wenig wie Bogdan, der sich vor der Tür postiert. Das Fenster lässt sich nicht öffnen, trotzdem ist die Luft angenehm klar. Es riecht nach Meer.

Für einen kurzen Moment schließt Romain die Augen.

Lange müssen sie allerdings nicht warten, dann erscheint derselbe junge Mann und bringt sie ans Ende des Gangs zu einer gepolsterten schmalen Flügeltür, die er für sie öffnet.

Romain geht hinein. Bogdan wartet vor dem Zimmer, er setzt sich auf eine der an der Seite aufgestellten Bänke, die Wand im Rücken, die Beine ausgestreckt. Sein Mittelfinger tippt wieder auf das Polster.

Hinter Romain wird die Tür geschlossen, und Tessa Neumann kommt ihm entgegen. Sie streckt die Hände aus, um seine zwischen ihre zu nehmen.

»Wie schön, dass Sie es so schnell einrichten konnten«, sagt sie zur Begrüßung, und er nickt, als hätte er eine Wahl gehabt.

Tessa ist schmal und muskulös. Sie wirkt auf eine Art erschöpft, die Schlafstörungen verrät, und zu wenig Ablenkung. Die Anstrengung ihres Jobs hat sich ihr ins Gesicht gegraben, sodass sie fünf Jahre älter aussieht, als sie eigentlich ist. Andere sind in ihrem Alter längst in Rente. Sie wirkt gepflegt, aber uneitel, und ihre Stimme klingt stets etwas heiser, weil sie den ganzen Tag mit Leuten spricht.

Sie deutet auf einen runden Tisch gegenüber dem Schreibtisch, auf dem Getränke und Sandwiches stehen. Ohne zu fragen, gießt sie ihm einen Mangosaft ein, weil Romain beim letzten Mal erwähnt hat, dass er den mag. In solchen Dingen ist sie gut. Dann lehnt sie sich zurück und verschränkt die Finger im Schoß.

Er wartet darauf, dass sie etwas sagt, rechnet mit Fragen nach dem Flug, stattdessen seufzt sie nur.

»Wissen Sie«, sagt sie schließlich, »ich bin müde. Ich möchte mich gern zur Ruhe setzen, mehr Zeit mit meinem Partner verbringen. Mit den Hunden spazieren gehen. Eigentlich sollte ich längst im Ruhestand sein.« Sie reibt sich über die Augenbrauen und sieht ihn vorwurfsvoll an, als hätte sie seine Gedanken zu ihrem Äußeren gelesen und als unhöflich empfunden.

Er kann sich nicht vorstellen, wie das ist, von der Bedeutungslosigkeit zu träumen. Für ihn ist der Ruhestand ein Abstellgleis. Aber er weiß auch, dass Tessa seit dreißig Jahren für die Europäische Sicherheitsbehörde arbeitet, fünfzehn davon auf höchster Ebene. Ihre Arbeitszeiten unterscheiden sich nicht von seinen, sie kennt die hastigen Mittagessen, bei denen trotzdem übers Geschäft geredet und währenddessen telefoniert wird. Die Feiertage, die keine sind, weil das Homeoffice immer geöffnet ist. Sie kennt die Geschenke, die von anderen besorgt werden, die in letzter Minute abgesagten Abendessen mit Freunden und die ständigen Tabletten gegen Gastritis. Diese in den Knochen sitzende Müdigkeit begleitet sie alle, aber für Romain ist das ein kleiner Preis, den sie zahlen müssen, um an der Spitze zu bleiben.

»Wissen Sie, Romain, das ist wirklich ein schlechter

Zeitpunkt. Ich hatte andere Pläne. Es war an der Zeit, dass ich das alles«, sie macht eine den Raum erfassende Bewegung, »hinter mir lasse. Ich habe doch alles schon gesehen. Ich musste mit ansehen, wie die Corps-pur-Bewegung an Einfluss gewonnen hat, wie Diktatoren zu Staatsoberhäuptern wurden und wieder verschwunden sind und Länder reumütig in die Europäische Union zurückgekehrt sind, nachdem die Ressourcengewinnung im All ihr zu neuem Aufschwung verholfen hat. Und ich bin es leid, ständig über Paragrafen zu reden, den Weltraumvertrag so zu interpretieren, dass er gerade der Partei nutzt, deren Interessen ich für die EU unterstützen soll. Manchmal kommt es mir vor, als würde meine Welt nur noch aus Kommas, runden Tischen und kaltem Kaffee bestehen.« Sie seufzt erneut, und es klingt erschreckend echt, nicht wie das dramatische Posieren aufsteigender Politiker, die Parlamente mit Bühnen verwechseln. »Ich bilde mir schon lange nicht mehr ein, dass ich an den grundlegenden Strukturen etwas ändern kann. Ich habe meinen Beitrag für eine Weile geleistet, und nun sollen andere ran.«

Er nickt.

»Aber ausgerechnet jetzt ist da diese leidige Sache auf Kallisto, nicht wahr?« Sie schiebt ihm den Teller mit den Pralinen hin, eine Aufforderung.

Er greift danach.

»Sie müssen verstehen, dass der Schaden für uns immens ist. Nicht nur finanziell. Es war nicht einfach, die Beteiligung der ESA an Ihrem Kallisto-Projekt durchzubekommen, da haben viele Leute ihre Finger drin. Die ESA, wir, die EASF. Das hängt alles miteinander zusammen.«

Die Schokolade schmilzt in seinem Mund, verklebt ihm die Zunge und macht es ihm unmöglich zu sprechen.

»Die Gegner des Asteroid Minings nutzen die Katas-

trophe für einen erneuten Kriegszug gegen das Raumfahrt-
programm, und die Medien stürzen sich nur zu gern auf die
Geschichten, die ihnen vorgelegt werden. Die Welt erfindet
sich gerade neu, und es ist immer noch nicht ganz abzusehen, wer dabei das Rennen macht.« Ihr Blick ist eindringlich, also nickt er wieder.

Auch das weiß er. Selbst wenn Wirtschaft und Politik
nicht dasselbe sind, so haben beide doch begriffen, dass der
entscheidende Faktor zur Gewinnung der Massen immer
darin besteht, Identifikation zu schaffen. Die Leute brauchen ein Spiegelbild, und deshalb geht Racheles größter
Budgetanteil auch ins strategische Mass Identity Building.

»Das alles schürt Aufregung. Bringt Leute auf falsche
Gedanken. Ich bin hier also heute nicht nur die Vertretung
für die ESB, ich bin das Sprachrohr all«, sie beschreibt einen
Kreis, »dieser Organe. Verstehen Sie?«

»Ich weiß, dass es im Moment ...«

Sie hebt die Hand. »Lassen wir für einen Moment die
Floskeln und seien ehrlich zueinander, ja? Für alles andere
habe ich weder die Zeit noch die Kraft.«

Er zögert, nickt und spürt die aufkeimende Verärgerung
über ihre Bevormundung in sich aufsteigen.

»Mir ist bewusst, dass die ESA ihre Probleme hat«, sagt
Tessa. »Einige Argumente unserer Gegner sind leider nicht
von der Hand zu weisen. Es wird an so mancher Stelle Geld
verschwendet, es werden Gefälligkeiten mit der freien Wirtschaft getauscht, und nicht jedes Projekt rechtfertigt die
Investitionen. Noch nicht einmal den ideellen Gedanken
dahinter. Wir wissen schließlich beide, dass viele Projekte
vor allem Prestigeaufgaben sind, die außer Grundlagenfor-
schung nichts einbringen. Mir ist das alles sehr wohl bewusst. Aber ich glaube auch immer noch daran, dass all der
Aufwand notwendig ist. Lohnenswert. Das Streben nach

den Sternen hat schon immer dazu geführt, dass wir Problemlösungen für hier unten entwickelt haben. Der gedankliche Abfall, wenn Sie so wollen, ist der eigentliche Gewinn. Das gemeinsame Ziel, das uns verbindet, statt wie auf so vielen anderen Ebenen trennt. Das ist das, was diese Idioten da draußen nicht begreifen. Denn eines können Sie mir glauben, wenn es nicht so wäre, wäre ich schon vor langer Zeit gegangen.« Sie sieht ihn an, auffordernd, aber er ist sich nicht sicher, was genau sie von ihm hören will.

Eine Bestätigung? Space Rocks ist keine gemeinnützige Einrichtung, sein Gewinn lässt sich sehr wohl in Zahlen ausdrücken. »Im Moment können wir noch nicht viel sagen. Ich habe Ihnen alles Relevante bis zum jetzigen Zeitpunkt zusammengestellt und …«

Sie unterbricht ihn erneut. Ihre Ungeduld ist ein Zug, den er bisher nicht an ihr kannte. Seit Jahren haben sie miteinander zu tun, schon als sein Vater noch lebte, haben sie sich bei Treffen gesehen, Absprachen getroffen und gemeinsam zu Abend gegessen. Dabei hat er sie immer als ruhigen, unaufgeregten Menschen in Erinnerung, der sich mit ihnen auf gleicher Ebene sieht.

Doch heute versteht sie sich als die Befehlsgeberin. Das stößt ihm auf.

»Meine Mitarbeiter haben sich die Daten angesehen, ich vertraue darauf, dass Sie mich darüber informieren, wenn Sie zu einem Ergebnis bezüglich der Ursache gekommen sind, aber darum geht es mir nicht.«

Irritiert sieht er sie an. Warum hat sie ihn dann antanzen lassen?

Tessa atmet tief durch und trinkt etwas von dem Tee, der immer noch dampft. »Sehen Sie, ich verstehe, dass Sie herausfinden müssen, was passiert ist, um eine Wiederholung zu vermeiden. Wir alle müssen das herausfinden, für den

Fall, dass eine Sicherheitslücke existiert. Allerdings ist das nicht unser einziges Problem. Man muss da weitreichender denken.«

»Inwiefern?«

»Das Mining ist für viele lukrativ, aber die Raumfahrtprogramme umfassen sehr viel mehr. Politik ist ein komplexes System. Wenn man bestimmte Dinge erreichen will, ist man abhängig vom Image, das die Leute sehen. Eine Nation, die etwas auf sich hält, muss Erfolge vorweisen.«

»Das ist bei Unternehmen nicht anders, glauben Sie mir«, wirft er ungehalten ein, worauf sie entschuldigend die Hände hebt.

»Wir benötigen Gelder für die Raumfahrtprogramme«, fährt sie fort, »Fachkräfte, ein Teil unserer Streitkräfte beruht auf dem Erfolg der Raumfahrt. Wir müssen vorausdenken an mögliche Krisen, die das Geld bei uns abziehen. Die nächste Pandemie, die nächste Umweltkatastrophe, die Wirtschaft ist anfällig. Es hängt alles miteinander zusammen. Versagen kommt uns teuer zu stehen. Ob es nun eingebildet ist oder nicht, spielt dabei keine Rolle.«

»Die Zerstörung des Orbiters ist leider nicht eingebildet. Genauso wenig wie fünf tote Crewmitglieder.«

»Das nicht. Aber das vierte Kallisto-Projekt ist viel erfolgreicher, als es im Moment den Anschein hat. Immerhin haben Sie den Flug durch den Gürtel gemeistert, erhalten erfolgreich die Station auf dem Jupitermond und haben weitere Proben auf Europa gesammelt.«

»Ohne den Nachweis von Leben.«

Sie zuckt mit den Schultern. »Das ist nun wirklich nicht Ihre Schuld. Aber alles, was die Leute sehen, ist das, was nicht geklappt hat. Es verfestigt sich der Eindruck, dass die Mission ein Fehlschlag war. Und genau das dürfen wir nicht zulassen.«

Irritiert betrachtet er sie. Romain hat immer geglaubt, er wäre ein Visionär. Aber dass sie fünf tote Menschen als Erfolg betrachtet, erscheint selbst ihm ungewöhnlich. »Ich bin mir nicht sicher, wie ich Ihnen dabei helfen kann.«

»Ich sage Ihnen, was Sie tun können. Sie können eine Aufbaumission nach Kallisto schicken, und zwar sofort. Den Ausbau der Station fortsetzen und das Programm genau da aufnehmen, wo es jetzt unterbrochen wurde.«

Ein aufgeregtes Kribbeln erfasst ihn, das ihm das Zittern in die Finger treibt. Er verschränkt sie im Schoß und versucht, sich seine Erregung nicht anmerken zu lassen. »Das kann ich nicht einfach so entscheiden. Ein solcher Schritt muss gut durchdacht werden. Für Space Rocks steht viel auf dem Spiel. Möglicherweise, ganz im Vertrauen, mehr, als wir stemmen können.«

Ungehalten winkt sie ab. »Es ist mir gleich, wie Sie das bei sich durchsetzen. Ich werde mich darum kümmern, dass die ESA ihrerseits Mittel zur Verfügung stellt. Aber das Projekt Kallisto darf nicht scheitern.« Einen Moment lang sieht sie ihn schweigend an, dann sagt sie: »Wenn das Projekt scheitert, ist das nicht nur der Tiefpunkt meiner Karriere, sondern auch ein riesiger Rückschritt für die ESA und die EU, der für immer mit meinem Namen verbunden wäre. Ich habe zu hart gearbeitet, um mir jetzt noch alles kaputt machen zu lassen. Was glauben Sie, wie viele Leute sich über mein Scheitern freuen würden?« Sie schüttelt den Kopf. »Kommt nicht infrage.«

Das ist es also.

Es geht ihr nicht nur um das Image der ESB, sondern auch um ihr eigenes. Das kann er verstehen, dafür empfindet er sogar Sympathie. Viele Leute begreifen nicht, dass Visionen immer an Einzelnen hängen, die eine Sache vorantreiben. Ohne das Ego von Leuten wie ihm und Tessa

Neumann wären solche Projekte wie die Kallisto-Missionen zum Scheitern verurteilt, weil die meisten Menschen nach den ersten Rückschlägen aufgeben. Doch er und sie sind anders. Sie schrecken nicht davor zurück. Es treibt sie an.

»Kann ich mich auf Sie berufen, wenn es darum geht, die Aufbaumission in den eigenen Reihen durchzusetzen?«, fragt er, und sie nickt.

»Das können Sie. Die ESA wünscht eine Fortsetzung ebenso wie die EU. Die NASA sitzt uns im Nacken, ebenso wie die CNSA. Es ist nur eine Frage der Zeit, bis sie sich ebenfalls den Jupiter- oder sogar den Saturnmonden zuwenden werden. Die Durchquerung des Gürtels hat viele davon abgehalten, es zu versuchen, aber inzwischen ist die Sicherheitstechnik gut genug, und der Lehmann-Antrieb erlaubt es uns, in einer vertretbaren Zeit auch in die äußeren Bereiche vorzudringen. Es gibt Bestrebungen privater Investoren, ein Satellitensystem im Gürtel zu etablieren, das genug Daten sammelt, um eine gefahrlose Durchquerung noch schneller zu ermöglichen. Lange werden wir nicht mehr allein auf Kallisto bleiben. Daher müssen wir jetzt Fakten schaffen. Sozusagen unsere Fahne aufstellen.«

Romain bezweifelt, dass ihre Anweisungen aus diesen Kreisen so eindeutig sind, wie sie ihm gerade erklärt, aber er wird den Teufel tun, das laut anzuzweifeln. Sie wird schon einen Weg finden, die Sache durchzusetzen und ihre Leute zu mobilisieren, damit die Gelder zur Beteiligung an der neuen Mission zur Verfügung gestellt werden.

»Was ist mit der Planetary-Protection-Regel?«

»Es wird dazu eine Anhörung geben, das kann ich Ihnen leider nicht ersparen. Aber ich werde dafür sorgen, dass sie ohne Konsequenzen bleibt.« Sie erhebt sich. »Sind wir uns also einig?«

Er tut es ihr gleich und streckt die Hand aus. »Das sind wir.«

»Schön. Dann lassen Sie uns etwas essen gehen. Ich habe eine halbe Stunde bis zu meinem nächsten Termin, und wenn ich nichts esse, bin ich unterzuckert und erkläre der ungarischen Präsidentin womöglich, dass sie sich ihre Pläne für ein neues Satellitennetzwerk gelinde gesagt sonst wohin stecken kann.«

Darüber muss Romain so lachen, dass ihn Bogdan verwundert ansieht, als sie den Raum verlassen, weil Romain noch immer lächelt. Kein Wunder, dass der Mann überrascht ist, niemand hat wohl heute damit gerechnet, dass Romain noch einen Grund zum Lachen finden würde.

Als er hergekommen ist, hat er mit Widerstand gerechnet, mit der Kündigung einiger Kooperationen. Jetzt geht er mit der Versicherung nach Hause, eine weitere Kallisto-Mission unterstützt zu bekommen.

Aber auch unerwartete Erfolge fühlen sich gut an.

20

Französisch-Guyana, Kourou

Zum Frühstück isst Uche Melone und ein Guyana Salara; gegen die Kopfschmerzen eine Schmerztablette, die er mit Kaffee runterspült. Alle fünf Minuten blickt er aufs HolMag, aber weder Jada noch Antoine haben versucht, ihn zu erreichen. Seit Tagen wartet er auf Antworten. Er schaltet auf ein Nachrichtenportal, dort laufen jedoch nur nichtssagende Informationen zum Fall der *Eurybia*-Crew.

Uche hat die Nacht damit verbracht zu überlegen, was er Lars erzählen soll, wenn Antoines Verschwinden öffentlich wird. Aus dieser Nachricht wird Lars vermutlich eigene Schlüsse ziehen und annehmen, dass die ESB Untersuchungen einleitet. Zu diesem Zeitpunkt wird Uche für Lars zu einem Sicherheitsproblem. Und Probleme werden gelöst.

Uche überlegt, ob er sich eine Waffe zulegen soll.

Später fährt er rüber nach Kourou und lässt sich von einem Taxi zum Universitätsgelände bringen, weil er nicht länger warten kann. Dort gerät er mitten in einen Studentenprotest, der sich gegen die Sparmaßnahmen der Regierung richtet. In der Lobby des Forschungsgebäudes halten junge Leute V-Plakate in die Höhe.

Auch dieses Mal kommt er ohne Schwierigkeiten durch die Sicherheitsschranken, der Geruch nach Chlor hat sich verloren, dafür sind alle Displays im Gebäude erloschen. Er weiß nicht, ob das ein Defekt ist oder Teil des Protests.

Als er bei Jadas Büro ankommt, schickt sie ihren Kollegen, einen hageren Deutschen, aus dem Zimmer. Der Mann verschwindet ohne ein Widerwort, wahrscheinlich denkt er, sie hätten eine Affäre. Hinter ihm schließt sie die Tür und versichert sich, dass niemand in der Nähe ist. Ihr Gesicht wirkt eingefallen, die Augenringe sind beinahe lila.

»Hast du etwas gefunden?«, fragt Uche. Der Kaffee mit dem Schmerzmittel lässt ihn zittern.

Sie antwortet nicht sofort. Starrt nur auf einen Punkt an der Wand. Zweimal nennt er sie beim Namen, bevor sie ihn ansieht.

»Prokarioten«, sagt sie, und es klingt beinahe wie eine Frage. »Archaen.« Jada schüttelt den Kopf. »Zuerst habe ich mir alles unter dem Mikroskop angesehen, eine Probe angefärbt, das Ganze für einen Irrtum gehalten. Leute machen Fehler, ich auch. Geräte werden falsch kalibriert, das kommt vor…« Sie zuckt mit den Schultern, irgendwie zerstreut. »Also habe ich noch eine Probe angesetzt. Wieder derselbe Fehler. Und ich denke mir, vielleicht ist es kein Fehler, wenn du es mir vorbeibringst und willst, dass ich es analysiere.«

Er nickt vorsichtig.

»Also codiere ich die Aminosäuren und lasse es durch die Datenbank laufen. Aber da kommt nur die Fehlermeldung.« Einen Moment wartet sie darauf, dass er etwas sagt, als er es nicht tut, fährt sie fort. »Und dann habe ich richtig gearbeitet. Und finde zwei neue Aminosäuren. Unbekannte. Etwas, das es gar nicht geben dürfte. Begreifst du, was ich dir sage?«

Wieder nickt er, und zwischen ihnen eröffnet sich ein Universum an Möglichkeiten.

»Wo zum Teufel hast du das Eis her?«

»Europa.«

Sie wirft einen Blick auf den Rechner. Uche ahnt, dass sie die Nachrichten gesehen hat.

»Hast du eine Ahnung, was das bedeutet?« Jada zeigt auf den -80°-Kühlschrank, und er verbindet das, was er weiß, mit dem, wie sie reagiert, und kommt zu einem Ergebnis, das ihre Reaktion rechtfertigt.

»Aliens.«

Sie verschränkt die Arme und starrt ihn an.

Und Uche muss laut lachen. Er kann nicht anders. Da suchen sie Ewigkeiten nach kleinen grünen Männchen, und dann finden sie ihre Aliens in einem blöden Eiswürfel ganz hinten in seinem Kühlschrank.

Er lacht, bis ihm der Bauch wehtut und er sich an einem Regal festhalten muss, um nicht umzufallen.

Jada lacht nicht mit. Stattdessen sieht sie aus, als wäre sie an jedem Ort der Welt lieber als hier bei ihm, weil nun natürlich eine Entscheidung getroffen werden muss.

»Verstehst du, was ich dir sage?«, fragt sie noch einmal.

Er hebt die Hände.

»Du musst es jemandem sagen, Uche.«

»Das kann ich nicht«, wehrt er ab, schlagartig ernst. »Dafür gehe ich in den Knast.«

»Das kannst du nicht verschweigen, unmöglich.«

Er versucht einzuschätzen, mit wem er gerade spricht. Seiner ehemaligen Geliebten oder der Wissenschaftlerin? Das ist nicht dasselbe, und der Unterschied könnte entscheidend sein.

»Verstehst du nicht, dass das größer ist als du und ich?«, fragt sie, und ihre Stimme wird lauter. »Du hast eine Verpflichtung, das öffentlich zu machen! Genau wie ich.«

Uche sieht das anders. Er ist zu überhaupt nichts ver-

167

pflichtet. Außer zum Sterben vielleicht. »Willst du berühmt werden, geht es dir darum?«

»Mein Gott, hier geht es doch nicht darum, dass ich mir irgendwas durch diese Entdeckung verspreche.« Wütend hebt sie die Arme wie die Gläubigen in einer Baptisten-Kirche.

»Sie werden wieder welche finden.«

Jada sieht ihn an, als wäre er ein Fremder. Es schmerzt ihn, das zu sehen. Aber nicht genug, um dafür zwanzig Jahre ins Gefängnis zu gehen. Es ist nicht das Gleiche, auf Raumanzug und Spaceshuttle beschränkt zu sein, wie eingesperrt zwischen den Mauern eines Gebäudes herumzutigern, in dem man nach wenigen Tagen jeden Schritt kennt, ohne Aufgabe, ohne Ziel. Er kennt die Geschichten aus französischen Gefängnissen und wie es Leuten wie ihm da ergeht. Soll er über den Boden kriechen, wenn sie ihm in der ersten Nacht die Prothesen klauen? Die medizinische Betreuung für ehemalige Spaceworker ist eine Katastrophe, das würde er nicht überleben.

»Das kann doch nicht dein Ernst sein, Uche!«, ruft Jada. »Ist dir nicht klar, dass sie jetzt entscheiden müssen, wie sie mit den Jupitermonden weitermachen? Es kann Jahre dauern, bis wieder jemand versucht, auf Kallisto etwas aufzubauen und Europa weiter untersucht wird. Das ist ein riesiger Rückschritt fürs Mining und für die gesamte Raumfahrt.«

»Lass uns nichts überstürzen. Wer weiß, am Ende ist das doch alles ein großer Irrtum, ich meine, warum ist denn da vor ihnen noch niemand drauf gestoßen? Kann das überhaupt so sein?«

Verärgert winkt sie ab. »Der Ozean auf Europa ist groß. Wenn du bei uns im Atlantik fischst, ziehst du doch auch nicht an jeder Stelle dasselbe raus.«

»Und warum gibt es dann keinen Sauerstoff auf Europa?«

»Was weiß ich denn, der Aufspaltungsvorgang verlief bei den Bakterien vielleicht bisher langsamer und nur in Nähe der Black Smoker, da ist es ja auch warm. Der dabei anfallende Sauerstoff wird dann sofort in Wasser gelöst und steigt nicht in die Atmosphäre auf. Daher gibt es auf dem Mond eben keine Sauerstoffatmosphäre. Das wäre eine mögliche Erklärung.«

Uche denkt nach, aber er kann nicht nachgeben. »Was spielt das schon für eine Rolle, Jada? Sie haben so lange darauf gewartet, da können sie auch noch eine Weile länger warten.«

Sie ist von seinen Worten so erschüttert, dass sie sich auf einen Stuhl fallen lässt. Sie sackt einfach in sich zusammen und sieht ihn an, als wäre er das Alien aus dem Kühlschrank.

Und vielleicht ist Uche das auch.

Weil er so wenig bei dem empfindet, was sie ihm sagt. Die Erkenntnis, dass da draußen Leben existiert, müsste doch etwas in ihm verändern. Ihm ein Gefühl von Ruhe bescheren, von Sicherheit fast, weil alles irgendwie doch einem vorhersehbaren großen Plan folgt und nun endlich der Beweis gefunden ist, dass sich dieser Plan berechnen lässt. Oder wenigstens Aufregung und Begeisterung, Neugier auf das Unbekannte. Aber so ist es nicht.

Er fühlt sich wie vorher. Etwas unsicher auf den Beinen, mit einem unterschwelligen Kopfschmerz unter dem Blocker und schon wieder verschwitzt. Vielleicht weil große Erkenntnisse in den seltensten Fällen etwas am alltäglichen Leben ändern. Was nützt ihm schon das Wissen, dass unter Europas Eis Bakterien zu finden sind? Gar nichts. Er läuft immer noch auf zwei künstlichen Beinen durch die Gegend. Das sieht Uche ganz realistisch. Im großen Streit zwischen Erkenntnis und Nutzen weiß er, welcher Seite er angehört, da war er schon immer pragmatisch.

»Von wem hast du das?«, fragt Jada.

»Kann ich dir nicht sagen.«

»Hat das etwas mit dem zu tun, was auf Kallisto passiert ist?«

»Ich weiß es nicht.« Er ahnt, dass die Bakterien drei Menschen auf der Erde umgebracht haben, und es ist sicher nicht zu weit hergeholt zu vermuten, dass es der Crew auf Kallisto ähnlich ergeht. Aber wissen tut er es nicht.

»Ich werde das melden.«

Nun ist er es, der den Kopf schüttelt. Rasend überlegt er, womit er sie umstimmen kann, während eine unbestimmte Wut in seinem Bauch brodelt. Er ist ein in der Falle gefangenes Tier, das sich zu befreien sucht, indem es sich die eigene Pfote abbeißt. Alles, was er sich erträumt hat, steigt wie eine Fata Morgana vor ihm auf – und verschwindet wieder.

Langsam löst Uche das HolMag vom Handgelenk. Klappt es auf und ruft das Konto in der Schweiz auf, auf dem er die Gewinne aus dem Schmuggelgeschäft einzahlt. Nicht ohne Grund nennt er es sein Rentenkonto.

Nachdem er den Account geöffnet hat und die Summe angezeigt wird, hält er Jada das Display hin. »Das ist alles, was ich habe«, sagt er.

»Ich verstehe nicht …«

»Es gehört dir.«

Wieder sieht sie ihn an, mit diesem Blick, unter dem er sich beinahe selbst wie eines ihrer Experimente vorkommt.

Verärgert schüttelt er das HolMag. »Ich kann es sofort überweisen. Auf welches Konto du willst. Dafür vernichtest du alle Proben und schweigst über das, was du gefunden hast.«

Sie öffnet den Mund. Schließt ihn wieder. Braucht einen zweiten Anlauf. »Du weißt nicht, was du da von mir verlangst. Das ist, als würde ein Priester die Existenz Gottes beweisen können und dürfte dann nicht darüber reden.«

»Wir sind aber keine Priester!«

»Trotzdem.«

Er ballt die Hände zu Fäusten und geht zum Kühlschrank rüber. Bevor Jada begreift, was er vorhat, reißt er die Tür auf und sucht nach seiner Kühlbox. Schon wieder zieht er sie von ganz hinten heraus, dann stürmt Uche rüber ins Labor.

Jada stürzt ihm nach und hängt sich an seinen Arm. Sie schreit. »Das kannst du nicht machen!«

Aber Uche ist ihr trotz allem körperlich überlegen, er zieht sie einfach mit, ihre Füße schleifen über den Boden, ihre Nägel hinterlassen Abdrücke in seiner Haut. Jada hat keine Erfahrung mit Aggression, sie kann ihm nicht wehtun.

Er schleift sie mit bis ins Labor zum Autoklaven, dem biologischen Schnellkochtopf, der aus den Bakterien ein Nichts macht. Er stellt die Box hinein und drückt auf den Knopf, während er mit dem anderen Arm gleichzeitig Jada festhält, die versucht, die Vernichtung der Proben zu verhindern, und Uche ins Ohr schreit.

Als es zu spät ist, um noch etwas zu retten, sackt sie zusammen, und nur sein Arm hält sie aufrecht. In dem Moment, in dem er sie loslässt, fährt sie jedoch auf und schlägt ihm ins Gesicht.

Erstaunt sieht er sie an, während sie zitternd vor Wut neben ihm steht. »Du hast mich doch mal geliebt«, sagt er, »es kann dir doch nicht egal sein, wenn ich draufgehe.«

»Das spielt doch keine Rolle, Uche, wenn es um eine Entdeckung wie diese geht! Die Menschen haben ein Recht darauf zu erfahren, was da auf Europa wartet. Männer und Frauen haben ihr Leben riskiert, um ins All zu fliegen, Familien haben Opfer gebracht. Gerade du solltest das doch am besten wissen.«

Wieder denkt er an Almira. Wie sie gesagt hat, dass sie mehr Zeit mit Laure verbringen will, und nun ist Laure im Eis von Kallisto verschollen und ihr Leichnam vielleicht unauffindbar.

Ja, das alles sollte schwerer wiegen als Uche, der in einem Gefängnis verrotten würde. Mit dauerhaft entzündeten Knien. Was ist schon das Schicksal eines Einzelnen? Vielleicht ist das jetzt die gerechte Strafe, dass er sich nicht an die Spielregeln gehalten hat und mehr wollte, als ihm zusteht, und durch seine Mitschuld drei Menschen gestorben sind.

Uche hätte sich nicht auf Antoine verlassen dürfen. Er hätte die Probe selbst testen müssen, bevor er sie an einen Käufer gibt. Die Bakterien, die in dem Eis eingeschlossen waren und die Montgomery, Richter und Isabella aufgenommen haben, müssen irgendwie mit ihrem Immunsystem reagiert haben. Die WHO führt seit Jahrzehnten einen verzweifelten Kampf gegen antibiotikaresistente Bakterien, vielleicht haben die Ärzte geglaubt, solche Fälle lägen auch bei diesen drei Patienten vor, weshalb sie der Sache nicht weiter nachgegangen sind.

Er ist froh, dass Jada nichts von seinen Kunden weiß und was das Eis von Europa schon angerichtet hat. Was immer da im Wasser schwimmt, ist tödlich für den Menschen, Uches Begeisterung dafür hält sich also in Grenzen. Es gibt schon genug Dinge, die einen umbringen können. Hier wie dort.

Jada sieht ihn weiter zornig an, sie ist rasend, und er kommt sich ein bisschen armselig vor, weil er nicht mutiger ist, nicht selbstloser, nicht der Mann, den sie gern vor sich stehen hätte. Aber er sieht auch nicht ein, dass er es immer sein soll, der die Opfer bringt. Seine Opfer waren zahlreich.

»Irgendwer hat immer das große Bild im Blick, Jada«, sagt er schließlich. »Es hat mich erst meine Familie gekostet, dann die Beine, und nun soll ich der Menschheitsgeschichte zuliebe auch noch meine Freiheit aufgeben? Ganz schön viel verlangt, findest du nicht?«

»Du hast dich doch selbst in diesen Schlamassel hineingeritten«, schreit sie zurück. »Du wurdest nicht gezwungen, und Schicksalsschläge sind auch keine Ausrede für alles.«

Uche wirft einen Blick zur Tür, aber dahinter bleibt es still. Er steckt die Hände in die Hosentaschen. »Was ändert es für Leute wie uns schon, wenn sich herausstellt, dass es Leben auf Europa gibt? Gar nichts.« Sein Kopf zuckt vor wie der einer Schildkröte. »Und wenn es für den Großteil der Leute gar nichts ändert, dann kann die Menschheit auch noch ein bisschen auf ihre große Entdeckung warten.«

»Aber es ist vielleicht ein Trost für die Hinterbliebenen der *Eurybia*-Crew. Hast du daran mal gedacht?«

Er glaubt nicht, dass es Almira helfen würde, wenn sie wüsste, dass Laure wahrscheinlich von einem Alien umgebracht wurde. Aber was weiß Uche schon von diesen Dingen. Er hatte nie ein Kind.

Langsam tritt er auf Jada zu, will sie an den Schultern packen, aber sie weicht zurück. »Wenn ich einsitze, ist das mein Todesurteil«, sagt er eindringlich. »Willst du das?«

Wieder starrt sie ihn nur schweigend an.

Er setzt nach. »Du bist doch Mutter, du hast doch auch eine Verantwortung.«

»Willst du mir drohen?« Ihre ganze Haltung verändert sich, wird scharf wie ein Messer.

Er fährt sich über den rasierten Schädel. »Die Zeiten sind schwierig. Wie sicher ist der Job an der Uni schon? Wenn ich mir das da draußen so ansehe … was ist, wenn dir etwas passiert, dir oder Lâm? Sieh mich nur an, das kann schneller passieren, als du denkst. Wenn es wieder Unruhen gibt. Wer weiß schon, was die nächsten fünfzig Jahre bringen.«

»Sei nicht so melodramatisch!«

»Das bin ich nicht, aber es geht ja auch nicht nur um mich. Es sind andere Leute involviert, Leute mit weniger Verständnis. Und Geld ist immer wichtig. Dein Vater ist an Krebs gestorben, deine Schwester bei einem Überfall erschossen worden, das Leben ist immer hart. Und Lâm will studieren, vielleicht ein eigenes Geschäft eröffnen. Das alles kostet Geld.«

Ungläubig schüttelt sie den Kopf. »Ich kann nicht fassen, dass du wirklich versuchst, mir so zu kommen …«

Uche hat nicht geglaubt, dass sie ihn einmal mit diesem Blick ansehen würde, mit dem sie normalerweise Politiker betrachtet oder Leute, die sich von ihren Hunden mit der Zunge über den Mund fahren lassen. Ein Blick voller Ekel, und jetzt trifft er Uche, weil er versucht, sie mit ihren eigenen Ängsten zu manipulieren, von denen sie ihm in den Stunden zwischen Zubettgehen und Aufstehen erzählt hat. Damals, als sie einander noch nahestanden. Der Verrat könnte nicht schlimmer sein.

Und die Schlinge um seinen Hals wird noch enger. »Ich kann es nicht mehr ändern, Jada, und es tut mir leid, dass ich dich mit reingezogen habe. Aber so ist das jetzt. Wenn du irgendjemandem verrätst, was du hier gesehen hast, kann ich nicht für deine Sicherheit garantieren.« Er denkt an Antoine, an Lars, und daran, was Leute tun, die etwas zu verlieren haben.

Sie sehen sich an, und zwischen ihnen dehnt sich die Zeit, er kann Jadas Gedanken hören; ihre Wut auf ihn auf seiner Haut spüren. Und schließlich auch ihr Nachgeben, weil sie keine Beweise mehr hat und die Sorge bei ihr immer gewinnt. Wundervolle, kluge Jada, der das Leben so übel mitgespielt hat und die dabei ein bisschen kaputtgegangen ist. Genau wie er.

Geschlagen reibt sie sich über die Augen und sieht auf einmal todmüde aus. »Mach es«, sagt sie schlicht. »Auf einen Barchip.«

Uche nickt und überweist das Geld. So wie das Geld von seinem Konto verschwindet, lösen sich auch seine Träume von einer besseren Zukunft in Luft auf. Der Schmerz in der Hüfte ist das, was bleiben wird.

Das alles dauert nicht lang. Keine zehn Minuten für eine Erkenntnis, die weltverändernd gewesen wäre und von der sich Jada morgen fragen wird, ob sie nur davon geträumt hat.

Als es erledigt ist, wendet sie sich von ihm ab. »Ich will dich nie wiedersehen«, sagt sie.

Und Uche begreift, dass er an diesem Tag viel mehr verliert als den Traum vom ruhigen Lebensabend. Er wird nie wieder etwas von Jada hören, und sie wird ihm nicht verzeihen, dass er die Proben vernichtet und ihr Schweigen erkauft hat. Niemand liebt den Teufel nach der Verführung.

Er nickt und sagt: »Danke.« Dann geht er einfach, als wäre sie niemand, als würde ihm nicht gerade gleichzeitig das Herz brechen und vor Erleichterung über ihr Schweigen schwindlig werden.

Während er zum Ausgang läuft, denkt er: Dieses Mal hat die große Erkenntnis doch Auswirkung auf das Leben des kleinen Mannes gehabt.

21

Belgien, Brüssel

Das Büro in Brüssel befindet sich in der Rue de la Science mit Blick auf den Parque Frère Orban und die Église Saint-Joseph. Emilys Räume liegen in der dritten Etage, die Wände und Böden sind blendend weiß gestrichen, ebenso wie die Möbel und Gebrauchsgegenstände. Alle paar Monate muss sie Objekte erneuern lassen, weil etwas dreckig geworden ist, aber das stört sie nicht. Zwölf Mitarbeiter teilen sich die Etage in vier Büros mit ihr, das größte ist ihres, vor dem Bogenfenster steht ein Marmortisch auf Messingfüßen, der Duft weißer Rosen erfüllt die Luft, nur ein Teil davon stammt wirklich von den großen mit Blumen gefüllten Schalen. An der Wand hängen altmodisch gerahmte Familienbilder, die nie jemand betrachtet, außer hin und wieder Geschäftspartner und Kunden.

Als Romain nach dem Treffen mit Tessa bei ihr ankommt, führt Emily ihn durch die Räume und stellt ihm die neuesten Mitarbeiter vor, deren Namen er sofort wieder vergisst. Außerdem erzählt sie ihm von ihren aktuellen Projekten, die nichts mit Space Rocks zu tun haben, den Stiftungen, dem ehrenamtlichen Engagement. Einiges klingt in der Tat so, als würde es sie interessieren. Und natürlich muss er sich auch anhören, wie es ihrem Sohn Christian geht, der längst erwachsen ist, nur nicht in den Erzählungen seiner Mutter.

Anschließend führt sie Romain in ihr Büro und bittet die Sekretärin, ihnen von dem Weißwein zu bringen, den sie noch in der Küche stehen haben. »Den musst du probieren, er ist sagenhaft«, sagt sie und bedeutet ihm, Platz zu nehmen.

Romain wirft einen Blick auf die Uhr, aber da sie beide wissen, dass er etwas von ihr will, nickt er und setzt sich in den weißen Ledersessel, während Emily auf der anderen Seite des kleinen runden Tisches Platz nimmt.

»Wie geht es dir?«, fragt sie und beugt sich über die Armlehne zu ihm. Heute trägt sie die familiäre Verbundenheit zur Schau, derer sie sich gern bedient, wenn sie in großzügiger Stimmung ist.

Kein Wunder, dass sie gute Laune hat, er ist schließlich auf sie angewiesen, das ist ihr auch bewusst. Die Lobbyarbeit in Brüssel ist normalerweise ihr Revier, seine Besuche in der Niederlassung beschränken sich auf wichtige Termine zu Gesetzesbeschlüssen und dem halbjährlichen Treffen des EART, das immer im Jardin d'Hiver der Königlichen Gewächshäuser in Laken stattfindet. Romain ist nicht mehr leicht zu beeindrucken, aber für dieses alte Glashaus hat er eine Schwäche.

Emilys Mitarbeiterin schenkt ihnen zwei Gläser ein und schließt dann die milchglasweiße Bürotür hinter sich. Sofort ist der Lärm der Stadt und des Hauses ausgeblendet, und die einsetzende Stille wirkt beinahe erschreckend. Er denkt an Król, da draußen auf Kallisto, für den jedes Geräusch selbst erzeugt ist.

»Ich muss wissen, wo du bei dem Kallisto-Projekt stehst«, eröffnet Romain das Gespräch, und Emily stößt mit ihrem Glas an seines.

Sie trinkt einen Schluck. »Das ist keine Sache, die wir überstürzen sollten.« Sie stellt das Glas ab. »Die Kosten sind enorm.«

»Geld ist nicht alles. Wenn wir wettbewerbsfähig bleiben wollen, müssen wir neue Wege für uns erschließen.«

»Und die liegen auf den Trojanern?« Sie bedeutet ihm, ebenfalls zu trinken. »Hervorragend, oder?«

Romain nickt. »Ich war gerade bei Tessa Neumann. Die ESA will das Projekt aufrechterhalten. Wenn wir jetzt aussteigen, werden sie sich einen anderen Partner suchen, der dann die Nase vorn hat.«

»Daniel sieht das anders, er findet, wir sollten Schadensbegrenzung betreiben, um das Unternehmen nicht langfristig zu ruinieren.«

Romain schüttelt den Kopf und lehnt sich zurück. »Komm schon, Emily, du bist doch lange genug dabei, um zu wissen, worauf das hinausläuft. Glaubst du wirklich, dass Daniel dir weitere Entscheidungen überlässt? Wenn ich weg bin, wirst du die Nächste sein. Er will die Familie aus dem Unternehmen haben, das ist dir klar, oder?«

»Daniel ist Familie.«

Romain winkt ab. »Nein, das ist er nicht. Nicht richtig. Du weißt doch, was ich meine. Wir sind das Rückgrat des Unternehmens.«

Sie lacht und lehnt sich ebenfalls zurück. »Du dramatisierst. Die Familie gibt dem Unternehmen ein Gesicht, er kann es sich nicht leisten, uns alle zu entlassen.«

»Er kann es sich vor allem nicht leisten, Leute in Entscheidungspositionen zu haben, die nicht auf seiner Linie sind.«

Sie kneift die Augen ein wenig zusammen. »Das könnte man auch über dich sagen.«

»Aber ich verstecke keine Wanzen in den Räumen der anderen.«

»Kannst du beweisen, dass Daniel dahintersteckt?«

»Noch nicht, meine Leute sind dran.«

Einen Moment lang sehen sie sich schweigend an, und er muss an die Familientreffen seiner Kindheit und Jugend denken, und wie sie alle ihren Platz in diesem Unternehmen gefunden haben, das einen nach dem anderen von ihnen verschlungen hat wie ein riesiger Wal. Einfach im Ganzen runtergeschluckt.

»Ich versuche, das Unternehmen in die Zukunft zu führen«, sagt er schließlich und meint es auch. »Daniel will, dass wir uns auf den Asteroidengürtel beschränken, weil es eine sichere Bank ist. Selbst der Mond gibt noch genug her. Ich weiß, dass er an Verträgen mit den Indern arbeitet, die ihre Weltraumhäfen ausbauen wollen, um die Transportsysteme zum Mars zu sichern. Er setzt auf das Angebot von Infrastruktur und Datenvermittlung durch das IPN. Service statt Mining. Aber das wird nicht reichen. Die Gewinne werden kleiner, weil die Konkurrenz wächst. Es geht nicht um die nächsten zwanzig Jahre, sondern um die nächsten hundert.«

Sie hebt erneut das Glas, und für den Bruchteil einer Sekunde fällt die Maske, als sie beinahe gehässig sagt: »Romain Clavier, Visionär einer ganzen Branche.«

Er zuckt mit den Schultern. »Warum nicht.«

»Weil das hier keine Pionierzeiten mehr sind.«

»Und genau da täuschst du dich. Wir stehen an der Schwelle zu etwas Unglaublichem. Wenn uns der Sprung an den Rand des Sonnensystems gelingt, können wir auch darüber hinaus weiter. Die Menschen wollen das. Sie werden es tun.«

»Die Menschen wollen vor allem Geld verdienen, hier auf der Erde. Niemanden interessiert es, ob in hundert Jahren irgendwer eine zweite Erde entdeckt, zu der wir in tausend Jahren vielleicht mal aufbrechen.«

Es liegt ihm auf der Zunge, sie zu fragen, ob sie keinerlei Interesse daran hat, die Familientradition fortzuführen, aber er spült die Frage mit Wein hinunter, weil er weiß, dass Emily seine Visionen nicht teilt. Er hat den Verdacht, dass sie ihm nie geglaubt hat, wenn er von seinen Träumen für das Unternehmen gesprochen hat. Wahrscheinlich hält sie es für einen geschickten Schachzug, um die Mitarbeiter und die Presse zu motivieren. Dass er ein ehrliches Interesse an der Besiedlung des äußeren Bereiches haben könnte und seinen Teil dazu beitragen will, kommt ihr offenbar nicht in den Sinn.

»Was hat er dir versprochen?«, lenkt er daher das Gespräch auf eine andere Bahn.

Sie lächelt, neigt den Kopf, als wollte sie sagen: *Komm schon, du weißt doch, wie das hier läuft.*

Er würde ihr auch gern sagen, dass sie sich zum Teufel scheren soll. Aber auch das lässt er. Stattdessen fragt er erneut: »Wirst du dich wirklich gegen das Kallisto-Projekt stellen?«

»Ehrlich gesagt, ich weiß es noch nicht. Lass mich ein bisschen darüber nachdenken.«

Die Zeit läuft ihm davon, er braucht eine Antwort. Trotzdem nickt er. Erst muss er ihr ein Angebot machen. Etwas geben, über das sie nachdenken kann.

»Wenn wir etwas bewegen wollen, sollten wir uns einig sein. Die Familie sollte wieder näher zueinanderrücken. Christian ist doch bald mit dem Studium fertig. Denkst du nicht, es würde ihm Spaß machen, ins Familiengeschäft einzusteigen?«

Sie stellt das Glas ab. »Christian ist ein kluger Kopf. Und eigensinnig. Ich weiß nicht, ob es ihm gefallen würde, unter unserem Dach zu arbeiten.«

»Dann vielleicht unabhängig in seiner eigenen Firma. Etwas Kleines, das er aufbauen kann. Ein paar Aufträge von

Kooperationspartnern für den Anfang, damit er sich einen Ruf erarbeiten kann. Er muss es ja nicht wissen.«

Emily lächelt wieder. »Ich melde mich bei dir, wenn ich darüber nachgedacht habe, in Ordnung?«

Mehr wird er von ihr an diesem Tag nicht erhalten. Deshalb erhebt er sich. »Ich bin offen für alle Vorschläge. Denk in Ruhe darüber nach, und teil mir dann deine Vorstellungen mit.«

Sie verabschieden sich, aber sie begleitet ihn nicht zum Ausgang. Als er im Erdgeschoss aus dem Fahrstuhl steigt, kommt ihm Ricardo entgegen. Romain bleibt stehen, er will nicht unhöflich sein, auch wenn er für den Jungen im Moment keine Nerven hat.

Sie tauschen Belanglosigkeiten aus, doch als sich Romain auch von ihm verabschieden will, fasst Ricardo plötzlich nach seinem Arm und sagt: »Mach dir keine Gedanken, ich bin mir sicher, es wird sich alles so fügen, wie du möchtest.«

Romain sieht ihm nach, wie er in den Fahrstuhl tritt.

Als Ricardo den Kopf hebt und Romain noch einmal ansieht, liegt etwas im Blick des Jungen, das in Romain die Frage weckt, ob Ricardo das Spiel der Masken möglicherweise noch besser beherrscht als seine Tante.

Auf dem Rückweg meldet sich Rachele bei ihm. »Wir haben ein weiteres Problem«, leitet sie ein.

»Welches?«

Sie aktiviert den geteilten Bildschirm, und er sieht die Schlagzeilen mehrerer News-Portale. In wenigen Augenblicken hat er das Thema erfasst. Spekulationen darüber, ob Sparmaßnahmen bei Space Rocks die Ursache für die Zerstörung des Orbiters sein könnten. Das ist natürlich Unsinn, weil Green die *Eurybia* selbst in den Mond gesteuert hat und nicht dorthin gelenkt wurde.

»Verdammt«, sagt er, und Rachele nickt.

»Irgendwer innerhalb des Unternehmens lässt vertrauliche Informationen nach außen dringen, die zeigen, welche Sparmaßnahmen zu Sicherheitsrisiken für die Crews werden könnten. Da spielt es keine Rolle, dass Greens Verfassung das Problem war.«

»Seid ihr dem schon nachgegangen?«

»Ja, aber auf die Schnelle ist natürlich nicht so viel herauszufinden. Die Unternehmenssicherheit hat sich den Fall vorgenommen.«

»Wie genau sind die Angaben in der Presse?«

»Manche sind reine Spekulation, aber genug fußt auf tatsächlichen Zahlen des Unternehmens. Luis hat damals bei den Rettungskapseln die kostengünstigere Variante der Spanier gewählt. Auch bei den Ventilatorsystemen haben wir nur eine einfache statt einer zweifachen Sicherung, weil sich das bei der Vorgängermission bewährt hat. Manche Portale gehen eben sensibler mit den Daten um und versteigen sich nicht in wilden Spekulationen. Andere...« Sie zuckt mit den Schultern. »Alles in allem ist der Schaden für das Firmenimage nicht unerheblich. Ich habe eine Pressekonferenz einberufen. In zwei Stunden.«

»Haben wir die undichte Stelle bis dahin?«

Sie antwortet ihm nicht, sieht jedoch zweifelnd zur Seite.

»Dann müssen wir erst mal die Gerüchte eindämmen. Mach etwas fertig, dass unsere Sparmaßnahmen keinerlei Einfluss auf die Missionen haben, weil die Sicherheit unserer Mitarbeiter immer an erster Stelle kommt. Betone, dass sie unsere wichtigste Ressource sind, ihre Fachkompetenz, ihre Bereitwilligkeit. Sei empört, dass überhaupt jemand auf die Idee kommen könnte, wir würden das riskieren. Such dir einen aus einer ehemaligen Mission, der mit dir vor die Kamera tritt. Sie sollen auch ruhig mal etwas für ihre Prämien tun.«

»Alles klar.« Sie beendet das Gespräch, und Romain sieht zu Bogdan, der bereits in sein HolMag tippt.

»Warum haben deine Leute dich darüber nicht informiert?«, fragt Romain.

Ohne aufzusehen, antwortet Bogdan: »Weil sie nicht darüber informiert wurden. Die Information muss vertraulich an die Firmensicherheit gegangen sein.«

»Jemand hat dein Team absichtlich übergangen?«

Bogdan nickt.

Romain ballt die Hand zur Faust. Rachele mag zwar Daniel bevorzugen, aber sie weiß auch, dass niemandem geholfen ist, wenn das Image der Firma den Bach runtergeht, aus ihrer Ecke kommt die undichte Stelle sicher nicht.

Es wird Zeit, die Sache ein für alle Mal zu klären. Er ist sich ziemlich sicher, dass Daniel auch die Wanzen bei ihm eingeschleust hat, und wäre nicht überrascht, wenn das alles im Versuch einer feindlichen Übernahme endet.

Aber sein Großvater hat dieses Unternehmen gegründet, sein Vater hat es groß gemacht. Romain wird es sich nicht von einem anderen aus der Hand nehmen lassen.

22

Jupitermond Kallisto, **Chione-Station**

Als Erstes verliert Sam die Zeit. Seine Tage existieren nur noch im Kalender. Wen interessiert es, wann er frühstückt, wann er zu Bett geht oder ob er seine Sachen wegräumt?

Die Anweisungen der Zentrale spielen hier draußen keine Rolle, sie können toben auf der Erde, aber was interessiert ihn das auf Kallisto? Es ist ja nicht so, dass sie ihn feuern könnten. Hier ist er unantastbar.

Deshalb dauert es keine achtundvierzig Stunden, bis er mit ausgeschalteten Kameras nackt zu *Happy Surviver* von DaddyDog durch die Module tanzt. Dann masturbiert er. Überall. Auf dem Fußboden, im Gehen auf den Gängen, während er das Essen erhitzt, während er durch die Stationsluke nach oben starrt, selbst als er pinkeln muss und weder das eine noch das andere richtig funktioniert, weil Schwänze nun mal nicht multitaskingfähig sind.

Doch das verliert ziemlich bald seinen Reiz, weshalb er sich durch das Entertainmentangebot scrollt und stundenlang Filme schaut. Neben sich den Mäusekäfig, damit er den Tieren die Handlung erklären kann. Aus irgendeinem Grund mögen sie Filme, in denen Hunde vorkommen. Dabei isst er sämtliche Schokoladenrationen der anderen Crewmitglieder auf. Als Erstes die von Laure und João. Anschließend füttert er den Mäusen Leckereien, die er nicht ins Protokoll schreibt.

Die Zentrale kann ihn mal.

Schnell muss er jedoch feststellen, dass in Wirklichkeit das reine Überleben seinen Alltag bestimmt. Es spielt zwar keine Rolle, wann er sich um den Salat kümmert, der unter dem UV-Licht wächst, oder die Kartoffeln gießt, aber es muss getan werden. Viele Dinge müssen getan werden, wenn er hier draußen nicht draufgehen will.

Endlich begreift er die geheime Wahrheit, die alle Spaceworker kennen: Der Mensch ist ein erdgeschaffenes Produkt. *Designed for earth.* Immer unterwegs auf feindlichem Gebiet, sobald er seine Heimat verlässt. Ohne Verbündete, ohne Hoffnung auf ausreichende Anpassung. Sie wissen, dass alles so abweisend ist, wie es aussieht, ganz egal, wie sehr es glänzt. Selbst hier auf dieser Eiskugel.

Aber aufgeben kann er nicht. Noch ist er schließlich am Leben, und er hat das Gefühl, dass er es Ida irgendwie schuldig ist durchzuhalten, immerhin hatte seine Schwester nie die Chance, als Erwachsene einmal getroffene Entscheidungen so richtig zu bereuen.

Also macht er, was die Zentrale von ihm verlangt, und geht die Daten zu den Proben von Europa noch einmal durch. Weil das kollektive Gedächtnis der Zentrale nichts vergisst, auch nicht, dass Sam der Einzige ist, der keinen zweiten Landgang auf Europa mitgemacht hat. Er liest sich durch das gesamte Protokoll, Minute für Minute, versucht sich zu erinnern, ob irgendeiner etwas Merkwürdiges gesagt hat. Anzeichen gezeigt hat. Aber da ist nichts. Alle Systeme haben funktioniert, die Bohrungen waren erfolgreich. Im

Gegenteil, sie hatten sogar Glück, weil das Eis an der Stelle, die sie untersucht haben, dünner war als vermutet. Anstrengend war es für die Crew, über die Schollen zu gelangen, aber immer wieder haben sie über Funk durchgegeben, wie atemberaubend Europa mit seinen Rissen und Brüchen im Eis und der zerklüfteten Oberfläche ist. Selbst Laure, die Unbeeindruckte, hat sich Zeit genommen und einfach nur dagestanden und vom Lander aus den Jupiter betrachtet. Wie ein zorniger Gott hat er über ihnen gethront, seinem Namen alle Ehre gemacht und immer ein bisschen so ausgesehen, als würde er jeden Moment auf sie herabstürzen.

Sam nimmt sich die Proben vor, verbringt stundenlang damit, sie zu untersuchen, aber er findet nichts.

»Hast du auch das Gefühl, dass die uns etwas verschweigen?«, fragt er Gottmaus eine Stunde später, die auf der Tischplatte umherläuft und schnuppernd die Schnauze hochhält, während Sam zu Mittag isst. »Die müssen doch einen Verdacht haben, wenn sie mich ins Labor schicken.«

Gottmaus bleibt stehen.

»Ja, das habe ich mir auch gedacht. Ich meine, das ist doch offensichtlich, die fünf gehen da rüber, und dann werden sie plötzlich krank und drehen durch, da muss man doch kein Genie sein, um drauf zu kommen, dass da irgendwas nicht stimmt.« Er schiebt den Teller von sich. »Nicht gerade Gourmet. Wie ist das bei dir? Schmeckt dir das Essen noch?«

Gottmaus läuft weiter.

»Ich sag dir, seit wir hier sind, geht mein Geschmackssinn den Bach runter. Riechen kann ich auch nur noch schlecht. Wahrscheinlich stinke ich wie ein Wildschwein.« Er riecht an der Achsel, während Gottmaus den Kopf über den Tischrand hängt. Mit einem Finger schubst Sam sie zurück in die Mitte. »Schon gut, du musst nicht gleich so unhöflich werden. Ich geh duschen. Wie sieht es aus, wollen wir anschließend etwas gucken? Ich dachte an *Mars Mining Murder.*«

Gottmaus stellt sich auf die Hinterbeine.

»Na schön, dann etwas anderes. Aber auf keinen Fall *Cujo.* Der Film ist uralt, und wir haben ihn schon ein Dutzend Mal gesehen.«

Gottmaus klettert ihm auf die Hand, und er streichelt sie zwischen den Ohren.

Die meiste Zeit verbringt er damit, die Station zu warten, und das ist eine anstrengende Aufgabe. Haben sich die Reinigungsarbeiten vorher auf fünf Leute verteilt, muss er das Gänseblümchen jetzt allein putzen, und ganz gleich, wie winzig ihnen diese Behausung immer vorkam, für einen Menschen allein ist es eine ganz schöne Plackerei.

Alle Wände, alle Böden, jedes Rohr, jede Werkbank, jeder Schlauch, alle Oberflächen. Stunden verbringt er damit, Dichtungen auszutauschen, Schrauben nachzuziehen, Filter auszuwechseln und die Schutzschilde gegen Kleinmeteoriten zu kontrollieren. Ist das CO_2-Level noch in Ordnung, funktioniert das Kabel zur ISRU-Einheit, strahlt der Reaktor nicht zu weit ab? Was sagen die Anzeigen an der Wasser- und Atemaufbereitungsanlage? Und funktioniert die künstliche Schwerkraft?

Und dann sind da noch die langen Listen von der Erde. Protokolle über Protokolle. Von Space Rocks, der ESA, der EASF, der ESB, Fragen, Anweisungen für Tests, Blut- und Speichelproben, Ultraschall, Röntgen, Zahlen Ablesen von Dutzenden Geräten.

Er ist dazu übergegangen, die Protokolle nur noch mit *der Hausmeister* zu unterschreiben.

Die Station ist in Ordnung, sie ist nicht das Problem, das

weiß er. Wenn etwas im wahrsten Sinne des Wortes in der Luft liegen würde, wäre er auch betroffen, aber das ist er nicht. Es geht ihm gut. Er ist fit.

Das sagt er auch in die Kamera, die seine Nachrichten in die Zentrale überträgt. Dafür will er wissen: »Wann holt ihr mich ab?«

Es dauert lange, bis er die Antwort darauf erhält. Romain Clavier von Space Rocks hat sich selbst vor die Linse gestellt, um ihm mit ernster Miene mitzuteilen: »Das wird noch besprochen. Aber machen Sie sich keine Sorgen, wir werden alles in unserer Macht Stehende unternehmen, um Sie so schnell wie möglich nach Hause zu holen.«

»Das will ich hoffen.« Wütend trennt er die Verbindung und beschließt, die Statusreporte ab jetzt zu schicken, wann es ihm passt, und nicht, wann er soll.

Das hält er zwei Tage durch, dann sendet ihm Hernandez, sein *Listening Ear* in der Zentrale: »Mann, halt dich ans Protokoll, oder ich schicke dir die Fußballergebnisse der Premierleague, kurz bevor du wieder auf der Erde landest.«

Sams »Du kannst mich mal« braucht dreiundfünfzig Minuten, um Hernandez zu erreichen.

Liebknecht von der Frühschicht geht dazu über, ihm die Headlines der größeren Newsportale ans Ende eines jeden Funkspruchs anzuhängen, damit die Eintönigkeit der technischen Daten durch etwas anderes unterbrochen wird. Als der Corps-pur-Bewegung nahestehende Terroristen eine Geburtsklinik in Mombasa überfallen und vierzig Menschen sterben, erfährt Sam 62,4 Minuten später davon als der Rest der Welt.

In den Ruhepausen hört er sich die Nachrichten seiner Eltern und Kameraden an; die ESA erlaubt ihnen alle paar Tage Zugang zum Funk, empfiehlt Sam aber, sich auf das Nötigste zu beschränken und die Interna nicht an Zivilisten weiterzugeben. Angehörige der Crew sieht er nicht. Das ist Absicht, sie stellen niemanden von ihnen durch, und es ist ihm auch recht. Was soll er zu Beas Mann sagen?

Dass sie Sams Hand so fest gedrückt hat, dass er Bedenken hatte, sie bricht ihm die Knochen? Dass sie bis zum Schluss geglaubt hat, das Fieber würde zurückgehen, weshalb sie sich geweigert hat, eine letzte Botschaft für ihre Familie aufzunehmen?

Es muss eine Lösung dafür geben, hat sie zu ihm gesagt, weil die Wissenschaftlerin in ihr gar nicht anders konnte. Und weil sie es geglaubt hat, hat er es ebenfalls getan, obwohl bei Adrian längst die Leichenstarre eingesetzt hat und Sam es eigentlich besser hätte wissen müssen.

Soll er Adrians Eltern sagen, dass er sich manchmal genau zwischen die Stellen aufs Eis setzt, an denen er die Leichen vergraben hat, damit er sich nicht so allein fühlt?

Sam weiß, wie das klingt. Das ist nichts, was man laut ausspricht. Dann wollen sie nur seine Dosis Antidepressiva erhöhen, und er braucht nicht noch mehr Verdauungsstörungen.

Nein, er arrangiert sich. So wie er es immer getan hat, wenn ihm ein Einsatz zu viel abverlangt.

Er spielt Fußball.

Genau genommen spielt er Sprungball. Die Kunst besteht darin, in einem Areal von 15 mal 15 Metern über einen Kreis zu springen und eine Eiskugel so abzuwerfen, dass sie innerhalb des Kreises landet. Der Spieler, der die Mitte trifft, hat gewonnen. Natürlich ist er der einzige Spieler, aber das tut nichts zur Sache. Und weil jeder richtige Sport auch seine Fankurve hat, zieht Sam ein PLSS und einen leeren Raumanzug nach draußen, um Gottmaus und Teufelsmaus im Helm zusehen zu lassen. Sie schweben lustig vor dem

Visier, und wenn er die Mitte im Kreis trifft, dreht er sich zu ihnen um und jubelt.

In der Halbzeit setzt er sich neben sie auf einen Eisblock, und gemeinsam betrachten sie die Sterne, Jupiter ist auf der anderen Hemisphäre des Monds. Die scharfen Kontraste sind durch das eingefärbte Visier abgemildert, das auch verhindert, auf dem Eis schneeblind zu werden. Alles, was er noch bräuchte, wäre ein Bier.

Während er übers Eis blickt, denkt er an die Jahreszeiten, die Frühjahrsblüher auf dem Dach ihres Wohnhauses in Leicester, die trockenen Sommer, in denen er sich mit seinen Freunden bei der Straßenreinigung das Taschengeld aufgebessert hat, indem sie die kleinen S400 über den Asphalt gelenkt haben. Auf diesen Kehr- und Sammelmaschinen kamen sie sich vor wie Könige.

Nur an den Winter in Leicester will er nicht denken. Der Gedanke an Schnee drückt seine Stimmung.

Nachdem er den Trick mit dem Springen raushat, nimmt er sich selbst mit der Roverkamera auf und schickt die Videos an die Zentrale. Ohne die Mäuse, das will er lieber für sich behalten.

Offiziell ist man dort um seine Ressourcennutzung besorgt.

Inoffiziell startet Hernandez einen Wettpool, wie oft es Sam wohl gelingt, innerhalb einer Halbzeit in die Mitte des Kreises zu treffen. Hernandez verwaltet Sams Anteil und sammelt das Geld in seinem Spind. Nach seiner Rückkehr zur Erde wird er seinen Gewinn einstreichen.

Die Zeit vergeht.

Auf dem Jupitermond träumt Sam anders. Die Kontraste sind übersteuert, und wenn er von Kameraden oder der *Eurybia* und ihrer Crew träumt, liegt über allem ein Rauschen, das es unmöglich macht, etwas zu verstehen. Er träumt vom Asphalt und von hell erleuchteten Straßen. Von nächtlichen Fahrten durch die Gedärme einer Stadt. Er träumt von einem Strom aus Menschen und den Berührungen Hunderter Arme.

Vom Krieg träumt er nicht.

Nachdem er dreimal hintereinander vom Absturz des Orbiters geträumt hat, durchsucht er Beas Regale nach Muskelentspannern, weil einige davon sich positiv auf die Laune auswirken. Auch das verschweigt er der Zentrale. Sam will nicht, dass sie den Eindruck erhalten, er würde mit der Situation nicht zurechtkommen. Er ist kein Anfänger mehr, der Schoß macht ihm keine Angst. Nicht mal, als sie durch den Gürtel geflogen sind, hat er sich ernsthaft Sorgen gemacht. Das hier ist seine Chance zu beweisen, dass er durchhalten kann. Unter allen Umständen. Er kann das schaffen, er wird nicht einknicken. Wenn sie beschließen, dass er noch länger auf Kallisto bleiben muss, wird er auch das machen. Ohne rumzujammern. Immerhin wird es ihm danach ziemlich gut gehen, und er wird seinen Eltern beweisen, dass es richtig war, ihn zu zwingen, sich bei der EASF zu verpflichten, damit er ein bisschen Disziplin lernt.

Er stürzt sich auf die neue Arbeit, denn die Zentrale hat ihm durchgegeben, dass er mit dem Ausbau der Landebahn fortfahren soll. Für einen allein ist es Sisyphusarbeit. Es war nie vorgesehen, dass Sam der ausführende Bauleiter ist. Das wäre Adrians Aufgabe gewesen, gemeinsam mit João.

So braucht er für alles ewig, weil niemand da ist, der ihm eine schnelle Anweisung geben kann, welches Teil wo hingehört. Die geplante Landebahn muss vor allem hitzebeständig sein, sonst sinken die Schiffe beim Abbremsen im verdampfenden Eis ein. Das muss auch das Problem des Landers gewesen sein, mit dem Laure und João weg

sind, als sie versucht haben, in der Nähe der *Eurybia* aufzusetzen.

Mühselig arbeitet er sich in die Pläne ein, hält Rück-
sprache mit der Erde, programmiert die Roboter und 3D-
Drucker und ist am Ende einer jeden Schicht so erschlagen,
dass er nicht mal mehr Lust auf Sprungball hat. Er gibt den
Robotern Namen und redet manchmal während der Arbeit mit ihnen. Bevor er zurück in die Schleuse geht, sagt er
jedes Mal: »Bis später, Leute.«

Aber das ist nur zu seinem eigenen Vergnügen, das
nimmt er nicht für die Zentrale auf.

Er ist beschäftigt.

Die Zeit vergeht.

Eines Tages ist Sam gerade dabei, den Rover mit Antifrost-
schmiere einzupinseln, als er das erste Mal das Gefühl hat,
dass etwas nicht stimmt.

Mitten in der Bewegung hält er inne, richtet sich auf und
schaut zum Stationseingang. Aber dort scheint alles in Ordnung zu sein, die Lampe über der Schleuse blinkt grün. Er
wendet den Kopf, schaut zur ISRU-Einheit. Auch dort gibt
es nichts Auffälliges.

Dann schaut er in den Himmel, diese kalte Schwärze mit
ihren unzähligen Sternen, die hier ganz anders aussehen als
von auf der Erde aus, weil es keine Atmosphäre gibt. Kla-
rer, schärfer. Sam blickt wieder auf das Werkzeug in seinen
Händen. Das Gefühl ist immer noch da. Ein merkwürdiges
Kribbeln im Magen, das er von anderen Einsätzen kennt.
Etwas wie eine Ahnung.

So schnell er kann, packt er das Werkzeug ein und macht
sich mit flachen Sprüngen auf den Weg zur Schleuse. Außer
seinem Atmen und dem leisen Surren des Anzugs ist nichts
zu hören.

Als er die Station erreicht, schlägt ihm das Herz bis zum Hals. Erst nachdem sich die Schleuse hinter ihm geschlossen hat, verschwindet das merkwürdige Gefühl.

Noch einmal schaut er durch das Fenster nach draußen, aber da ist nichts zu sehen. Alles ist wie immer.

23

Französisch-Guyana, l'Île du Lion Rouge

Lange dauert es nicht, sich von der Insel zu verabschieden. Uche macht zu Geld, was er kann, nimmt Kontakt
zu Leuten auf, die ihm helfen sollen. Dann verabschiedet
er sich von den wenigen Freunden, die er auf der Insel hat.
Erzählt allen, dass er seine Familie in Frankreich besuchen
wird und dass sie es nicht an die große Glocke hängen sollen. Die meisten sind nicht überrascht.

Alles in allem ist es erstaunlich, wie schnell er sein Leben
verpackt.

Ein letztes Mal fährt er rüber nach Kourou und weiter
nach Régina. Versucht, sich die Gerüche einzuprägen wie vor
jeder Mission. Ein letzter Rum bei Ricki, der ihn lachend
umarmt und ihm auf die Schulter klopft, als würde er Uche
beglückwünschen. Ein letzter Spaziergang am Meer entlang.

Dann steht er da, in seinem Wohnzimmer, neben sich
Koffer und Rucksack. Janique ist die Letzte, von der er sich
verabschiedet, aber wie alle Kumpel halten sie nichts von
langen Abschieden.

»Du kannst noch eine Weile hierbleiben. So schnell wird
die Wohnung sicher nicht verkauft«, sagt er, und sie fragt:
»Kommst du wieder?«

Uche zuckt mit den Schultern. »Kann ich nicht sagen.«

Misstrauisch kneift sie die Augen zusammen. Sie stehen sich nicht so nahe, dass sie sich gegenseitig solche Geschenke machen.

»Ich muss einfach mal raus.« Seine Geste umschließt die Insel, meint aber auch all die Jahre, die dazu geführt haben.

»Was soll ich sagen, wenn jemand nach dir fragt?«

Die Frage verrät mehr Einsicht, als er erwartet hat. Offenbar kennen ihn die Leute doch besser als gedacht, und seine Geschäfte sind weniger ein Geheimnis als angenommen.

»Sag einfach, ich bin im Urlaub.«

»Was ist mit deinen Sachen?«

Er sieht sich um. An nichts hängt er richtig. Außer vielleicht an dem Plakat der Mars One. Aber irgendwie gehört es auch hierher, an diese Wand, wo Janique ab und zu einen Blick darauf werfen kann.

Er deutet darauf. »Lass es hängen. Alles andere ist mir egal.«

Plötzlich geht sie auf ihn zu und drückt ihn. Nicht fest, ihre Oberkörper berühren sich kaum. Aber es ist eine Umarmung, und für einen kurzen Moment verspürt er so etwas wie Heimweh, obwohl er noch gar nicht gefahren ist. Vielleicht hat er doch mehr an dieser Insel gehangen, als er gedacht hat.

»Pass auf dich auf«, sagt sie, dann tritt sie zurück, und er dreht sich um.

Auf dem Weg zum Flughafen sieht er sich nicht um. Kein einziges Mal. Er hält den Kopf gesenkt, während er durch die Sicherheit geht, und selbst noch im Wartesaal, als er sich in den schmalen Sitz am Fenster drängt. Es wird ein unbequemer Flug, an dessen Ende quälende Hüftschmerzen stehen werden. Aber Schwimmen ist auch keine Option.

Der Flughafen in Kourou ähnelt dem in Madrid. Er wirkt wie eine Miniaturausgabe. Hohe Decken mit Holzpaneelen, die das Tageslicht hereinlassen. Sanft geschwungene Laufbänder mit weißen Handläufen. Sanft leuchtende Bodenanzeigen, die den Reisenden Orientierung bieten.

Als er auf den Aufruf seines Flugs wartet und einen Film in der Lehne des Sitzes vor sich verfolgt, klingelt plötzlich sein HolMag. Ein unbekannter Kontakt. Das Bild ist ausgeschaltet. Er geht ran.

Es ist Antoine. »Ich hab nicht viel Zeit«, sagt er.

Jede Frage, die Uche stellen könnte, ist so offensichtlich, dass es beinahe unnötig ist, sie auszusprechen, aber Antoine lässt ihn ohnehin nicht zu Wort kommen.

»Ich kann es mir selbst nicht erklären«, sagt er. »Es war das letzte Bohrloch vor der Abreise. Reine Routine. Einfach ein paar Meter weiter von einer Stelle, an der wir schon waren. Ich meine, das ist ein verdammter Ozean, alles, was da drin ist, schwimmt doch irgendwie, oder?« Das klingt, als erwarte er eine Absolution.

Aber Uche ist kein Priester.

»Rechnet doch niemand damit, dass da irgendwas in der Probe ist, was vorher nicht drin gewesen ist. Muss ein Black Smoker am Boden gewesen sein.«

Wieder eine Pause. Auf dem Flughafen wird eine Durchsage gemacht.

»Ich hab das schon Dutzende Male gemacht, hier und da eine Probe, die nicht verzeichnet ist, ein paar Einträge gelöscht, die anderen drücken ein Auge zu. Du weißt doch, wie das ist.«

Ja, Uche weiß es.

»Der Start war schwierig, wir hatten ziemliche Probleme, die Kiste überhaupt hochzukriegen. Ist doch nicht der Scheißmond, Himmel noch mal. Da bist du doch froh, wenn du überhaupt zurückkommst. Ian hat's schließlich nicht geschafft, die Stimmung war deshalb ohnehin am Boden. Wir haben alle irgendwie das Gefühl gehabt, wir hätten noch weiter nach ihm suchen sollen. In so einer Situation läuft doch keiner auf hundert Prozent.«

Antoine hat nie ein Wort über den Kumpel verloren, der nicht zurückgekehrt ist, und Uche hat nie danach gefragt. Seiner Meinung nach hatten die Crews bisher ohnehin mehr Glück als Verstand. Aber Glück währt nicht ewig.

»Du hast die Probe nicht getestet«, stellt er einfach fest.

»Hab sie einfach abgezweigt, in ein Kühlakku gesteckt und an der Sicherheit vorbeigeschmuggelt. Alles wie immer.«

»Nur dass es diesmal nicht wie immer war.«

»Verdammte Aliens.«

Er hat also noch Eis gehabt. Er hat es testen lassen. Uche ist nicht der Einzige, der etwas davon weiß.

»Was machen wir jetzt?«, fragt Uche.

»Hast du jemandem davon erzählt?«

Uche schüttelt den Kopf, obwohl Antoine ihn nicht sehen kann. »Nein.« Er wird Jada raushalten.

»Gut.«

»Du?«

»Nein, hab den Rest selbst untersucht und vernichtet.«

Uche weiß nicht, ob er ihm glauben kann. »Was willst du jetzt machen?«

»Weiß noch nicht genau. Vielleicht lege ich mir so eine alte Kakaoplantage zu und stelle Schokolade her. Gibt eine Menge alte Polder da draußen. Ich tauche jedenfalls für eine Weile ab. Ich hab genug auf die Seite gelegt, um mir irgendwo ein Häuschen leisten zu können. So eine Scheiße, und ausgerechnet jetzt fliegt ihnen die Station um die Ohren. Jetzt werden sie noch genauer hinsehen.«

»Denkst du, dass das alles irgendwie zusammenhängt?«

»Vielleicht. Wenn ihnen bei der nächsten Mission auffällt, was da in dieser großen Badewanne schwimmt, will ich jedenfalls keine Fragen beantworten müssen.«

Uche hat beinahe Mitleid mit Antoine. Hätte er die Probe getestet, hätte er als der Entdecker extraterrestrischer Bakterien in die Geschichte eingehen können. Er hätte mehr erreicht, als er sich je mit seiner Schmuggelei hätte vorstellen können. Doch nun ist es zu spät.

Er kann nicht glauben, dass Antoine ewig in den Wäldern bleibt, ein Baumläufer wird. Menschen wie Antoine brauchen das Rampenlicht. Die Aufmerksamkeit. Aber darüber diskutiert er nicht. Stattdessen fragt er nur: »Wirst du dich bei Theresa melden?«

Ein überraschter Laut kommt durch die Leitung. »Wie kommst du darauf?«

»Ich habe sie getroffen, als ich dich gesucht habe.«

»Ja... nun.« Ein kratzendes Geräusch dringt an Uches Ohr, vielleicht reibt sich Antoine über die Wange. »Ich ruf sie an. In ein paar Tagen, wenn ich weiß, wie alles weitergeht. Ist eine tolle Frau, so viel steht fest.«

Uche hat den Verdacht, dass Antoine gar nicht weiß, wie toll Theresa ist. Vielleicht wäre es besser, wenn sie ihn vergisst und sich nach einem anderen Mann umsieht.

Antoine atmet tief durch. »So eine Scheiße auch«, sagt er zum dritten Mal.

»Ja.«

Dann schweigen sie. Wie seltsam, Zeuge eines Wunders zu sein, von dem man nichts erzählen darf.

»Mach's gut«, sagt Uche schließlich, als er nichts mehr zu sagen hat.

Antoine wünscht ihm viel Glück, bevor er das Gespräch beendet, und Uche fängt an zu warten.

Dass sie aufgerufen werden. Dass ihn jemand anspricht.

Dass er aufgefordert wird mitzukommen. Darauf, dass ein Sturm einsetzt. Ein Streit ausbricht. Er es sich anders überlegt. Sich die Zeit zurückdreht und er noch einmal von vorn beginnen kann.

Er wartet und wartet. Aber am Ende blickt er genau wie alle anderen zu dem Display in der Trennwand, auf dem irgendwelche Werbespots für Urlaubsressorts laufen, die alle das beinhalten, was sie auch zu Hause haben. Sonne, Strand und Meer. Und die gelegentliche Megacity mit ihren Museen, Parks und Luxushotels. Er trinkt zwei Kaffee, isst zwei Schokoriegel und kauft sich eine neue Sonnenbrille. Dazwischen wartet er weiter.

Auf dem Display läuft ein Interview mit dem Space-Rocks-CEO, Romain Clavier. Er steht in einer weißen Robe vor der Kamera und gibt eines der unzähligen Interviews seit Bekanntgabe der Kallisto-Katastrophe.

Clavier ist nur wenige Jahre jünger als Uche, aber ihm gehört die halbe Welt. Weil schon seinem Vater die halbe Welt gehört hat. Alles an ihm sieht teuer aus. Selbst die Haut, die er trägt. Alles wirkt gepflegt, nicht nur die Sprache. Er strahlt diese Souveränität von Leuten aus, die ihren Platz in der Welt ganz genau und ohne Zweifel kennen und mit ihm zufrieden sind.

Nur seine Augenringe zeugen vom Schlafmangel. Ein Unternehmen wie Space Rocks erfordert selbst an guten Tagen permanente Aufmerksamkeit. Es ist wie ein unerzogenes Kind, das man nicht aus den Augen lassen darf, weil es sonst etwas anstellt. Nach den neuesten Ereignissen wird Clavier gar nicht mehr schlafen.

Einmal ist Uche ihm sogar persönlich begegnet, als Clavier zu ihm ins Krankenhaus kam, ihm eine Urkunde zur Abkehrung überreicht und versichert hat, dass er alles in seiner Macht Stehende tun würde, um Uches Übergang in die Pensionierung so angenehm wie möglich zu gestalten. Keine zwei Minuten hat die Begegnung gedauert, danach war der nächste Patient dran, und *danach* hat Uche nie wieder etwas von dem CEO gehört.

Aber er hat auch nicht damit gerechnet. In den Jahren, die er für Space Rocks gearbeitet hat, konnte er Clavier und seinesgleichen oft genug beobachten. Er war in denselben Räumen wie sie. Hat an denselben großen Tischen gesessen. Nur mit ihnen gesprochen hat er nicht. Sie schütteln Hände und gratulieren Spaceworkern zu gelungenen Flügen. Sie gehen nicht mit ihnen essen oder laden sie zu ihren Festen ein.

Und was sollte man auch sagen, wenn sie tatsächlich einmal das Wort an einen richten würden? Wer den Schoß einmal erlebt hat, kommt als veränderter Mensch zurück, das lässt sich nicht erklären.

Er schließt die Augen, das Gefühl der Erwartung ist ein bisschen so wie beim Start der Raketen. Für ein paar Sekunden kann er sich einbilden, in den Schoß zurückzukehren.

Etwas später bestellt er sich einen Cuba Libre. Achille hat ihm gesagt, dass er keinen Alkohol trinken soll, während der Heilungsprozess läuft, aber was weiß der schon.

Als sein Kopf angenehm benebelt ist, lehnt er sich nach hinten und starrt an die Decke. Irgendwo hinter ihm läuft Musik, eine Frau singt mit. Ein kleines Kind tanzt auf wackeligen Beinen. Alles begleitet von den stetigen Durchsagen des Flughafens.

Der Lautsprecher verkündet das Boarding für seinen Flug nach Paris, und Uche erhebt sich. Er wartet ein paar Sekunden, bis er sicheren Stand hat. Dann sieht er aus dem Fenster, rüber zur Île du Lion Rouge, glänzend unter einer unbarmherzigen Sonne, und das gleißende Licht treibt ihm Tränen in die Augen. Ganz plötzlich spürt er einen Verlust, den er nicht genau benennen kann, und fragt sich, ob er irgendetwas hätte anders machen müssen.

Nicht so gierig sein. Sich mit dem begnügen, was er hatte. Sich abfinden. Er hat sich doch schon mit so vielem abgefunden. Der toten Familie, kaputten Klimaanlagen und halben Beinen. Was macht es da, wenn er nun wieder von vorn anfängt?

Doch dann kommt ihm auf einmal dieser furchtbare Gedanke, dass es vielleicht gar kein Abfinden ist, sondern ein Weitermachen, ein bloßes Überleben.

Und während die Menschen um ihn herum sich setzen und hinstellen, lachen, schwatzen und telefonieren, überkommt ihn Zorn, der ihn atemlos macht. Mitten auf dem Flughafen begreift Uche auf einmal, warum er niemandem von dem Eis von Europa erzählt hat.

Weil Jada recht hatte, er ist immer noch wütend.

Wegen all der Dinge, die ihm zugestoßen sind und mit denen er sich abfinden soll. Er ist so zornig, dass ihm die Hände zittern.

Nein, er schuldet dieser Welt nichts.

Und schon gar kein Wunder.

24

Luxemburg, Esch-sur-Alzette

Ihre Mutter ist auf Leitung zwei«, sagt Annabella.

»Stellen Sie sie durch«, antwortet Romain und versetzt mit einer einzigen Handbewegung sämtliche Displays in den Ruhemodus.

Auf dem CommDisplay vor ihm erscheint ihr Gesicht. Sie ist im Fahrstuhl auf dem Weg nach oben. Offenbar kann der Grund ihres Anrufs nicht warten, bis sie bei ihm angekommen ist.

»Antoine Roussel ist verschwunden«, sagt sie ohne Umschweife.

»Was meinst du damit?«

»Er ist nicht auffindbar. Schon seit Tagen. Genau genommen seit der Zerstörung des Orbiters.«

Romain kennt die Namen aus jeder Kallisto-Crew, vor allem die, die für Space Rocks geflogen sind, und Antoine Roussel ist einer der bekanntesten. »Bist du sicher, dass er nicht nur eine Pause macht und irgendwo im Urlaub ist?«

Ungeduldig nickt sie. »Die Sicherheit hat das geprüft. Sie nehmen sich alle Crewmitglieder der vorangegangenen Missionen vor, an denen Space Rocks beteiligt war. Das kann natürlich alles Zufall sein, krumme Geschäfte, eine missglückte Entführung«, sie seufzt, »es gibt viele Möglich-keiten, aber wir müssen allem nachgehen und klären, wo der Mann ist. Wir können es uns nicht leisten, einen Maul-wurf der Corps-pur-Bewegung zu übersehen. Irgendwann wird auch die ESB davon erfahren, und bis dahin müssen wir wissen, wo der Mann steckt, immerhin war er einer unserer Spaceworker.« Sie massiert sich die Stirn, bevor sie den Blick direkt in die Kamera richtet, als könne sie damit die Entfernung zwischen ihnen überbrücken. »Diese Maul-würfe lassen sich in immer höheren Positionen finden. Wir dürfen kein Risiko eingehen.«

»Meine Leute werden dieser Sache nachgehen.«

»Was ist mit der Konzernsicherheit?«

Einen Moment lang denkt er darüber nach, dann schüt-telt er den Kopf. »Ich traue nur meinem Team. Sag der Kon-zernsicherheit, sie sollen sich auf die Aufgaben hier vor Ort konzentrieren.«

Sie nickt und beendet das Gespräch, weil der Fahrstuhl angekommen ist. Noch während er die Verbindung zu Bog-dan aufbaut, betritt seine Mutter das Büro und setzt sich ihm gegenüber an den Schreibtisch.

Als Bogdan auf den Anruf reagiert, steht er gerade im Boxring. Schnaufend nimmt er den Mundschutz heraus und wischt sich mit dem Unterarm über die Stirn. Romain erzählt ihm von Antoine Roussel und gibt ihm den Auftrag, der Sache nachzugehen. Es gefällt ihm nicht, dass er Bog-dan nach Kourou schicken muss, aber er braucht einen er-fahrenen Mann vor Ort, der mögliche sensible Daten nicht an Daniel weiterleitet und die Situation einschätzen kann.

»Wie weit sind deine Leute mit den Wanzen und der un-dichten Stelle?«, fragt er im Anschluss.

»Müller wird mit den Journalisten reden, die als Erste die Infos nach außen gegeben haben.«

»Glaubst du, die werden ihre Quellen preisgeben?«

»Wenn er überzeugend ist.«

»Verstehe.«

Bogdan schiebt sich den Mundschutz wieder hinein und beendet die Verbindung. Er ist kein Mann vieler Worte, genau das schätzt Romain an ihm, für Geplänkel hat er keine Zeit.

»Ich habe mir etwas für Emilys Sohn überlegt«, sagt seine Mutter und löst ihr HolMag, um es ihm mit einer geöffneten Datei über den Schreibtisch zu schieben.

Während Romain ihren Vorschlag überfliegt, baut er vor seinem geistigen Auge das Schachbrett erneut auf. Er ist am Zug, Daniel hat seine Figuren längst bewegt.

»Ich kann mich noch erinnern, wie du hier mit deinem Vater gesessen hast«, sagt seine Mutter auf einmal, und ihr Blick richtet sich auf die verdunkelten Scheiben, hinter denen wieder die Drohnen fliegen.

Romain lehnt sich zurück.

»Er hatte auch die eine oder andere Krise zu überstehen. Wie damals, als sie uns die Produktionshallen in Antwerpen angezündet und wir sieben Mitarbeiter verloren haben. Das war eine schlimme Zeit für das Unternehmen. Aber dein Vater hat das durchgestanden, und wir werden auch diese Krise überstehen.« Sie faltet die Hände im Schoß und nickt ihm zu.

Zum ersten Mal hat Romain das Gefühl, dass sie ihm tatsächlich etwas zutraut. Er weiß, dass die Fußstapfen seines Vaters schwer auszufüllen sind, aber er kann es schaffen. Er muss nur die Nerven behalten und an seiner Vision festhalten, dann wird es funktionieren.

Dafür ist er auch bereit, Opfer zu bringen.

25

Französisch-Guyana, l'Île du Lion Rouge

Wenn Janique als Kind durch den Boden eines Glases geblickt hat, sahen die Sterne aus wie die Funken von Wunderkerzen.

Trotzdem haben ihre Eltern nicht verstanden, warum sie unbedingt Spaceworkerin werden wollte. In die Kommunikation sollte sie gehen, weil das sicher ist, aber das hat Janique nicht interessiert. Die Sehnsucht hat sie hinausgetrieben, obwohl sie die Horrorstorys vom Schoß kannte. Sie war ja nicht dumm, sie hat sich vorher informiert, die Verträge studiert und trotzdem am Ende unterschrieben, auch wenn jeder sie für verrückt hielt.

»Zehn Jahre Verpflichtung!«, hat ihr Vater sie angeschrien, als sie ihnen gebeichtet hat, dass sie den Aufnahmetest der von Space Rocks unterhaltenen Ingenieursschule bestanden hat. »Niemand ist so verrückt, wenn er nicht in eine dieser Familien hineingeboren wird!«

Und er hat ja recht gehabt. Die meisten Spaceworker sind keine First-Generation-Worker mehr. Sie fliegen schon in zweiter, dritter oder in manchen Fällen sogar vierter Generation raus ins All. Sie vertragen den Schoß besser, haben sich angepasst, jeder weiß das.

205

Aber all das konnte Janique nicht davon abhalten. Sie hat von den Sternen geträumt, und Träume soll man verfolgen, das sagen doch immer alle. Auch ihre Eltern haben das behauptet, als sie noch ein Kind war und nachts vom Balkon aus zum Mond hinaufgestarrt hat. Doch niemand spricht davon, was passiert, wenn man seine Träume erreicht.

Und was danach kommt.

Es ist bereits dunkel, als Janique um die Ecke biegt und Uches Wohnhaus vor ihr auftaucht. Schatten bevölkern die Straßen, kriechen an Fassaden empor und bewegen sich zitternd über Bänke und Menschen. Die nächtliche Hitze klebt wie Honig an der Haut, und der Duft von wildem Majoran hängt in der Luft. Es ist eine ruhige Nacht auf der Insel. Über ihr blinken die Sterne, und sie sind noch immer das Schönste, was Janique je gesehen hat.

Neben einer Awara-Palme bleibt sie stehen. Wenige Meter trennen sie noch vom Eingang. Sie setzt sich auf den Rahmen eines alten iBikes, das räderlos neben der Palme liegt und langsam vom Unkraut überwuchert wird. Sie kann noch nicht hinübergehen, in diese leere Wohnung, die nicht ihre ist und sie nur daran erinnert, dass Uche nicht zurückkommen wird. Er hat es einen *Urlaub* genannt, aber sie weiß es besser. Die Art, wie er sich an der Tür noch einmal umgesehen hat, als wollte er sich später daran erinnern, hat ihn verraten.

Es ist kein Geheimnis, dass viele Kumpel Nebengeschäfte betreiben, vor allem auf der Insel, und die Nervosität, mit der Uche stets alles beobachtet hat, lässt vermuten, dass auch er in irgendwelche krummen Geschäfte verwickelt war. Manchmal bleibt einem eben nichts anderes übrig, sie wollen alle nur irgendwie überleben, und sein Pech ist ihr Glück. Bisher ist noch kein Vermieter auf ihrer Matte erschienen, die Miete wird also weiterhin bezahlt, vermutlich von Uches Rentenkonto. Solange die Behörden und Space Rocks glauben, er wäre noch am Leben, fließt das Geld, und Janique kann in der Wohnung bleiben. Ihre eigene Rente geht hauptsächlich für das Chalk, die medizinische Versorgung und die Lebenshaltungskosten drauf. Deshalb ist sie auch aus ihrer eigenen Wohnung geflogen.

Das Glück ist eine komische Sache, es folgt dem Pech wie ein Schatten. Uche und sie hatten auf dem Mars Pech, als der Walzenlader explodiert ist. Aber sie haben es überlebt. Und als Janique die Wohnung räumen musste, hat Uche ihr angeboten, bei ihm zu wohnen. Die Frage ist allerdings, ob das Pech dem Glück vielleicht auch folgt, nur in größeren Abständen? Dann wäre es jetzt nämlich langsam mal wieder dran. Und das ist ein Gedanke, der Janique nicht gefällt.

Manchmal geht sie rüber ins Schwimmbad, das hilft, wenn sie so nervös wird, dass sie aus der Haut fahren könnte und das Reißen in den Beinen zu schlimm wird. Nur wenn ihr vom Chalk zu übel wird, bleibt sie zu Hause, Harald mag es nicht, wenn man ihm das Becken vollkotzt.

Seit zwei Wochen war sie nicht mehr auf dem Festland, weil die Suche nach einem Job sie zu sehr deprimiert. Die Stellen, die nichts mit der Raumfahrt zu tun haben, sind begrenzt, und die Leute tun sich schwer mit ausrangierten Spaceworkern, weil sie wissen, dass die oft krankheitsbedingt ausfallen. Janique spielt mit dem Gedanken, ganz wegzugehen, nach Europa oder in die USA, aber für einen Neustart hat sie nicht genug Geld, und zu ihren Eltern kann sie nicht zurück. Das haben sie ihr nach dem letzten Kollaps klargemacht. Sie sind jetzt in der Phase, in der sie glauben, Janique müsse erst ganz unten ankommen, damit ihre Hilfe auch erwünscht ist. Im Grunde sind sie der Meinung, dass Janique einfach nur zu stur ist, um clean zu werden.

Nein, sie bleibt erst mal hier; auf der Insel kennt sie wenigstens die Strukturen und hat ein Dach über dem Kopf. Es ist nur so, dass sie gern mal wieder etwas *tun* würde. Den meisten Nachbarn hat sie schon das eine oder andere repariert, Küchengeräte, Beleuchtungssysteme und Kinderspielzeug, lockere Schrauben sind ihr Ding. Aber für jemanden, der in der Schwerelosigkeit die Elektronik eines Satelliten reparieren kann, ist die Mechanik eines Haushaltscleaners keine besondere Herausforderung.

Janique atmet tief durch. Der Geruch von Bratfett und Asphaltfarbe steigt ihr in die Nase.

Manchmal riecht sie tagelang nichts, aber heute funktionieren ihre Rezeptoren gut. Dafür spürt sie bleierne Müdigkeit in den Gliedern, als hätte sie Gewichte an den Gelenken. Unter dem Narbengewebe ihres Arms sitzt diese wahnsinnig machende Spannung, die sie nicht los wird, ganz gleich, was sie tut. Und ohne das Chalk kommt der Schmerz dazu. Im Kopf und im Nacken, weil ihr Schmerzgedächtnis nichts vergisst. Dann zieht sie die Schultern hoch, aber dadurch wird es nur schlimmer.

Ach was, es ist nicht schlimm, sagt sie sich. Das Feuer auf dem Mars war schlimm, und es gibt Kumpel, die können nicht mal mehr aufrecht gehen, weil sie solche Schmerzen haben. So ist es bei ihr nicht. Sie erträgt es. Mit ein bisschen Hilfe geht das schon. Da kommt sie früh aus dem Bett, kann sich waschen und anziehen und rausgehen, um Essen zu kaufen. Sie kann funktionieren. Kein Grund zum Jammern also.

»Die anderen empfinden Schmerz nicht so wie du«, hat ihre Mutter das letzte Mal vor ein paar Monaten am Telefon gesagt, als sie miteinander gesprochen haben. »Sie haben eine höhere Resistenz.«

Das mag schon sein, dass die Mehrgenerationen-Spaceworker härter sind, aber Janique ist auch kein Weichei. Sie kann etwas aushalten.

Sie reibt sich den Arm und spürt den Druck auf den Muskeln. Eine Bewegung auf der anderen Straßenseite lenkt sie ab.

Im Dunkel des Häusereingangs steht jemand, angelehnt an den Türrahmen. Ein Kind. Eines der Proctorkids, und auch ohne es genau zu sehen, weiß sie, dass sie beobachtet wird, weil diese Kinder immer alles genau im Blick haben, zu jeder Tageszeit. Drei Shirts haben sie ihr aus dem Waschraum schon geklaut, diese Höllenbrut. Respekt haben diese Kinder nur vor der Hand ihrer Mutter und der Stimme ihres Vaters, und ständig hinterlassen sie eine klebrige Spur aus Mangosaft am Geländer.

Sie fragt sich, was das Kind noch hier draußen macht, um diese Uhrzeit. Sollte es nicht längst im Bett sein, genau wie seine Geschwister?

Über die Straße hinweg starren sie einander an, bis ein Wagen die Straße heruntergefahren kommt. Eine glänzende Limousine, in deren carbonfaserverstärkter Kunststoffkarosserie sich die Fassaden der umliegenden Häuser spiegeln. Solche Wagen sieht man auf der Insel nicht oft. Die meisten Leute sind hier zu Fuß oder mit iBikes unterwegs. Die Straßen sind schmal, es gibt wenige Parkmöglichkeiten. Leisten könnten es sich ohnehin die wenigsten.

Die Limousine hält vor dem eidottergelben Haus, und das Kind rührt sich. Janique erhebt sich, geht aber nicht hinüber. Als der Wagen nach wenigen Augenblicken wieder abfährt, steht das Kind noch immer im Lichtkegel der Laterne mit den Händen in den Hosentaschen und sieht dem Wagen nach. Ein mageres kleines Ding mit zerzausten Haaren und einer Haltung, die verrät, dass es auf der Hut ist.

Erleichtert atmet Janique durch. In den letzten Wochen hat sie viel beobachtet, und ihr ist längst klar geworden, dass die Proctorkids nicht aus Langeweile auf der Straße sitzen und alles im Blick behalten. Genau wie Uche und sie selbst gehen sie ihren Geschäften nach und versuchen, irgendwie auf dieser Insel zu überleben, während die Hitze ihnen die Innereien schmilzt. Aber es gibt viele Arten, seine Haut zu Markte zu tragen, und manche sind gefährlicher als andere. Vor allem für ein Kind.

Sie sieht die Straße hinunter und geht die zwanzig Meter bis zu dem Imbiss an der Ecke, der rund um die Uhr geöffnet hat. Das leuchtende Display über dem Eingang ist ein stetes Ärgernis für die gegenüber wohnenden Nachbarn. Bei der übermüdeten Bedienung bestellt Janique zwei Reistöpfe mit Gemüse, die sie mürrisch überreicht bekommt, während im Hintergrund eine Schnulze dudelt. An einem Stehtisch in der Ecke steht ein Arbeiter aus dem Pumpwerk, noch in Arbeitskleidung mit dem schwarz-goldenen Space-Rocks-Logo auf der Weste. Während er isst, sieht er irgendetwas auf seinem HolMag an, und als Janique ihm zunickt, winkt er kurz mit der Gabel. Ein bisschen beneidet sie ihn darum, dass er um diese Stunde ein verspätetes Abendessen hat, weil seine Schicht so lange ging. Die Arbeit im Pumpwerk ist nicht schwer, aber durch den ständigen Lärm anstrengend. Trotzdem wäre sie gern an seiner Stelle.

Mit den Bechern geht Janique zurück und hinüber zu dem Kind, das inzwischen auf den Stufen zum Hauseingang sitzt und jede ihrer Bewegungen verfolgt. Als sie vor ihm steht, erkennt sie, dass es ein Junge ist. Ohne ein Wort zu sagen, setzt sie sich neben ihn und schiebt ihm einen Becher auf den Schoß.

Für einen kurzen Augenblick sieht der Junge sie überrascht an, dann greift er zögernd nach dem Löffel, den sie

ihm hinhält. Misstrauisch riecht er an dem Karton, dabei
hat er selbst gesehen, wie sie die Becher gekauft hat. Stumm
essen sie nebeneinander.

Zwei Vergessene in der Nacht, die noch nicht hineingehen wollen.

26

Niederlande, Amersfoort

Die Wohnung ist klein, aber gemütlich. Alles ist ein bisschen abgenutzt, so wie das ganze Wohnhaus, das sich im Stadtteil Kattenbroek befindet, mit Blick auf den Kanal und Aziëring. Bogdan mag die Stadt, die im Südwesten mit Utrecht zusammenwächst. Die Altstadt ist auch nach beinahe tausend Jahren noch erhalten und trotzt durch inneren und äußeren Mauerring den über sie hinauswachsenden Hochhäusern, von denen viele durch Brücken aus Carbonbeton verbunden sind. In der Nacht leuchten sie in den Straßenschluchten wie blau-weiße Spinnweben aus Licht.

Clair arbeitet als Quellenprüferin für ein Nachrichtenportal, es ist ein schlecht bezahlter Job, aber immerhin Arbeit. Johann hat Beschäftigung in der Gebäudesicherung gefunden, wie so viele von ihnen. Es ist kein spektakuläres Leben, das die beiden führen, aber danach steht ihnen ohnehin nicht mehr der Sinn. Manche Leute verlieren die Sehnsucht nach dem Nervenkitzel nie, andere hingegen, so wie Clair und Johann, haben irgendwann die Nase voll und wollen nur noch ihre Ruhe. Welcher Typ man ist, erfährt man erst, wenn man ein paar Einsätze hinter sich gebracht hat, und ist von dem Ergebnis häufig selbst überrascht. Der einzige Unterschied zwischen Clair und Johann ist, dass Clair nie offiziell Söldnerin war, sondern zehn Jahre Anhängerin der Corps-pur. Sie hat den Ausstieg erst vor wenigen Jahren geschafft. Mit Johanns Hilfe. Sie redet ungern über diese Zeit, und Bogdan hat lediglich eine Ahnung von dem, was sie für die Bewegung gemacht hat. Er weiß nur eines, mit Infoblättern hatte es wenig zu tun.

Clair bietet ihm Kaffee und Limonade an, während er sich im Wohnzimmer auf das riesige rote Sofa setzt, das aussieht wie eine aufgeschnittene Erdbeere. Über dem V-Display gegenüber hängt ein vergoldetes Kreuz mit einem darum gewickelten Rosenkranz.

Für Clair ist Johann zum katholischen Glauben übergetreten. Bogdan hat das nie verstanden, aber er spricht sie nicht darauf an. Jeder hat so seine Gründe, und am Ende zählt doch nur, dass man nachts noch schlafen kann.

Während Clair den Kaffee kocht, unterhalten Johann und er sich über die letzten Jahre; Kameraden, mit denen sie noch Kontakt haben, und welche Wunden beim Wetterwechsel Probleme machen. Johann muss sich am Knie operieren lassen, er kommt nicht drumherum. Bogdan hingegen weiß, dass er irgendwann etwas wegen seiner Schulter unternehmen muss, wenn er in fünf Jahren noch in der Lage sein will, die Lipizzaner an der Longe zu halten. Johanns Bart wird lichter und Bogdans Schläfen langsam grau, aber auch das gehört dazu.

Als Clair ins Zimmer kommt und das Tablett auf den Couchtisch stellt, schweigen sie für einen Moment, wie sie es immer gemacht haben, wenn Zivilisten anwesend sind. Alte Gewohnheiten lassen sich schwer ablegen, selbst in den eigenen vier Wänden, und Clair quittiert es mit einem amüsierten Lächeln.

»Wir brauchen wohl nicht zu raten, warum du hier bist?«, fragt sie und gießt ihm ein.

Ein bisschen reumütig grinst er sie an. »Ich verbinde das Angenehme mit dem Nützlichen.«

»Als wir die Nachrichten gesehen haben, war uns klar, dass du früher oder später auf der Matte stehst«, erwidert sie und setzt sich neben Johann.

»Du bist inzwischen zum Sicherheitschef aufgestiegen, oder?«, fragt der.

Bogdan nickt. »Claviers persönliche Security. Für den Konzern sind noch andere Leute tätig. Die unterscheiden auch zwischen den Zuständigkeitsbereichen. Ich bin im Personenschutz.«

Clair runzelt die Stirn. »Und da gehst du dieser Sache nach? Ist das nicht Angelegenheit der Inneren oder so?«

»Normalerweise schon, aber hier gilt es, bestimmte Interessen zu schützen.«

»Mit anderen Worten, dein Mann hat Angst, dass irgendwas auf ihn zurückfällt.«

Er zuckt mit den Schultern. Sie wissen alle, wie das so läuft, sie sind lange genug dabei.

»Und jetzt willst du von mir wissen, ob ich irgendetwas gehört habe?« Sie lehnt sich zurück. In dem altmodischen Ohrensessel wirkt sie beinahe verloren. Ihr langes rotes Haar glänzt in der Nachmittagssonne, und die Sommersprossen heben sich dunkel gegen ihre blasse Haut ab. Sie wirkt ein bisschen erschöpft.

»Hast du noch Kontakte zu deiner alten Gruppe?«, fragt er daher vorsichtig.

»Die Corps-pur-Bewegung ist nicht gerade entgegenkommend, wenn man ihre Arme einmal verlassen hat«, erwidert sie, und ihr Blick wird düster.

»Wir hatten in der Vergangenheit ein paar Probleme«,

erklärt Johann mit einem Seitenblick auf sie. »Eingeworfene Scheiben, aufgeschlitzte Autoreifen, solche Sachen, aber nichts Wildes.«

Clair grinst. »Er hat ein paarmal laut gebrüllt und ein paar Kids verprügelt, seitdem haben wir Ruhe. Es war reines Imponiergehabe.« Sie winkt ab. »Aber ja, ab und zu rede ich noch mit einigen aus der Gruppe.«

»Haben sie sich zu dem Vorfall auf Kallisto geäußert?«

»Wir sind keine große Gruppe, und die Bewegung verläuft immer mehr in verschiedene Richtungen. Was sie hier bei uns repräsentiert, muss sie nicht bei euch in Luxemburg sein.«

Er nickt, und sie seufzt und setzt die Kaffeetasse ab.

»Weil ich wusste, dass du kommst, habe ich mich umgehört. Es gibt natürlich Gerüchte, dass die Bewegung einen Schläfer in der Kallisto-Crew hatte, aber meine Kontakte glauben nicht daran.«

»Warum?«

»Einen Spaceworker umzudrehen, ist nicht einfach, weil die meisten in einem bestimmten Maß modifiziert sind. Die wollen das. Es gibt nur sehr wenige in der Bewegung, das liegt in der Natur der Sache. Außerdem ist die Sicherheitsüberprüfung dermaßen eng, dass solche Kontakte im Vorfeld niemals unentdeckt geblieben wären. Das Umdrehen hätte bereits vor vielen Jahren stattfinden müssen, bevor irgendjemand eine Karriere begonnen hätte. Damals war die Bewegung aber noch nicht so gewalttätig. Die Strategien waren andere.«

»Was ist mit einem Maulwurf in den Reihen der ESB oder an anderer prominenter Stelle?«

Clair schürzt die Lippen. »Das ist nicht unbegründet, die Bewegung steigt auf, es gibt sicher den einen oder anderen Sympathisanten in höheren Positionen.«

»Aber keinen, der tatsächlich fliegt?«

Sie schüttelt den Kopf. »Das halte ich für unwahrscheinlich.«

»Wie sieht es mit der Technik aus? Könnte nicht jemand den Orbiter manipuliert und zum Absturz gebracht haben?«

»Das wäre eher möglich, aber erklärt das auch den Rest? Nein, ich denke, diesmal hat die Corps-pur damit nichts zu tun. Wenn ihr Probleme durch außen bekommt, steckt vermutlich jemand anders dahinter. Im Moment konzentriert sich der Kern der Bewegung auf die Zentren der Medizintechnik, sie sind also viel in den USA und China tätig.« Einen Moment zögert Clair, dann fügt sie hinzu: »Lass die ESB sich um die Bewegung kümmern. Wenn du andere Hinweise hast, geh denen nach. Hier verschwendest du nur deine Zeit.«

Wieder nickt er, während er die Kaffeetasse auf dem Knie balanciert.

»Was? Du siehst beinahe enttäuscht aus.«

Ertappt lacht er. »Ich hatte gehofft, du erleichterst mir die Arbeit. Der Besuch bei euch ist nur ein Zwischenstopp. Ich fliege in zwei Stunden weiter nach Kourou, um dort einer Sache nachzugehen.«

Es ist wie eine Schnitzeljagd, von Land zu Land und Stadt zu Stadt. Nachdem sich die beratenden Missionsärzte bedeckt gehalten haben, was Króls Zustand betrifft, hat sich für Bogdan und sein Team noch immer keine heiße Spur ergeben, was die Wanzen auf Claviers Etage oder die Katastrophe von Kallisto betrifft. Man beobachte Król weiter, hieß es lediglich. Und nun hat Clavier ihn auch noch mit der Suche nach Antoine Roussel beauftragt. All diese Puzzleteile wollen kein Bild ergeben, und das bereitet Bogdan Kopfschmerzen.

»Hast du dafür nicht Leute?«, fragt Johann und reibt sich das Knie.

»Ich fliege nicht allein, und ich kenne mich ganz gut in der Gegend aus, weil ich mit Clavier oft genug dort war«, weicht er aus und drückt Clair die Hand. »Danke, dass du dich umgehört hast, ich weiß das zu schätzen. Ihr habt was gut.«

»Ich verstehe nicht, wie du für so ein Arschloch arbeiten kannst«, wirft Johann plötzlich aufgebracht ein.

»Wir haben schon für ganz andere Arschlöcher gearbeitet. Nur hast du damals noch geglaubt, es wären keine.«

»Wie lange willst du das noch machen?«, fragt Clair.

»Nicht mehr lange. Ein paar Jahre, dann übergebe ich das an die Jüngeren. Wenn ich mir euer Heim so ansehe, kriege ich glatt Lust, auch aus dem aktiven Dienst auszusteigen.«

Johann sagt nichts, winkt nur ab. Er kennt Bogdan lange genug, um zu wissen, was er von solchen Antworten halten soll. Bogdan fällt es schwer loszulassen. Wenn er es wirklich gewollt hätte, hätte er schon vor Jahren aufhören und eine Nummer kleiner mit den Pferden anfangen können. Aber er ist gut in dem, was er tut.

Allerdings merkt er auch, dass er älter wird. Die Aufmerksamkeit lässt nach, die Kraft. Im Moment profitiert er noch von seiner Erfahrung, aber wie lange noch, bis ihm irgendwann ein Fehler unterläuft?

Nein, seine Tage in der Sicherheit sind gezählt, das ist ihm klar. Er will nur noch diese eine Sache hier durchstehen, warten, bis sich alles ein bisschen beruhigt hat und Romain wieder fest im Sattel sitzt. Dann können Müller und Tamara das Team auch ohne ihn führen. Es ist ein langsamer Abgang, aber das ist eben seine Art.

»Komm«, sagt Johann und erhebt sich, »ich hol uns das Bier aus dem Kühlschrank, und dann kannst du uns erzählen, wie es bei dir so mit dem Liebesleben steht.«

»Und wofür habe ich bitte schön Kaffee gekocht?« Mit

217

zusammengezogenen Brauen sieht Clair ihn an, aber Johann ignoriert sie und geht in die Küche.

Während er das Bier aus dem Kühlschrank nimmt, legt Clair Bogdan die Hand auf den Arm. »Es ist schön, dich mal wiederzusehen«, sagt sie. »Selbst wenn dich nur die Arbeit herführt.«

Er legt die andere Hand über ihre. »Es ist nie nur die Arbeit.«

Sie lächelt.

»Sag mir Bescheid, wenn ihr noch mal Ärger habt, dann schick ich euch Leute vorbei.«

»Keine Bange, wir haben das im Griff.«

Er nickt, und einen Moment lang sitzen sie einfach so da, schweigen und sehen Johann zu, wie er die Flaschen öffnet und ihnen hinstellt. Lange kann Bogdan nicht bleiben, er muss weiter, Tamara wartet auf dem Flughafen in Soesterberg auf ihn, aber für ein Bier reicht es. Oder auch zwei.

Sie sprechen über die anstehenden Wahlen, die schwimmenden Städte an der Küste und die Erneuerung der Kunststoffschotten, die gegen das Hochwasser helfen und das größte Bauprojekt der Niederlande in den letzten vierzig Jahren sind. Sie regen sich ein bisschen auf, werden sentimental und anschließend lustig.

Als Bogdan aufbricht, verspricht er, nicht wieder zwei Jahre bis zum nächsten Besuch verstreichen zu lassen.

27

Luxemburg, Esch-sur-Alzette

Die Nacht hat ihn längst eingeholt. Romain spürt es an der Erschöpfung, die ihm in die Glieder gekrochen ist. Er spült die Upper mit Kaffee herunter, diese Kombination wird ihn für mindestens weitere vier Stunden wach halten, und setzt sich an die Workstation im großen Wohnzimmer. Vom Starren auf die Displays und Hologramme bekommt er trockene Augen, die Augentropfen liegen griffbereit neben ihm. Er geht die Entwürfe seiner öffentlichen Reden durch, markiert Veränderungen, erstellt eine Liste mit Zuwendungen für wichtige Partner, um ihnen zu versichern, dass alles in Ordnung ist. Als er sich ein paar Nüsse in den Mund stopft, zittern ihm erneut die Hände, aber das Kauen beruhigt ihn.

Kurz vor Mitternacht meldet sich Rachele bei ihm. Auch sie arbeitet noch, im Hintergrund kann er ihr Wohnzimmer erkennen. »Die beratenden Psychologen deuten an, dass es womöglich ein Problem mit Król geben könnte«, beginnt sie das Gespräch. »Er reagiert zwar noch der Situation angemessen, allerdings gibt es Anzeichen für Ausfälle. Er schaltet immer öfter die Kameras ab. Manchmal über Stunden.«

»Damit können wir nicht an die Öffentlichkeit gehen, dann werden sie den Druck erhöhen, dass wir ihn holen. Wir sind mit der Planung noch nicht so weit. Was noch?«

»Tessa Neumanns PR-Berater hat sich bei mir gemeldet. Es geht um das Gesamtimage des Kallisto-Projekts.«

»Er will, dass du die Erfolge hervorhebst.«

Sie nickt.

»Was ist dir dazu bis jetzt eingefallen?«

Für einen Moment lang sieht sie unsicher zur Seite, dann strafft sie die Schultern. »Erst einmal eine Kampagne, in der wir die tatsächlichen Erfolge für die Öffentlichkeit beleuchten. Die bisherigen Erkenntnisse und so weiter. Wir könnten versuchen, das Ganze damit zu verbinden, die Verantwortung in eine vollkommen andere Richtung zu schieben. Allerdings müssen wir da sehr behutsam vorgehen. Trotzdem bleibt die Tatsache bestehen, dass Castel und Montes den Befehl verweigert haben; ihr Tod geht genau genommen nicht auf unsere Kappe.«

Romain lehnt sich zurück und atmet tief durch. »Das ist allerdings riskant.«

Sie hebt die Hand. »Es soll keine Schmierkampagne werden, nur …«

»Verstehe. Die beiden sind Mitglieder in der UESW gewesen. Denen wird es nicht gefallen, wenn wir versuchen, es auf ihre Leute zu schieben.«

»Denen gefällt nie etwas, das wir machen. Wir können für irgendeines ihrer Programme spenden. Ihnen außerdem eine Gehaltserhöhung für ihre Leute in unserem Unternehmen in den nächsten fünf Jahren in Aussicht stellen.«

»In Ordnung, mach das.«

Sie nickt und beendet das Gespräch, gerade in dem Moment, in dem Geraldine hereinkommt. Bereits im Nachthemd, auf dem eine sich räkelnde Katze abgebildet ist.

»Kommst du mit ins Bett?«, will sie wissen und bleibt neben der Couch stehen. In den letzten Tagen haben sie sich kaum gesehen.

Romain schüttelt den Kopf, geht aber zu ihr hinüber und zieht sie aufs Polster. Er muss nicht viel dafür arbeiten, sie sind ein gutes Team, und es dauert keine zehn Minuten, bis sie beide gekommen sind. Noch einmal eine Minute, um sich mit Feuchttüchern aus der Schublade des Couchtischs zu säubern. Danach fühlt er sich nicht mehr so zittrig.

Als sich Geraldine erhebt, gähnt sie, sein Griff hat Spuren auf ihren Oberschenkeln hinterlassen. »Schlaf gut«, sagt sie, schon halb aus dem Zimmer, und er zieht sich die Hose wieder hoch und macht mit der Arbeit weiter.

Eine halbe Stunde später meldet sich der Securityman vom Eingangstor. Ricardo steht vor dem Grundstück.

Irritiert gibt Romain die Anweisung, ihn hereinzulassen. Mit rasendem Puls schaltet er auf einen Newskanal, aber es gibt keine Eilmeldung. Doch das beruhigt ihn nicht. Dieser Tage kommen schlechte Nachrichten auf jede erdenkliche Art zu ihm. Er öffnet die Haupteingangstür und wartet, bis Ricardo das Fahrzeug vor dem Haus geparkt hat und ausgestiegen ist. Sein Bodyguard folgt ihm diskret ins Haus, bleibt aber im Vorraum stehen. Die Nacht ist erfüllt vom Brummen der Störkuppel über dem Grundstück, die verhindert, dass sich Drohnen dem Haus nähern können.

»Ist etwas passiert?«, fragt Romain ohne Begrüßung.

Ricardo schüttelt den Kopf. Im harschen Licht der Workstation wirkt er merkwürdig fremd, als wäre er ein anderer Mann. Älter. Sicherer. Vielleicht ist er einfach ein Nachtmensch, manche Leute lähmt die Geschäftigkeit des Tages.

Romain bittet ihn zu der großen Sofalandschaft, hinter der ein mannshohes Stück des ersten Asteroiden steht, den Space Rocks vor Jahrzehnten eingefangen hat. Romain wirft einen Blick auf das Display der Abhöranlage, wie jedes Mal, wenn er Besuch empfängt. Nachdem er sich vergewissert hat, dass alle Lampen ordnungsgemäß leuchten, gießt er Ricardo etwas ein.

Sie stoßen an, und Ricardo sagt unvermittelt: »Ich weiß, dass du denkst, ich könnte keine eigene Entscheidung treffen.«

Überrascht betrachtet er den Jungen, der sich mit dem Glas in der Hand zurücklehnt.

»Ist dir nie der Gedanke gekommen, dass es vielleicht genau umgekehrt ist? Dass Emily nicht für mich entscheidet, sondern ich für sie?«

Nein, und möglicherweise hat sich Romain dabei geirrt.

»Mit der richtigen Motivation kann ich sie dazu bringen, für das Kallisto-Projekt zu stimmen.«

Das ist es also. Daher der Besuch mitten in der Nacht, in aller Heimlichkeit. Romain muss aufpassen. Er ist müde, nervös und erschöpft, er muss sich konzentrieren. »Und wie würde diese Motivation aussehen?«, fragt er.

Der Junge lächelt. »Ein Projekt wie das der Jupitermonde sollte einen Leiter haben, der zu hundert Prozent hinter ihm steht, findest du nicht?«

Er will Luis' Posten? »Es gehört eine gewisse fachliche Qualifikation dazu.«

Ricardos Lächeln erlischt nicht, gelassen zieht er einen Chip aus der Jackeninnentasche, den er Romain hinüberwirft. »Sieh dir meine Pläne an, vielleicht überzeugt dich das.«

Romain greift nicht danach, nickt aber. »Wer sagt mir, dass du Daniel nicht ein ähnliches Angebot unterbreitest?«

»Wenn dir niemand etwas zutraut, werden sie in deiner Nähe unvorsichtig. Das ist zuweilen ganz nützlich. Warum sollte ich diesen Vorteil an zwei Stellen gleichzeitig aufgeben? Außerdem«, er breitet die Arme aus, »sind wir doch eine Familie. Blut ist dicker als Wasser. Schon immer.« Er hebt das Glas.

»Daniel ist auch Familie.«

Ricardo winkt ab. »Aber nicht richtig. Nur angeheiratet, das ist nicht dasselbe.«

Langsam greift Romain nach dem Chip. »Ich denke darüber nach.«

28

Luxemburg, Esch-sur-Alzette

Nachrichtensender GNL: Ausstrahlung der Space-Rocks-Pressekonferenz um 17 Uhr, MEZ

»Missionen wie das Kallisto-Projekt sind Pionierleistungen. Die Crews, die zu diesen langen Reisen aufbrechen, setzen sich einem hohen Risiko aus. Space Rocks tut alles in seiner Macht Stehende, um diese hervorragend trainierten und erfahrenen Mitarbeiter so gut wie möglich auf die Missionen vorzubereiten, aber dort draußen sind die Teams letztlich bis zu einem gewissen Grad auf sich allein gestellt. Jeder Spaceworker wird Ihnen sagen können, dass es so fern der Heimat ganz eigene Regeln gibt, auf die wir hier unten keinen Einfluss haben. Das kann unerwartete Auswirkungen haben. Nach Auswertung bisheriger Daten kommt ein vorläufiger Bericht zu der Annahme, dass mit dem Ausbruch eines medizinischen Notfalls einige Teammitglieder gravierende Persönlichkeitsveränderungen erfahren haben. Zwei Spaceworker haben eigenmächtig einen nicht genehmigten Außeneinsatz durchgeführt, von dem sie leider nicht zurückgekehrt sind. Im Moment müssen wir davon ausgehen, dass die Mitglieder der **Chione**

*sich mit ihrem Verhalten selbst in Gefahr gebracht haben.
Es handelt sich also um menschliches Versagen. An dieser Stelle möchten wir jedoch betonen, dass hier keinerlei
Schuldzuweisungen erhoben werden. Die Verantwortung
liegt auch bei Space Rocks, da wir als Projektverantwortliche noch mehr darauf achten müssen, die geistige Gesundheit unserer Crews zu sichern.«*

Almira starrt auf den Bildschirm in der Wand. Ihr Haar ist
noch feucht von der Dusche, in der Hand hält sie eine halbe
Banane, das Erste, was sie an diesem Tag isst. Sie sitzt auf
der Bettkante, der Teppich unter ihren nackten Füßen ist
weich.

Ihr Kind ist tot.

Und Clavier behauptet, es wäre selbst schuld.

29

Französisch-Guyana, Kourou

Der Club ist voll, ein Meer aus tanzenden Leibern, blitzenden Lichtern und wabernden Hologrammen, alles verbunden durch die vibrierende Wucht des Basses, der aus allen Richtungen kommt.

Bogdan weiß, dass er nicht wie ein Polizist wirkt, und er weiß auch, dass ihn die Animierleute nicht für einen Kunden halten. Also versucht er gar nicht erst, so zu tun, als wäre er einer. Seine besten Chancen sind Ehrlichkeit und Geld.

Er bietet beides an. Fragt nach Antoines Freundin, teilt mit, dass er nichts weiter will, als ihr eine Frage zu stellen, und dass er kein Interesse daran hat, ihr wehzutun. Sagt aber auch, dass er wiederkommen wird. Je schneller sie mit ihm spricht, desto schneller ist er verschwunden.

Die meisten seiner Gesprächspartner wirken mehr gelangweilt als alles andere, wenn er mit ihnen spricht. Er ist nicht der Erste, der in ihren Reihen nach jemandem sucht, sei es, weil er Geld eintreiben will oder weil er glaubt, verliebt zu sein. Selbst der eine oder andere Klassenkamerad kommt hin und wieder hier vorbei und fragt nach jemandem, den er das letzte Mal vor zehn Jahren gesehen hat, in einem anderen Leben.

Überall erhält Bogdan die gleiche Antwort: Theresa ist seit Tagen nicht mehr hier gewesen. Keiner weiß, warum. Es gibt Gerüchte, dass ihr Freund verschwunden ist, aber niemand macht sich ernstlich Sorgen.

Als Clavier ihn beauftragt hat, sich um Roussels Verschwinden zu kümmern, hat Bogdan Tamara darauf angesetzt. Es hat sie wenige Stunden gekostet, Roussels Hintergrund zu durchleuchten und ihnen einen Passagierschein zu besorgen. Die Wohnung sah aus, als hätte sie jemand in Eile verlassen. Der Geschirrspüler halb voll, genau wie Kühlschrank, Bar und Kleiderschrank. Dafür befand sich in der Wohnung nichts mehr, das man auf dem Schwarzmarkt zu Geld machen könnte. Roussel hat Geld bewegt, bevor er verschwunden ist, und das alles spricht nicht gerade für ein zufälliges, spontanes Verschwinden.

Nachdem sie dort jedoch nichts gefunden haben, das ihnen weiterhilft, haben sie sich die Protokolle seiner Wohnung angesehen und auf der Besucherliste den Namen von Roussels Freundin gefunden.

Im Gegensatz zu ihm hat Theresa seit Tagen keine Geldspur hinterlassen. Deshalb ist Bogdan dorthin gegangen, wo sie arbeitet, wahrscheinlich ist sie noch in der Gegend. Wenn sie allerdings auf der Couch einer Freundin den untergetauchten Liebhaber beweint, erschwert das die Suche, weil ein großer Bekanntenkreis nur mit Aufwand zu durchleuchten ist.

Tiger unterstützt sie von zu Hause aus mit Informationen, jedes Mal wenn er sich bei ihnen mit weiteren Details meldet, schickt er dazu auch Slomo-Videos, in denen er im klimatisierten Ruhebereich in einem Sessel lümmelt. Dabei hebt er die Arme, damit sie sehen können, dass seine weißen Shirts keine Schweißflecken haben. *Wie ist das Wetter?*, fragt die dazugehörige Betreffzeile, und Tamara und Bogdan planen Tigers vorzeitiges Ableben, während sie die Daten auswerten.

Nach einer Stunde gibt er auf und verlässt den Club. Die flackernden Lichter bereiten ihm Kopfschmerzen. Tamara sagt ihm regelmäßig, dass er sich die Netzhaut ersetzen lassen soll, aber er kann sich nicht dazu durchringen. Bei Ärzten muss er immer an Feldlazarette denken.

Die Nacht ist warm, wie immer in diesen Breitengraden, und der Schweiß läuft ihm schon nach kurzer Zeit über die Schläfen. Als er die Straße überquert, hat er das Gefühl, beobachtet zu werden. Reflexartig dreht er sich um. Wenige Meter hinter ihm steht eine Animierdame aus dem Club und hebt die Hand zum Gruß.

Mit ihr hat er nicht gesprochen, daran würde er sich erinnern. Sie ist groß, und sie *glänzt*. Das Licht der sie umgebenden V-Displays an den Häuserwänden bricht sich in ihren goldenen Overknees, den hunderttausend Pailletten ihres Kleids und den goldenen Symbolen auf ihrer dunklen Haut.

Bogdan läuft weiter, hinein in eine Gasse, nicht weit vom Club entfernt, das grüne Kreuz über dem Eingang einer Pharmacy erhellt sanft den Asphalt. Er tritt zur Seite, in den toten Winkel der Kamera am Straßeneingang, und lehnt sich gegen die Fassade eines alten Hauses. Die Frau folgt ihm.

Als sie sich neben ihn an die Wand lehnt, zeigt er ihr auf dem HolMag die Summe, die er zu zahlen bereit ist, und sie nickt.

»Ich bin keine Verräterin«, sind die ersten Worte, die sie spricht. Die Stimme tief und mit rollendem R.

»Was bist du dann?«

»Pragmatisch.« Sie lacht, und der Geruch von Alkohol weht ihm schwach entgegen.

Manche von den Animierleuten schlucken Mittel, die den Alkohol schneller abbauen, damit sie mit ihren Kunden die ganze Nacht lang trinken können, vielleicht ist sie eine von ihnen.

»Ich brauche das Geld«, sagt sie, »und du willst von Theresa nur wissen, wo Antoine steckt.«

»Und das glaubst du?«

»Komm schon, wenn du mit einer Berühmtheit schläfst, geht es den Leuten nie um dich.«

Vorsichtig nickt er.

»Aber Theresa wird dir nicht sagen können, wo Antoine ist, sie weiß es selbst nicht. Ist allerdings nicht mein Problem, wenn du vergebliche Fragen stellst. Sie hat sich große Sorgen gemacht, schon seit Tagen. Und dann kam da dieser Kerl reinspaziert.« Auffordernd sieht sie ihn an. Hält ihm den Arm mit dem Handgelenkscanner hin, und er überweist. »Hat auch gefragt, ob sie weiß, wo Antoine ist«, fährt sie anschließend ohne Zögern fort.

»Polizei?«

Sie schüttelt den Kopf.

»Corps-pur?«

Wieder lacht sie, als hätte er einen originellen Scherz gemacht, und zeigt auf ihre Knie. »Sicher nicht. Der Kerl hatte Prothesen. Nein, der kam von der Insel.«

»Spaceworker?«

»Genau wie Antoine.«

»Weißt du, wer es war?«

Kopfschüttelnd stößt sie sich von der Wand ab. »Das musst du schon selbst rausfinden. Ich weiß nur, dass er mit ihr geredet hat, und danach war sie so nervös wie eine Katze vorm Ertränken.« Stichpunktartig gibt sie ihm eine Beschreibung des Mannes, es ist nicht viel, aber es ist ein Anfang.

»Danke. Das hilft mir weiter.«

Belustigt sieht sie ihn an und hebt das Handgelenk. »Und das hilft mir weiter.«

»Dann war es doch ein gutes Geschäft.«

»Das weiß ich, wenn Theresa in ein paar Tagen in den Club marschiert, ohne blaues Auge und ohne Probleme.«

»Ich werde ihr nicht wehtun.«

Für einen kurzen Moment liegt ehrliche Abneigung in ihrem Blick, doch dann kommt das geübte Lächeln zurück. Sie zuckt mit den Schultern, sagt im Weggehen nur: »Du musst mehr Sonnencreme verwenden, bei uns brennt die Sonne heißer als bei euch.«

Einen Moment lang sieht er ihr nach, weil die Animierleute dieser Clubs einfach schöne Menschen sind, ganz gleich, ob sie so geboren wurden oder etwas haben machen lassen, gänzlich kann man sich ihrem Charme nicht entziehen. Doch dann dreht er sich um und geht in die entgegengesetzte Richtung weiter.

Über sein HolMag gibt er Tamara in ihrer Unterkunft das Gespräch wieder. »Kannst du dich ins Clubsystem einklinken und herausfinden, von wem sie redet?«

Tamara gähnt, die Zeitumstellung macht ihr zu schaffen. »Dürfte kein Problem sein. Ich setze Tiger darauf an. Bis du hier bist, haben wir die Daten.«

Bogdan nickt, dann beendet er das Gespräch.

Ihnen steht eine lange Nacht bevor.

30

Jupitermond Kallisto, Chione-Station

Sam wird nicht verrückt, nur weil er manchmal ohne Ziel durch das Gänseblümchen läuft, von einem Modul zum anderen, immer hin und her, und dabei mit sich selbst spricht.

Er wird auch nicht verrückt, nur weil er manchmal länger draußen auf dem Eis bleibt, als es die Vorschriften erlauben. Jupiters Strahlung verpasst ihm einen zellulären Teint, und fasziniert betrachtet er im Spiegel, wie sich sein Körper verändert und der Schoß ihn neu formt. Wie sich auch der letzte Rest Weichheit abschleift.

Und er wird erst recht nicht verrückt, nur weil er den Mäusekäfig neben seine Liege stellt.

»Ist doch völlig normal«, sagt er zu den Mäusen, denen es egal ist, wo sie schlafen. »Wenn man die Umstände bedenkt. Jeder hat eben so seine Bewältigungsstrategien. Das ist nichts, wofür man sich schämen müsste.« Er kratzt sich an der Leiste. »Aber mal unter uns, mit Scham hatte ich es ohnehin nie so sehr. Ich meine, das Leben ist einfach zu kurz, um sich zu schämen, oder?«

Teufelsmaus riecht Gottmaus am Hintern, und Sam löscht das Licht, damit er ein paar Stunden Schlaf findet.

Zu Hause versuchen sie, ihm zu helfen, indem sie ihm Botschaften von Familie und Freunden zukommen lassen. Aber die Nachrichten werden von Woche zu Woche weniger, für die Daheimgebliebenen geht das Leben weiter, auch ohne ihn. Sie gehen aus, müssen auf Einsätze, bringen ihre Kinder ins Bett. Ihre Gesichter werden ihm bei jeder Nachricht fremder, selbst seine Eltern sehen sich nach einer Weile nicht mehr richtig ähnlich. Nicht so wie in seiner Erinnerung. Diese merkwürdige Verzerrung von 3D auf 2D verändert auch das Gefühl, das er hat, wenn er sie ansieht.

Als er die Stille im Gänseblümchen nicht mehr aushält, programmiert Sam Hologramme, die er *seine Bekanntschaften* nennt. Nichts Kompliziertes, jeder Gamer zu Hause hat aufwendigere Designs in seinen VR-Systemen. Manche sehen aus wie Leute, die er kennt oder mit denen er ins Bett gestiegen ist. Andere wiederum entwirft er völlig frei.

Wenn er einen solchen Abend plant und alles, was er so mit sich bringt, schaltet er die Kameras aus. Die Zentrale ist nicht glücklich darüber und ermahnt ihn, dass die Kameras eingeschaltet bleiben müssen, aber Sam hat schon seit einiger Zeit aufgehört, sich darüber Sorgen zu machen, was sie in seine Akte schreiben. Wenn er ehrlich mit sich ist, weiß er nicht, ob er überhaupt noch im Dienst bleiben will nach seiner Rückkehr. Er findet, er sollte danach mal eine Pause machen; sich überlegen, was er eigentlich vom Leben will. Sobald ihm die −140°C nicht mehr das Gehirn einfrieren.

Eine Weile vergnügt er sich mit immer verrückteren Designs und erfüllt sich ein paar Fantasien, aber irgendwann wird auch das langweilig, und er programmiert sich eine Kummerkastentante, die aussieht wie sein bester Freund aus Kindertagen. Mit baumelnden Beinen sitzt Pauls Abbild auf den Modulstufen und hört sich Sams Tagesbericht an.

Keines seiner Hologramme ähnelt Ida.

Hin und wieder ändert er das Äußere seiner Programmierungen, damit es so wirkt, als wären es neue Leute. Dann sitzt er neben ihnen und bildet sich ein, die Küche wäre eine Bar. Die Moodbeleuchtung ist auf einen flackernden Farbwechsel eingestellt, im Hintergrund läuft Trance. An diesen Abenden will er dafür arbeiten, die Hologramme sind so eingestellt, dass sie nicht sofort nachgeben. Er weiß, dass es nicht dasselbe ist, aber es ist *etwas*.

»Früher habe ich ja über so was gelacht«, sagt er einmal zu der üppigen Rothaarigen, mit der er sich nun zum vierten Mal trifft. Die Gespräche werden inzwischen persönlicher. »Du weißt schon, wie Mercer immer von seiner Beziehung zu Loan gesprochen hat, als wäre das etwas Heiliges.« Er schüttelt den Kopf. »Diesen Wunsch, sich dauerhaft zu binden, hab ich nie verstanden. Ich habe den Verdacht, dass es im Grunde nur damit zusammenhängt, etwas permanent und sofort zugänglich zu machen. Verstehst du, was ich meine?«

Der Rotschopf nickt und beugt sich näher zu ihm.

»Dabei macht die Möglichkeit des Verlusts eine Sache doch erst zu etwas Besonderem, oder? Jeder Fußballfan weiß das, wenn es um das Folgejahr einer Meisterschaft geht. Ein Pokal wandert, das liegt in seiner Natur. Das Gewinnen und der Verlust sind zwei Seiten derselben Medaille.«

Sam hat nie Angst vor dem Verlust gehabt. Er weiß, dass das dazugehört. Trotzdem hat er sich in den vergangenen Monaten manchmal gefragt, ob ihn außer seinen Eltern jemand auf der Erde vermisst. Ob irgendwer den Verlust dauerhaft spürt.

Er seufzt. »Was hältst du davon, wenn wir von hier verschwinden?«, fragt er das Hologramm, das erneut nickt und aufsteht. Es verschwindet und wartet dann neben seiner

Liege im Schlafmodul. Für eine Weile stellt Sam die Mäuse vor die Tür.

An manchen Tagen wacht Sam auf und hat das Gefühl, beobachtet zu werden, und dieses Gefühl verfolgt ihn dann stundenlang, auch bei der Arbeit außerhalb der Station. Er schiebt es auf die Tatsache, dass er Bea und Adrian einfach so im Eis verscharrt hat und auch Laure, João und Mercer keine Gräber haben. Eigentlich glaubt er nicht an ruhelose Tote, aber da er sich nicht sicher ist, legt er einen Friedhof an. Es dauert ein bisschen, bis er eine geeignete Stelle findet. Er entscheidet sich für einen Platz ungefähr einen Kilometer entfernt von der Station, an dem ein Halbkreis aus Eisspitzen auf einem Eishügel steht. Mit den Schmelzsonden schafft er sechs Grabsteine. Für Laure, João, Mercer, Bea, Adrian und sogar Ian Henderson, diesen armen Hund von der dritten Mission. Auch eine Bank setzt er hin, falls er das Bedürfnis hat, ein längeres Gespräch mit den Toten zu führen.

Dann bettet er die Leichen um.

Anschließend schluckt er die doppelte Dosis Muskelentspanner und lässt sich eine Weile treiben, während er im Schlafmodul auf dem Boden der höchsten Ebene liegt und durchs Deckenlicht nach draußen schaut.

Seit sie Gräber haben, lassen ihn die Toten in Ruhe.

Alles in allem hat er die Situation im Griff.

Was ihm allerdings Sorgen bereitet, ist der Ausfall der Roboter, die er für die Arbeiten an der Landebahn braucht. Von einem Tag auf den anderen hört einer von ihnen zu arbeiten auf. Springt gar nicht erst an oder fährt sich runter. Ein paarmal kann Sam Ersatzteile austauschen, aber dann verschwinden sie plötzlich ganz.

Und tauchen an anderer Stelle wieder auf.

Sam ist sich sicher, dass er sie an einem Platz abgestellt hat, und Stunden später findet er sie an einem anderen Ort.

Zuerst hält er es für normale Vergesslichkeit, aber als die Vorfälle zunehmen, beginnt er wieder, akribisch Protokoll zu führen. Hernandez zieht ihn damit auf, und es ist Sam ein bisschen peinlich.

Er versucht, mehr zu schlafen, aber das ist schwierig, weil ihn das Flimmern auf den Lidern wachhält. Er erhöht die Vitamin-D-Dosis und verdoppelt die Anti-Stress-Übungen, die sie während des Trainings in Baikonur gelernt haben. Doch das Gefühl, dass die Baustelle nicht so aussieht, wie er sie verlassen hat, befällt ihn beinahe täglich.

Die Zentrale fordert ihn auf, das Augentraining ernst zu nehmen. Tägliche Übungen gegen die Eintönigkeit des Eises und die kurzen Distanzen im Gänseblümchen. Wer die ganze Zeit in kurzem Abstand auf helle Wände starrt, muss seinen Augen etwas zu tun geben, sonst verschlechtern sie sich. Er soll sich entspannen. Hernandez nennt es *Sams Kampf gegen die Einzelhaft*. Manchmal funkt er Sam uralte Witze.

Sam erzählt sie den Mäusen, aber ihre Reaktion darauf lässt zu wünschen übrig, sie sind ein schwieriges Publikum.

Als der nächste Roboter ausfällt, ignoriert er die Maschine und arbeitet mit einer anderen weiter. Manche Probleme muss man einfach aussitzen. Er wird nicht verrückt.

Er trainiert härter.

Sport hilft.

31

Französisch-Guyana, Kourou

Janique geht nicht oft aus. Aber heute ist ihr Geburtstag, und da will sie nicht allein in der Wohnung hocken. Sie zieht sich ihre beste Hose und das weiße leichte Leinenhemd mit den weiten Ärmeln an. Lulu aus dem zweiten Stock hat ihr die Haare geschnitten und eine Dose mit Bouillon d'aurora gegeben, die Janique zum Mittag isst. Der Eintopf ist so stark gewürzt, dass sogar sie etwas schmeckt.

Sie vermischt die Kaliumcitratpräparate, die gegen verringerte Knochendichte helfen sollen, mit einer Mousse au Chocolat zum Nachtisch, weil die Ärzte ihr immer in den Ohren liegen, dass sie nicht so nachlässig mit den Ergänzungsmitteln sein soll. Zum Schluss trägt sie sogar ein bisschen Wimperntusche auf. Als sie sich im Spiegel betrachtet, kommt sie sich beinahe wie ein neuer Mensch vor.

Das wäre sie gern. Neu. Besser. *Ganz.*

Den Vormittag hat sie damit verbracht, auf einen Anruf ihrer Eltern zu warten, aber als der nicht kam, hat sie zwei Chalkpillen geschluckt und sie mit frisch gepresstem Orangensaft hinuntergespült. Jetzt geht es ihr besser. Normalerweise vermeidet sie Zitrusfrüchte, weil die Säure ihr nicht bekommt, aber heute möchte sie die Dinge genießen, auch wenn sie später dafür büßen muss.

Als der Schmerz unter den Rippen nachlässt, richtet sie sich auf und verlässt die Wohnung. Sie fühlt sich gut.

Wie immer sitzt der Proctorjunge auf der Treppe. Janique hat es sich angewöhnt, Abendessen für zwei zu holen, wenn sie auf dem Heimweg erst spät beim Imbiss vorbeikommt. An den meisten Tagen hält sich das Kind noch draußen auf und beobachtet die Nachbarschaft. Dann setzt sie sich neben ihn, schiebt ihm seine Portion auf den Schoß, und schweigend verbringen sie die nächsten Minuten damit, die Kartons zu leeren. Es ist ihre Routine, die selten jemand stört, nur der gelegentliche Nachtstart drüben in Kourou. Inzwischen hat sie sich so an das schweigende Kind gewöhnt, dass sie irritiert ist, wenn es nicht da ist.

Von Lulu hat sie auch erfahren, dass der Junge Amadeus heißt, aber weil die meisten Leute die Proctorkids nicht auseinanderhalten können, werden sie ohnehin nur mit »Verschwinde hier!« angesprochen.

»Heute wird es spät«, sagt sie, als sie an Amadeus vorbeigeht. Auf den Stufen unter ihm bleibt sie stehen.

Blinzelnd sieht der Junge auf, weil ihn die Sonne blendet, sagt aber nichts.

»Ich habe Geburtstag«, schiebt sie nach.

Doch auch darauf antwortet er nichts, also zuckt sie nur mit den Schultern und schlendert, die Hände in den Hosentaschen und die große goldene Sonnenbrille auf der Nase, die Straße hinunter. Der Himmel ist tiefblau und wolkenlos, das Meer ruhig und gnädig. Es ist ein entspannter Tag für die Insel. Selbst das Geräusch der Pumpen ist nur ein Hintergrundrauschen. Alles wie gemacht für einen sorglosen Geburtstagstag und neue Menschen.

Am Abend wird sie vielleicht tanzen gehen, überlegt sie, aber den Nachmittag will sie damit verbringen, raus aufs Meer zu schauen. Sie möchte unter ihresgleichen sein, den besten Teil ihres alten Selbst, deshalb geht sie auf die Kneipe mit der grünen Markise zu und setzt sich in den hinteren Bereich an die Wand. Die Vorderfront, die zum Wasser zeigt, ist geöffnet, Salzgeruch weht herein.

Verträumt starrt sie auf die Bilder mit den Spacemotiven, es dauert jedoch nicht lange, bis Ricki zu ihr herüberkommt. Etwas nervös beobachtet sie, wie sich der übergewichtige Wirt zwischen den Tischen hindurchschiebt. Sie weiß, dass es ihm lieber wäre, wenn sie nicht herkommen würde, weil sie schon zweimal besoffen die Zeche geprellt hat und sich Gäste über sie beschwert haben, denen sie offenbar zu dicht auf die Pelle gerückt ist, beim Versuch, sich mit anderen Spaceworkern auszutauschen. Sie ist nicht unbedingt die beste Betrunkene, und ihr Anblick verdirbt den Leuten den Spaß. Aber Ricki ist kein schlechter Kerl, er weist Janique auch nicht an der Tür ab. Vermutlich wegen Uche und dem, was auf dem Mars passiert ist.

Janique bereut es nicht, Uche gerettet zu haben. Sie wünscht nur, sie hätte sich dabei cleverer angestellt. Den Bergschaden vermieden, bei sich selbst und bei ihm. Dann könnten sie beide in den Schoß zurückkehren und wären nicht an diese Erde gebunden, auf der die Knochen so schwer sind und nur Vögel fliegen können.

»Du siehst gut aus«, sagt Ricki, als er bei ihr ankommt.

Sie lächelt und fährt sich über die Hose. »Ich habe heute Geburtstag.«

»Wirklich?«

Sie nickt.

»Na dann.« Er winkt Maria zu, die hinter der Bar steht. »Einen aufs Haus für das Geburtstagskind.«

Die Kellnerin nickt und bringt Rum. Vor Janique stellt sie das Glas ab, doch Janique hebt es nicht sofort an, sondern legt nur die Hände darum.

»Hast du was von Uche gehört?«, fragt Ricki, und als sie verneint, nickt er enttäuscht. Keiner von ihnen erwartet eine baldige Rückkehr, aber es wäre trotzdem nett zu wissen, ob es Uche gut geht.

Eine Weile unterhalten sie sich, dann geht Ricki wieder zu Maria hinter die Bar, und Janique sieht durch die geöffnete Terrasse aufs Meer, das im Sonnenlicht glitzert.

Langsam hebt sie das Glas, stützt das Kinn in die Hand und blinzelt durch den Rum ins Sonnenlicht. Alles wirkt verzerrt, aber schön, und Janique merkt, wie die Nervosität von ihr abfällt.

Sie ist immer noch hier. Jeder Geburtstag bedeutet schließlich auch, dass sie ein weiteres Jahr geschafft hat, ohne etwas Dummes anzustellen. Dabei haben ihr die Ärzte damals nicht viele Chancen eingeräumt. Sechzehn Stunden nach dem Unfall setzte der Verbrennungsschock ein, da war sie genau wie Uche gerade auf dem Weg zurück zur Erde. Das Nachbrennen hat sich tief in ihren Körper vorgearbeitet, und vier Tage später kam die Infektion dazu. Noch Monate danach hat sie Kammerflimmern gehabt, ein Teil ihrer Nerven hat sich nie davon erholt. Die Ärzte sagen ihr immer wieder, dass der Schmerz, den sie an manchen Stellen empfindet, gar nicht da sein kann, weil ihre Nerven da längst zerstört sind. Aber sie weiß, was sie spürt, und an manchen Tagen treibt sie das Reißen und Ziehen unter der Haut in den Wahnsinn. Zweimal hat sie ernsthaft erwogen, aus dem Fenster zu springen, aber dann hat sie es doch nicht getan.

»Du lieber Himmel!«, ruft plötzlich einer der Gäste, und Janique schaut auf.

Sie folgt dem entsetzten Blick hin zu dem V-Display auf der anderen Straßenseite. Dort ist das schwarz-weiße Bild eines Mannes eingeblendet.

Antoine Roussel tot aufgefunden, lautet die Überschrift.

»Stell mal laut«, ruft jemand Ricki zu, der daraufhin das große Display über der Bar einschaltet, das bisher nur Tapete gezeigt hat. Er aktiviert den Ton und sucht ein Nachrichtenportal.

»…die Identität wurde noch nicht bestätigt, allerdings berichten Augenzeugen, dass es sich um den bekannten Spaceworker handelt. Die genauen Umstände, die zu seinem Tod geführt haben, werden derzeit noch untersucht. Aus internen Kreisen geht hervor, dass es Anzeichen für eine Beziehungstat gab. Er soll in ein Eifersuchtsdrama verwickelt gewesen sein. Weitere Details sind nicht bekannt, auch nicht, ob es bereits Verdächtige gibt.«

Die Leute um sie herum beginnen aufgeregt, miteinander zu diskutieren, während Janique fassungslos auf den Bildschirm starrt. Als der Erste das Glas auf die Tischplatte klopft und dann anhebt, wiederholen sie einer nach dem anderen die Geste, und auch Janique hebt das Glas.

Statt auf sich selbst stößt sie an auf einen anderen Kumpel, einen, der offenbar mehr Pech als Glück hatte. Die wenigen Gäste, die um diese Uhrzeit schon in der Kneipe sind, alles ehemalige Spaceworker wie sie, setzen sich zusammen, um über Antoine zu reden. Auch Janique wird dazugebeten, weil sie schließlich eine von ihnen ist. Gemeinsam stellen sie Vermutungen an, tauschen Geschichten aus, die sie gehört haben über Antoine, der es doch geschafft haben sollte, und verfluchen Space Rocks, weil auch das dazugehört. Irgendwann fängt der Erste an zu heulen, dann wird gestritten, anschließend gesungen. Zum Schluss spendiert Ricki allen eine Runde Kaffee.

Und Janique genießt die Gesellschaft, als hätten sich alle nur für sie versammelt, weil sie Geburtstag hat.

Wieder einmal ist das Pech eines anderen ihr Glück.

Als sie am frühen Morgen nach dem Tanzen mit schmerzenden Füßen und Sodbrennen schwankend nach Hause kommt, ist Amadeus nicht zu sehen, aber auf der obersten Stufe liegen ein Magnolienzweig und eine Mango. Sie nimmt beides mit in die Wohnung, steckt den Zweig in ein Glas und isst die Mango bei offenem Fenster. Während am Horizont die Sonne aufgeht, läuft ihr der Saft über die Finger.

32

Luxemburg, Esch-sur-Alzette

Als Bogdan um sechs Uhr morgens versucht, ihn zu erreichen, ist Romain sofort hellwach. Sein HolMag überträgt das Bild direkt neben das Bett. Romain macht sich nicht die Mühe, den Hintergrund zu verbergen, Bogdan kennt das Haus.

»Tut mir leid, dass ich mich so früh melde«, sagt er. Der Kroate sitzt in seinem Hotelzimmer in Kourou, bei ihm ist es noch mitten in der Nacht. Er sieht nicht aus, als hätte er in den letzten Stunden viel Schlaf bekommen. Neben ihm auf einem schmalen Bord steht eine Kanne, vermutlich Kaffee, Comm-Systeme liegen daneben.

Romain wirft einen Blick zur Verbindungstür, aber Geraldine scheint noch zu schlafen, dahinter regt sich nichts. »Schieß los.«

»Die regionalen Nachrichten bringen es schon. Antoine Roussel ist tot.«

Romain muss die Nachricht verdauen. Er steht auf und tritt an das Sidebord, das sich auf Knopfdruck aus dem eingelassenen Schrank schiebt. Darauf steht der Kaffeeautomat. Romain schaltet ihn an. »Ein Unfall?«

Bogdan schüttelt den Kopf und reibt sich übers Gesicht.

»Mord?«

»Sieht so aus.«

Verärgert starrt Romain aus dem Fenster in den Garten. Das hat ihm gerade noch gefehlt. »Wieso gab es eine Leiche, wenn ihn jemand loswerden wollte?«

»Das ist es ja, ich glaube, er sollte gefunden werden.« Bogdan erzählt ihm die Einzelheiten, schickt ihm die Bilder der Leiche. Aufgeschlitzt unter einem Baum. Er hat recht, das alles ist nicht subtil, sondern soll gesehen werden. Die Frage ist, von wem und warum?

Romain verspürt wieder den Druck im Magen. Er sollte genau wie Felix die Finger vom Kaffee lassen.

Mit dem Becher in der einen und dem HolMag in der anderen Hand geht er hinaus und die Treppe hinunter ins große Wohnzimmer zur Workstation. »Wann geht das durch die internationale Presse?«, fragt er.

Bogdan überfliegt eine hereinkommende Nachricht, bevor er antwortet, er hat stets alles im Blick. »Vermutlich in wenigen Minuten.«

Romain setzt die Tasse auf dem Tisch ab und öffnet die Terrassentür dahinter. In der Ferne kann er Elstern kreisen sehen. Sie landen nie auf seinen Bäumen, weil sie die Abwehrkuppel nicht mögen, obwohl sie hindurchfliegen können.

»Bleib noch dort und warte ab, was die offiziellen Untersuchungen ergeben, damit wir der ESB einen Grund dafür liefern können, warum einer unserer Kallisto-Spaceworker tot ist«, weist er Bogdan an. »Hat dein Team die Situation hier bei uns im Griff?«

Bogdan nickt.

»Dann bleib und kümmer dich um diese Sache. Ich will nicht überrascht werden, wenn wir heute die offizielle Abstimmung vornehmen. Wir müssen sichergehen, dass diese

243

Tat nichts mit Space Rocks zu tun hat. Und vor allem müssen wir es herausfinden, bevor die Spürhunde von der ESB dort auftauchen. Und das werden sie.«

Bogdan steht auf. »Geht in Ordnung. Ich melde mich, sobald ich etwas herausgefunden habe.« Mit diesen Worten beendet er die Verbindung, und auf einmal herrscht wieder Stille um Romain herum.

Nachdenklich trinkt er seinen Kaffee. Wenn er Glück hat, spielt ihm Antoines Tod vielleicht sogar in die Hände. Es wird ein riesiges Medienecho geben, wenn die Nachricht darüber erst einmal an die breitere Öffentlichkeit gelangt, das lenkt vielleicht ein bisschen von Space Rocks ab.

Er schickt eine Nachricht an Racheles Team. Anschließend überlegt er sich seine Worte an Tessa Neumann, während ihm die Morgensonne auf die bloßen Füße scheint. Er weiß, dass sie ihn bis zum Ende des Tages anrufen wird, dann muss er wissen, was er sagt und wie überrascht er klingen muss.

Doch der schwierigste Teil des Tages erfolgt schon in wenigen Stunden. Dann beginnt der Gesellschafterausschuss, und da wird sich entscheiden, ob Romain den Krieg gewonnen oder verloren hat. Es wird sich herausstellen, ob er die gleiche Art Mensch wie sein Vater ist.

33

Luxemburg, Luxemburg Stadt

Über den Saal spannt sich eine Kuppeldecke, und die Wände sind mit Leuchtpaneelen verkleidet. Früher haben sich die Leute so das Jenseits vorgestellt, denkt Romain. Ein unendlich scheinender heller Raum, in dem die sichtbaren Grenzen verschwimmen. Hunderte von Sitzen sind tribünenhaft im Kreis angeordnet, jeder von ihnen eine Mediastation. Einen zentralen Sprecherplatz gibt es nicht, jeder Sitz verfügt über ein Mikrofon, an vier Seiten befinden sich hinter den Plätzen Projektionsflächen. Die Raumtemperatur liegt konstant bei 23°C, und es riecht nach Orangenblüten. Ein halbes Dutzend Servicekräfte huscht aufmerksam durch den Saal und bringt bestellte Getränke und Snacks.

Space Rocks hat diesen Saal für die Versammlung gemietet, weil viele Anteilseigner aus dem Ausland zuerst in Luxemburg Stadt landen und so schnell wie möglich wieder zurückwollen, um gefühlt in ihren eigenen Zeitzonen zu bleiben, damit sie den Jetlag vermeiden können.

Es wird sich trotzdem hinziehen, da ist sich Romain sicher. Wie immer bei solchen Sachen gibt es Interessengruppen, die sich nach Schlüsselfiguren richten, und jede wird versuchen, ihre Daten und Strategien bestmöglich zu präsentieren. Romain kennt jedes Wort seiner Rede auswendig. Sie wird zwar für die anderen unsichtbar auf seiner Brille mitlaufen, nötig ist das jedoch nicht. Romain ist vorbereitet.

Er fühlt sich wie ein Cäsar vor dem Senat.

Er trägt einen neuen Anzug, zeitlos und schlicht, aber ausdrucksstark, hat zwei Upper zum Frühstück geschluckt, eine halbe Stunde in der Moodbox verbracht, damit das Vitamin D seine Arbeit leisten kann, und im Jet auf dem Weg hierher einen Quickie mit Geraldine eingelegt. Sie hat ihm vor dem Abflug einen neuen Koenigsegg geschenkt, der im Carpark auf seine Rückkehr wartet. Romain ist bestens gelaunt und zuversichtlich. Das erste Mal seit Beginn dieser Sache.

Kurz bevor er seinen Platz erreicht, tritt ihm Daniel in den Weg. Wie immer äußerlich gelassen und erholt. Sie schütteln einander die Hände, Daniel legt ihm väterlich die Hand auf die Schulter.

»Ich nehme nicht an, dass du dir die Sache anders überlegen wirst«, sagt er, und Romain lächelt. »Das dachte ich mir. Aber was immer du glaubst, es liegt mir fern, dir deinen Platz in der Firma streitig zu machen.«

»Nein, du findest nur, ich sollte mich anderen Aufgaben widmen.«

»Ein Wechsel kann manchmal auch gut sein. Auf jeden Fall hoffe ich, dass wir auch nach diesem Tag weiter gut zusammenarbeiten können, immerhin ist das hier ein Familienunternehmen.«

Romain nickt. »Selbstverständlich. Im Interesse der Familie sollte ich dich vielleicht darauf hinweisen, dass jemand versucht hat, durch Abhörsysteme an vertrauliche Firmeninterna zu gelangen. Ich würde dir raten, deine Büroräume prüfen zu lassen. Immerhin soll das ja auch ein Familienunternehmen bleiben, nicht wahr?«

Für einen kurzen Moment sieht Daniel ehrlich überrascht aus, doch dann verschwindet der Ausdruck der Unsicherheit wieder von seinem Gesicht. »Das ist ja gut zu wissen«, erwidert er. »Ich nehme an, die Konzernsicherheit ist dran?«

»Mein Team hat das im Griff.«

Daniel schaut zu seinem Platz, an dem sich Felix eingefunden hat und zu ihnen herübersieht. »Gut, gut, dann wird sich das ja alles schnell aufklären.«

Romain nickt erneut und lächelt. »Ich halte dich auf dem Laufenden, darauf kannst du dich verlassen.«

Noch einmal nickt Daniel, dann geht er hinüber auf die andere Seite des Raums, um mit Felix die Köpfe zusammenzustecken.

Als sich Romain setzt, fragt ihn seine Mutter leise: »Was wollte er?«

»Mir versichern, dass ich immer noch in der Firma arbeiten kann, wenn er mich runterstuft.«

Sie schnauft. »Diese Laus.«

»Er schien überrascht, als ich von den Wanzen erzählt habe.«

»Und du nimmst ihm das ab?«

»Nein.«

Eine kurze Melodie bittet alle Anwesenden auf ihre Plätze, Annabella setzt sich direkt hinter ihn. Sie beugt sich nach vorn und flüstert ihm ins Ohr: »Müller hat eine Spur zu der undichten Stelle. Sie führt in Piccolis Abteilung.«

Luis. Romain sieht zu dem Missionsleiter hinüber, der mit angespanntem Gesichtsausdruck bereits auf seinem Platz sitzt und mit einer Servicekraft diskutiert. Romain wird ihn ersetzen, noch bevor der Tag um ist.

Entschlossen sieht er zur Anzeigetafel, die den ersten Redner bestimmt.

Sie sind in die letzte Phase des Kriegs eingetreten.

Es vergehen eine Kaffeepause, das Mittagessen und für Romain ein Hemdwechsel in der Herrentoilette, bevor der Protokollführer kurz vor den Vier-Uhr-Nachrichten verkündet: »Wir sollten zur Abstimmung kommen.«

Sie alle drücken auf das Display vor ihnen, Romain beobachtet die Leute in seiner Umgebung, den meisten kann er die Angespanntheit am Gesicht ablesen. Ihm selbst schlägt das Herz bis zum Hals, und er beginnt schon wieder zu schwitzen. An Bord seines Privatjets hat er weitere Kleidungsstücke im Schrank, aber im Moment kann er nur die Ellbogen auf den Seitenlehnen ablegen, damit der Hemdstoff nicht in den Achseln klebt. Seine Mutter legt ihm die Hand auf den Arm.

Die Projektionsflächen zeigen das Ergebnis in Echtzeit, die Stimmen und wie sie sich verteilen. Es ist eine geheime Wahl, aber als Romain zu Ricardo blickt, sieht der Junge ihn direkt an. Auch Emily hat sich ihm zugewandt.

Auf einmal ist es sehr still im Raum. Allen ist klar, wie der Krieg ausgegangen ist.

Ohne ein weiteres Wort erhebt sich Daniel und verlässt den Raum, flankiert von seinen Bodyguards. Mit blutleerem Gesicht folgt ihm Felix, und Stimmengewirr setzt ein.

Romain lehnt sich zurück.

Lang lebe der König.

34

Luxemburg, Esch-sur-Alzette

Theresa Khiaris Anblick trifft Almira unvorbereitet. Es ist lange her, dass sie jemanden wie Theresa gesehen hat. Die Clubs auf dem Festland sind nicht ihre Szene, längst nicht mehr. Wenn Almira auf der Erde ist, hat sie manchmal das Gefühl, ihre Knochen würden vibrieren, Bässe verstärken dieses unangenehme Empfinden nur. Und für die anderen Dienste, die oft im Umkreis der Bars angeboten werden, hat sie keinen Bedarf.

Einen Moment lang ist Almira irritiert. Sie kennen sich nicht; als sie die Nachricht mit der Bitte um ein Gespräch erhalten hat, war ihr erster Gedanke der an eine Journalistin. Ihr zweiter, dass es sich um Spam handle.

Seit Tagen hockt sie schon in diesem Hotel am Stadtrand von Esch-sur-Alzette und wartet darauf, dass Entscheidungen getroffen werden. Die anderen Angehörigen sind längst abgereist, doch sie bleibt. Ihre nächste Mission startet erst in zwei Monaten, und ob sie nun zu Hause an die Wand starrt oder hier, spielt keine Rolle. Harald hält sie auf dem Laufenden, er kümmert sich weiter um ihre Wohnung, und manchmal auch darum, dass Almira nicht durchdreht, weil es kaum Ablenkungen gibt. Sein von der Zeit und vom

Schoß geprägtes Gesicht auf dem Monitor beruhigt den Aufruhr in ihr für ein paar Minuten.

Die meiste Zeit verbringt Almira jedoch in den Straßen, Kilometer um Kilometer läuft sie, ohne wirkliches Ziel. Wenn sie nicht läuft, trainiert sie im hoteleigenen Fitnessstudio. Es ist bittere Ironie, dass sie noch nie in so guter Form war wie jetzt nach dem Tod ihrer Tochter.

Almira hat alle Hände voll damit zu tun, die Realität nicht aus den Augen zu verlieren, ihr fehlt die Kraft, sich mit einer Frau auseinanderzusetzen, die sie nicht einmal kennt. Trotzdem willigt sie ein, mit Theresa zu reden. Weil dadurch immerhin auch ein paar Minuten vergehen.

Almira starrt auf das Display, vier Stunden früher im Tag als zu Hause in Kourou, wo Theresa nervös mit ihren Haaren spielt und sich immer wieder umsieht, als könnte jeden Moment jemand hereinkommen. Hinter Theresa steht ein Regal mit Topfpflanzen, ein künstlich angelegter Dschungel, als hätten sie davon nicht genug vor der Tür. Im Hintergrund sind undeutlich Stimmen zu hören.

»Hallo«, sagt Almira schließlich, das alles erscheint ihr sehr seltsam.

Theresa zuckt zusammen, lächelt, dann atmet sie tief durch.

Almira kommt es vor, als wüsste Theresa nicht, was sie mit ihrem Gesicht tun soll. Der Tod macht die Leute seltsam. Selbst die Mitarbeiter an der Rezeption wissen nicht, ob sie Almira noch einen guten Tag wünschen dürfen und ob man die überhaupt noch haben darf, nachdem das eigene Kind gestorben ist. Die Leute gehen ihr aus dem Weg, weil sie nicht wissen, was sie sagen sollen.

»Es tut mir leid, dass ich mich bei dir melde«, versucht es Theresa schließlich.

Die Verbindung ist gut, Almira kann sie verstehen, als würden sie sich tatsächlich gegenübersitzen.

»Ich weiß nicht, wo ich anfangen soll ...«

»Fang irgendwo an.«

Theresa nickt. Und schweigt wieder.

»Warum willst du mit mir reden?« Bis vor wenigen Minuten hat Almira noch befürchtet, dass Theresa doch nur eine Journalistin ist, die verdeckt versucht, etwas aus ihr herauszupressen. Aber sie sieht Theresa so deutlich an, in welchem Gewerbe sie arbeitet, dass sich ihr Misstrauen ein bisschen legt.

Theresa atmet tief durch. Sie steckt die Arme zwischen die Knie, und Almira hat den Eindruck, dass sie eigentlich noch sehr jung ist, im Vergleich zu ihr selbst. Theresa sieht älter aus, als sie ist; das Nachtleben wirkt sich auf einen Körper aus wie der Schoß, da ist das Alter manchmal schwer an einem Gesicht abzulesen.

»Du kanntest Uche Faure«, sagt sie.

Almira stutzt. »Woher weißt du das?«

»Ich habe Freunde, die für mich Dinge herausfinden können«, antwortet Theresa ausweichend.

»Wir sind zusammen geflogen. Das ist alles.« Etwas ratlos sieht Almira auf das Display, das sie auf dem Schreibtisch gegen die Wand gelehnt hat.

»Wusstest du, dass Uche verschwunden ist?«

»Nein.«

»Er hat die Insel verlassen.«

»Warum?«

»Das weiß niemand.«

Almira runzelt die Stirn. »Da kann ich dir nicht helfen. So nahe standen wir uns nicht.«

Theresa schüttelt den Kopf. »Hast du die Nachrichten über Antoine Roussel gehört?«

»Den Spaceworker?«

Theresa nickt.

»War ja nicht zu übersehen, so wie das überall gelaufen ist.«

»Ich war seine Freundin.«

Überrascht zuckt Almira zurück. Sein Tod hat in Spaceworkerkreisen Spuren hinterlassen. Für viele war er ein Hoffnungsträger, der es von ganz unten nach oben geschafft hat. Wenn so einer aufgeschlitzt im Leichenschauhaus endet, erscheint das irgendwie verkehrt.

Ihr fallen all die Phrasen ein, die sie selbst in den letzten Tagen gehört hat, aber keine davon will ihr über die Lippen kommen.

»Das hängt alles zusammen.«

»Was genau?«

»Antoine und Uche. Die Medien behaupten, dass Antoine von einem eifersüchtigen Liebhaber umgebracht wurde. Meinem Liebhaber.« Sie klopft sich auf die Brust. »Aber das ist Mist. Es gab keinen eifersüchtigen Liebhaber.« Vehement schüttelt Theresa den Kopf. »So waren wir nicht! Niemand lässt sich bei uns mit jemandem ein, wenn er mit bestimmten Dingen ein Problem hat. Antoine hatte keinen Streit wegen mir.«

»Manchmal täuscht man sich«, erwidert Almira vorsichtig, weil sie Theresa nicht verletzen will.

Aber die schüttelt nur wieder den Kopf. »Ich weiß, dass man sich täuschen kann, ich hab mich auch in Antoine getäuscht. Er ist nicht … er war kein besonders netter Mensch.« Für einen Augenblick sieht sie traurig aus. »Wir waren lange zusammen. Da kennt man seine Grenzen.« Sie sucht Almiras Blick, den sie über die Kamera nicht sehen kann, aber Almira versteht schon, was sie sagen will.

Wenn Menschen wie Theresa überleben wollen, müssen

sie einen Instinkt dafür entwickeln, wer ihnen Schwierigkeiten macht und wer nicht.

»Aber es geht ja nicht um Antoines Grenzen, sondern um die eines anderen«, führt Almira leise an.

»Da gab es niemanden!«

»Vielleicht niemanden, von dem du wusstest.«

Theresa wischt auch diesen Einwand mit einer Handbewegung zur Seite. »So was passiert nicht im luftleeren Raum. Wenn es da jemanden gegeben hätte, wüsste ich davon. Wir haben Leute dafür. Der Club wird überwacht, unsere Wohnungen, es gibt ein Stalkerprotokoll. Das erklärt alles nicht, warum Uche auch verschwunden ist.«

»Und was hat er damit zu tun?«

»Sie kannten sich.«

»Uche und Antoine?«

Theresa nickt.

»Aber ich verstehe immer noch nicht so recht, was das alles mit mir zu tun hat?«

»Ich weiß nicht, an wen ich mich sonst wenden kann, und du bist da, vor Ort.«

»In Luxemburg?«

»Bei Space Rocks! Antoine ist für Space Rocks geflogen, und jetzt bringen sie diese ganzen verdammten Werbespots, in denen alle erzählen, wie toll er war, aber keiner kümmert sich darum, was wirklich passiert ist. Stattdessen muss ich mich verstecken, weil irgendwelche durchgedrehten Fans Jagd auf mich machen, weil ich angeblich für den Tod ihres Helden verantwortlich bin. Natürlich nur indirekt, aber ich bin schuld wegen dem, was ich mache. Ich bin bei Freunden untergekommen, ich kann nicht in den Club zurück, solange da Paparazzi rumhängen.« Theresa breitet die Arme aus, als wäre offensichtlich, was sie meint. »Es stimmt nicht, was sie behaupten, sie werden keinen Liebhaber finden. Aber jetzt haben sie aufgehört zu suchen, und Antoines Mörder läuft weiter da draußen rum.«

Wieder starrt Theresa direkt in die Kamera, und Almira versucht einzuschätzen, wie viel davon Show ist, immerhin hat sie es hier mit einer Frau zu tun, die es gewohnt ist, Leute zu sich heranzuziehen.

»Dabei kann ich dir nicht helfen, ich bin keine Detektivin«, erwidert Almira.

»Aber du bist von hier, von der Insel. Du weißt, wie das ist.« Beinahe trotzig verschränkt Theresa die Arme. »Uche Faure war bei mir. Er hat nach Antoine gefragt. Er hat mich gefragt, warum Antoine untergetaucht ist und wo er ist. Und kurz darauf ist Antoine tot und Uche selbst verschwunden. Alles, was ich in seiner Wohnung gefunden habe, ist dieser Junkie, die ganz offensichtlich keine Ahnung hat, was hier vor sich geht. Das ist doch alles kein Zufall.«

»Willst du damit andeuten, dass Uche etwas mit Antoines Tod zu tun hat?« Das glaubt sie im Leben nicht. Dass dieser Mann einen anderen Spaceworker wegen einer Frau umbringt.

»Nein, ich sage, dass hier irgendetwas vor sich geht, wovon wir keine Ahnung haben und das nichts mit irgendeinem Eifersuchtsdrama zu tun hat. Und Space Rocks könnte Druck auf die Behörden vor Ort ausüben, damit sie die Ermittlungen wieder aufnehmen.«

»Und du glaubst, ich könnte Space Rocks dazu bringen? Warum wendest du dich nicht direkt an die Polizei? Oder an Space Rocks oder sonst jemanden?«

»Das habe ich versucht, aber niemand will zuhören. Es ist eine bequeme Erklärung, Mord aus Eifersucht. Für Uche interessiert sich sowieso niemand.«

»Und du glaubst, mir würde man zuhören?« Jetzt ist es an Almira, den Kopf zu schütteln. »Tut mir leid, aber ich kann dir nicht helfen. Ich überstehe kaum die Tage. Ich habe keinen Einfluss auf die Leute, die hier Sachen entscheiden.«

»Aber du kannst mit ihnen reden!«

»Wie denn? Glaubst du, ich hab hier eine Standleitung in die Chefetage und wöchentliche Treffen? Die speisen uns mit Floskeln und Beruhigungen ab, genau wie zu Hause, aber wie es uns wirklich geht, interessiert niemanden.«

»Dir werden sie zuhören.«

Almira lacht bitter auf. »Warum? Weil ich die Mutter einer toten Spaceworkerin bin? Kind, das interessiert niemanden.« Sie geht rüber zum Barautomaten und bestellt Rum, während Theresas Stimme im Hintergrund verzweifelter wird.

»Was ist mit Uche? Er ist zur selben Zeit verschwunden wie Antoine.«

Hat sie Angst, dass ihm das Gleiche passiert wie ihrem Freund? Almira kannte Uche nicht besonders gut, sie hatte immer den Eindruck, dass man sich auf ihn verlassen kann. Seine Integrität hat sie nicht angezweifelt, aber was soll sie jetzt mit dieser Einschätzung anfangen?

Theresa sackt in sich zusammen wie eine losgelassene Marionette. Almira erkennt einen Menschen, der jegliche Hoffnung verliert, und sie würde gern alles zurücknehmen, was sie gesagt hat, aber sie war nie eine besonders gute Lügnerin.

»Ich kann versuchen, mich umzuhören«, bietet sie vorsichtig an. »Das ist alles, was ich versprechen kann.«

Theresa nickt, sagt: »Danke«, und nach einem Moment: »Es tut mir leid, was deiner Tochter passiert ist.« Mehr sagt sie nicht, denn mehr gibt es nicht zu sagen. Ein ehrlich gemeinter Satz reicht manchmal aus, selbst wenn er wie eine Floskel klingt.

Almira beendet das Gespräch. So richtig weiß sie immer

noch nicht, was das alles sollte und was sie davon zu halten hat. Ob da wirklich etwas dran ist an Theresas Behauptung, dass Antoines Tod noch einen anderen Hintergrund hat? Ist Uche wirklich verschwunden oder einfach nur verreist? Warum sollte sich Almira überhaupt darum kümmern? Im Grunde geht sie das alles doch gar nichts an.

Auf einmal ist sie unendlich müde. Die Schwerkraft drückt sie nieder, und das Vibrieren in den Knochen wird wieder stärker. Sie geht rüber zum Bett, lässt sich fallen und starrt an die Decke, während ihr der Rum den Bauch wärmt. Was immer sich dieses Mädchen von ihr erhofft, sie kann ihr nicht helfen, sie kann ja nicht mal sich selbst helfen.

Außerdem ahnt sie, wie die Geschichte ausgeht, Space Rocks hat andere Sorgen als den Tod eines Spaceworkers, dessen Heldengeschichte leicht zu ersetzen ist. Sie werden wieder jemanden finden, dessen Gesicht und Namen sie auf ihre T-Shirts und Tassen drucken können. Vielleicht Król, wenn er heimgekehrt ist. Sie sind weder auf Antoine Roussel noch auf Uche Faure angewiesen, warum also sollten sie Almira zuhören?

Erschöpft schließt sie die Augen. Wenn sie Glück hat, träumt sie von Laure.

35

Französisch-Guyana, l'Île du Lion Rouge

Die Insel deprimiert Bogdan. Über allem liegt diese stille Resignation, die einem die Luft abschnürt.

Nachdem Tamara die Daten aus dem Club organisiert hat, konnte sie mit Hilfe der Bilder und einer Gesichtserkennungssoftware den Gesprächspartner von Roussels Freundin identifizieren. Uche Faure. Ehemaliger Spaceworker, der früher gemeinsam mit Roussel geflogen ist. Das letzte Mal taucht sein Name auf einer Passagierliste für einen Flug nach Paris auf. Dort verliert sich seine digitale Spur. Die Miete für seine Wohnung wird jedoch von seinem Rentenkonto weiterbezahlt.

Für Bogdan stellt sich die Situation so dar: Roussel verschwindet plötzlich, seine Freundin taucht ebenfalls unter, und Roussels ehemaliger Kollege sieht zu, dass er Land gewinnt, während sich die Nachrichten mit Geschichten über heimliche Affären und Sexorgien überschlagen. Hat also Faure den Partner seiner Geliebten umgebracht und ist dann verschwunden? Oder ist das nur Bullshit, den irgendwer an die Presse verfüttert?

Bogdan hofft für Roussels Freundin, dass ihr nicht dasselbe Schicksal blüht wie Antoine. Im Grunde versprechen sie sich nicht viel davon, sich Faures Wohnung anzusehen, aber wenn sie schon mal in der Gegend sind, können sie auch einen Blick darauf werfen. Bogdan will einfach sichergehen, dass diese Geschichte nicht auf Clavier zurückfällt.

Faures Wohnhaus sieht aus wie so viele auf der Insel. Die schreiend bunte Fassade lenkt davon ab, dass die Wohnungen klein sind und im Fundament der Salpeter sitzt, weil die Feuchtigkeit von unten ins Mauerwerk kriecht. Es riecht nach Bratfett, und aus den oberen Stockwerken dringt Musik auf die Straße. Die meisten Fenster sind hell erleuchtet, obwohl es fast zwei Uhr in der Nacht ist.

Vor dem Haus sitzt ein Kind mit langen blonden Locken, es ist vielleicht sieben Jahre alt. Bogdan kann nicht erkennen, ob es Mädchen oder Junge ist, die dreckigen Füße stecken in knallroten Flipflops. Das Kind starrt zu ihm herüber, und etwas Lauerndes liegt in diesem Blick. Er erkennt die Geste als das, was sie sein soll. Ein Einschüchterungsversuch.

Bogdan schnaubt und wendet sich ab. Alle Kinder halten sich für größer und schlauer, als sie sind, besonders die, die auf sich aufpassen müssen. Fremde fallen hier auf, und Fremden gegenüber darf man niemals schwach wirken. In manchen Gegenden gehört das zu den ersten Dingen, die Kinder lernen, noch bevor sie lesen können. Dort, wo Bogdan aufgewachsen ist, war das so, und wahrscheinlich auch da, wo Król herkommt, und selbst hier auf dieser gottverlassenen Insel.

Er ignoriert das Kind, stattdessen geht er, als sich die Gelegenheit ergibt und jemand herauskommt, grußlos an ihm vorbei ins Haus. Faures Wohnung liegt im dritten Stock, die Wärmeanzeige von Bogdans Detektor zeigt an, dass sich niemand in ihr befindet. Es ist nicht schwer, die Verriegelung der Tür zu umgehen, die Alarmanlage der Wohnung ist ohnehin ausgeschaltet. Die Räume werden schwach von den Anzeigen der Geräte in der Wohnung erhellt, sodass sich Bogdan ohne zusätzliche Lichtquelle einen Überblick verschaffen kann. Die Wohnung wurde schon länger nicht mehr aufgeräumt. Überall liegt Zeug herum, es ist nicht vermüllt oder dreckig, nur vollgestopft. Als hätte jemand einen Hausstand aufgelöst und untergestellt. Im Bad liegt ein bisschen Schminke, auf dem Bett ein BH. Offenbar hat Faure seine Wohnung jemandem zur Verfügung gestellt oder irgendwer nutzt seine Abwesenheit.

Bogdan sieht in Schränke und Schubladen, findet aber keine offensichtlichen Hinweise für den Grund von Faures Verschwinden oder seinen momentanen Aufenthaltsort. Im Sofafach liegt ein zusammengerolltes Display, das er sich in die Seitentasche seiner Hose steckt. Tamara wird sich darum kümmern.

Plötzlich hört er ein Klicken im Flur, die Wohnungstür öffnet sich. Schnell tritt er an die Wand und zieht die Lange & Hartmann.

»Mach schon, Janique, komm mir ein bisschen entgegen«, hört er die Stimme eines jungen Mannes. »Du musst doch was von Uches Kontakten wissen. Verschaff mir eine Verbindung.«

Das Licht flammt auf.

»Ich hab dir doch gesagt, dass ich darüber nichts weiß.«

»Du wohnst doch hier. Wenn du mir jetzt aushilfst, dann helfe ich dir auch in der Zukunft, versprochen. Ich meine, bisher ist doch alles ziemlich reibungslos verlaufen, und du willst doch deine Quelle nicht verlieren, oder?«

»Sei kein Arschloch, Mateo.«

»Du weißt doch, wie das ist, Janique. Ich muss auch sehen, wo ich bleibe. Ich hab keinen Bock drauf, ewig an der Ecke zu stehen und Chalk zu verkaufen.«

Bogdan hört die Frau seufzen.

Die zwei kommen ins Wohnzimmer. Als sie sich umdrehen, bemerken sie Bogdan und erstarren.

»Setzen«, sagt er und deutet auf das Sofa. Er stellt sich ihnen gegenüber, die Wohnungstür im Blick.

Die Frau ist eine schmale Blondine; sie wirkt, als reiche ein Windhauch, um sie umzuhauen. Die Verbrennungen an Hals und Arm sind nicht zu übersehen.

Als sie seinen Blick bemerkt, zieht sie die Schulter nach hinten und fragt irritiert: »Wer bist du denn?«

»Ich will mit Uche Faure reden«, antwortet Bogdan.

»Der ist nicht hier.«

»Wann kommt er zurück?«

»Weiß ich nicht.«

»In einer Stunde, ein paar Stunden, morgen?«

»Ich hab doch gesagt, ich weiß nicht.« Trotzig verschränkt sie die Arme.

Der Typ neben ihr beobachtet das Gespräch mit nervösem Blick. Er ist noch jung, höchstens zwanzig, schlaksig und in teuren Klamotten. Wenn es stimmt, was er sagt, kann er noch nicht lange im Chalkhandel tätig sein, sonst wäre er abgebrühter. Seine Kundin wirkt gelassener als er.

»Wohnst du hier?«, fragt Bogdan.

»Geht dich doch nichts an.«

Er hebt die Waffe, und der Junge zuckt zurück.

Die Frau sieht nur starr an Bogdan vorbei auf die Wand, sie blinzelt kaum, und er begreift, dass ihre Ruhe vom Chalk kommt. »Ich will euch keinen Ärger machen«, sagt er, »ich muss nur mit Faure reden.«

»Er ist im Urlaub«, antwortet Janique. Sie spricht ohne erkennbaren Dialekt oder Akzent, während sie anfängt, sich leicht hin und her zu wiegen.

»Wo?«

Sie blinzelt. »Weiß ich nicht.«

Der Junge legt die Hand auf den Bauch, und Bogdan richtet die Lange & Hartmann auf ihn.

»Leg es auf den Tisch«, sagt er.

Nach kurzem Zögern tut der Junge wie geheißen, zieht vier kleine Beutel aus dem Hosenbund und legt sie ab.

Chalk. Genug für eine Party; nicht genug, um für die Narcs interessant zu sein. Es ist bekannt, dass die Spaceworker eine Schwäche für das Zeug haben. Aber das hier ist nur ein kleiner Fisch, der gern größer wäre.

»Hat Faure gedealt?«, fragt Bogdan den Jungen aus einer Eingebung heraus.

Der windet sich auf seinem Platz und zieht die Schultern hoch. »Ich weiß nichts Genaues darüber«, weicht er aus.

»Aber du hast sie doch gerade danach gefragt.«

Der Junge wirft einen unfreundlichen Blick auf seine Kundin, als wäre sie an Bogdans Anwesenheit hier irgendwie schuld. »Es gibt eben Gerede«, murmelt er. »Dass Uche Kontakte hatte. Geschäfte nebenbei.«

»Welche Art von Geschäften?«

Die Frau lehnt sich zurück und deutet auf den Jungen neben sich. »Das weiß er nicht. Niemand weiß das. Uche redet nicht darüber.«

Also ist Faure kein Dealer, der mit Endkunden zu tun hat. Möglicherweise arbeitet er an anderer Stelle in der Kette.

Bogdan macht ein Bild von den beiden und schickt es an Tamara, die die Gesichter überprüfen lässt. Die Lebensläufe, die er zurückbekommt, überraschen ihn nicht besonders. Nur dass der Junge bereits zweimal wegen schwerer Körperverletzung gesessen hat, erstaunt ihn. Er muss älter sein, als er aussieht, und gemeiner, als er wirkt.

Diese Janique hingegen hatte bis zu ihrem Unfall eine vielversprechende Karriere als Spaceworkerin vor sich. Ein verkorkster Lebenslauf, wie er sie zu Dutzenden gesehen hat. Bogdan kennt genug Kameraden, die der Krieg erst zu Hause erwischt hat, erst kamen die Schmerzmittel, dann die Schlaftabletten und zum Schluss die Betäubung.

Nach einer halben Stunde Befragung ist sich Bogdan ziemlich sicher, dass er alles von den beiden erfahren hat, was sie wissen. Er packt die Lange & Hartmann wieder ein und verlässt die Wohnung, ohne noch etwas zu den beiden zu sagen. Hinter sich drückt er die Tür sanft ins Schloss. Bereits nach drei Schritten dringt Geschrei durch die Tür.

Als er das Haus verlässt, sitzt das Kind noch immer auf der Treppe. Er überquert die Straße und wählt Claviers Nummer, der nach wenigen Sekunden abnimmt. Seit die große Abstimmung zu seinen Gunsten ausgegangen ist, hat er erheblich bessere Laune, was Bogdans Team auf einen besonders großzügigen Weihnachtsbonus hoffen lässt.

»Ich glaube, ich weiß, was mit Antoine Roussel passiert ist«, sagt Bogdan. »Mit Kallisto hat das nichts zu tun.«

»Sondern?«

»Chalk.«

»Du willst mich wohl verarschen.«

Bogdan schüttelt den Kopf. »Vermutlich hat Faure die Verbindung vom Festland auf die Insel hergestellt. Würde mich nicht überraschen, wenn Roussel mit drinhängt, immerhin kennt er eine Menge Leute und kommt rum. Vielleicht gab es Ärger mit dem Großhändler. Das würde auch erklären, warum Roussels Freundin von der Bildfläche verschwunden ist.«

»Und da bist du dir sicher?«

»Ziemlich, aber letzten Endes ist es nur eine Vermutung. Soll ich mich um die Chalksache auf der Insel kümmern? Aber das ist nicht in wenigen Tagen getan, dafür braucht es Leute und Zeit.«

Nachdenklich sieht Clavier zur Seite, und Bogdan wartet geduldig ab, bis er sagt: »Dafür setzen wir einen anderen ein. Emilys Sohn sucht eine Bewährungsprobe. Dich brauche ich hier. Geh der Sache noch ein bisschen nach, damit wir sichergehen und dem Jungen einen Ansatz liefern können, damit er sich nicht gleich überhebt. Wir müssen wissen, was bei der Geschichte rauskommt. Ein eifersüchtiger Liebhaber ist besser für uns als ein Ex-Spaceworker, der im Chalkhandel tätig ist, behandle das Ganze also ohne großes Aufsehen und komm zurück, sobald du kannst.«

Bogdan nickt und bemerkt plötzlich, dass dieses seltsame Kind neben ihm aufgetaucht ist, ohne dass er es gesehen hat. Einen Moment lang starren sie sich an, dann geht das Kind weiter und verschwindet hinter einer Ecke. Er weiß nicht, wie viel es gehört hat, aber das ist auch egal. Er wird Tamara noch auf Faures Display ansetzen und mal ein paar Gerüchten um Faures Verbindungen nachgehen. Keine Tiefenprüfung, nur um sicherzugehen, dass er sich hier nicht irrt. Dann werden sie wieder von der Insel verschwinden.

36

Luxemburg, Esch-sur-Alzette

Zwei Minuten nach der Pressekonferenz zu Castel und Montes haben die Proteste begonnen.

Zuerst sind es einzelne Accounts, doch schon vierzig Minuten später gibt die UESW ihr erstes Statement ab; wie vermutet, sind sie nicht glücklich über die Formulierung der Pressemitteilung. Sie fordern Gespräche und eine Überprüfung der Kallisto-Daten durch unabhängige Fachleute.

Doch Rachele ist vorbereitet, aus dem Pool an längst vorbereiteten Erwiderungen werden im Minutentakt Gegenargumente geliefert. Sie wissen, worauf es ankommt, es gilt vor allem, eines zu vermeiden: Das Wort *Sündenbock* darf sich nicht in den Köpfen der Leute festsetzen. Rachele radiert es aus ihrem Gedächtnis, lenkt die Narrative der Geschichte mit rechtschaffener Empörung. Geschickt verwendet sie die offizielle Bekanntmachung der Bergungsmission, um zu beweisen, dass es Space Rocks nicht darum geht, die Spaceworker für irgendetwas verantwortlich zu machen. Space Rocks kümmert sich um seine Leute, sie fliegen dort raus, um Król zu holen, niemand wird zurückgelassen, immer wieder betont sie den unermüdlichen Einsatz der Mitarbeiter, um einen der Ihren zurückzuholen.

Selbst Romain ist zuweilen ergriffen, wenn er ihre Reden hört.

Mercers Partner und Ludwigs Mann wenden sich derweil an die ESA mit der Bitte um Aufklärung, und Montes Frau gibt unentwegt Interviews, in denen sie auf ihre drei Kinder verweist, die sie ohne die Prämie ihres verstorbenen Mannes nicht durchbringen kann. Das ist natürlich übertrieben, aber Romain versteht schon, dass sie das Geld für die Interviews mitnimmt, solange es geht, immerhin muss sie davon ausgehen, dass Space Rocks ihr tatsächlich die Prämie streicht, da der Vertrag mit dem Unternehmen bei Verschulden auf Seiten des Spaceworkers entsprechende Klauseln beinhaltet.

Aber auch das ist mit Rachele abgesprochen; noch vor dem Start der fünften Mission wird sie öffentlich verkünden, dass in diesem Fall von der Klausel Abstand genommen wird. Ihre Rechtsabteilung hat sie darauf hingewiesen, dass diese Entscheidung bei zukünftigen Fällen gesundheitlicher Beeinträchtigung einen Präzedenzfall kreieren könnte, auf den sich Spaceworker beziehen könnten, aber dieses Risiko gehen sie ein. Dafür bezahlt die Firma die Anwälte schließlich, dass sie zum entsprechenden Zeitpunkt eine Lösung für dieses Problem finden. Im Moment können sie auf diese Geschichte jedenfalls nicht verzichten.

Als Racheles Kampagnen langsam Erfolg zeigen und die ersten positiven Meldungen zu Space Rocks seit Wochen auftauchen, schickt er ihr Blumen und Konfekt für ihr Team, um Rachele zur geleisteten Arbeit zu gratulieren.

Dass Bogdans Stellvertreter Müller zeitgleich Romains Sicherheit verdoppelt, gehört zum Geschäft. Es ist nicht das erste Mal, dass jemand Eier und faules Obst von Romains Wagen wischen muss, weil die Leute vom Bürgersteig aus auf die vorbeifahrende Limousine zielen. Das war zu erwarten. Ebenso wie empörte Anrufe, Proteste vor der Zentrale und beleidigende Nachrichten auf allen Kanälen. Ein guter König ist nicht immer der beliebteste, das war vor Hunderten von Jahren nicht anders.

Seine Mutter warnt ihn davor, Drohungen auf die leichte Schulter zu nehmen, aber er winkt ab. Er hat andere Dinge zu erledigen, auf die er sich konzentrieren muss.

Zum ersten Mal seit Beginn der Katastrophe geht es endlich wieder aufwärts. Die Vorbereitungen für die Wiederaufbaumission laufen auf Hochtouren. Mit Ricardo als neuem Missionsleiter. Romains Verhältnis zu dem Jungen hat sich deutlich verbessert, er nimmt ihn unter seine Fittiche. Seit Ewigkeiten schläft Romain zum ersten Mal wieder sechs Stunden durch und fühlt sich fünf Jahre jünger.

Einen Dämpfer erhält seine Laune erst, als Annabella ihm eines Mittags verkündet: »Die Mutter von Laure Castel ist hier.«

Mitten in der Bewegung hält er inne. »Schon wieder?«

Sie nickt.

»Haben Sie ihr gesagt, dass ich keine Zeit habe?«

»Ja, aber sie hat mehrere Journalisten und Creater dabei.«

Er atmet tief durch. »Lassen Sie mich raten. Rachele meint, es wäre gut, wenn ich mit ihr rede.« Er hebt die Hände und zuckt mit den Schultern.

Erneut nickt sie.

»Ich kann mir nicht vorstellen, dass sie allzu gut auf mich zu sprechen ist.« Er bringt die Displays in den Ruhemodus und erhebt sich.

»Müller ist in zwei Minuten hier. Er wird bei dem Treffen dabei sein.«

Romain steht auf und tritt an den eingebauten Schrank heran. »Na schön, holen Sie die Frau herauf. Zwanzig Minuten, mehr nicht. Aber ohne den ganzen Anhang. Machen Sie ihr klar, dass dieser Trick einmal funktioniert, aber nicht zur Regel werden kann. Ich lasse mich nicht damit erpressen.«

Annabella verlässt den Raum, und ohne zu zögern nimmt er ein dunkelgraues Hemd aus dem Schrank und legt es aufs Sofa am Fenster. Dann zieht er das burgunderfarbene Shirt aus, das er seit dem Morgen trägt, und wirft es in den Wäscheschacht. Während er sich anzieht, betrachtet er sich im Spiegel, fährt sich durch die Haare, lässt den oberen Knopf offen, krempelt die Ärmel hoch. Dann wartet er mit verschränkten Armen neben dem Schreibtisch.

Als sich die Tür zu seinem Büro öffnet und Almira Castel eintritt, kommt er ihr entgegen. Sie gibt sich keine Mühe, Höflichkeit zu heucheln, die Antipathie strahlt in Wellen von ihr ab. Das war zu erwarten, damit hat er kein Problem. Er ist es gewöhnt, dass Leute ihn nicht mögen.

Er gibt Annabella ein Zeichen, sie solle etwas zu essen und zu trinken bringen lassen. Romain könnte das alles aus den Bürobeständen auftischen, immerhin hat er sowohl Getränkeautomat als auch Bar hinter den großen glänzenden Schranktüren, aber jede Unterbrechung kann er von den vereinbarten zwanzig Minuten abziehen.

Almira setzt sich an den Besprechungstisch, sie verschränkt die Arme und beobachtet ihn dabei, wie er ihr gegenüber Platz nimmt. Sie sieht schlecht aus, selbst für jemanden, der so lange dabei ist wie sie.

»Was kann ich für Sie tun?«, fragt er.

»Ich will bei der Bergungsmission dabei sein.«

Einen Moment lang ist er so perplex, dass ihm keine Erwiderung einfällt. Damit hat er nicht gerechnet. Er schweigt sogar noch, als kurz darauf ein Praktikant mit Tablett hereinkommt und Kaffee und Gebäck neben ihnen abstellt und Müller sich unauffällig auf einen Stuhl an der Wand setzt. Castel ignoriert den Securitymann.

Erst als der Praktikant wieder gegangen ist und die Tür hinter sich geschlossen hat, sagt Romain: »Wie bitte?«

»Sie haben mich schon verstanden.«

»Wie stellen Sie sich das vor? Sie sind für eine solche Mission nicht ausgebildet.«

Sie schnaubt. »Jeder Spaceworker, der so lange dabei ist wie ich, ist dafür ausgebildet.«

»Das halte ich für keine gute Idee; immerhin sind Sie persönlich betroffen. Wir können keine Angehörigen auf eine Bergungsmission schicken, das wäre hochgradig unethisch.« Es fällt ihm schwer einzuschätzen, wie ernst sie ihre Worte meint. »Es tut mir leid, aber ich kann Ihrem Wunsch nicht nachgeben, auch wenn ich natürlich verstehe, wie schwierig diese Situation für Sie ist. Aber ich versichere Ihnen, die Crew, die zu Kallisto und Europa aufbricht, wird ihr Bestes tun, es sind alles erfahrene Leute.«

Almira nickt. Sie trinkt den Kaffee und reibt sich mit den Händen über die Oberschenkel.

Er wirft einen dezenten Blick zur Zeitanzeige an der Wand, dann fragt er: »Gibt es sonst noch etwas? Es tut mir sehr leid, aber ich habe im Moment wirklich sehr viel zu tun.«

Erneut nickt sie, bevor sie sagt: »Ich habe mit jemandem gesprochen, der behauptet, dass Antoine Roussels Tod kein Eifersuchtsdrama vorausging. Dass stattdessen etwas anderes vertuscht werden soll.«

Schlagartig verdoppelt sich sein Puls, und das Zittern in den Händen ist zurück. In letzter Zeit hat er es ständig mit Leuten zu tun, die ihn überraschen, das ist eine unangenehme Entwicklung. »Es wird viel erzählt«, antwortet er vorsichtig.

»Es gibt Leute, die das bezeugen können.«

»Verlässliche Zeugen?«

»Medientaugliche Zeugen.«

»Wollen Sie mir drohen?«

Sie lacht nicht. Macht keinen dummen Spruch. Nickt einfach.

Und wieder fühlt er sich an seine Mutter erinnert.

»Das ist nicht unbedingt das Klügste, was jemand wie Sie gegenüber einem Unternehmen wie Space Rocks tun kann«, antwortet er leise und sieht ihr dabei fest in die Augen. »Sie müssen verstehen, dass das hier keine ebenbürtige Schlacht ist. Wenn ich es will, wird das zum Gemetzel. Sie können nicht abschätzen, was Sie heraufbeschwören, wenn Sie sich gegen einen Konzern wie Space Rocks stellen.« Und auch wenn Leute wie sie nicht begreifen, warum sie Menschen wie Romain unterlegen sind, so spüren sie doch instinktiv ihren Platz. Auch sie wird nachgeben, da ist er sich sicher.

Einen Moment lang sehen sie sich nur stumm an, dann erhebt sie sich. Ein wenig schwerfällig, den Blick gesenkt. Erschöpft schiebt sie den Stuhl unter den Tisch und stellt die Tasse zurück aufs Tablett.

Dann tritt sie dicht neben Romain und sieht auf ihn herab. Nicht zornig oder aufgebracht, ihre Stimme klingt ruhig, als sie antwortet: »Was Sie verstehen müssen, ist, dass es mir nicht darum geht, die Klügste zu sein. Ich will nur wissen, was mit meiner Tochter passiert ist, und sie nach Hause holen. Alles andere ist für mich unwichtig, es gibt nichts, womit Sie mir noch Angst machen könnten. Ich bin da draußen im Schoß unterwegs gewesen, und im Vergleich dazu sind Sie nicht besonders Furcht einflößend.« Sie strafft sich, und ihr Blick wird eisig. »Wenn ich morgen dazu auffordere, werden sämtliche Spaceworker, die für Space Rocks tätig sind, ihre Arbeit einstellen und die Produktion zum Stillstand bringen. Die Grubenwehr kann Ihnen das Leben zur Hölle machen, denn wenn es hart auf hart kommt, sind wir die Einzigen, die sich noch um die Spaceworker da draußen scheren. Das wiegt schwer. Fragen Sie Ihre Anwälte, Streik ist kein Kündigungsgrund. Und fragen Sie sich auch, ob Space Rocks es sich leisten kann, in der jetzigen Situation eine solche Umsatzeinbuße und diesen enormen Imageverlust hinzunehmen. Nur weil Sie einer erfahrenen Spaceworkerin einen Flug verweigern wollen, für den sie nur eine Bereicherung sein kann.« Sie klopft ihm mit dem Handrücken gegen den Oberarm, nickt ein letztes Mal und verlässt den Raum.

Noch Minuten später sitzt er am Tisch und fragt sich, ob die Wut, die er verspürt, daher kommt, dass Castel ihm widersprochen hat, oder daher, dass er sich eingestehen muss, erneut etwas nicht vorausgesehen zu haben, mit dem er hätte rechnen müssen.

In die Ecke gedrängte Tiere wehren sich, das liegt in ihrer Natur.

37

Jupitermond Kallisto, Chione-Station

Die Zentrale möchte, dass Sam zusätzliche psychologische Tests durchführt. Die Nachrichten seiner Familie haben sich wieder verdoppelt, seit Space Rocks ihm mitgeteilt hat, dass die fünfte Kallisto-Mission vorgezogen wird und ihn kein Schiff vom Rand des Gürtels abholen wird. Das bedeutet zusätzliche neunzehn Monate Hinreise der neuen Crew plus sechs Monate Aufenthalt und anschließend noch einmal neunzehn Monate Rückreise.

Sobald er die Verbindung ausgeschaltet hat, kotzt er in die Ecke. Er schafft es nicht mal mehr bis zur Toilette.

Sam wird in die Geschichte eingehen.

Allerdings nicht als Teil einer Crew, die fremdes Leben auf Europa findet, sondern als der Mensch, der am längsten durchgehend im Schoß war.

Er kann sich nicht so recht darüber freuen.

Nachdem sie ihm die Entscheidung mitgeteilt haben, geht er raus aufs Eis und versucht, vom Mond zu springen. Er springt so hoch, wie er kann, aber das endet nur mit einem verdrehten Knie, weil er unsanft landet. Selbst die geringe Schwerkraft hält ihn fest.

Danach ist ihm die Aktion peinlich, und er erzählt der

Zentrale, er wäre beim Versuch, einen Mast aufzustellen, ausgerutscht, die fortgeschrittene Variante eines Haushaltsunfalls.

Aber es gibt auch gute Tage. Er baut eine transportable Mäusebox mit genügend Wärme und Sauerstoff, die er mit nach draußen nehmen kann. An seinem Geburtstag fährt er, so weit es der Rover erlaubt, von der Station fort, die Mäuse auf dem Beifahrersitz. Mit einer Plane, die verdammt an ein Arschleder erinnert, rutschen sie gemeinsam einen flachen Krater hinunter, und nach einem mühevollen Aufstieg zurück an den Rand streckt Sam beide Mittelfinger in die Höhe und muss so lachen wie schon seit Ewigkeiten nicht mehr. Die Mäuse in ihrer Box zu seinen Füßen stellen sich auf die Hinterbeine.

Kurz darauf müssen sie sich in den Rover flüchten, weil Kleinmeteoriten aufschlagen.

An schlechten Tagen hat er nach wie vor das Gefühl, dass die Dinge nicht so sind, wie sie sein müssten. Er fühlt sich beobachtet, selbst wenn er die Kameras auf der Station ganz oder teilweise ausstellt. Stundenlang sieht er sich die Aufnahmen der Außenkameras an, aber natürlich ist darauf nichts zu sehen. Manchmal starrt er minutenlang vor sich hin und merkt erst viel später, dass Zeit vergangen ist.

Eine Woche lang versucht er es mit Gebeten, obwohl er gar nicht gläubig ist.

»Nur für den Fall, dass wir hier draußen doch irgendwie einem Gott näher sind«, sagt er zu den Mäusen, aber niemand antwortet. Dafür sieht ihn Gottmaus beleidigt an, da lässt er das mit dem Beten wieder sein.

Eine Weile hofft Sam, dass eines Morgens ein Alienraumschiff hinter dem Jupiter hervorfliegt und sich die ganze Sache zu einer First-Contact-Geschichte entwickelt, aber auch das passiert nicht, sodass das spektakulärste Ereignis bleibt, dass die beiden Mäuse nach der langen Zeit immer noch am Leben sind.

»Nichts für ungut, Kameraden«, entschuldigt er sich, aber die Mäuse nehmen es gelassen.

»Wusstest du, dass Hernandez einen neuen Wettpott eingerichtet hat, der das Ableben der Mäuse betrifft?«, verrät ihm Liebknecht eines Tages während ihrer Schicht.

Und Sam bleibt alles andere als gelassen. »So ein Arschloch!«, ruft er und schickt Hernandez eine derart gepfefferte Nachricht über den Hauptkanal, dass sich die Zentrale genötigt sieht, ihn abzumahnen, weil seine Beleidigungen nun im offiziellen Missionsprotokoll stehen.

Hernandez selbst nimmt das Ganze mit Humor und schickt Sam ein Bild von einem Mann, der einen Furry im Mäusekostüm vögelt. Woraufhin die nächste Abmahnung fällig ist. Diesmal für Hernandez.

Liebknecht nennt sie beide unreife Kindsköpfe, und Sam druckt sich Hernandez' Bild von dem Furry aus und hängt es sich über das Laufband.

Zwei Tage später wird der Alarm für den Reaktor ausgelöst.

Sam schläft gerade, doch in wenigen Sekunden ist er auf den Beinen und rennt barfuß ins Comm-Modul. Es dauert einen Augenblick, bevor er erkennt, wo das Problem liegt. Offenbar hat sich das Kabel vom Reaktor gelöst, das die Energie in die ISRU-Einheit leitet. Der Grund dafür kann vielfältig sein, am wahrscheinlichsten ist ein Materialfehler. Wenn es ihm nicht gelingt, das Kabel zu reparieren, steht er irgendwann ohne Energie da. Und damit auch ohne Sauerstoff.

Sam schaltet den Reaktor ab. Genauso wie die Warnleuchten, die ihm sagen, dass er den Reaktor abgeschaltet hat. Danach bleibt ihm nichts anderes übrig, als zwei Stunden zu warten, bevor er sich dem Reaktor nähern kann. Und das auch nur für eine sehr kurze Zeit.

Die Kamera auf der ISRU-Einheit, die auf den Reaktor gerichtet ist, zeigt ihm, dass die Verankerung des Kabels nur noch zur Hälfte befestigt ist. Er muss also das Reaktorende austauschen und neu feststecken. Die Notstromversorgung hat sich automatisch eingeschaltet, die Station läuft jetzt mit Radionuklidbatterien.

In der Zentrale zeigt man sich besorgt, aber zuversichtlich, eine streng aussehende Blondine mit deutschem Akzent sendet ihm ein Dutzend Bögen, auf denen erklärt wird, wie genau der Anschluss des Kabels aufgebaut ist und was Sam tun muss, um ihn auszutauschen. Auch er ist zuversichtlich, dass er das hinkriegt.

Bis der Meteoritenschauer beginnt.

Mikrometeoriten, die zwischen den Schutzschilden der Station pulverisiert werden, sind keine Seltenheit auf dem Mond, dessen dünne Kohlendioxidatmosphäre nichts abhält. Die Roboter sind in ihrem Carport sicher, ebenso wie Reaktor und ISRU-Einheit, die mit Schutzschilden ausgestattet sind. Das Einzige, was nicht gesichert ist, ist der Weg vom einen zum anderen. Weil der Reaktor zwischen Eismauern eingelassen ist, die die Strahlung daran hindern, sich auszubreiten und sowieso noch einmal durch einen halbrunden Eiswall von der ISRU-Einheit getrennt ist, kommt Sam mit dem Rover nicht bis ganz heran.

Sam sitzt im Comm-Modul, die Mäusebox auf dem Hocker neben sich. Die Moodbeleuchtung verbreitet einen sanften gelben Schein wie ein Kindernachtlicht, weil sie mit der Notstromversorgung gekoppelt ist.

»Es hagelt«, sagt Sam und verfolgt die Brocken, die über der Gegend niedergehen. Es ist der stärkste Schauer, den er je auf Kallisto erlebt hat, und mit Grauen denkt er an die Reparaturen, die er vermutlich an der Landebahn vornehmen muss. Wenn das frei liegende Kabel weiter beschädigt wird, muss er es am Ende ganz austauschen, ein weitaus größerer Aufwand allein, als nur den Anschluss zu reparieren. Die Mäuse fangen seine Unruhe auf, sie wühlen sich durch die Streu und fiepen. Der Psychologe vom Dienst will wissen, wie hoch Sams Paniklevel auf einer Skala von eins bis zehn ist.

Sam fühlt sich wie eine Vier, weil er aber weiß, dass die Zentrale inzwischen beunruhigt ist, wenn er zu gelassen ist, sagt er sieben.

Erst nach Stunden ist der Spuk vorbei, und der Staub legt sich. Die Zentrale drängt ihn dazu, unverzüglich zum Reaktor aufzubrechen, um den Schaden einzuschätzen, damit sie ihrerseits das Reparaturfenster abschätzen können und wie lange die Notstromversorgung halten wird.

Als Sam im Anzug aus der Schleuse tritt, liegt auf den Dächern der Module, deren Spitzen aus dem Eis ragen, feiner Staub. Dreck. Auch das Eis ist übersät mit Staub und Steinchen. Er macht sich auf den Weg zum Reaktor, vorbei an der ISRU-Einheit, und dann klettert er über die Eismauer, hinter der der Reaktor in einer Entfernung von etwas über einem Kilometer steht. In der Hand hält er die Kiste mit Werkzeug und Ersatzanschluss.

Als er den Reaktor erreicht, überprüft er als Erstes die Schutzschilde. Sie haben ziemlich gut gehalten, und Sam kehrt den Staub großflächig herunter. Es ist ein bisschen wie zu Hause im Winter, wenn doch mal ein Schneetag kommt und vor jedem Fahrtantritt erst mal das Autodach freigefegt werden muss. Dann beugt er sich zu dem Kabel hinunter.

Der Anschluss ist fest verankert.

»Was ...« Einen Moment lang starrt Sam darauf, dann streckt er die Hand aus, um daran zu rütteln. Der Anschluss löst sich nicht, er steckt fest. Sam lässt das Diagnosetool laufen, aber auch das sagt ihm nur, was er mit eigenen Augen sehen kann.

Der Anschluss ist nicht kaputt.

»Das gibt's doch nicht!«

Er erhebt sich und dreht sich zur ISRU-Einheit um. Die Kamera ist immer noch auf den Reaktor gerichtet. Wenn er könnte, würde er sich am Kopf kratzen.

Das war doch keine Einbildung, er hat genau gesehen, dass das Kabel lose hing. Die Sicherheitsprogramme haben nicht umsonst Alarm geschlagen. Die Zentrale hat seine Daten bestätigt.

Er läuft um den Reaktor herum, aber hier ist nichts Auffälliges zu sehen, außer der dünnen Schicht pulverisierter Kleinstmeteoriten. Sam springt mehrere Meter in jede Richtung, ohne zu wissen, wonach er Ausschau hält. Aber da ist nichts. Keine Fußspuren, kein Hinweis. Das Eis sieht aus wie vorher. Also geht er denselben Weg zurück, den er gekommen ist, bis zur ISRU-Einheit. Auch dort überprüft er den Kabelanschluss, und auch da ist alles in Ordnung.

In merkwürdiger Verfassung geht er zurück in die Station. Dort sieht er sich die Aufnahmen der letzten Stunden an, die die ISRU-Kamera gemacht hat. Es ist nichts zu sehen außer dem, was zu erwarten war. Er holt sich die Nahaufnahme des Kabelanschlusses von vor Stunden auf den Monitor. Die Einzelheiten sind aufgrund der Entfernung nicht ganz scharf, aber es ist deutlich zu sehen, dass der Anschluss nicht in Gänze feststeckt.

Erschöpft lehnt er sich im Sessel vor den Monitoren zurück und wartet auf die Bestätigung der Zentrale, die die Aufnahmen der Kamera mit denen vergleicht, die er vor Ort vom Reaktor selbst gemacht hat. Es dauert zwei Stunden, bis er Antwort erhält. Die Zentrale bestätigt, dass es den Anschein hat, dass das Kabel auf den ersten Bildern gelöst, auf den späteren Aufnahmen jedoch vollständig angeschlossen ist.

Welche Erklärung gibt es dafür?

Die Zentrale sagt ihm, dass sie die Bilder analysieren und sich bei ihm melden werden. Er soll den Reaktor wieder anschalten. Also macht er das. Die Systeme fahren hoch, und es vergehen weitere Stunden. Alle Systeme laufen so, wie sie sollen. Die Notstromversorgung wird abgeschaltet, und die ISRU-Einheit versorgt die Station wieder mit Energie und allem anderen, was sie braucht.

Hernandez klingt erleichtert. »Mann, du hast uns einen ganz schönen Schrecken eingejagt. Mein Puls muss sich erst mal beruhigen.«

Ja, wenn mit dem Reaktor oder der ISRU-Einheit etwas passiert, dann sieht es schlecht aus für Sam, weil er keine Möglichkeit hat, rechtzeitig von hier wegzukommen. Aber es ist ja noch mal alles gutgegangen. Er schickt Hernandez ein Kussbild und sagt dazu: »Mach dir keine Sorgen, Schatz, ich hab alles im Griff.«

Er bekommt das Bild eines Mittelfingers zurück.

Außerdem die Anweisung der Zentrale, dass er sich schlafen legen soll.

Als er sich auf der Liege ausstreckt, die Mäuse auf dem Boden neben sich, fragt er sich, ob es möglich ist, dass er einfach vergessen hat, dass er das Kabel selbst repariert hat.

Es wäre nicht das erste Mal, dass er die Zeit verliert.

38

Belgien, Brüssel

Es handelt sich um ein inoffizielles Essen. Unter der Erde im luxuriösen Restaurant der Ruinen des Coudenberg Palasts. Tessa Neumann hat das Restaurant nicht nur wegen seiner hervorragenden Küche, sondern auch deshalb ausgewählt, weil die Tonnen von Erde eine natürliche Barriere gegen Abhörversuche darstellen. Es gibt Waterzooi und Rieslingspaschtéit, dazu Wein aus Haulchin. Die Trennwände zwischen den Tischen sorgen für eine private Atmosphäre.

Neben ihm lobt Emily die Küche und lehnt sich entspannt zurück. Sie betreibt Small Talk mit Tessas Sekretär, der ihr seine ungeteilte Aufmerksamkeit schenkt. Seit Romain weiß, dass Ricardo seine Tante geschickt für seine Zwecke einzusetzen weiß, überlegt sich Romain zweimal, was er zu ihr sagt, denn sie ist sein Sprachrohr zu dem Jungen.

Als Tessa ihren Teller ein Stück nach vorn schiebt und das Besteck darauf ablegt, beendet auch Romain das Essen, obwohl nur noch wenige Muscheln übrig sind. Tessa faltet die Hände vor sich auf dem Tisch und beugt sich zu ihm hinüber. Er kommt ihr ein Stück entgegen.

»Ich möchte noch etwas mit Ihnen besprechen, bevor wir morgen in das Meeting mit der ESA gehen«, sagt sie leise.

Er nickt.

»Wie viele Leute können Sie an Bord nehmen?«

»Zehn, maximal.«

Sie runzelt die Stirn. »Ein Platz muss frei bleiben für Król, nicht wahr?«

Wieder nickt er. »Die Crew besteht aus Wissenschaftlern für den Ausbau und Spaceworkern für die Bergungs- und Aufräumarbeiten.«

»Sicherheit?«

»Auch die.« Er hebt das Glas und genießt die Kühle des Weißweins.

Als er das Glas abstellt, sagt Tessa: »Die werden wir komplett stellen«, und überrascht zuckt Romain zurück.

»Kommt nicht infrage. Wir haben unsere eigenen Leute.«

Tessa schüttelt den Kopf. »Das steht leider nicht zur Debatte. Wir müssen Król vor Ort verhören. Niemand weiß, ob er nicht selbst ein Problem darstellt, immerhin ist er bei der Ankunft des Orbiters bereits zwei Jahre allein auf Kallisto. Und wir wissen nicht genau, wie stabil sein Zustand vorher war.«

»Unsere Sicherheit kann mit solchen Fällen umgehen, es sind geschulte Leute.«

»Das glaube ich Ihnen gern, aber die ESB besteht darauf. Es ist die Bedingung, an die unsere Unterstützung geknüpft ist.«

Er braucht einen Moment, um das zu verarbeiten. Emily hat ihre Unterhaltung mit dem Sekretär abgebrochen und sieht zwischen Tessa und ihm hin und her.

»Diese Bedingung gab es vor Kurzem noch nicht«, beginnt er vorsichtig.

»Da waren die Ärzte auch optimistischer, was Króls Gesamtzustand betrifft. Seit der Sache mit dem Kabelanschluss sind sie vorsichtiger. Sie wissen, dass er die Kameras abschaltet?«

»Ich kenne die Bedenken«, erwidert er etwas verärgert, immerhin sind es seine Missionsärzte, »aber ich denke immer noch, dass es einfach eine optische Täuschung war. Król hätte die Kameras manipulieren müssen, um den Teil zu entfernen, der zeigt, wie er zum Reaktor geht. Das würde ja bedeuten, dass er seinen Zeitverlust vorbereitet.«

»Mag sein. Unsere Leute untersuchen jetzt erst einmal die Bilddaten, um zu überprüfen, ob daran Veränderungen vorgenommen wurden. Dinge ändern sich eben.«

Er lehnt sich zurück. »Dinge, auf die Sie keinen Einfluss haben?«

Sie zuckt mit den Schultern, ihr Gesichtsausdruck zeigt deutlich, was sie davon hält. »So könnte man es sagen.«

»Die ESB vertraut uns nicht«, wirft Emily ein und klingt aufrichtig empört. Es ist eine ihrer besten Leistungen.

Lächelnd wendet sich Tessa ihr zu. »Und genau dafür wird sie von den Steuerzahlern auch bezahlt. Sehen Sie, ich muss Ihnen sicher nicht erklären, wie schwierig es im Moment ist, eine Mission wie diese durch alle Instanzen zu boxen. Es gibt einige kritische Stimmen, die versuchen, Aufmerksamkeit und Ressourcen auf andere Ziele zu lenken.«

»Die Saturnmonde«, wirft Romain ein.

Tessa nickt. »Generaldirektorin Jorandt favorisiert solche Projekte, weil sie sich davon einen Platz in den Geschichtsbüchern verspricht. Die Kallisto-Missionen stammen von ihren Vorgängern.«

»Auf der Suche nach Leben.«

»Natürlich. Sie drängt also auf den Abbruch der Kallisto-Missionen. Allerdings haben unsere Wissenschaftler neuen

Mut geschöpft.« Sie trinkt einen großen Schluck Wein. »Die Crew ist nicht aus heiterem Himmel krank geworden. Es wäre möglich, dass sie auf Europa mit etwas in Kontakt gekommen sind.«

»Glauben Sie das auch?«

Sie zuckt mit den Schultern. »Sie kennen meine Beweggründe, warum ich Ihr Kallisto-Projekt unterstütze, und ich stehe zu meinem Wort. Im Moment sieht man die Entwicklung auf Kallisto zwar kritisch, aber auch als Chance. Die ESA wird morgen die Zustimmung für eine erneute Beteiligung geben. Allerdings«, sie sieht ihn ernst an, »müssen Sie sich darauf einstellen, uns mit einigen Dingen entgegenzukommen. Die Sicherheit ist der wesentlichste Teil.«

»Die ESB hat Angst vor Vertuschung oder dass wir uns eine mögliche Entdeckung unter den Nagel reißen«, sagt er ihr auf den Kopf zu.

»Wir wollen nicht so tun, als wäre das unmöglich. Wie ich Ihnen schon bei unserem letzten Treffen mitgeteilt habe, bin ich zu lange dabei, um nicht einige der dunkleren Aspekte unserer Unternehmungen zu kennen. Niemand stellt solche Projekte wie die unseren auf die Beine, ohne gewisse Kompromisse einzugehen. Moralisch, finanziell, suchen Sie sich etwas aus. Jedenfalls ist das der Deal, den ich Ihnen anbieten kann.«

»Verstehe.« Er wirft Emily einen Blick zu, die etwas einwerfen will, dann aber stumm bleibt.

Romain erkennt, dass sich ihm gerade eine Gelegenheit bietet, zwei Probleme zu lösen, die sich ihm unerwartet gestellt haben. Er mag seine Sicherheitsleute an die ESB verloren haben, aber nicht seine Spaceworker.

Langsam hebt er das Glas und hält es Tessa entgegen. »Auf weitere gute Zusammenarbeit.«

39

Französisch-Guyana, Kourou

Wie lange müssen wir diesen abgehalfterten Spacewor-kern noch hinterherrennen?«, fragt Tamara und stellt ungeduldig die Drohne ein. Über ihrer Oberlippe glänzt der Schweiß, und Bogdan lehnt sich mit der Schulter neben sie an die Hauswand.

Seit zwanzig Minuten stehen sie in einer unbeleuchteten Einfahrt und beobachten das Haus von Faures Ex-Freun-din, die sich mit ihrem Sohn von ihrem Universitätsgehalt nur eine Wohnung außerhalb des Zentrums leisten kann.

»Was ist das nur mit diesen Spaceworkern und ihren Frauen?«, hat Tamara gefragt, nachdem sie Faures Dis-play ausgelesen und angesehen hat. Relevante Daten haben sie darauf nicht gefunden, nur Behördenkram und Spiele. Allerdings auch einen Bilderordner mit dem Namen *Jada*. Es hat Tamara und Tiger zwölf Minuten gekostet heraus-zufinden, wer sich hinter dem Namen Jada verbirgt. Hin-tergründe auf Fotos geben viel zu viel preis. Auch Faures Wohnungsprotokoll verrät mehr, als dem Mieter lieb sein kann. Mit einer Frau, die nie zu Besuch kommt, ist die Be-ziehung sicher kompliziert. Dass Faure ihre Bilder nicht ge-löscht hat, verrät den Rest.

»Ich denke, wir verschwenden hier nur unsere Zeit«, sagt Tamara, als sie die Drohne hoch zu den Fenstern im zweiten Stock schickt. Schulter an Schulter verfolgen sie auf dem Display, was die Kamera ihnen von oben sendet.

»Du willst einfach zu Pavel zurück, deshalb hast du keine Geduld«, erwidert Bogdan.

»Ich könnte jetzt zu Hause in meinem weichen Bett liegen. Stattdessen rennen wir hier in dieser Scheißhitze irgendwelchen Frauen nach, weil ihre Männer verschwunden sind.« Sie schüttelt den Kopf. »Und wofür? Das hat doch nichts mit dem zu tun, was auf Kallisto passiert ist.«

»Nein. Trotzdem ziehen wir das jetzt durch. Für unser Gehalt müssen wir Clavier auch beweisen, dass wir arbeiten. Und wenn die beiden Spaceworker tatsächlich in den Chalkhandel auf der Insel verwickelt sind, haben wir immerhin das aufgedeckt.«

»Soll sich doch die Polizei drum kümmern, mein Gott, wenn ich diese Drecksarbeit erledigen wollte, hätte ich auch bei der Junkbrigade bleiben können.«

Er grinst, sagt aber nichts weiter.

Weil Faures Freundin am Rand von Kourou lebt, hat Bogdan Tamara mit hergenommen, da sie ohnehin nur in der Firmenunterkunft auf ihn gewartet hätte. Die Drohne ist klein und fällt kaum auf, sie schwebt im zweiten Stock nur wenige Zentimeter über den Fensterbrettern. Sie fliegt von Fenster zu Fenster, die Wohnung ist hell erleuchtet, doch erst im Wohnzimmer erwartet sie die Überraschung.

Faures Ex-Freundin ist nicht allein. Ein Mann ist bei ihr. Vermutlich ein Kali'na, der Statur nach zu urteilen. Er hat einen Taser in der Hand und steht zwischen der Frau und der Wohnungstür. Sie können das Gesicht von Faures Freundin nicht erkennen, aber ihre Haltung und die geballten Fäuste verraten ihnen, dass sie sich bedroht fühlt.

»Scheiße«, flüstert Tamara, als könnte der Mann da oben sie hören.

»Offenbar sind wir nicht die Einzigen, die nach Faure suchen.«

»Sollen wir die Polizei informieren?«

Er schüttelt den Kopf. »Ich will vorher mit der Frau reden.«

»Willst du dich hinten anstellen?«

»Vordrängeln.« Er zieht die Lange & Hartmann. »Wenn ich drin bin, setz den Countdown auf vierzig Sekunden, dann sorg mit der Drohne von oben für Ablenkung am Fenster. Ich geh rein.« Er stellt die Kamera an seiner Weste an und wirft einen Blick auf Tamaras Display, um zu überprüfen, ob die Bilder bei ihr ankommen und ihre Uhren dieselbe Zeit anzeigen.

Mit einer Hand löst sie die Schnalle ihres Holsters und nickt. »Was ist, wenn das da oben selbst Polizei ist?«

»Die kommen nicht allein um diese Uhrzeit zur Befragung. Die Frau arbeitet für die Universität, die musst du nicht mit einem Taser bedrohen.«

»Ihr Freund arbeitet vielleicht als Chalkhändler.«

»Ex-Freund. Wir haben uns alle mal falsch entschieden.« Er läuft los, joggt über die Straße und stemmt die Haustür auf. Innerhalb der eingestellten vierzig Sekunden ist er in den zweiten Stock gelaufen und hat sich vor der richtigen Tür postiert. Der Hitzeanzeiger bestätigt zwei Leute in der Wohnung.

Als er einen Knall hört, tritt er die Tür ein, und bevor der Kali'na reagieren kann, hat Bogdan ihn mit der Waffe niedergeschlagen. Das Ganze dauert insgesamt keine Minute. Bogdan fesselt dem Mann die Hände auf den Rücken, klopft ihn nach weiteren Waffen ab, sichert den Taser und eine Irrlicht76, findet aber weder Ausweis noch HolMag oder sonst ein Kommunikationsmittel. Bogdan besieht sich die Handgelenke, doch auch dort ist nichts zu finden. Die Fingerkuppen sind verätzt, und als er ein Augenlid anhebt, erkennt er die künstliche Iris. Diesmal werden sie nicht so einfach herausfinden, wer dieser Mann ist.

Bogdan steht auf und sieht sich nach der Frau um. Statt abzuhauen, steht sie einfach da und sieht ihn an, als wäre er ein Gespenst. Definitiv eine Zivilistin, denkt er, sonst hätte sie ihre Chance zur Flucht genutzt.

Zügig schließt er die Wohnungstür, auf dem Flur ist es ruhig. Niemand kommt angerannt, wenn der Lärm nach einer Sekunde wieder verklingt. Als er sich erneut umdreht, zittert die Frau am ganzen Leib. Er drückt sie an der Schulter auf die Couch und setzt sich ihr gegenüber auf einen Stuhl, damit er sie nicht mehr überragt. »Ist Ihr Sohn da?«, fragt er, um sicherzugehen, dass der Junge, von dem er im Hintergrunddossier gelesen hat, ihn nicht überrascht.

Sie schüttelt den Kopf. Die Lippen fest aufeinandergepresst.

»Kommt er bald?«

Wieder ein Kopfschütteln.

»Wissen Sie, wo er ist?«

Sie nickt. »Wer sind Sie? Was wollen Sie hier?«, fragt sie schließlich mit festerer Stimme, als er vermutet hätte.

»Vermutlich dasselbe wie der da.« Er zeigt auf den Mann am Boden.

Einen Moment lang blickt sie auf den Körper und wirkt dabei beinahe verwirrt, wie jemand, der von Regen überrascht wird, wenn Sonnenschein angesagt ist.

»Ich weiß nicht, wo Uche ist«, sagt sie schließlich, weil jeder Versuch, sich dumm zu stellen, lächerlich wäre. »Genau wie der da wissen Sie doch sicher auch, dass Uche nach Paris geflogen ist. Er hat dort Familie.«

»Aber wohin ist er danach gegangen?«

»Keine Ahnung.«

»Aber er hat sich verabschiedet? Dauerhaft?«

Wütend schnaubt sie, und er erkennt darin die Reaktion einer enttäuschten Liebhaberin. Müde reibt sie sich über die Augen.

»Und wer ist er?«, fragt Bogdan und deutet wieder auf den Kali'na.

»Er hat sich nicht vorgestellt«, erwidert sie schnippisch, bevor sie Bogdan lange aufmerksam ansieht und sich ihre nächste Antwort offenbar sehr genau überlegt.

Er nimmt es ihr nicht übel.

»Ich kann nicht sagen, wer es ist«, antwortet sie schließlich, »Uche war in einige krumme Geschäfte verwickelt. Wahrscheinlich ein Geschäftspartner.«

»Wussten Sie von diesen Geschäften?«

Sie sieht zur Seite. »Das machen viele von denen. Ich kannte nur nicht das Ausmaß.«

Die Art, wie sie das betont, macht deutlich, dass sie nicht allzu gut auf Spaceworker zu sprechen ist. »Auch Antoine Roussel?«

Überrascht sieht sie ihn wieder an. »Hat sein Tod etwas damit zu tun?«

Bogdan versucht einzuschätzen, wie viel von ihrer Unwissenheit Fassade ist. Die Wohnung wirkt nicht wie das Liebesnest eines Gangsterliebchens. Wenn Faure sie aushalten würde, wäre der Lebensstandard ein anderer. »Vielleicht«, sagt er vorsichtig.

»Ich kann mir nicht vorstellen, dass jemand wie er in solche Sachen verwickelt ist.«

»Warum?«

»Er hatte doch Geld.«

Amüsiert lacht Bogdan auf.

Es ist die Naivität der Anständigen, die glauben, allein der Mangel an Geld könnte korrumpieren.

»Sie kannten sich von früher, mehr weiß ich nicht«, fügt sie hinzu, und Bogdan ist ziemlich sicher, dass Antoine Uches Kontakt auf dem Festland war.

Auf der Insel gibt es einen hohen Chalkbedarf. Wenn es Faure gelungen ist, eine gute Quelle dafür auszumachen und die Spaceworker ihm vertrauen, war es ein einträgliches Geschäft; vor allem, wenn er nicht selbst an Endkunden verkauft, sondern Straßendealer versorgt hat. Vielleicht nicht im großen Stil, aber immerhin groß genug, um jemanden so weit zu verärgern, dass der einen anderen aufschlitzen lässt.

Ihr Blick bleibt auf ihn gerichtet. »Sie können meine Comm-Geräte durchsuchen, Sie werden Uches Kontakt nicht mehr finden. Nicht, seit er weggegangen ist.« Sie atmet tief durch. »Ich will ihn nicht wiedersehen.«

Dass sie das ernst meint, kann er ihr ansehen. »Sie sollten vielleicht eine Weile in den Urlaub fahren. Nehmen Sie Ihren Sohn mit, nehmen Sie eine Auszeit, fliegen Sie über den großen Teich und machen Sie eine spontane Rundreise. Haben Sie Geld dafür?«

Erschüttert nickt sie. »Werden die Leute dann nicht denken, dass ich zu Uche will?«

»Nein. Verschleiern Sie nichts, fahren Sie nur weit weg. Sodass jemand, der mit Ihnen reden will, einen langen Weg auf sich nehmen muss, Sie aber theoretisch finden könnte. Machen Sie klar, dass Sie mit der Sache nichts zu tun haben wollen.«

Ungläubig sieht sie ihn an.

»Wenn Sie wiederkommen, hat sich die Sache beruhigt. Gehen Sie packen. Sie arbeiten doch für die Universität, nehmen Sie Urlaub. Ein paar Wochen.«

Einen Moment lang betrachtet sie ihn, als wäre er verrückt, dann steht sie zitternd auf. Sie blickt auf den Mann, der immer noch bewusstlos in ihrem Wohnzimmer liegt, auf die zerbrochene Fensterscheibe, dann dreht sie sich um und geht ins Schlafzimmer.

Ihre Gefasstheit beeindruckt ihn, aber er hat schon oft festgestellt, dass gezielte Anweisungen in Krisensituationen am besten funktionieren, wenn das Gegenüber nichts mehr will, als aus der Situation zu entkommen, in die es unfreiwillig geraten ist.

Bogdan erhebt sich ebenfalls. Er schultert den Mann und kommt schwankend auf die Beine. Die Zeiten, in denen er Leute ohne Probleme durch die Gegend tragen konnte, sind vorbei. Ohne noch einmal einen Blick nach nebenan zu werfen, verlässt er die Wohnung.

Als er aus dem Haus tritt, fährt Tamara mit ihrem Mietwagen vor. Er legt den Mann auf dem Rücksitz ab, als würde der einen Rausch ausschlafen, dabei spürt er Tamaras skeptischen Blick auf sich.

»Und das muss jetzt sein?«, fragt sie, als sie den Wagen startet. »Wir bewegen uns hier auf sehr dünnem Eis.«

»Hätte ich ihn da oben lassen sollen?«

»Ist doch nicht unser Problem«, murmelt sie, aber er weiß, dass sie vermutlich dasselbe gemacht hätte. Es ist nicht die Schuld dieser Biologin, dass sich ihr Ex-Geliebter mit den falschen Leuten abgegeben hat.

»Und jetzt?«, fragt Tamara.

»Fahren wir in die Unterkunft. Damit unser Freund hier ausschlafen kann. Und wenn er aufwacht, fragen wir ihn, für wen er arbeitet.«

»Willst du dich da wirklich einmischen?«

»Nein.«

»Warum hören wir dann nicht auf? Schmeißen ihn irgendwo raus und fliegen nach Hause?«

»Wir gehen nur sicher, dass das hier ein Problem unter Dealern ist.«

»Ich dachte, das hätten wir.«

Es dauert eine Weile, bis er zugibt: »Ich will Clavier ein rundes Ergebnis auf den Tisch legen, damit er weiß, wie es hier auf der Insel steht. Er hat zwar das Kräftemessen mit Daniel Bonnet gewonnen, aber ist damit wirklich eine Firmenübernahme abgewendet?« Einen Moment lang betrachtet er die Lichter der Stadt, die draußen an ihnen vorbeiziehen. »Die Insel hat das Potenzial, zu einer größeren Katastrophe zu werden als Kallisto«, sagt er erschöpft. »Wenn Space Rocks mit dem Drogenhandel in Verbindung gebracht wird. Sie müssen hier aufräumen, um zu verhindern, dass das zum PR-Desaster wird, denn wenn die verantwortlichen Gremien in der EU das Gefühl haben, sie müssen sich von Space Rocks distanzieren, verlieren wir wichtige Zuschüsse. Das sind sensible Informationen.«

»Du meinst, die wir vielleicht begraben sollen?«

Er zuckt mit den Schultern.

»Aber dafür sind wir nicht zuständig, Mann. Wir sind Claviers persönliche Sicherheit, nicht die Babysitter des Unternehmens.«

Bogdan lächelt bitter. »Das ist in diesem Fall dasselbe, ist dir das noch nicht klar geworden? Hast du wirklich gedacht, Clavier bezahlt uns so gut, weil wir nur Personenschützer sind?« Er schüttelt den Kopf. »Da gehört mehr dazu.«

»Einmal Aufräumer, immer Aufräumer, oder was?«, erwidert sie und beißt die Zähne fest aufeinander, während der Wagen durch die Nacht jagt.

»Noch zwei Stunden«, sagt Bogdan, »dann verschwinden wir von der Insel. Versprochen.«

289

40

Luxemburg, Esch-sur-Alzette

Er kommt zu ihr. In das Hotel am Stadtrand, dessen Security Journalisten und Neugierige davon abhält, seine Gäste zu belästigen. Trotzdem hat Clavier seine eigenen Leute dabei, die in Almiras Räumen alle möglichen Geräte aufstellen und nach Bedrohungen suchen. Am Ende sind es jedoch nur sie beide, Almira im Sessel am Fenster, Clavier ihr gegenüber, etwas weiter im Raum.

Sie hat damit gerechnet, dass er sich bei ihr meldet, die Schnelligkeit überrascht sie allerdings. Als sie begriffen hat, dass sie Theresas Verdacht dazu benutzen kann, um sich einen Platz in der Bergungsmission zu sichern, hat sie nicht gezögert. Von einer Sekunde auf die andere war der Gedanke da und hat sie nicht mehr losgelassen.

Almira bietet Clavier nichts zu trinken an, ihr liegt nichts daran, ihm etwas vorzuspielen. Über Höflichkeiten sind sie längst hinaus. Sie kann die Erschöpfung auch an ihm feststellen, selbst wenn sie sich anders zeigt als bei Spaceworkern. Sie glaubt ihm gern, dass die letzten Wochen für ihn nicht einfach waren, aber am Ende bedeutet das für Menschen wie ihn immer noch etwas anderes. Sie gehen mit dem Leben der Spaceworker um, als wäre das alles ein Spiel, das sie jederzeit von Neuem beginnen können. Wer schon als Kind erzählt bekommt, er wäre etwas Besonderes und würde sich vom Rest der Menschen unterscheiden, glaubt das auch irgendwann.

Almira hat nicht besonders viel übrig für ihn, das versucht sie nicht zu verbergen.

Clavier hat die Hände im Schoß verschränkt. »Sie bekommen Ihren Platz in der Crew«, beginnt er das Gespräch. »Der Platz ist allerdings an eine Bedingung gebunden.«

»Welche?«

Sein Blick bohrt sich in ihren. »Sie werden dafür sorgen, dass alle Hinweise auf Mängel, für die Space Rocks möglicherweise verantwortlich sein könnte, nicht in den offiziellen Daten zu finden sind.«

Überrascht runzelt sie die Stirn. »Mit anderen Worten, ich soll den Dreck verschwinden lassen.«

Er nickt.

»Was bringt Sie auf den Gedanken, ich würde Ihnen dabei helfen, das zu vertuschen?«

»Weil das die Bedingung dafür ist, dass Sie fliegen. Und dass Sie ein ruhiges Leben führen können, wenn Sie wieder hier gelandet sind.«

Sie lacht auf. »Mein Leben ist längst vorbei, ich habe nichts zu verlieren.«

»Sie vielleicht nicht, aber möglicherweise Ihr Partner.«

Einen Moment lang ist sie irritiert, dann begreift sie, dass er Harald meint. Ihn, seine Kinder, ihr ganzes Leben. Clavier hat seinen Hintergrundcheck offenbar gut gemacht.

Almira weiß noch nicht, wie sie reagieren wird, wenn sich herausstellt, dass Space Rocks Laures Tod verursacht hat, sie kann dieses Versprechen nicht einfach geben. Aber sie will auch nicht dafür verantwortlich sein, wenn Harald Nachteile aus der Beziehung zu ihr entstehen. Ihr wird klar, dass

Clavier wirklich nicht weiß, was sie da oben erwartet. Er rechnet nicht damit, dass sie etwas findet, das Space Rocks belastet, aber er muss sichergehen.

»Na schön.« Sie geben sich nicht die Hand, nicken einander nur zu, dann erhebt sich Clavier und verlässt den Raum, und irgendwie hat sie das Gefühl, dass sie ihm einen Gefallen tut und nicht umgekehrt.

41

Luxemburg, Esch-sur-Alzette

Wenn Romain die Statusberichte liest, ist er erstaunt, was sie in der Kürze der Zeit alles auf die Beine stellen. Während die fünfte Kallisto-Mission vorbereitet wird, füttert Rachele die Presse unentwegt mit Geschichten über die Rettung des letzten Überlebenden. Króls Gesicht flackert täglich über die Bildschirme. Das wird sich bald nach dem Start legen, immerhin dauert der Flug Monate.

Tessa Neumann meldet sich wöchentlich bei ihm, die ESA hat sich als großzügig erwiesen, denn sie sind heiß darauf, die neue Crew noch einmal rüber zu Europa zu schicken.

Doch die größte Überraschung ist Ricardo, der seine neue Position als Missionsleiter auf eine Weise ausfüllt, die Romain ihm nicht zugetraut hat. Er ist fachlich kompetent und weiß die Leute zu begeistern. Mit dem Ziel vor Augen entwickelt der Junge einen Ehrgeiz, der Romain beeindruckt, und als seine Mutter ihn fragt, ob er den Jungen protegiert, antwortet Romain schlicht: »Ja.«

»In solchen Zeiten muss die Familie dichter zusammenrücken«, sagt sie zufrieden, als sie zu zweit in der Lounge des Privat Airport Lentille Terres-Rouges im Südosten von Esch-sur-Alzette sitzen.

Dieses Mal ist Romain mit seiner Mutter zum Flughafen gefahren, um sich zu verabschieden, bevor sie zurück nach England fliegt. Sie nutzt die Gelegenheit, um ihn auszufragen.

»Emily hat mir erzählt, dass du Christian nach Kourou schickst.«

Er nickt. »Rachele hat ihre Kontakte spielen lassen. Er ist bei der A Million Picture Group untergekommen, die als Partner einige unserer MIB-Kampagnen umsetzt. Sie sollen sich um das Drogenproblem auf der Île du Lion Rouge kümmern.«

Sie richtet den Zeigefinger auf ihn. »Es liegt jetzt an dir, das Unternehmen zusammenzuhalten. Du hast mit Ricardo und Emily Familie in Schlüsselpositionen, schließ die Reihen. Wenn es euch gelingt, Król sicher nach Hause zu bringen und die Station weiter auszubauen, könnt ihr die ganze Geschichte vielleicht sogar in einen Sieg verwandeln. Nichts lieben die Leute mehr als eine Comeback-Story.« Abfällig winkt sie ab.

Romain lehnt sich zurück und massiert sich die Schläfen, das Zittern in den Fingern wird immer stärker, je näher sie dem Tag des Starts kommen. Aber das ist ein kleiner Preis, den er zahlt.

»Du solltest in den Urlaub fliegen«, sagt seine Mutter.

»Wenn die *Halimede* gestartet ist.«

Einen Moment lang sieht sie ihn intensiv an, dann blickt sie zur Seite, doch bevor sie etwas erwidern kann, macht sich sein HolMag bemerkbar. Annabella versucht, ihn zu erreichen. Er nimmt den Anruf entgegen.

Sie sieht blass aus, erschrocken, und er macht sich auf schlechte Neuigkeiten gefasst. Es gehört viel dazu, diese Frau aus der Fassung zu bringen.

Sekunden verstreichen, dann räuspert sie sich und sagt

leise: »Das Team aus Kourou hat angerufen. Sie haben Bogdan vor zwanzig Minuten in unserer Unterkunft gefunden, er ist offenbar von einer Korallenschlange gebissen worden. Sie haben sofort Gegenmaßnahmen eingeleitet und die Ambulanz gerufen, aber er ist vor vier Minuten auf dem Weg ins Krankenhaus an Atemlähmung gestorben.«

Fassungslos starrt Romain sie an. Das kann nicht sein. Er hat doch noch vor Kurzem mit Bogdan geredet.

Er sieht zu dem Mann, der neben der Tür der Lounge steht und den Gang im Blick hat. Offenbar hat sich die Nachricht noch nicht bei allen Mitgliedern von Bogdans Team herumgesprochen, die Kommunikationskette wurde eingehalten.

Es dauert einige Augenblicke, bis er etwas sagen kann, sein Mund ist trocken, und er muss sich räuspern. Seine Mutter beugt sich nach vorn und greift nach seiner Hand. Fragend sieht sie ihn an.

»Ist das sicher?«, fragt er schließlich. »Kein Irrtum möglich?«

Annabella schüttelt den Kopf. »Wir haben die Daten aus dem Transportfahrzeug vorliegen.«

Romains Magengeschwüre melden sich, der Schmerz strahlt von der Mitte in den restlichen Körper aus, das Atmen fällt ihm schwer. »Das Team vor Ort soll sich um die Überführung und alles Weitere kümmern. Bogdan hat ein Notfallprotokoll, das in diesem Fall in Kraft tritt. Er hat seine Vertretung selbst bestimmt, Müller soll sich bei mir melden.« Er beendet die Verbindung, bevor ihm die Stimme bricht.

Seine Mutter lehnt sich zurück. »Ein Unfall?«

»Möglich.« Fieberhaft denkt er nach. Geht im Kopf die Informationen durch, die Bogdan ihm hat zukommen lassen. Vielleicht bringt eine Obduktion mehr Licht ins Dunkel.

»Das tut mir leid für dich, Romain. Ich weiß, dass du den Mann mochtest.« Sie winkt einem Kellner und bestellt zwei Gläser Wein. Bis zu ihrem Abflug dauert es noch zwanzig Minuten, und sie stoßen auf den Kroaten an, der Romains Geheimnisse mit ins Grab nimmt. Mit jedem Schluck beruhigt sich Romain etwas, bis er wieder normal atmen kann und sein Herz nicht mehr bis zum Hals schlägt. Für die Bestattung wird er sich Zeit nehmen, beschließt er, selbst wenn er sie eigentlich nicht übrig hat.

Sein HolMag meldet sich erneut. Es ist Tamara Nowak. Sie gehört zu Bogdans Führungsriege und hat ihn nach Kourou begleitet. Sie sieht aus, als bräuchte sie selbst medizinische Betreuung. Sie steht in einem Gang, aber er kann nicht erkennen, wozu dieser Gang gehört. Das Licht treibt ihr harte Schatten ins Gesicht.

»Ich war keine dreißig Minuten weg«, sagt sie, ohne Begrüßung und als müsste er das verstehen. »Er hat gesagt, ich soll uns etwas zu essen besorgen, weil es sowieso noch dauert, bis der Typ aufwacht. Also bin ich gegangen.«

»Welcher Typ?«

»Der Mann, den wir zur Befragung mitgenommen haben.« Romain versteht sie nicht.

»Wir haben den Statusreport vor einer Stunde geschickt.«

»Ich hatte noch keine Gelegenheit, ihn mir anzusehen.«

Die Frau schüttelt den Kopf. »Ich hätte dableiben sollen«, sagt sie, und Romain gibt seiner Mutter außerhalb des Sichtfelds ein Zeichen. Sie ist erfahren genug, um zu wissen, was er damit meint. Die Frau braucht psychologische Betreuung. Offenbar steht sie unter Schock.

»Wo soll denn diese Schlange hergekommen sein? Im sechsten Stock eines Hauses?«, sagt sie aufgebracht.

»Das kann in solchen Gegenden schon passieren.«

Sie schüttelt heftig den Kopf. »Das erklärt nicht, wo der

Kerl ist, den wir befragen wollten. Er ist weg!« Sie hebt eine Hand, und er erkennt die Tätowierung auf ihren Fingern. »Ich gehe, und als ich wiederkomme, ist er weg und Bogdan tot. Da war keine Schlange.«

»Der medizinische Versorgungsreport sagt etwas anderes.«

Wieder schüttelt sie den Kopf, und ihre Stimme wird laut. »Der Mann ist weg. Wo ist er denn?«

Diese Frage kann Romain ihr nicht beantworten. »War der Mann ein Dealer?«

»Das wissen wir nicht. Vermutlich hat er für einen Großlieferanten gearbeitet.«

»Jemand für die Drecksarbeit?«

Langsam nickt sie.

»Vielleicht ist er aufgewacht und hat die Situation für sich genutzt.«

»Ich weiß es nicht.« Sie klingt verzweifelt.

»Glauben Sie, dass das etwas mit uns zu tun hat?«

Wieder schüttelt sie den Kopf, und seine Mutter stößt ihn mit dem Knie an. Sie wechseln Blicke. Er muss jetzt vorsichtig reagieren, er will nicht, dass die Frau denkt, es ginge ihm nur um das Unternehmen.

»Kommen Sie erst einmal nach Hause. Sie brauchen eine Pause«, sagt er vorsichtig.

»Aber ich kann jetzt nicht nach Hause kommen. Wir müssen doch herausfinden, was passiert ist.«

Der Druck auf seinen Fuß wird stärker.

Ärgerlich schiebt Romain seine Mutter zurück. »Ich verstehe, dass Sie diesen Impuls haben«, sagt er, »aber wir müssen jetzt erst einmal an Bogdans Familie denken und dafür sorgen, dass sein Leichnam heimkommt.«

»Er hatte keine Familie.«

»Ich verspreche Ihnen, wir werden uns darum kümmern.

Wenn Bogdans Tod kein Unfall war, werden wir dafür sorgen, dass die Verantwortlichen zur Rechenschaft gezogen werden. Das verspreche ich Ihnen.« Eine Weile redet er auf sie ein, bis sie zustimmt, erst einmal den Leichnam zu überführen. Romain verspricht, bei der örtlichen Polizei Druck zu machen, damit der Sache nachgegangen wird.

Nachdem sie das Gespräch beendet haben, sieht ihn seine Mutter skeptisch an. »Denkst du, sie hat recht?«

»Schon möglich.« Er zuckt mit den Schultern. »Das Drogenproblem auf der Insel ist offenbar größer, als wir angenommen haben. Roussels Tod und Faures Verschwinden hängen vermutlich damit zusammen. Es kann schon sein, dass Bogdan bei seinen Nachforschungen jemandem zu nahegekommen ist.«

»Was wirst du deshalb unternehmen?«

Er atmet tief durch. »Ich muss der Sache wenigstens oberflächlich nachgehen, sonst verliere ich die Loyalität seines Teams. Christian soll sich darum kümmern, er ist ohnehin dort, um das Chalkproblem anzugehen. Möglicherweise kann sich der Junge beweisen.«

»Es wird Emily nicht gefallen, wenn du ihren Sohn in einen Drogenkrieg verwickelst.«

»Sie wollte doch, dass er Erfahrungen sammelt.«

In diesem Moment kommt von dem Mann an der Tür ein hörbares Einatmen, das ihre Aufmerksamkeit auf ihn lenkt. Er steht da mit erhobenem Arm, das HolMag noch vor dem Mund, und Romain ist sicher, dass er gerade die Nachricht von Bogdans Tod erhalten hat.

Ihre Blicke treffen sich. Der Mann lässt den Arm sinken, und Romain erhebt sich, um mit ihm zu reden.

»Es ist, wie du immer sagst, wir wachsen mit unseren Aufgaben«, sagt er über die Schulter zu seiner Mutter.

42

Französisch-Guyana, Kourou

Zweiundsiebzig Tage später startet die *Halimede* planmäßig.

Romain klatscht euphorisch wie alle anderen, Geraldine an seiner Seite. Seine Vision für Space Rocks wird am Leben bleiben. Vor ihm steht Müller als Romains neuer Sicherheitschef, schräg hinter ihm Ricardo als durch den Vorstand bestätigter Missionsleiter. Romain hat getan, was ihm seine Mutter geraten hat, er hat die Reihen geschlossen. Er ist sich sicher, dass sein Vater dasselbe getan hätte.

Die fünfte Kallisto-Mission hat begonnen.

43

19 Monate später, im Jahr 2105,
Orbiter Halimede

Sie werden unruhiger, je näher wir Kallisto kommen«, sagt Tony und wirft einen kurzen Blick durch das Verbindungselement auf die Soldaten.

Im gelben Licht des Trainingsmoduls rennen Chino und Max auf den Laufbändern ihre Kilometer, während Almira und Tony im Küchenbereich sitzen. In diesem Teil der *Halimede* wirkt die künstliche Schwerkraft, deshalb halten sie sich hier so oft wie möglich auf.

Almira beißt in einen Vitaminriegel, der wie feuchte Pappe schmeckt. Sie weiß, dass Tony nicht wohl dabei ist, so viele EASF-Leute an Bord zu haben. »Richtig heimisch werden die im Schoß nie«, sagt sie leise, und er nickt.

Die Überwachung durch die EASF und andere Security ist den Spaceworkern ein ständiger Dorn im Auge. Die Wunde, die der Stevinus-Aufstand bei ihnen allen hinterlassen hat, heilt nur langsam.

»In vier Tagen erreichen wir Kallisto«, sagt Tony. »Hoffentlich wird's bis dahin nicht so schlimm wie beim Zwei-Drittel-Koller.« Er rollt mit den Augen, und Almira deutet mit dem Daumen über die Schulter.

»Wenn mich Steven noch mal nach meinem Stuhlgang fragt, schmeiß ich ihn aus der Schleuse.«

Tony lacht und rührt in seinem Kaffee.

Egal, wie lange ein Aufenthalt im Schoß dauert, sobald sie wissen, dass sie zwei Drittel des Wegs geschafft haben, kriegen die meisten Leute einen ordentlichen Koller, der ein paar Tage anhält und dann wieder verschwindet. Das war ein guter Test für die Crew der *Halimede*. Es ist kein Hitzkopf dabei, alle wissen sich zu benehmen. Sie essen nichts, was ihnen nicht gehört, respektieren geschlossene Kabinentüren und maulfaule Tage. Sie diskutieren auch nicht über Politik oder Religion, denn das ist das einzige heilige Gesetz im Schoß.

Nur manchmal macht jemand eine Bemerkung darüber, dass Spaceworker in hundert Jahren wie Maulwürfe aussehen werden, wenn sie sich weiter untereinander paaren. Dann hält Tony dagegen, dass Soldaten nicht wissen, wie man in der Schwerelosigkeit wichst, und Wen Yu droht, sie alle im Schlaf zu kastrieren, wenn sie nicht die Klappe halten, weil sie sich auf ihre Experimente konzentrieren muss.

Solche Seitenhiebe gehören dazu, durch die kann man Dampf ablassen, Almira versteht das. Früher hat man das mit ihr auch gemacht. Jetzt nicht mehr. Jetzt versuchen die anderen nur noch, Rücksicht auf sie zu nehmen, obwohl sie es längst leid sind, auf Zehenspitzen um Almira herum zu gehen, das kann sie spüren. Das Trauerjahr ist längst vorbei, und sie wollen wieder Witze über den Tod reißen, ohne aufzupassen, dass Almira hinter ihnen steht. Sie brauchen diesen Humor, der ihnen die Angst nimmt. Auch das versteht sie.

Deshalb imitiert Almira für sie die Frau, die sie einmal war. Sie weiß, wie man anderen Menschen eine Rettungsleine zuwirft, schließlich war sie nicht ohne Grund bei der

Grubenwehr. Kein Wort verliert sie über Laure, und wenn Cora fragt, wie es ihr geht, sagt sie: »Gut.«

Der Einzige, der sich ab und zu an ihr versucht, ist Tony. Weil er sie besser kennt und seine erste Frau bei einem Grubenunglück auf dem Mond verloren hat. Einen Monat nach der Beerdigung ist er wieder raufgeflogen und durch einen sechzig Zentimeter breiten Tunnel gekrochen, um einen festgeklemmten Penetrator zu lösen. Er weiß, dass es gute und schlechte Tage gibt und die Trauer wie Ebbe und Flut kommt.

Tony fragt Almira nie nach Laure, aber an Laures Geburtstag hat er den ganzen Tag lang diese furchtbare Musik gespielt, die Laure so mochte. Als Chino versucht hat, den Lärm abzustellen, hat Tony nur gesagt: »Das bleibt an«, und Chino hat die Hände gehoben und ist zurückgetreten. Dann hat der Soldat Almira einen Blick zugeworfen und sich in ein anderes Modul verzogen.

Deshalb ist sie froh, dass Tony auf dieser Mission dabei ist, obwohl er längst in Rente gegangen war. Er behauptet zwar, ihm wäre zu Hause die Decke auf den Kopf gefallen, aber sie vermutet, dass er sich wegen des Geldes verpflichtet hat. Er hat drei Söhne und sieben Enkel, von denen zwei wegen Knochenkrebs in ständiger Behandlung sind. Zwei seiner Söhne sind Spaceworker wie ihr Vater, ihre Kinder gehen auf Schulen, die von Mining-Unternehmen getragen werden.

Kurz bevor die *Halimede* durch den Gürtel geflogen ist, hat er zu Almira gesagt: »Ich will meiner Familie andere Möglichkeiten verschaffen, verstehst du? Weit weg vom Schoß.«

Das respektiert sie. Tony ist kein Mann großer Worte, und das passt Almira ganz gut; dieser Tage will sie auch nicht viel reden. Jedes Wort in ihrem Kopf ist an Laure gerichtet, all die Dinge, die sie ihr noch erzählen wollte und nicht ausgesprochen hat. Aber Laure kann sie nicht mehr hören, wozu also den Mund aufmachen?

Almira steckt sich den Rest des Riegels in den Mund und streckt die Beine. »Mann, ich sag dir, bin ich froh, wenn ich endlich mal wieder mehr als ein paar Meter in eine Richtung gehen kann. Selbst wenn ich es im Anzug und übers Eis tun muss.«

Tony lässt die Schultern kreisen. »Du wirst sehen, in den ersten Tagen werden sie sich um die Außeneinsätze prügeln, nur damit sie raus können.«

»Ist jedes Mal so, wenn der Weg zu lang ist.« Almira leidet weniger unter der Enge des Orbiters als andere, aber auch sie bringt die lange Reise an Bord der *Halimede* an ihre Grenzen. Die künstliche Schwerkraft wirkt nicht in allen Modulen, und der explodierende Kopfschmerz, der so typisch für den Aufenthalt im Schoß ist, macht ihnen allen zu schaffen. Je länger die Reise dauert, desto mehr Zeit verbringen sie in der Moodkapsel, die mit ihrem Farbspiel ihre Stimmung aufhellen soll.

Der Schoß verändert sein Aussehen, je weiter sie sich von der Sonne und allen von Menschenhand geschaffenen Lichtquellen entfernen. Er wird dunkler, stiller, und das Gefühl des Alleinseins verstärkt sich. Am Anfang ist es nicht so schlimm gewesen, aber je weiter sie sich von den Raumhäfen, Orbitstationen und Satelliten rund um den Mars entfernt haben, desto schweigsamer sind sie alle geworden. Der Austausch mit den sie umgebenden Schiffen und Miningstationen wurde immer geringer, bis er irgendwann ganz aufhörte. Als sie den letzten Posten vorm Gürtel passierten, haben die Japaner für einen kurzen Moment alle Lichter ihrer Station angeschaltet und wie eine zweite

Sonne geleuchtet. Ein letztes Lebewohl, bevor die *Halimede* in den Gürtel eintauchte.

Almira hat im Schoß selten Angst verspürt, aber vor dem Gürtel hat sie Respekt. Er ist schon so vielen Schiffen zum Grab geworden, deren Commander zu unvorsichtig oder deren Analysesysteme zu schlecht waren oder die einfach nur Pech hatten. Ein Fehler reicht, und einer der unzähligen Kleinstmeteoriten schießt bei der hohen Geschwindigkeit des Lehmann-Antriebs Löcher durch das gesamte Raumschiff, während die Piloten noch versuchen, dem Weltraumschrott auszuweichen, der seit Jahrzehnten hinter der Marslinie entsorgt wird. Der Gürtel ist eines der wenigen Monster, die der Mensch noch nicht bezwungen hat. Und der Grund, warum das Mining noch nicht in den äußeren Bereich vorgedrungen ist.

Als sie ihn endlich passiert haben, hat sich die Stimmung an Bord deutlich verbessert.

Jetzt konzentrieren sich alle auf das, was vor ihnen liegt. Sie kontrollieren die Instrumente, testen den Lander, führen Reparaturen durch, bereiten sich auf den Aufenthalt auf Kallisto vor. Sie besprechen den Einsatz. Alles ist genau durchgeplant, jeder hat seine Aufgabe. Oberste Priorität haben Król und die Station. Wenn die gesichert sind, erfolgt die Bergung der *Eurybia* und anschließend der Ausbau der Station. Sechs Monate werden sie bleiben, bevor sie zurückkehren. Sechs Monate, in denen Almira herausfinden kann, was genau geschehen ist und wo sich Laures Leichnam befindet.

Tony pustet in seinen Kaffee. »Ich muss immer wieder an Król denken«, sagt er. »Fast fünf Jahre, Mann.« Fassungslos schüttelt er den Kopf. »So lange war noch niemand im Schoß. Der Kerl ist ein medizinisches Paradestück.«

Almira wischt sich mit dem Handrücken über die Stirn.

»Zwei Jahre ohne echten Kontakt sind eine lange Zeit. Wer weiß, wie er auf uns reagieren wird.«

»Begeistert. Was denn sonst?«

Almira blickt der Begegnung angespannt entgegen. Dem Mann, der zum Jupiter und seinen Monden aufgebrochen ist, ähnelt Król nur noch entfernt. Sein Gesicht ist breiter geworden, der Blick seltsam entrückt. Er spricht kaum, und wenn, ist der Schaden an seinen Stimmbändern deutlich zu hören. Sein Verhalten ist im besten Fall als exzentrisch zu bezeichnen, im schlechtesten haben sie es bei ihrer Ankunft mit schwerwiegenden mentalen Problemen zu tun. Niemand kann das genau sagen, weil er immer wieder stundenlang die Kameras in der Station ausschaltet.

Sie sind alle geschult worden, seinen Zustand zu bewerten und entsprechend zu reagieren. Natürlich hat sich Almira vor dem Start der *Halimede* über Król erkundigt. Was sie über ihn erfahren hat, bringt sie nicht mehr mit dem Mann in Verbindung, den sie auf den Bildschirmen sieht. Der jungenhafte Charme ist einer nervösen Ernsthaftigkeit gewichen, die von seinem Kampf ums Überleben spricht.

Seit über einem Jahr fliegen sie nun schon durch den Schoß, aber Almira hat Sam kein einziges Mal nach Laure gefragt, wenn sie mit ihm Kontakt hatte. Oder nach den Ereignissen, die zu ihrem Verschwinden geführt haben, und was er glaubt, was geschehen ist. Auch er hat nie mit dem Thema begonnen. Sie sind miteinander umgegangen, als wären sie beide jemand anders. Almira weiß noch nicht, was sie zu ihm sagen wird.

Sie spült den letzten Bissen des Vitaminriegels mit Kaffee runter. »Wenn Chino und Max mit ihren Trainingseinheiten fertig sind, müssen wir beide auch noch aufs Laufband. Sonst liegt uns Steven wieder in den Ohren, dass seine medizinischen Protokolle unvollständig sind.«

Tony seufzt. »Darauf hab ich so Lust wie auf einen Kater.«

»Glaub ich dir gern, aber du weißt doch, wie Cora so wird, wenn wir uns nicht an die Protokolle halten.« Kameradschaftlich klopft sie ihm aufs Knie.

»Manchmal könnte man denken, Cora fliegt zum ersten Mal, so wie sie sich an die Regeln hält. Hinterm Gürtel könnte sie doch wirklich mal ein bisschen lockerer werden.«

Almira zuckt mit den Schultern. Sie mag die Geologin ganz gern, auch wenn sie sich manchmal hinter Coras Rücken mit Tony über sie lustig macht. Cora ist eine erfahrene Astronautin, und sie bemüht sich als Mission Commander nicht nur um die Einhaltung der Regeln oder das Umsetzen der Arbeitspläne, sondern auch um die Mannschaft. Selbst um Król auf seinem Eismond macht sie sich Gedanken. Seit die Funksprüche von der *Halimede* nicht mehr eine halbe Ewigkeit brauchen, um ihn zu erreichen, spricht sie täglich mit ihm. Meistens nur kurze Belanglosigkeiten, aber damit sorgt sie immerhin dafür, dass seine Stimmbänder trainiert werden.

»Sie werden mit Król alle Hände voll zu tun haben«, sagt Tony, als könnte er ihre Gedanken lesen, und in dem Blick, den er den Soldaten zuwirft, liegt eine unbestimmte Vorsicht.

»Da halten wir uns raus, das ist EASF-Sache.«

Tony mustert auch sie, erwidert aber nichts. Sie haben nicht darüber gesprochen, warum Space Rocks ausgerechnet Almira an Bord gelassen und ihren Vorschlag, Tony anzuheuern, angenommen hat. Aber vermutlich kann er sich seinen Teil denken, vielleicht ahnt er sogar, dass Almira für Clavier den Maulwurf spielen soll. Irgendwann wird sie ihm von Antoine Roussels Freundin und deren Behauptungen erzählen, zuerst einmal müssen sie den Jupitermond jedoch überhaupt erreichen und auf ihm landen. Es ist etwas anderes, hier draußen zu landen statt auf einem ausgebauten Raumflughafen oder einer Station in der Nähe der Erde. Da kann einiges schiefgehen.

Aber Almira sieht das so: Wenn sie auf der Oberfläche von Kallisto explodieren, dann findet sie ihre letzte Ruhestätte wenigstens dort, wo auch ihr Kind liegt.

Und das ist der angenehmste Gedanke, den sie seit vielen Monaten hatte.

Mit knackenden Knien steht sie auf und legt Tony die Hand auf die Schulter. »Na komm schon, alter Mann. Zeit für den Seniorenlauf.«

44

Jupitermond Kallisto, Chione-Station

Sam nimmt die Mäuse aus dem Käfig und setzt sie sich auf den Arm, während er auf der CommWall den Sinkflug des Landers verfolgt und die *Halimede* ihren Flug im Orbit des Monds fortsetzt. Gleißend hell heben sich Schiff und Lander gegen den dunklen Hintergrund ab. Die *Halimede* gleicht der *Eurybia*, ist aber um ein Viertel länger. Ihr schlanker Körper schiebt sich über die Monitore. Während sie ihrer Bahn im Orbit folgt, erinnert sich Sam an das letzte Mal, als er ein Schiff auf dem Monitor beobachtet hat.

»Wir bekommen Besuch«, sagt er und stupst die Mäuse mit dem Zeigefinger gegen den Bauch.

Gottmaus wendet ihm das Hinterteil zu.

»Okay, ich werd's ausrichten.«

Teufelsmaus versucht, ihm in den Ärmel zu kriechen.

»Findet ihr, ich hätte mich rasieren sollen?« Nachdenklich fährt er sich über die Wange. »Natürlich müssen wir uns jetzt ein bisschen einschränken. Kein Laufen über den Küchentisch mehr! Und die Filme müssen wir auch reduzieren. Seien wir ehrlich, Leute, die Sache mit dem Tierschutz haben wir hier eher lasch gesehen, oder?«

Teufelsmaus dreht ihm ebenfalls das Hinterteil zu, und

irgendwie kann er das auch verstehen. Wer ändert schon gern seine Gewohnheiten, nur weil er plötzlich Besuch auf seinem Mond bekommt?

Teufelsmaus stürzt sich von seinem Arm, als wäre sie ein Flughörnchen, und Sam fragt sich, warum ihm die Aussicht darauf, dass jetzt wieder andere Menschen im Gänseblümchen sein werden, Galle aufsteigen lässt.

Fast erwartet er, dass die *Halimede* im Kallisto-Orbit von einem Meteor getroffen wird oder der Lander sein Ziel verfehlt oder wenigstens jemand auf dem Eis ausrutscht. Aber nichts davon geschieht. Der Lander setzt auf dem ausgebauten Landeplatz auf, und Sam kann auf den Bildschirmen verfolgen, wie die Crew der *Halimede* den Ausstieg vorbereitet. Unerwarteter Stolz packt ihn, weil die Landebahn hält. Obwohl die *Halimede* schwerer ist als die *Eurybia*, sinkt sie nicht im Eis ein, was bedeutet, dass er seine Arbeit nicht allzu schlecht gemacht hat.

Er nickt und wendet sich von den Monitoren ab.

Noch einmal sieht er sich in der Station um, läuft die Module ab, kontrolliert, dass nichts Peinliches herumliegt und alle Oberflächen geputzt sind. Das Bild mit dem Furry hat er abgenommen, die Hologramme abgeschaltet und ihre Spuren im Archiv gelöscht. Nur die Mäuse lässt er dort, wo sie stehen, neben seinem Bett. Sie wird er nicht verleugnen.

Dann geht er zur Schleuse, und *Happy Surviver* von DaddyDog schallt durch die Lautsprecher, der Song ist längst zu seiner ganz persönlichen Hymne geworden. Als die letzten Töne verklingen, bleibt er vor der Schleusentür stehen und wischt sich die feuchten Hände an der Hose ab.

Während er auf den Knall wartet, der jedes Mal beim Herauslassen der Luft aus der Schleuse entsteht, beschleunigt sich sein Puls. Sein Sichtfeld flackert an den Rändern, und ihn überfällt dasselbe Gefühl wie zu Beginn eines Gefechts. In der Ferne hört er das Summen der Drohnen. Warum fühlt sich die Rettung an wie Krieg?

Als sich Minuten später die Schleuse vor ihm öffnet und die Crew der *Halimede* in die Station tritt, zittern Sam die Hände. Von diesem Augenblick hat er geträumt. Monatelang hat er über Funk mit ihnen geredet und ihre Gesichter auf den Monitoren betrachtet, und nun stehen sie endlich vor ihm. Dreidimensional, echt. Sie alle gehören dieser kleinen Gruppe Menschen an, die geschafft haben, was sonst niemand geschafft hat: den Weg zum Jupiter.

Max ist der Erste, der auf ihn zutritt, größer und breiter als Sam, zieht er ihn in eine feste Umarmung und flüstert ihm ins Ohr: »Du hast es überstanden, Kamerad, die Verstärkung ist da.«

Es ist die erste Berührung seit Jahren, und Sam presst die Augen fest zusammen. Er will sich gleichzeitig in die Umarmung fallen lassen und sich losreißen. Die körperliche Nähe zu einem anderen Menschen ist wie das Auftauchen aus dem Wasser, nachdem man zu tief getaucht ist und die Lunge fast birst. Schmerzhaft und wunderbar.

Erst nach einer sehr langen Zeit klopft ihm Max auf die Schulter und tritt zur Seite, damit der Nächste hereinkommen kann.

Nacheinander begrüßt Sam auch die anderen, als Letzte reicht ihm Almira die Hand. Während sie sich gegenüberstehen, sucht er in ihren Zügen nach Ähnlichkeiten mit Laure und findet sie in der Haltung, der Form ihres Munds und der Art, wie sie ihn ansieht. Er hatte genügend Zeit, sich zu überlegen, was er zu ihr sagen würde, aber jetzt, da sie vor ihm steht, fehlen ihm die Worte. Sein Mund ist trocken.

Nach einem Moment sagt Cora in die Stille hinein: »Na dann, führ uns mal rum.«

Das Gänseblümchen füllt sich mit Leben.

Die nächste Stunde vergeht damit, dass Sam ihnen die Station erklärt. Es ist eine Sache, die Pläne, Bilder und Videos der *Chione* zu sehen, aber eine ganz andere, tatsächlich in ihr zu stehen. Er führt sie durch die Module, zeigt ihnen ihre Kojen und die Toilette. Führt sie treppauf und treppab. Es fühlt sich seltsam an, die Station nicht mehr für sich allein zu haben, die Anwesenheit der anderen schränkt seinen Bewegungsradius ein, doch für sie ist es genau umgekehrt. In der Station haben sie mehr Platz als an Bord der *Halimede,* und er merkt, wie sie einfach umherwandern, weil sie können, auch ohne Ziel. Ihr erstauntes Flüstern weht durch die Module.

Im Orbiter über ihnen warten Anatol und Ole auf ihren ersten Besuch der Station in zehn Tagen. Für die fünfte Kallisto-Mission sind nun immer zwei Crewmitglieder für den Aufenthalt im Orbiter vorgesehen, damit sich eine Sache wie bei Mercer nicht so leicht wiederholen kann.

Nachdem sie der Zentrale den aktuellen Statusreport durchgegeben und Grüße für ihre Familien geschickt haben, versammeln sie sich in der Küche, um auf die Ankunft anzustoßen. Die Moodbeleuchtung ist ein sanftes Rot. Die Crew hat Wein zum Anstoßen mitgebracht, der Sam im Hals brennt. Er ist eben nichts mehr gewöhnt. In den Spinney Hills würden sie schön über ihn lachen, wenn sie ihn jetzt sehen könnten.

Während er das Glas hebt, spürt er die neugierigen Blicke auf sich. Die Euphorie über die gelungene Landung hat sich etwas gelegt und schafft Raum für all die Fragen, die sie von der Erde hierher mitgebracht haben und von denen sie glauben, Sam könnte sie beantworten.

»Die Station sieht gut aus«, sagt Cora nach einer Weile, während sie alle um den Tisch herum sitzen. Für neun Leute ist der Raum eng. »Du hast sie gut in Schuss gehalten.« Ihre großen, grünen Augen sind auf ihn gerichtet, aber der Blick ist ihm unangenehm, deshalb schaut er zur Seite.

Er muss sich erst wieder daran gewöhnen, dass er nicht durch sie hindurchsehen kann wie durch ein Hologramm. »Gab ja nicht viel anderes zu tun. Der Weg zur nächsten Bar ist weit«, antwortet er, und die anderen grinsen.

Es ist merkwürdig, so viele Leute um sich herum zu haben. Ihre Stimmen prasseln auf ihn ein, anders als das elektrische Rauschen der Station, das er inzwischen überhört wie das Ticken einer Uhr. An all das muss er sich erst wieder gewöhnen – vor allem daran, dass die Toilette besetzt sein könnte.

Er schaut zu Almira, die bisher geschwiegen hat. Sie stützt die Unterarme auf den Tisch und beobachtet ihn, ihr Gesicht ist für ihn unlesbar. Er hat Schwierigkeiten, ihre Emotionen zu entziffern, denn inzwischen kennt er sich mit Mäuseschnauzen besser aus. Sam beginnt zu schwitzen. Vielleicht träumt er nur, dass sie hier sind und er bald wieder nach Hause kann. Diesem Mond traut er alles zu.

Nach einer Weile entschuldigt er sich und verlässt das Küchenmodul. Doch Max holt ihn im Gang zum Schlafmodul ein und ruft seinen Namen. Nervös dreht sich Sam zu ihm um.

Im Vergleich zu ihm selbst sieht Max noch gesund aus, sein Körper strotzt vor Energie, die Haut spannt sich noch nicht wie Papier über die Muskeln. Ihr fehlt die Sonne, aber sie ist noch nicht fahl. Doch Sam kann sie erkennen, die winzigen Spuren, die der Schoß schon hinterlassen hat auf dem Flug hierher. Das Hervortreten der Schläfenadern, das Verbreitern des Gesichts und das unruhige Flattern der

Hände, die nach etwas greifen wollen. Für einen winzigen Augenblick beugt er sich nach vorn, um festzustellen, ob er Max' Geruch auffangen kann, aber dann fällt ihm auf, was er da tut, und sofort zuckt er zurück. Seine Nase ist ohnehin nicht mehr in der Lage, solche Gerüche wahrzunehmen, und es ist schwer, jemandem zu erklären, dass man vergessen hat, wie ein anderer Mensch riecht.

Auf Armlänge bleibt Max vor ihm stehen. Einen Moment lang sieht er Sam nur an, dann räuspert er sich. »Hör mal, ich kann mir vorstellen, dass das gerade schwierig für dich ist. Ist sicher nicht leicht, wenn jetzt nach all der Zeit jemand kommt und dir sagt, was du tun sollst. Ich meine, du hast hier draußen durchgehalten, das hätten nicht viele geschafft. Dafür braucht man eine Menge Disziplin ...«

Zuerst weiß Sam nicht so recht, worauf Max hinauswill, doch dann begreift er, dass es um seinen alten Posten als Sicherheitschef geht. Max steht jetzt über ihm in der Befehlskette, und er wird es auch sein, der die Einschätzung zu Sam vornimmt, wenn es darum geht, wie viel Freiheiten Sam in der Station hat.

Sam läuft der Schweiß an den Seiten herunter. Er schlägt Max kurz gegen die Schulter. »Mach dir keine Sorgen, alles klar zwischen uns. Ich will keinen Ärger.«

Max nickt. »Gut. Wenn du irgendwas brauchst, sag Bescheid.«

»Bier und Blowjob?«

Max grinst, und Sam nickt noch einmal, bevor er sich umdreht. Er weiß, dass Max ihm nicht geben kann, was er wirklich braucht – einen Flug nach Hause auf dem kürzesten Weg.

45

Jupitermond Kallisto, Chione-Station

Chino hat die erste Nachtschicht. Über die Verbindung mit der *Halimede* spielt er Schach mit Anatol, der sich darüber beschwert, dass er einen Drehwurm kriegt, weil das Schiff beständig im Orbit kreist. Während die anderen schlafen, verbringt Almira ihre Ruhestunden damit, an Wand und Decke der Schlafkoje zu starren. Die meisten Spaceworker kommen mit fünf Stunden Schlaf aus; jeder, der länger im Schoß bleibt, ändert irgendwann seinen Schlaf- und Arbeitsrhythmus. Die vorgeschriebenen acht Stunden sind eine Erholungsphase, den Ärzten zu Hause ist es egal, ob sie schlafen, meditieren oder einen Handstand machen.

Sie fährt mit den Fingern über die kühle Innenverkleidung der Koje. Nur etwas über einen Meter trennt sie vom Eis. Auch wenn Kallisto im Grunde nur aus gefrorenem Wasser und Sternenstaub besteht, fühlt sich Almira darauf doch sicherer als an Bord der *Halimede*, wo sie lediglich ein paar Zentimeter Blech und Plastik vor der Tödlichkeit des Schoßes geschützt haben.

Sie kann nicht einschlafen. Unruhig lauscht sie den Geräuschen der Station. Das stetige Brummen der Filter und Elektrik sinkt langsam in den Hintergrund.

Die anderen liegen verteilt auf zwei Ebenen des Moduls in ihren Kojen. Sam hat sein Lager in der dritten, obersten Etage unter dem Deckenlicht aufgeschlagen. Vor dem Schlafengehen hat sich Cora darüber beschwert, dass sie Mäuseköttel unter ihrer Liege gefunden hat, aber keiner von ihnen wollte es Sam sagen.

Nach einer Stunde, in der sich Almira nur hin und her gewälzt hat, steht sie schließlich auf und läuft durch das Gänseblümchen. Sie ignoriert die Kameras und meidet Chino und die Mitte der Station. Sie weiß, dass er sie auf den Monitoren sehen kann, aber er lässt sie in Ruhe. Wie ein Geist läuft sie langsam durch die Gänge und versucht, ein Gefühl für die Station zu bekommen.

Ihre Augen müssen sich an die anderen Farben erst gewöhnen, die Füße an den Gang. Im Küchenmodul steigt sie bis nach oben, sieht eine Weile in den Himmel über Kallisto und erinnert sich an den Anflug zum Jupiter. In all den Jahren im Schoß hat sie viele unglaubliche Dinge gesehen und erlebt, aber die Jupitermonde vor dem Hintergrund dieses gigantischen Gasriesen suchen ihresgleichen.

Sie fragt sich, was Laure wohl empfunden hat, als sie auf der anderen Seite des Gürtels aufgetaucht ist? Was hat sie gedacht, als sie endlich auf der eisigen Oberfläche dieses Jupitermonds stand? Oder drüben auf Europa. War Laure beeindruckt?

Gesagt hat sie nichts. Ihre persönlichen Nachrichten an Almira bestanden aus einem Dutzend Bilder ohne viele Worte, nur mit dem Versprechen versehen, ihr ausführlicher davon zu erzählen, wenn sie sich wiedersehen würden.

Vier Tage wird es dauern, bis die Bergungsgruppe mit dem Lander zur Absturzstelle der *Eurybia* aufbricht. Bis dahin müssen sie die mitgebrachten Ressourcen verstauen, den Lander ent- und aufladen und die Geräte kontrollieren.

Die Reiseroute durchsprechen. Sam wird an der Bergung nicht teilnehmen, obwohl er den Mond am besten kennt. Space Rocks und die EASF haben das zur Sicherheitsfrage erklärt.

Sie haben auch lange darüber diskutiert, ob Almira bei der Bergung dabei sein soll, aber die Wahrheit ist, dass sie auf ihre Erfahrung nicht verzichten können, selbst wenn die Ethikkommission daheim Bedenken anmeldet.

Almira sieht sich um und sucht nach Hinweisen darauf, was mit Laure und der Crew der *Eurybia* vor so vielen Monaten passiert ist. Natürlich findet sie nichts. Cora hat recht – dafür, dass Sam die Station allein bewirtschaften musste, sieht sie gut aus. Von seiner Arbeit an der Landebahn waren sie alle ziemlich beeindruckt. Um zu erfahren, was hier geschehen ist, muss Almira tiefer graben. Kallisto wird sein Geheimnis nicht freiwillig offenbaren.

Almira beobachtet, wie sich die anderen innerhalb kürzester Zeit einen Alltag schaffen. Max und Chino spielen mit Sam das, was er Sprungball nennt. Natürlich gewinnt er, aber Chino ist ihm dicht auf den Fersen, und als Max bei einem schiefgegangenen Sprung das PLSS platzt, können sie alle beweisen, wie gut sie in Krisensituationen funktionieren. Daraufhin wäscht Cora den Männern eine halbe Stunde lang den Kopf, damit sie achtsamer mit ihrer Ausrüstung umgehen – nur um einen halben Tag später Sam selbst beim Sprungball zu besiegen. Die Zentrale zeigt sich nicht beeindruckt und ermahnt die gesamte Crew, selbst Anatol und Ole in der *Halimede*, die zu diesem Zeitpunkt auf der anderen Hemisphäre des Monds waren.

In der Zwischenzeit beginnt Wen Yu mit dem Aufbau ihrer Fischfarm, und Cora bietet Almira an, gemeinsam auf den Friedhof zu gehen. Almira lehnt dankend ab. Das Grab ist leer, sie kann sich nicht davorstellen und im Beisein der anderen von Laure Abschied nehmen.

Die Arbeit hilft ihr, sich abzulenken. Sie alle haben ihre Aufgaben zu erfüllen. Schon nach vierundzwanzig Erdenstunden ist ihnen der Wechsel von innen nach außen und wieder zurück in die Station so vertraut, als hätten sie nie etwas anderes gemacht. Anzug an, kontrollieren, Schleuse vorbereiten, hindurchgehen, Schleuse schließen. Wie Tony vorausgesagt hat, nutzen sie jede Minute auf dem Eis, um der Enge der Station zu entkommen, bis Steven sie ermahnt, die Außeneinsätze auf die vorgeschriebenen vier Stunden zu beschränken.

Am dritten Tag winkt der Arzt Sam zu sich in die Untersuchungskabine, während Tony und Almira gerade in Ruhe ihren Pausenkaffee trinken, der ihnen schon an Bord der *Halimede* einen Sinn für Routine gegeben hat. Almira vermutet, dass es um die reduzierten Medikamentenbestände geht, die in keinem Verhältnis zu den protokollierten Krankheitsverläufen stehen.

»Was hat Steven erwartet?«, fragt Tony nur und rührt wie immer in seinem Becher. »Hat der wirklich geglaubt, dass Sam hier draußen die ganze Zeit allein übersteht, ohne irgendetwas zu schlucken oder ein bisschen durchzudrehen?« Er schüttelt den Kopf. »Was hältst du bisher von ihm?«

»Sam? Besser beieinander, als ich erwartet habe. Und seine Stimme kommt auch langsam zurück.«

»Aber er zuckt immer noch zusammen, wenn man ihn zufällig berührt.«

»Wundert mich nicht.« Almira gießt ihnen nach. »Ist dir an der Station eigentlich etwas aufgefallen?«

»Was denn?«

Sie zuckt mit den Schultern, und Tony schüttelt den Kopf.

»Alles nach Protokoll. Keine größeren Schäden. Warum?«

»Mhm.«

Er klopft vor ihr auf den Tisch. »Komm schon, raus mit der Sprache.«

»Es fehlen Bestände. Ich habe mal einen Blick auf die Listen geworfen.«

»Welche?«

»Medikamente. Werkzeuge. In den Archiven finden sich Gespräche mit der Zentrale darüber.«

Überrascht sieht Tony sie an. »Wann hast du die Protokolle gelesen?«

»In den Ruhestunden.«

»Almira …« Er spricht nicht aus, was er davon hält, aber das muss er auch nicht.

Sie hebt die Hand. »Schon okay, ich hab das im Griff.«

»Ich will nur nicht, dass du dich verrennst. Hat das was mit deiner Anwesenheit hier zu tun?«

Diesmal schweigt sie, bis Tony unwillig abwinkt.

»Na ja, wo die Medikamente sind, kannst du dir denken«, sagt er. »Und das Werkzeug hat Sam vielleicht draußen liegen lassen.«

»Und dann ist es einfach davongeschwebt?«

»Er ist ganz schön lange hier gewesen.«

»Du meinst, für Sam ist die Station so was wie eine Gartenlaube, und er legt das Zeug halt irgendwo ab?«

Tony hebt die Hände, als wollte er sagen: Menschen sind eben, wie sie sind.

»Außerdem noch Pflanzensamen, Kleidung, Decken? Zeug eben.«

»Du warst ja fleißig bei der Inventur.«

Almira reibt sich über die Augen. »Waren die Sachen überhaupt da? Oder hat Space Rocks einfach nicht genug aufgestockt, obwohl sie es offiziell behauptet haben?«

»Das wäre ein ziemlicher Skandal.«

Würde vielleicht aber auch erklären, warum Laure und João den Befehl verweigert haben.

Einen Moment lang sehen sie sich schweigend an, und das Ausmaß einer solchen Vermutung hängt schwer zwischen ihnen.

Bis Tony den leeren Kaffeebecher von sich schiebt. »Wir könnten jetzt jede Schraube überprüfen, und ich bin mir sicher, wir finden hier Stellen, an denen sie gespart haben, aber mal ehrlich, wann warst du das letzte Mal im Schoß und hast dir nicht gedacht, dass das Equipment besser sein könnte?« Er seufzt. »Die Station ist gut ausgestattet. Wenn hier etwas vorliegt, dann in den Systemen, aber das kann ich nicht auf die Schnelle erkennen.«

Almira nickt. Sie ist die Wartungsprotokolle aus der Zeit vor dem Orbiterabsturz durchgegangen. Die Filter wurden regelmäßig ausgetauscht, die Verschleißteile erneuert, Reparaturen ohne größere Probleme durchgeführt. Was immer Clavier geglaubt hat, was sie hier finden könnte, ist nicht da.

»Hör zu, Almira, ich will dir nicht sagen, wie du mit alldem umgehen sollst…«

»Dann lass es einfach.«

»…aber du musst ein bisschen auf dich aufpassen. Der Schoß ist kein guter Ort, um den Kopf zu verlieren.«

»Sehe ich aus wie jemand, der den Kopf verliert?«

Nachdenklich betrachtet er sie. »Wenn du anfängst, in deiner Freizeit Protokolle durchzulesen, ja.«

Es ist nicht humorvoll gemeint, und sie quittiert seine Bedenken mit einem Nicken. Mehr sagen sie sich nicht zu dem Thema, weil in diesem Moment Chino in die Küche kommt, um sich einen Snack zu holen.

Tony nutzt die Unterbrechung für einen Themenwechsel. »Ich soll meinen Enkeln einen Dinosaurier ins Eis lasern und das Bild zur Erde schicken«, sagt er und sieht Almira auffordernd an.

»Welchen?«

»Einen T-Rex natürlich.«

»Natürlich. Und ich muss dir dabei helfen?«

Er nickt. »Kumpelkodex.«

Sie atmet tief durch, die angespannte Stimmung zwischen ihnen hebt sich. »Dafür sind wir also an den Arsch dieses Sonnensystems geflogen, damit du deinen Enkeln einen Dino in den Schnee pinkeln kannst?«

Er grinst. »Wenn das so einfach wäre, könnte ich das auch allein. Nein, nein, das muss schon 3D sein.«

»Klar. Ein Foto vom Jupitermond ist natürlich nicht cool genug, eine Eisskulptur muss es mindestens sein.«

»Es ist ein Dino! Es gibt nichts Besseres.«

Sie tippt sich an die Stirn, und er reibt sich die Hände.

»Du wirst mir also helfen?«

»Aber ja. Kumpelkodex, oder?«

»Ganz genau.«

Keine zwei Stunden später brennen sie sich mit Schmelzsonden durchs Eis und bauen einen T-Rex. Gleich neben der Landebahn.

Und Almira denkt daran, dass sie nie Enkel haben wird.

46

Französisch-Guyana, l'Île du Lion Rouge

Als Janique nach Hause kommt, sitzt Mateo neben Amadeus auf der Treppe vor dem Haus, als wäre das etwas, das sie öfter zusammen tun. Mateo redet auf den Jungen ein, Beine ausgestreckt, Oberkörper nach hinten gelehnt, Ellbogen auf der Kante einer Stufe. Die sorglose Pose eines Halbwüchsigen.

Amadeus hingegen hat die Arme um die angezogenen Beine geschlungen, das Kinn auf die Knie gestützt und beobachtet Janique, wie sie die Straße überquert. Als sie bei ihnen ankommt, verstummt Mateo und sieht sie ungehalten an. Amadeus klebt getrocknetes Blut unter der Nase.

Seit der Sache in Uches Wohnung vor über einem Jahr ist Mateo nicht mehr allzu gut auf sie zu sprechen. Nach Uches Kontakten hat er sie nie wieder gefragt, und inzwischen glauben sowieso alle, dass Uche nicht mehr am Leben ist.

Keiner hat auch nur ein Wort von ihm gehört.

Die Einzige, die hin und wieder nach ihm fragt, ist Antoine Roussels Freundin Theresa. Eine Zeit lang hat sie versucht, die Leute davon zu überzeugen, dass mehr hinter Roussels Tod steckt, aber so richtig hat das niemanden interessiert. Inzwischen hat das Medieninteresse nachgelassen, und alle sind zum Alltag zurückgekehrt.

Wenn Janique allzu lange nichts von dem Nachtschmetterling hört, schickt sie selbst eine Nachricht, die meistens nur aus einem Satz und einem Gruß besteht. Es ist eine merkwürdige Beziehung, in der sie hauptsächlich durch Abwesenheitsnotizen kommunizieren.

Vor einer Weile ist Janique dazu übergegangen, einfach alle Angelegenheiten, die die Wohnung betreffen, in Uches Namen zu unterschreiben. Wenn die Bank Fragen zu seinem Rentenkonto hat, beantwortet sie auch die, weil Uche natürlich keine Unterlagen mitgenommen hat. Die stehen alle noch in der Wohnung. Zusammen mit ihrem eigenen Rentengeld kommt Janique über die Runden. Ein schlechtes Gewissen hat sie dabei nicht. Von den Toten kann man nicht stehlen.

Allerdings ist sie manchmal traurig, wenn sie an Uche denkt, weil er Besseres verdient hätte.

Janique gibt Amadeus den Nudelkarton und die Stäbchen dazu. Ohne ein Dankeswort verschlingt er das Essen. Sie setzt sich auf die Stufen unter ihm und öffnet ihren eigenen Karton. Die Nudeln sind noch immer heiß.

Mateo ignoriert sie. Stattdessen sagt er zu Amadeus: »Hast du das verstanden, du Kröte?«

Der Junge antwortet nicht, schiebt sich nur weiter Nudeln in den geöffneten Mund, die viel zu heiß sind.

»Wenn du nicht zu den verabredeten Treffen kommst, muss Lars selbst rausfinden, was hier vorgeht, und dann muss sein Schatten herkommen, und das wird er nicht mögen.«

Janique hat eine ziemlich gute Vorstellung davon, was hier vor sich geht. Vielleicht weil sie genauso gut beobachtet wie Amadeus. »Seine Mutter hat gerade das neue Baby nach Hause gebracht«, sagt sie. »Er muss im Haushalt helfen.«

Aber Mateo runzelt nur die Stirn. »Ist mir doch egal, Hauptsache, er macht, was ihm aufgetragen wurde. Er wird nicht fürs Nichtstun bezahlt.« Verärgert tritt er den Jungen gegen den Knöchel. »Denkst du, wir bekommen irgendwas geschenkt? Du musst schon arbeiten, wenn du was zu beißen willst.«

Amadeus zerbeißt eine Bohne zwischen den Schneidezähnen. Sein Blick sucht Janiques.

Sie lässt die Stäbchen sinken. »Lass den Jungen doch einfach in Ruhe«, sagt sie leise, und sofort trifft sie Mateos Fuß an der Schulter. Der Schmerz schießt von dort in die Schläfen und weiter in den Magen. Scham färbt ihr die Wangen.

»Warum hältst du dich nicht aus Sachen raus, die dich nichts angehen? Niemand hat dich gefragt. Der Junge hat Verpflichtungen, genau wie wir alle.« Er beugt sich dicht zu ihr und flüstert: »Wenn du klug bist, hältst du die Füße still, schließlich willst du doch auch, dass dich weiterhin jemand mit Chalk beliefert, oder?«

Für einen Moment sinkt sie in sich zusammen, seine Drohung lässt sie zurückzucken wie einen aufgeschreckten Gecko. In der Stille der nächtlichen Straße hört sie Amadeus' langsames Kauen. Das Knacken der Erbsenschoten, das Zermahlen der Rüben und das Reinzutschen der Nudeln.

Seit dieser Kerl in Uches Wohnung aufgetaucht ist, während Mateo da war, gilt Janique bei den meisten Dealern auf der Insel als Persona non grata, weil sie glauben, Janique hätte irgendwas mit der Polizei oder den Sicherheitsbehörden zu tun. Vergeblich hat sie versucht, ihnen zu erklären, dass der Mann nicht ihretwegen da war. Niemanden hat das interessiert. Sie sind nicht auf ihr Geld angewiesen, und Mateo stellt die Sache nicht klar, weil sie dadurch gezwungen ist, exklusiv bei ihm zu kaufen. Seit er einmal mit diesem Lars gesprochen hat, der die halbe Insel mit Zeug versorgt, hält er sich für einen großen Spieler und versucht, drüben auf dem Festland Fuß zu fassen.

»Gott, ich hasse diese Insel.« Mateo streckt sich wieder auf den Stufen aus, das Gesicht nach oben gereckt, als wäre er eine Echse im Sonnenschein. Dabei scheinen hier nur die Laternen und die V-Displays.

Wer nicht?, liegt es Janique auf der Zunge. Aber das ist nicht wahr. Sie hasst nicht die Insel, nur die Einsamkeit, die sie ab und zu auf ihr befällt. Zugegeben, es ist heiß, die Häuser taugen nichts, und der Rest der Welt hat sie sowieso vergessen, aber das wäre alles nicht so schlimm, wenn man jemanden hätte, der einen verstehen würde.

Amadeus hält ihr seinen Karton hin, am Boden liegen die Möhren, die er nicht mag, und sie tauscht seinen Karton gegen ihren, damit er ihre Restnudeln essen kann. Sie begnügt sich mit den Möhren, während Mateo ungeduldig auf sein HolMag schaut und dann aufsteht.

Noch einmal kickt er Amadeus' Knie. »Vergiss nicht, was ich dir gesagt habe. Wir bezahlen dich nicht fürs Nichtstun. Das nächste Mal kommst du pünktlich zum Treffpunkt und hast dein Zeug für uns beieinander. Verstanden?«

Der Junge sieht nicht auf.

Mateo verpasst ihm eine Kopfnuss und geht die Stufen nach unten. Der Blick des Jungen entgeht ihm.

Auch Janique sieht Mateo hinterher und denkt sich, dass sie nicht traurig wäre, sein Gesicht nie wiederzusehen. Sie hält nicht viel von Gewalt, aber wenn die Polizei Mateo verhaften würde, würde sich Janique nicht fragen, wie es ihm im Gefängnis drüben auf dem Festland ergeht.

Mit einem Seufzer nimmt sie Amadeus den leeren Karton ab und steckt die beiden Schachteln ineinander. Anschließend kommt auch sie auf die Füße.

»Geh ins Bett«, sagt sie zu Amadeus und wuschelt dem Jungen durch die Locken.

Widerwillig zieht er den Kopf zur Seite, aber als Janique in den Fahrstuhl steigt, hört sie, wie er hinter ihr ins Haus kommt. Der Geruch aus den zusammengeknüllten Kartons in ihrer Hand verbreitet sich in der Fahrstuhlkabine. Die Türen schließen sich, und Janique sieht durch den enger werdenden Spalt zum Eingang, in dem der Junge steht und auf die Straße starrt. Ein schmaler Schatten, zitternd und wartend, einer von vielen auf dieser Insel.

47

Jupitermond Kallisto

Als sie mit dem Lander aufsteigen, nehmen sie Kontakt zur *Halimede* auf, und Anatol sagt: »Wir können euch auf den Kopf spucken.«

Tony lacht. »Wir sind auf der anderen Seite des Monds, du Idiot.«

»Aber wir sind schneller, wir können euch einholen, und dann können wir euch auf den Kopf spucken!«

Max schaltet sich ein. »Warte ab, bis ihr in ein paar Tagen in die Station kommt, dann werden wir ja sehen, wer wem auf den Kopf spuckt, Kleiner.«

»Ich glaube, Anatol und Ole brauchen Auslauf«, sagt Wen Yu trocken, während sie die Bioanzeigen im Blick behält.

Amüsiert schüttelt Almira den Kopf, während sie nur wenige Kilometer über der Oberfläche dahinrasen.

Mehrere Stunden fliegen sie über das Eis und sind sprachlos im Angesicht dieser erdfernen Landschaft. Unter den galileischen Monden gilt Kallisto als der schmutzigste, doch die Leute vergessen, dass Kallisto trotz seiner geringeren Albedo noch immer strahlend schön ist. Seine Eisoberfläche mit Kratern und Eisspitzen wirkt wie eine bizarre

Traumlandschaft, der nichts auf der Erde auch nur im Entferntesten ähnelt und die den Betrachter in einen seltsam hypnotisierten Zustand versetzt.

Almira fragt sich, was sie erst entdecken würden, wenn sie es noch weiter schaffen würden? Bis zu den Saturnmonden und darüber hinaus. Und ihr kommt der Verdacht, dass die Ursache für die Bereitschaft der Spaceworker, sich ins Unbekannte vorzuwagen, gar nicht in ihrer Unerschrockenheit, sondern in ihrer Neugier liegt. Und der Sehnsucht nach Wundern.

Sie haben gewusst, was sie erwartet, aber als sie tatsächlich im Trümmerfeld der *Eurybia* landen und aussteigen, bleiben sie eine Weile fassungslos neben dem Lander stehen.

Zigtausende Einzelteile liegen über Hunderte Meter verstreut wie ein achtlos hingeworfenes Puzzle. Ins Eis gefallen, das bei Kontakt verdampft ist, verdichten sie die fleckige Oberfläche des Monds.

Der Anblick erschüttert sie auf eine Weise, die sie nicht erwartet haben. Nicht nur, weil sie wissen, dass die Asche von einem der ihren mit den Trümmern verschmolzen ist. Sie wissen, welche Kraft es kostet, bis hierher zu kommen, und dann auf diese Weise zu scheitern, überträgt sich als ein eigenes Scheitern tief in ihre Knochen.

»Wir müssen die Trümmer einsammeln«, sagt Max nach einer Weile leise.

»Mach dich nicht lächerlich«, fährt Almira ihn an. »Dafür bräuchten wir größere Maschinen und ein paar Jahre.«

»Das Gröbste dann.«

Sie schnaubt, und Tony geht ein paar Schritte nach vorn.

»Das kriegen wir nie sauber«, sagt er. »Das kann die Zentrale vergessen, dass wir hier alles wieder so herstellen, wie es mal war.«

»Planetary Protection am Arsch.«

Ein leises Klicken kündigt die Zuschaltung des Landers an. »Wir reinigen eine Ecke und schicken die Bilder davon an die Zentrale, dann können sie das für die PR und in den Ausschüssen verwenden«, sagt Wen Yu, und wie auf Kommando drehen sie sich alle drei zum Lander um, obwohl sie Wen Yu im Cockpit hinter der getönten Scheibe gar nicht sehen können.

»Du bist ja heute pragmatisch«, sagt Tony.

»Besseren Vorschlag?«

Er lacht. »Nein.«

Max springt weiter ins Trümmerfeld hinein. »Ein halbes Jahr, um hier aufzuräumen und gleichzeitig die Landebahn auszubauen, das schaffen wir nie.«

Tony aktiviert den ersten Roboter. »Klar schaffen wir das. Wir zeigen dir mal, wie Spaceworker so arbeiten, Junge. Stell dich drauf ein, das wird kein Zuckerschlecken, endlich musst du deine Muskeln mal richtig einsetzen.«

Almira grinst. Sie sieht zu, wie sich Max und Tony an die Arbeit machen und Wen Yu versucht, ihren Teil aus dem Lander beizutragen, indem sie eine passende, vergleichsweise leicht zu reinigende Stelle findet. Almira schaltet das Geleucht am Helm ein und beginnt, in einem großen Kreis um das Zentrum der Absturzstelle herumzuspringen. Sie hat es nicht eilig, und die anderen erwarten nicht, dass sie sofort mit der Arbeit beginnt, denn für Almira ist es anders. Dieser Ort bedeutet viel mehr als nur Arbeit für sie, er ist der Grund, warum Laure den Befehl verweigert und sich auf eine sinnlose Rettungsmission begeben hat.

Immer wieder sieht sich Almira um, als könnte sie eine Spur von Laure entdecken. Der Lander der *Eurybia* müsste irgendwo zu sehen sein, wenn Laure und João es bis hierher geschafft hätten. Oder zumindest Überreste davon. Aber da ist nichts. Alles, was Almira sehen kann, sind die Trümmer des Orbiters.

Sie hat Schwierigkeiten, an der Zeit festzuhalten, die Monate zwischen der Katastrophe und jetzt schmelzen; wie Hologramme überlagern ihre Erinnerungen und Vorstellungen von dem, was passiert ist, das, was sie tatsächlich vor sich sieht.

»Alles klar bei dir?«, kommt es über Funk von Tony.

Sie blinzelt. Dann hebt sie die Hand.

Laure ist nicht hier. Nur die Erinnerung an sie.

Nachdem sie sich einen ersten Überblick verschafft haben, gehen sie zurück auf den Lander. Die Arbeit an der Oberfläche des Monds lässt sie schwitzen, und auch wenn die Uhr ihnen sagt, dass sich ihr Zeitfenster für den Außeneinsatz noch nicht geschlossen hat, beenden sie den Einsatz. Selbst Max diskutiert nicht, als Almira das Zeichen zum Abbruch gibt. Sie müssen mit ihren Kräften haushalten.

Nachdem sie wieder in ihren Sitzen an Bord des Landers Platz genommen haben, fliegen sie in immer größeren Kreisen um die Absturzstelle. Alle Geräte auf die Mondoberfläche ausgerichtet.

Nach einer halben Stunde sagt Tony: »Ich habe ihn«, und deutet auf die Anzeigen.

Es ist der Lander der *Eurybia*.

»So, wie es aussieht, kann ich gut in der Nähe landen. Der Boden sieht aus, als ob er uns trägt.«

»Könnten sie das auch gedacht haben, und dann ist es doch schiefgegangen?«, fragt Almira, der das Atmen schwerfällt.

Er besieht sich noch einmal die Anzeigen. »Ich bin mir ziemlich sicher, dass wir dort landen und auch wieder starten können.«

Max hakt nach: »Was ist ziemlich sicher?«

»Fast sicher?«

Max sieht Almira an.

Sie hebt die Hände. »Vertretbares Risiko?«

Er seufzt. »Okay, dann sehen wir uns den Lander an, bevor wir zurückfliegen.«

Die Landung ist anstrengend und treibt allen den Schweiß auf die Stirn. Tony gibt sein Bestes, um sie möglichst sanft aufzusetzen, trotzdem werden sie ordentlich durchgeschüttelt. Mit jedem Meter, den sie dem Boden näher kommen, wird Almira ungeduldiger. Sie muss hinaus.

Sie spürt die Blicke der anderen, niemand freut sich auf das, was sie womöglich in dem zerstörten Lander finden, aber Almira hat keine Angst vor dem Anblick. Sie fürchtet sich nur vor dem, was er ihr sagen könnte. Über Laures Ende.

Manchmal träumt sie von all den Arten, wie Laures letzte Minuten gewesen sein könnten. Der Schoß wird kreativ, wenn es darum geht, seine Bewohner umzubringen, und vieles davon hat sie schon gesehen. Spalten, Gase, Feuer, Explosionen, Zerquetschen, Erschlagen, Vergiften, Ersticken, Wegtreiben. Mal schnell, mal langsam, mal überraschend, mal ganz bewusst. Die Leute sagen immer, sie wünschen sich einen schnellen Tod, aber ist der wirklich so viel besser, wenn man davon überrascht wird und keine Chance mehr hat, sich vom Leben zu verabschieden? Sie will nicht, dass Laure sich quälen musste.

Bevor sie den Lander verlassen, kontrollieren sie gegenseitig ihre Anzüge und Geräte. Max positioniert sich an der Spitze, dann folgt Almira, Tony läuft hinter ihr. Wen Yu bleibt wieder im Lander, um die Anzeigen zu kontrollieren. Wenn etwas passiert, muss sie in der Lage sein, sofort zu reagieren, ohne sich erst aus dem Anzug schälen zu müssen.

Derjenige mit dem besten medizinischen Verständnis geht nie von Bord.

Während des Fußmarschs übers Eis spricht niemand, nur ihr Atmen ist über Funk zu hören. Das Gelände ist nicht mit dem um die Station zu vergleichen. Es war nie vorgesehen, dass hier jemand landet. Vorsichtig klettern sie zum Rand des Kraters, sichern sich gegenseitig an der zwanzig Meter hohen Eiswand ab, bis sie ganz oben stehen und nach unten sehen können.

»Verdammt«, sagt Max.

Die Spitze des Landers ist nicht zu sehen, sie steckt im Eis. Vermutlich ist der Lander nach der Landung umgekippt und dann den Krater nach unten gerutscht. Bis auf die Spitze sieht er intakt aus.

»Wollten sie auf dem Kraterrand landen?«, fragt Max.

Tony deutet auf den Boden. »Der ist eigentlich zu schmal. Vielleicht im Krater, aber das ergibt keinen Sinn.« Er sieht sich um. »Wahrscheinlich haben sie sich bei der Landung vertan. Wenn das Fieber ihre Einschätzungen beeinflusst hat…«

Almira macht sich an den Abstieg, die anderen folgen ihr.

Langsam und vorsichtig lassen sie sich an Seilen den Krater hinunter. Der Eingang zur Schleuse funktioniert noch, allerdings lassen sie ihre Helme auf, weil sie nicht wissen, ob sie die Systeme aktivieren können, und sie den Funk brauchen. Max hält die Stellung draußen, während Tony und Almira hineingehen. Sie sind ein eingespieltes Team, in ihrer Zeit in der Grubenwehr haben sie vieles gesehen, und diese Herangehensweise ist nichts Neues für sie.

Innen zeigt sich die Zerstörung des vorderen Drittels, die Bewegung im Lander ist schwierig, weil sie auf dem schrägen Boden durch die leichtere Schwerkraft mal laufen, klettern oder springen müssen. Almira versucht, zum Cockpit

331

des Landers vorzudringen, immer wieder versperren ihr umgestürzte Regaleinheiten, Kabel und Panel den Weg. Die Elektronik funktioniert nicht mehr, der Saft ist runter. Die Atmosphärenanzeigen ihrer Anzüge verraten ihnen allerdings, dass der Lander undicht ist, wahrscheinlich an der Spitze.

»Schlechtes Wetter«, sagt Tony. »Lass bloß den Helm auf.«

Die letzten Meter muss Almira kriechen, das Herz schlägt ihr bis zum Hals, sie versucht, die Atmung zu kontrollieren, atmet langsamer, konzentriert sich ganz auf die Aufgabe, die vor ihr liegt, jegliche Emotion zusammengeballt tief in ihr drin, damit sie nichts ablenkt.

Als sie nah genug herangekrochen ist, gelingt es ihr, einen Blick in das zerstörte Cockpit zu werfen. Der Emotionsball in ihrem Magen explodiert, und sie schnappt nach Luft.

Tony ruft: »Almira! Rede mit mir!«

»Ich bin okay. Sie sind nicht hier.«

Sein Seufzen zeugt von Erleichterung, Almira jedoch weiß nicht, was sie empfindet. Laures Leiche ist nicht hier. Laure ist nicht beim Absturz des Landers gestorben.

Aber was ist dann geschehen?

Almira kriecht zurück, bis sie sich mit Tony an der Schleuse trifft, und er legt ihr kurz die Hand auf die Schulter. Selbst wenn sie die Berührung durch seine Handschuhe und ihren Anzug kaum spürt, ist sie dankbar dafür.

»Es fehlen Dinge«, sagt er und deutet auf die Bestandsliste.

»Was?«

»Wie in der Station. Ich hab's überprüft. Weil du gesagt hast, dass Zeug fehlt.«

»Du willst mich doch verarschen.«

Langsam bewegt er den Kopf von einer Seite zur anderen. Ein richtiges Kopfschütteln ist mit dem Helm nicht mög-

lich. »Essensrationen, Geräte, Ersatzteile, alles Mögliche.«
Eine kurze Pause. »Vielleicht wollten sie zu Fuß weiter.«

»Das ist doch verrückt!«

»Zur *Eurybia*?«

Sie sieht zum Cockpit zurück. »Das ist ein Fußmarsch von vier Stunden von hier aus. Ihnen würde der Sauerstoff ausgehen, bevor sie ankommen. Außerdem gibt es da doch nichts zu erreichen.«

»Nicht, wenn sie Ersatzflaschen mithaben.«

»Wie sollen sie das alles getragen haben?«

»Mit den Rollis. Der Lander hatte ein paar Roboter an Bord, immerhin waren sie damit auf Europa.«

»Aber warum?« Sie versteht es einfach nicht.

»Vielleicht dachten sie, sie könnten etwas reparieren. Ersatzteile holen. Vielleicht wollten sie auch zur *Chione* zurück, aber dieser Weg würde Wochen dauern. Wenn sie von hier aus zur *Eurybia* aufgebrochen sind, dann …«

Almira erinnert sich daran, wie sie Laure in der Nacht ihres vierzehnten Geburtstags stundenlang in Ettelbrück hinterhergelaufen ist, weil Laure mit ihren Freunden von Party zu Party gezogen ist und auf keinen von Almiras Anrufen reagiert hat. Jedes Mal, wenn Almira geglaubt hat, sie mit der Ortung aufgespürt zu haben, war sie schon weitergezogen. Als sie Laure endlich gefunden hat, hat sie sie erst fest an sich gedrückt, dann geschüttelt und dann so angeschrien, dass sich Laure die Ohren zugehalten hat. Drei Tage lang haben sie nicht miteinander geredet, dann hat Laure Almira Abendessen gekocht und freiwillig die Wäsche gewaschen. Almira hat sie auf den Scheitel geküsst, und sie haben nie wieder ein Wort über diesen Abend verloren. Danach hat Laure stets eine Nachricht hinterlassen, wo sie hinfährt, selbst über ihre Einsätze hat sie Almira auf dem Laufenden gehalten.

Doch diesmal hat sie nichts hinterlassen.

»Wir finden sie«, sagt Tony, und Almira nickt.

Mit Hilfe der Roboter entnehmen sie dem Lander alles, was als wichtige Ressource gilt oder in irgendeiner Form Schaden anrichten könnte. Den Lander selbst können sie bei diesem Außeneinsatz nicht auseinandernehmen. Das wird in mehreren Etappen geschehen. An diesem Tag verschaffen sie sich lediglich einen Überblick. Schweigsam und erschöpft machen sie sich auf den Weg zurück zum Lander der *Halimede*.

Auf dem Rückflug zur Station starrt Almira entschlossen aus dem Fenster hinunter auf das Eis. Im Moment ist der ganze Mond für sie ein einziger Friedhof, weil sie nicht weiß, wo ihr Kind liegt. Aber sie wird es herausfinden.

48

Jupitermond Kallisto, **Chione-Station**

Am Tag vor dem ersten Bergungsflug sind die anderen auf den Friedhof gegangen, während Sam in der Station geblieben ist. Genauso wie Almira. Er hat die Raumanzüge und PLSS für den Flug kalibriert, weil er weiß, bei welchem Druck sie am besten funktionieren. Berechnungen auf der Erde sind eine Sache, Tatsachen auf Kallisto eine andere.

Dass Almira nicht mitgeht, kann er verstehen. Für manche Menschen ist Trauer etwas Privates.

Hinterher hat Cora ihn neben den Kartoffeln aufgespürt, die er gerade ernten wollte, und ihm die Hand an die Schulter gelegt. Sam hatte den Eindruck, sie sei ihm dankbar, dass er sich die Mühe mit dem Friedhof gemacht hat, selbst wenn der Gedanke daran, dass ein Gräberfeld eine der ersten Sachen ist, die sie an einem neuen Ort einrichten, deprimierend ist.

Darüber hat er eine Weile nachgegrübelt, und deshalb dauert es eine ganze Arbeitsschicht, bis er merkt, dass die anderen meistens zu zweit sind, wenn er im Raum ist. Er merkt auch, dass Max und Chino die Taser kontrollieren, die sich auf der Station befinden, und Cora beginnt, die

335

Außenkameras zu überprüfen. Der Soldat in ihm erkennt das Vorgehen als das, was es ist: eine Vorsichtsmaßnahme. Seinetwegen.

Innerlich schüttelt er den Kopf darüber, denn wenn er ihnen wirklich schaden wollte, würde er sich an ihren Anzügen zu schaffen machen, sie aus der Station ausschließen oder sie mit einem Werkzeug erschlagen, einen nach dem anderen. Immerhin hat er wochenlang alle Möglichkeiten im Kopf durchgespielt, weil er ernsthaft überlegt hat, den Lander zu stehlen und rauf zum Orbiter zu fliegen. Er hat sich vorgestellt, wie er die *Halimede* kapern und dann zurück zur Erde fliegen könnte. Nur um nicht noch länger auf diesem Mond zu bleiben. Er hätte das schaffen können.

Auf Kallisto sind die anderen keine Gegner für ihn.

Aber dann hat er die Idee wieder verworfen, weil er natürlich nicht unbemerkt auf der Erde landen kann und keine Lust hat, für mehrfachen Mord ins Gefängnis zu gehen. Was hätte er da gekonnt?

Also lächelt Sam, wenn er auf die anderen trifft, und tut so, als würde er ihr Verhalten nicht bemerken und als würde es ihm nichts ausmachen, weitere sechs Monate in der Station zu verbringen, um auf seinen Rückflug zu warten. Nur weil Space Rocks die Finger nicht vom Jupiter lassen kann.

Aber die latente Wut darüber sitzt ihm unter der Haut wie ein Fieber. Außerdem ärgert es ihn, dass er nicht mehr überall masturbieren kann, wo er will.

Um sich abzulenken, stürzt er sich in die täglichen Aufgaben. Er trainiert, füttert die Mäuse, kontrolliert die Systeme und versucht, die Unruhe abzuschütteln, die ihn begleitet, seit Steven ihm die Medikamente zuteilt. Er kann Sam nicht sofort auf null setzen, aber die Zeiten, in denen sich Sam einfach bedient hat, sind vorbei, das hat die Zentrale unmissverständlich klargemacht. Die Missionsärzte zeigten sich sehr besorgt, nachdem sie Stevens Bericht erhalten haben.

Die Herabsetzung der Medikamente bringt einige unschöne Nebenwirkungen mit sich. Sam schläft noch viel weniger und zappelt die meiste Zeit herum wie ein Erstklässler zehn Minuten vorm Pausenklingeln. Früher hat er mal Menschen angeführt, heute ist er froh, wenn er sich daran erinnert, wo er sein Besteck hingelegt hat.

Am besten fühlt er sich, wenn er draußen auf dem Eis seiner Arbeit nachgehen kann. Die Ironie, dass er vor den Menschen in der Station raus aufs Eis flüchtet, entgeht ihm dabei nicht.

Der einzige Lichtblick ist, dass Cora dazu übergegangen ist, ihm nach dem Abendessen die Schultern zu massieren. Dabei kann er sich für ein paar Minuten entspannen, auch ohne Pillen.

Als sie die Leichen zurück in die Station bringen, weigert sich Sam, dabei zu helfen. Bea und Adrian aus dem Eis zu holen, kommt ihm wie die Störung ihrer Totenruhe vor. Noch einmal kann er die Leichensäcke nicht anfassen. Aber die ESA hat eine Obduktion angeordnet, um die Todesursache näher zu bestimmen.

Chino und Steven übernehmen das Umbetten. Niemand sagt ein Wort, als sie die Station wieder betreten, die Leichensäcke zwischen sich. Cora bleibt dicht an Sams Seite, als er dabei zusieht, wie sie ins Medizinmodul gehen. Steven schließt die Tür hinter sich, er und Wen Yu werden die Obduktion vornehmen, es wird Stunden dauern.

Genervt lasert Sam einen Mittelfinger ins Eis neben der Landebahn und schickt das Bild zur Erde. Liebknecht löscht es aus den offiziellen Protokollen, bevor es irgendjemand sieht, und das ist das erste Mal, seit Sam auf Kallisto

337

gestrandet ist. Beim Schichtwechsel überredet er deshalb Hernandez, ihr ein Bier zu spendieren. Die Kosten dafür werden vom Wettpool abgezogen.

Als Sam Stunden später in die Küche kommt, um etwas zu essen, sind Steven und Wen Yu bereits dort und trinken Tee. Sie sehen erschöpft und blass aus.

Er setzt sich zu ihnen. »Habt ihr die beiden zurückgebracht?«

Wen Yu reibt sich übers Gesicht und nickt. Dann bestätigt sie, was sie bereits wussten. Die Todesursache ist Organversagen nach einer überschießenden Immunreaktion. Nichts Neues also, aber immerhin schließt diese Diagnose zumindest aus, dass Sam seine Crew im Schlaf erschlagen oder von hinten erdolcht hat.

»Aber wir können nicht erkennen, was es ausgelöst hat«, fügt Steven hinzu. »Das Fieber ist nur die Reaktion, aber nicht die Ursache.«

»Und nun?« Sam schiebt das Essen zur Seite. »In den Proben war nichts, in den Leichen war nichts, und in meinem Blut findet ihr auch nichts.«

Die beiden anderen werfen sich einen Blick zu.

»Sie werden wollen, dass wir noch einmal auf Europa bohren. An derselben Stelle«, antwortet Wen Yu. Das künstliche Licht der Module kreiert einen Heiligenschein auf ihrem schwarzen Haar. »Eure Crew muss dort mit etwas in Kontakt gekommen sein, worauf ihre Körper reagiert haben.«

Die Stille breitet sich zwischen ihnen aus, bis Sam laut lacht. »Natürlich«, sagt er hustend, »wenn wir eine mögliche Quelle für die Katastrophe gefunden haben, kehren wir dorthin zurück. Völlig logisch.«

»Es könnte etwas ... sein«, sagt Steven vorsichtig.

Sam schnaubt. Space Rocks ist wie ein Geschwür, das

sich unbemerkt ausbreitet, bis es zu spät ist. »Und wenn wir alle dabei draufgehen?«

Darauf geben sie keine Antwort.

Die Wut schießt in ihm nach oben wie eine Stichflamme. »Die können mich mal«, flüstert er und ballt die Hände zu Fäusten. Sam ist kein Wissenschaftler, er will nur noch nach Hause. Es ist ihm scheißegal, was sie da drüben auf diesem anderen Mond finden. Er wird sich weigern, auch nur einen Fuß auf Europa zu setzen. »Ihr könnt mich nicht zwingen«, sagt er und springt auf, der Hocker rutscht nach hinten, und erschrocken sehen ihn Steven und Wen Yu an.

Es steckt immer noch ein bisschen Spinney Hills in ihm, selbst nach all der Zeit.

»Wenn ihr euch umbringen wollt, könnt ihr das gern tun, aber ohne mich. Ich warte einfach hier und schnitze schon mal eure Grabsteine.«

Die Stimmung beim Abendessen ist angespannt, keinem ist nach Reden zumute. Steven und Wen Yu werfen Sam immer wieder besorgte Blicke zu, und der Rest des Teams steht noch unter dem Eindruck des zerstörten Landers, in dem sie keine Leichen gefunden haben. Almira wirkt, als würde sie an einem Schrei ersticken, und wenn doch jemand etwas sagt, sind es Belanglosigkeiten oder arbeitsrelevante Sachen.

Als Cora ankündigt, eine Inventur für die gesamte Station zu machen, richten sich sofort alle Blicke auf Sam. Schweigend sieht er in die Runde, und Cora hebt entschuldigend die Hände.

»Die Station ist wirklich in einem hervorragenden Zustand«, beteuert sie erneut, »das hat nichts mit dir zu tun. Mir ist nur aufgefallen, dass einige Listen nicht mit den tatsächlichen Beständen übereinstimmen. Das ist nicht tragisch, aber wir müssen das eben wissen, damit wir es der Zentrale durchgeben können.«

»Ich habe die Schokolade aufgegessen, und der Alkohol ist auch weg«, erwidert er ruhig.

Chino lacht. »Was du brauchst, Mann«, sagt er. »Was du brauchst.«

Sam zuckt mit den Schultern.

»Es fehlen auch ein paar Kleinstroboter«, fügt Max hinzu, »du bist nicht gerade der ordentlichste Typ, was?«

Sam wackelt mit dem Kopf. »Was soll ich sagen, war ja niemand hier, der mir sagt, ich soll mein Kinderzimmer aufräumen.«

Max winkt ab und stellt seinen Teller in den Cleaner. Dann verlässt er den Küchenbereich, um zu trainieren.

Sam steht ebenfalls auf, für heute hat er genug von der Gesellschaft. Die anderen werden sich schon daran gewöhnen, dass hier seltsame Dinge geschehen, das ist nur eine Frage der Zeit. Er hat sich schließlich auch daran gewöhnt. Seit er nicht mehr versucht, die Rätsel dieses Monds zu ergründen, geht es ihm viel besser.

Als er kurz darauf ins Schlafmodul kommt, um seine Trainingssachen anzuziehen, sitzt Almira auf der Liege, die auch Laures war. Neben ihr steht die Box, in der Laures wenige persönliche Sachen liegen.

In all der Zeit hat Sam die Sachen der anderen Crewmitglieder nicht angefasst, wie eine Geisterstadt hat sich die Station um ihn herum erhoben, als würde die Besatzung der *Eurybia* jeden Moment wieder auftauchen. Doch jetzt mussten sie alles in Boxen verpacken, um der neuen Crew Platz zu schaffen.

Ihr Anblick bringt ihn aus dem Konzept. Er setzt sich auf die Liege Almira gegenüber und lehnt den Kopf an die Wand.

Eine Weile sehen sie einander nur stumm an, bis Almira plötzlich sagt: »Manchmal vergesse ich, dass sie tot ist. Dann sehe ich etwas da draußen und denke, ich muss ein Bild für sie machen.«

»Manchmal träume ich von ihnen«, erwidert Sam. »Und manchmal habe ich das Gefühl, dass sie gleich hinter einer Eisspitze auftauchen.«

»Die Toten verlassen uns nie ganz.«

Er wünschte, sie würden einfach verschwinden. Seit Ida und dem Highbus schleppt er diese Toten mit sich rum, die sich an ihn klammern und nicht loslassen wollen. Er beobachtet Almira, bis es aus ihm herausbricht: »Frag mich.«

»Was denn?«

»Warum ich nicht besser aufgepasst habe... das ist es doch, was du wissen willst.«

Sie sieht zur Seite. »Was weißt du denn davon, was ich will...«

»Ich kann es dir ansehen.«

»Ach ja?« Jetzt klingt sie feindselig, und ihr Blick kehrt sezierend zu ihm zurück. »Hast du vielleicht auch gesehen, wie sie Laure zu Hause für ihren eigenen Tod verantwortlich gemacht haben? Wie sie den ganzen Dreck über ihr ausgekippt haben?« Sie bebt vor unterdrücktem Zorn. »Was ich will, ist, dass sie Laure nicht als inkompetente Anfängerin hinstellen. Keiner von uns war im Schoß so zu Hause wie dieses Mädchen.«

Langsam nickt Sam, weil es wahr ist, und Almira atmet tief durch.

»Du hättest sie nicht aufhalten können«, sagt sie schließlich, aber das kann Sam so nicht hinnehmen.

»Ich hätte sie hören müssen.«

»Du hast doch in deiner Koje geschlafen.«

»Ja.«

341

»Na dann.« Sie lehnt sich ebenfalls zurück und schließt die Augen. »Was wirfst du dir also vor?«

»Wirfst du mir denn etwas vor?«

Für einen kurzen Moment blitzt etwas in ihrem Blick auf, aber sie antwortet nicht, beißt nur die Zähne zusammen.

Sam kann keine Ruhe geben. »Denkst du, ich hätte mit dem Rover hinterherfahren sollen?«, fragt er.

»Hör doch auf! Der Rover ist für solche Strecken nicht gemacht, schon gar nicht auf diesem Gelände.«

»Aber du wärst gegangen?«

Sie starren sich an wie zwei Hunde in einem zu kleinen Käfig.

»Du hast das Richtige getan«, antwortet sie, »ich weiß das.«

»Aber das ist nicht das, was du fühlst, oder? Sag es! Warum du wirklich hier bist!«

Die Sekunden verstreichen.

»Lass es einfach, Sam.«

Er schüttelt den Kopf. »Das kann ich nicht.«

»Was spielt es für eine Rolle?«

Er starrt sie nur weiter an, bis sie endlich antwortet: »Ja, ich hätte den Rover genommen. Geht es dir jetzt besser?«

Nein. Aber das wusste er ja schon vorher. Er rutscht in sich zusammen und nimmt den Kopf zwischen die Hände. »Du warst nicht hier«, sagt er trotzig.

»Nein, ich war nicht hier. Und damit muss ich leben.«

Wieder vergehen Minuten, bis Sam zugibt: »Ich glaube, ich weiß nicht mehr, wie leben geht.«

»Du atmest, du stehst auf, du isst, du schläfst, du fängst wieder von vorn an.«

»Ist das alles?«

Ihr Gesicht gibt nichts preis. »Du musst mit den Menschen um dich herum reden, sonst merken sie, dass etwas nicht stimmt, und wollen dir helfen.«

»Aber es gibt keine Hilfe?«

Almira schüttelt den Kopf. »Nicht für Leute wie uns, wir sind nicht reparabel. Atmen, aufstehen, essen, schlafen, das ist alles.«

»Jedes Tier kann das.«

Sie lacht, und es klingt bitter. »Sind wir denn mehr? Sieh uns doch an, dich und mich. Ich würde dir gern etwas anderes sagen, aber ich bin keine besonders gute Lügnerin. Dich fressen deine Schuldgefühle auf, weil du überlebt hast, und mich Trauer und Wut. Ich bin nur besser darin, Normalität zu imitieren, als du, das ist alles.« Sie erhebt sich. »Ich kann dir nicht helfen, Sam. Ich bin Laures Mutter gewesen, ich kann nicht die eines anderen sein.«

49

Jupitermond Kallisto

Almira kennt ein paar Geschichten von *Aufräumern*. Diesen Soldaten, die in Krisengebiete hineingehen, nachdem das aktive Gefecht beendet ist. Um die Technik zu bergen, Stützpunkte zu sichern, um chemische und biologische Kampfstoffe zu entschärfen; die Leichen oder Teile davon zusammentragen, damit es keine Seuchen gibt, die Blut und Gedärme von Wänden waschen, weil eine neue Bevölkerung in die alten intakten Häuser einziehen soll. Die in Ruinenfeldern nach Wertgegenständen suchen, um den Krieg und den folgenden Wiederaufbau zu finanzieren. Die kommen, nachdem die Sanitäter nichts mehr machen können und bevor neue oder alte Machthaber zum Alltag zurückkehren. All das, während zurückgelassene Scharfschützen, Bomben, Drohnen und Minen darauf warten, sie in Stücke zu reißen. Vor den Aufräumern haben sogar gestandene Veteranen Respekt, weil es eine spezielle Mentalität erfordert, Kinderleichen von ihrem Platz vor noch laufenden V-Displays zu entfernen und nach draußen zu tragen, um ihnen dann in den biologisch abbaubaren Leichensäcken die Augen zu schließen.

Einer von ihnen hat mal zu ihr gesagt: »Wusstest du

nicht, dass Aasfresser fürs Ökosystem wichtig sind?«, und es hat vier Drinks gedauert, bis sie gemerkt hat, dass es kein Scherz war.

Almira hat nie einen Aufräumer getroffen, der nicht gern getrunken hat. Oder der den Job bis zur Rente gemacht hat.

An diese Geschichten erinnert sie sich, als sie in den Tagen nach dem ersten Erkundungsflug mit der Bergung der *Eurybia* fortfahren und Trümmerteile einsammeln. Auf Kallisto hat kein Krieg stattgefunden, trotzdem muss sie an Clavier in seinen teuren Klamotten denken, der nie ein Kind draußen im Schoß verlieren wird.

Die Tage verschwimmen ineinander, nur die Uhren in der Station zeigen an, dass sie vergehen. Sie bestehen aus einer Reihe Wiederholungen, und bald hat sich die Crew der *Halimede* so an ihre Arbeit in der neuen Umgebung gewöhnt, dass es Almira vorkommt, als wären sie schon ewig auf dem Mond stationiert.

Für eine Weile lenkt sie die Eintönigkeit davon ab, dass sie Laures Leiche immer noch nicht gefunden haben. Jedes Mal, wenn sie zur *Eurybia* fliegen, nähern sie sich der Absturzstelle in einem etwas anderen Bogen, sodass sie eine Menge Eis überfliegen. Sie halten Ausschau nach Hinweisen darauf, wo Laure und João entlanggegangen sein könnten. Aber sie entdecken nichts. Als wären die beiden mitsamt ihrer Ausrüstung vom Mondboden verschluckt worden. Das alles ergibt so wenig Sinn, dass Almira sich manchmal fragt, ob sie das Ganze nur träumt.

Dann bleibt sie plötzlich in der Mitte eines Moduls stehen, blickt nach oben durch die Scheibe in das Schwarz des Schoßes und hat das Gefühl, dass da draußen etwas zurückschaut und tief in sie hineinsehen kann. Nur ob das ein tröstlicher Gedanke ist, weiß sie nicht.

Weil das aber kein normales Verhalten ist und die anderen sie irritiert ansehen, wenn sie Almira im Gang begegnen, verbringt sie so viel Zeit wie möglich außerhalb der Station. Es gibt genug zu tun, jeden Tag erhalten sie neue Aufgabenlisten von der Erde, und mit jedem Tag, der vergeht, zögert Almira die Rückkehr in die *Chione* weiter hinaus.

Minute um Minute, bis sie eines Tages zu Tony sagt: »Ich mache einen Spaziergang.«

Er runzelt die Stirn. »Was hast du vor?«

»Ich komme zurück, bevor die Tanks leer sind, versprochen.«

Skeptisch sieht er sie an. »Du weißt, dass sie es nie bis hierher geschafft hätten. Du wirst in der Umgebung keine Spur finden.«

»Das weiß ich.«

»Du bist nicht mal religiös, Almira, was spielt es für eine Rolle, ob du ihren Körper nach Hause bringst?«, lässt er sich hinreißen.

Er meint es nicht gemein, er hat nur Angst um sie. Almira weiß das zu schätzen. »Erinnerst du dich noch, 2096 auf dem Mond und wie du zu mir gesagt hast, dass ich dir vertrauen soll, weil du weißt, was du tust, und dass der Tunnel halten wird?«

Zögerlich nickt er.

»Ich weiß auch, was ich tue. Es ist okay. Seien wir doch ehrlich, Tony, ich war keine besonders gute Mutter, aber ich bin eine ziemlich gute Spaceworkerin. Als Mutter schulde ich es Laure, nach ihr zu suchen und nicht aufzugeben. Und als Spaceworkerin?« Sie deutet auf die Wand und meint das Draußen. »Da ist es einfach meine Pflicht, ihren Leichnam nach Hause zu bringen, ganz gleich wie schlecht die Wetter sind. Verstehst du das?«

Er sieht sie traurig an. »Weil man keinen Kumpel unter Tage lässt?«

Sie nickt.

Es dauert einen Moment, aber dann atmet er einmal tief durch und sagt: »Na schön. Aber sieh zu, dass du nicht in eine Spalte rutschst, okay?«

»Ich werde mich bemühen.«

»Tu das. Ich habe keine Lust, mir von Harald anhören zu müssen, ich hätte dich auf diesem Scheißmond verloren.«

»Der wird schon Trost finden.«

»Vielleicht. Vielleicht auch nicht.« Mehr sagt er nicht dazu, folgt ihr nur zur Schleuse, um ihren Anzug und das PLSS zu kontrollieren. Dann bereitet er die Schleuse vor. Als Almira hineintritt, fordert er: »Melde dich in Zwanzig-Minuten-Abständen, verstanden?«

Sie nickt und schließt die Schleusentür zwischen ihnen. Kurz darauf hört sie den lauten Knall beim Entweichen der Luft.

Der Marsch über das Eis ist anstrengend. Auch wenn sie leichter ist als auf der Erde und größere Sprünge machen kann, ist Almiras Ausrüstung doch schwer und der Weg uneben. Immer wieder muss sie Krater umrunden oder über Brüche im Eis springen. Zwischen Eisspitzen geht sie hindurch wie durch einen Wald. Schon nach kurzer Zeit sieht sie genau dasselbe vor sich wie hinter sich, wenn sie sich zur *Chione* umdreht. Noch mehr schmutziges Eis.

Die Einsamkeit erschreckt sie nicht. Almira hat erwartet, dass sie ihr Angst macht, aber das passiert nicht. Sie läuft über das Eis von Kallisto wie über den roten Sand des Mars und die grauen Ebenen des Erdmonds. Über ihr wölbt sich die Schwärze des Schoßes, in der die stechenden Lichter der Sterne aussehen wie nackte Glühlampen. Hier draußen ist alles schärfer, die Kontraste hochgefahren, bei jeder Landung auf der Erde senkt sich ein Schleier über die Augen, der sich erst wieder hebt, wenn man zurück im All ist. Es ist eine ganz eigene Schönheit, der die Spaceworker im Schoß begegnen.

Nach einer Weile hat Almira wieder das Gefühl, beobachtet zu werden. Es befällt sie so plötzlich, dass sie stehen bleibt und nach oben sieht, doch in der Dunkelheit ist nichts zu erkennen. Vielleicht reagiert ihr Körper auf das Gefühl der Einsamkeit.

Sie läuft weiter, sucht nach Spuren, von denen sie weiß, dass sie nicht da sein können. Sie geht in die Richtung, in der der abgestürzte Lander liegt, immer wieder muss sie von ihrem unsichtbaren Weg abweichen, um Spalten und Berge zu umgehen. Unregelmäßig meldet sie sich bei Tony, aber er ermahnt sie nicht. Am Anfang sieht sie hin und wieder Spuren von Sam und seiner Zeit allein auf dem Mond, sie findet das eine oder andere Werkzeug, eine Schnitzerei im Eis, sogar Müll, doch irgendwann kommt sie in unberührtes Gelände, und sie weiß, dass er nie bis hierher vorgedrungen ist, weil er sich auf die andere Seite der Station konzentriert hat, wo die Oberfläche weniger anstrengend zu bewältigen ist.

Die einzigen Geräusche, die sie begleiten, sind das Rauschen ihres Anzugs und ihr eigenes Atmen.

Sie denkt an Laure und lässt ihrer Fantasie freien Lauf, Almira beschwört das Bild ihrer Tochter herauf und kann sie vor sich sehen, wie sie hinter einer Eisspitze hervortritt und ihr entgegenkommt. Ihr Kind, das schon mit zwölf größer war als sie und in allem ein bisschen schneller, ein bisschen schlauer und erfüllt von diesem Selbstbewusstsein, das ganz das ihre war. Almiras Erinnerung wird eine Fata Morgana auf dem Eis, flimmernd und strahlend.

Das Abbild streckt die Hand nach ihr aus und flüstert: »Hallo, Mama.«

348

50

Französisch-Guyana, l'Île du Lion Rouge

Janique hat zu lange gewartet, und jetzt hat sie keine Wahl mehr, weil das Chalk keine zwei Tage mehr reicht. Sie streckt es, aber der Kopfschmerz wird zu schlimm, und wenn sie einschläft, verliert sie ganze Tage. Vor ein paar Stunden hat sie es kaum aus dem Bett geschafft.

Weil Mateo immer unangenehmer wird, hat sie versucht, einen neuen Dealer zu finden. Das letzte Mal hat er ihr den kleinen Finger der rechten Hand gebrochen, weil sie nichts von der Preiserhöhung wusste, die er angesetzt hat. Seitdem trägt sie eine kleine Schiene, unter der es fürchterlich juckt. Am Ende hat sich Ricki erbarmt, nachdem sie heulend vor ihm zusammengebrochen ist, und den Kontakt mit seinem eigenen Dealer Leroy hergestellt. Natürlich verläuft die erste Begegnung mit Leroy nicht reibungslos.

Hilflos blickt sie auf den Beutel, der zwischen ihnen auf der Theke liegt. Das große Kreuz in der Scheibe wirft sein grünes Licht über sie. Außer ihr ist niemand in der Pharmacie.

»Das ist der doppelte Preis«, sagt sie, und Leroy nickt.

»Nicht ganz, aber ja?«

Die Art, wie er redet, irritiert sie, seit sie die Pharmacie betreten hat. Entspannt sitzt Leroy auf einem Halbkugel-stuhl, die Füße in dünnen Slippern, der rechte ruht auf dem linken Knie. Sein Apothekeranzug ist von guter Qualität, *smart clothing for smart people*. Der Kittel passt sich seiner Temperatur an. In einem Klima wie diesem ist das nicht verkehrt. Er hat nicht nur ein HolMag ums Handgelenk, sondern zwei, ein künstliches Auge und Earbuds.

In seiner Gegenwart ist sie sich ihrer abgewetzten Hose und des durchgeschwitzten T-Shirts deutlich bewusst, auch wenn er nichts dazu sagt. Janiques Narben interessieren ihn nicht. Als Apotheker sieht er jeden Tag Leute wie sie. Für viele Spaceworker ist bei der verringerten Knochendichte nicht mehr viel zu machen, Brüche sind auf der Insel an der Tagesordnung, genauso wie eine Reihe anderer Verlet-zungen. Wer Glück hat, muss sich nur mit Nierensteinen herumschlagen.

Und alle kommen sie her. Manche, so wie sie, für etwas mehr.

»Warum?«, fragt Janique, während der Kopfschmerz immer heftiger wird.

»Das Risiko steigt, nicht wahr?«

»Aber warum?«

Er hebt die Hände. »Steigendes Risiko, steigender Preis.«

Irritiert runzelt sie die Stirn.

»Die Firma hat einen neuen Spieler eingesetzt. Offenbar ist es der Führungsetage zu Ohren gekommen, dass es auf der Insel ein Drogenproblem gibt, ja?« Er klingt empört. »Sie haben jemanden geholt, der sich darum kümmern soll. Imageberater sozusagen, nicht wahr?«

»Marketing?«

»So was in der Art.« Er taucht ein Gebäck in seinen Kaf-fee. »Wenn du filmen willst, wie sauber hier alles ist, musst du halt aufräumen, ist ja klar, oder?«

350

Auf diese Frage erwartet er keine Antwort, und sie hat auch keine.

Wieder nickt er. »Tja, seit Monaten gehen uns die Cleaner auf die Nerven. Irgend so ein Jungspund will sich beweisen. Großer Name, große Ambitionen, ja? Es wird enger, nicht nur für uns, auch für unsere Kunden. Sie fangen an, die Leute einzusammeln, Schlägertrupps kontrollieren die Ecken?«

Janique bekommt es mit der Angst zu tun, wie kann es sein, dass sie noch nichts davon gehört hat? Hat sie wirklich so wenig Kontakt, dass ihr all das entgangen ist? Sie war so damit beschäftigt, vor einem Rausschmiss aus der Wohnung Angst zu haben, dass sie kaum Gedanken an etwas anderes verschwendet hat. Seit der Kerl in ihrer Wohnung war, wartet sie darauf, dass den Behörden auffällt, dass Uche dort nicht mehr wohnt.

»Ich muss jedenfalls aufpassen, verstehst du? Die Organisation ist nicht mehr so einfach wie vorher. Daher und so weiter.« Er deutet auf den Beutel und meint den Preis.

Als sie langsam nach der Tüte greift und mit der anderen Hand Geld über die Theke schiebt, zittert sie. Das Zittern kommt nicht von den Kopfschmerzen, Janique hat einfach Angst vor dem, was noch folgt. Wenn sie die Wohnung verliert, weiß sie nicht, wohin sie soll.

Als sie zur Tür geht, sagt Leroy in ihrem Rücken: »Du solltest in Zukunft sehr genau aufpassen, mit wem du redest und worüber. Die nehmen das sehr ernst, ja?«

Sie dreht sich zu ihm um. »Was?«

»Den Krieg gegen das Chalk natürlich, was sonst?« Er hebt die Hand. »Er hat gerade erst begonnen.«

51

Jupitermond Kallisto

Manche Erfahrungen hinterlassen ein Echo im Körper. Es bleibt abrufbar wie eine Erinnerung. Wenn Almira daran denkt, wie ihr der Terrier einer Nachbarin in den Oberschenkel gebissen hat, als Almira acht Jahre alt war, kommt der Schmerz noch immer zurück. Und wenn sie daran denkt, wie Laure als Kleinkind auf ihrem Schoß Filme angesehen hat, kann sie noch immer das Gewicht ihres kleinen Körpers in den Armen spüren. Den weichen Haarschopf, wenn sie die Nase an Laures Kopf gedrückt hat, während Laure unruhig mit den Beinen wackelte. Im Reden waren sie nie besonders gut, zu schnell haben sie sich gestritten, wie das häufig passiert bei Menschen, die sich so ähnlich sind und deshalb schlecht damit umgehen können, wenn sich der andere auf einmal verändert. Aber all die kleinen Berührungen haben ein Echo in Almira hinterlassen.

Darum ist das Erste, was sie versucht, Laure zu berühren. Almira weiß, dass das, was sie sieht, nicht wahr sein kann, Laure kann nicht am Leben sein. Trotzdem steht sie vor ihr.

Almira stolpert nach vorn, greift nach dem Trugbild, um es zu zerstören, aber sie stößt auf Widerstand, und plötzlich umklammert sie Laures Oberarme fest wie Schraubzwingen.

Sie drückt dieses *Ding*, das aussieht wie ihr Kind, fest an sich.

»Mama«, flüstert das Laure-Ding und schiebt sie vorsichtig von sich.

Durch das Glas der Helme, in dem sich das Geleucht spiegelt, starren sie sich an.

»Du bist nicht verrückt«, sagt das Laure-Ding über die Funkverbindung, als könnte es Almiras Gedanken lesen.

Almira atmet ein, atmet aus. Sie kann nicht loslassen. Es ist ihr gleich, ob sie verrückt geworden ist. Sie kann den Blick nicht abwenden.

»Komm«, fordert das Laure-Ding, und Almira folgt ihm über das Eis, sie halten sich an den Händen, und mit jedem Sprung, den sie tut, denkt Almira: *Jetzt ist es so weit, hier findet es also ein Ende.*

Auf einmal wird sie ganz ruhig. Es wundert sie nicht, dass ihr Gehirn in den letzten Minuten ihres Lebens ein Bild von Laure projiziert, um ihr das Sterben zu erleichtern. Sie drückt die Hand fester und läuft weiter übers Eis, auch das Laure-Ding lässt nicht los, zieht Almira nur immer weiter fort von der Station.

Doch die Sterne über Almira verlöschen nicht. Sie atmet weiter und läuft und läuft, bis die Sauerstoffanzeige Halbzeit erreicht. Almira muss jetzt umkehren, um es zurück zur Station zu schaffen.

Aber das Laure-Ding sagt: »Wir sind gleich da«, und Almira fragt sich, ob sie noch am Leben ist oder schon darüber hinaus.

Sie kommen an den Rand eines Kraters. Einen Moment lang stehen sie nebeneinander, dann deutet das Laure-Ding auf die gegenüberliegende Seite, und Almira kann in der Kraterwand eine Art Höhleneingang erkennen.

Sie sieht zurück, und das Laure-Ding sagt: »Vertrau mir«, dann beginnt es den Abstieg. Es hilft Almira, ihre Schritte auf einem schmalen Weg übers Eis zu finden. Als sie die Mitte des Kraters durchqueren, wird Almira schwindlig, doch sie läuft weiter, ohne nach einer Erklärung zu suchen.

Erst am Eingang der Höhle zögert Almira zum ersten Mal, vor ihr öffnet sich ein Loch aus dunklem Blau, doch das Laure-Ding zieht an ihrer Hand und führt sie weiter hinein ins Eis, unter Tage, und Almira fragt sich, ob das Jenseits für Spaceworker unter Tage liegt.

Sie gehen durch einen schmalen Gang zwischen Eiswänden, der sich nach ungefähr zwanzig Metern verbreitert, bis er in einer Höhle endet.

Einer Unterkunft.

Der Platz ist nicht groß, auf den ersten Blick ist nicht zu erkennen, ob der Hohlraum menschengeschaffen ist, nur das, was sich darin befindet, wurde durch Werkzeuge geschaffen. Es gibt Sitzgelegenheiten, Schlafstätten und Regale, alles aus Eisblöcken oder ins Eis gebrannt. Kleine Lichtquellen erhellen schwach die Höhle, sodass Almira gerade so etwas erkennen kann. Kleinstroboter und anderes Werkzeug liegen in den Nischen im Eis, Kisten mit den Logos der Missionssponsoren stehen an den Wänden. Alles Sachen aus der Station. *Bestände.* Am anderen Ende der Höhle befindet sich etwas wie ein Garten. Pilze wuchern über den Rand von Eiskästen.

Das Laure-Ding drückt Almira auf einen Eisblock und macht sich an ihrem PLSS zu schaffen. Wenige Sekunden später flutet neuer Sauerstoff den Anzug. Almiras Sicht klärt sich, das Laure-Ding hat Almiras PLSS an eine Art Miniausgabe einer ISRU-Einheit angesteckt. Während sich ihre Tanks füllen, nimmt sie aus dem Augenwinkel eine Bewegung wahr.

Ein Mensch. Ohne Anzug und Helm. Er kommt auf sie zu. Das Gesicht merkwürdig breit, die Haut feucht glänzend und bläulich gefärbt. Sie betrachtet sein Gesicht und entdeckt eine Ähnlichkeit mit João Montes. Aber warum projiziert ihr Gehirn ausgerechnet ihn?

Das alles ergibt so wenig Sinn, dass sie in Betracht zieht, vielleicht doch noch nicht zu sterben, sondern einfach nur verrückt geworden zu sein.

Das Laure-Ding setzt sich im Schneidersitz vor Almira, wie Laure es als Kind gemacht hat. Seine Bewegungen sind ruhig, als wäre es gerade erst aufgewacht. Es klappt das Visier des Helms nach oben, und vor Schreck hält Almira den Atem an. Reflexartig will sie dem Laure-Ding das Visier wieder nach unten schieben, aber es fängt ihre Hand ab. Es atmet ein und atmet aus, um Almira zu beweisen, dass die geringe kohlendioxidhaltige Atmosphäre ihm nichts ausmacht. Seine Haut glänzt bläulich, und die Augen wirken blass, als würden sie das Eis des Monds reflektieren. Das Laure-Ding sieht aus wie ihr Kind und doch ganz anders. Das Gesicht merkwürdig in die Breite gezogen, als hätte das Beinahe-Vakuum den Körper ausgedehnt, aber dann aufgehört zu wirken.

Nach ein paar Sekunden klappt das Laure-Ding den Helm wieder zu, damit die Funkverbindung funktioniert, und sagt noch einmal: »Mama.«

»Du bist nicht mein Kind«, antwortet Almira.

»Ach Mama.« Das Laure-Ding seufzt und greift nach ihren Händen. »Ich bin's, Laure.«

Das Laure-Ding klingt nicht genau wie Laure. Seine Stimme ist schlimmer dran als Sams, als hätte es Glas gegessen.

Almira sieht sich um. Ist das hier alles Einbildung? Wunschdenken? »Du kannst nicht echt sein, aber ich kann den Verstand verlieren.«

»Mit dir ist alles in Ordnung, Mama.«

»Schon lange nicht mehr«, sagt Almira. »Und das hier«, sie deutet auf das Laure-Ding, »ist nicht möglich.«

Das Laure-Ding lächelt, aber es sieht traurig aus. »Im Schoß ist alles möglich.«

Almira schüttelt den Kopf. »Das nicht.«

»Mit den richtigen Mitteln schon.«

»Wie?«

»Anpassung.«

»Wodurch?«

»Bakterien? Nichts, was wir von der Erde kennen, deshalb hat Bea während der Tests so schnell nichts gefunden.« Es spricht langsam, das Reden strengt es an. »Wahrscheinlich von Europa, weil Sam nicht infiziert ist. Kontaminiertes Wasser, wer weiß. Vielleicht in der Schleuse der *Eurybia*, das kann jetzt keiner mehr überprüfen.«

»Unmöglich«, wiederholt Almira. Sie fühlt sich wie unter Wasser, das Blau schließt sie ein, und das Atmen wird immer schwerer.

»Du musst ruhig bleiben, Mama, du hyperventilierst.«

Almira lacht. Das Laure-Ding hat gut reden. »Du müsstest längst tot sein.«

»Sag das nicht. Ich bin noch nicht tot … nur anders.«

»Anders?«

Das Laure-Ding lässt ihre Hände wieder los. Seine Bewegungen wirken, als würde es durch Wasser fahren, die Stimme klingt tiefer als früher und leiser. »Wir haben Theorien.« Es versucht, Almira zu erklären, was sie sich zusammengereimt haben. Dass es sich möglicherweise um eine Art Symbiose handelt, um ein neues Mikrobiom auf der Haut, das dort

356

einen Schutzfilm gebildet hat, der vor Strahlung schützt. Oder dass sich die Reparaturfähigkeit ihrer Körper erhöht hat und so irreparable Schädigung durch die Strahlung verhindert. Sie vermuten, dass die Bakterien die Lunge besiedeln und durch ihren Stoffwechsel eine minimale Sauerstoffatmosphäre schaffen, die sie genauso nutzen können wie den minimalen Sauerstoff in der Mondatmosphäre. Wie sie das machen, ob sie Wasser oder CO_2 spalten, wissen sie nicht.

Kann das wirklich sein? Kann Laure tatsächlich noch am Leben sein? Ist das Laure-Ding wirklich ihre Tochter? Almira erfasst eine heftige Sehnsucht, die ihr das Blut in den Ohren rauschen lässt. Sie sucht in diesen veränderten Gesichtszügen nach ihrem Kind und irgendwie auch nach Spuren von sich selbst. Ihr Bauch begreift viel schneller als ihr Kopf.

Sie streckt die Hand nach Laure aus, packt sie an der Schulter. Für Hoffnung braucht es nicht mehr viel, nur noch ein paar Antworten, die eine Erklärung in Aussicht stellen. »Was ist mit der Kälte?«

»Wir wissen es nicht genau. Vielleicht produzieren diese Prokarioten ein Protein oder Zucker… Das könnten sie als Frostschutzmittel an die menschlichen Zellen abgeben.«

»Wie bei manchen arktischen Fischen? Ein ziemliches Wunderbakterium.«

»Drunter machen wir's nicht.« Laures Grinsen ist schief, wie damals als Kind, wenn sie etwas angestellt hat. Sie greift nach Almiras Knöchel, als wollte sie sich ihrer versichern.

»Ist Green auch hier?«, fragt Almira und sieht zu João, der in der Nähe steht und sie beobachtet.

»Nein, Mercer ist beim Absturz der *Eurybia* gestorben. João und ich vermuten, dass es eine besondere genetische Komponente geben muss, die dafür sorgt, dass es bei manchen funktioniert und bei anderen nicht.«

Es ist nicht schwierig zu erraten, was sie damit meint, wenn man sich die Crew der *Eurybia* vor Augen hält. »Mehrgenerationenspaceworker.«

Laure nickt, während sich João endlich setzt, der Ausdruck in diesem merkwürdig breiten Gesicht ist nicht freundlich. An ihm ist die Veränderung noch stärker erkennbar, seine Haut wirkt beinahe ölig. Und ganz tief in sich drin reagiert etwas in ihr auf das Fremde in ihm. Es ist dasselbe Gefühl, das sie überfällt, wenn sie Insekten aus der Nähe betrachtet oder Haie in Filmen sieht. Diese Gewissheit, dass sie etwas vor sich hat, das sich grundlegend von ihr unterscheidet.

Gleichermaßen fasziniert und schockiert betrachtet Almira die beiden.

»Es ist die offensichtlichste Gemeinsamkeit«, fährt Laure fort und zuckt mit der Schulter, als würde das alles erklären.

Es gibt Studien, die belegen, dass manche Spaceworker bereits widerstandsfähiger gegen Strahlung sind und mit geringerem Sauerstoffgehalt auskommen. Über einen besseren Gleichgewichtssinn verfügen oder temperaturunempfindlicher sind. Was ist das hier also? Beschleunigte Evolution?

Almira ist über ein Jahr durch den Schoß geflogen, um die Leiche ihrer Tochter zu finden, stattdessen kehrt das Kind in ihre Arme zurück.

Aber ist sie das noch? Ihr Kind?

Jetzt, da sie etwas anderes geworden ist?

Jede Sekunde befürchtet Almira, dass sich Laures Bild vor ihr auflöst und doch noch als Trugbild entpuppt, und Almira weiß nicht, ob sie das überleben würde, jetzt, da sie Hoffnung geschöpft hat.

»Was genau ist passiert?«, will sie wissen und beobachtet, wie Laure und João stumm kommunizieren.

Schließlich nickt Laure und antwortet: »João und ich wussten, dass bei uns etwas anders ist als bei den anderen. Unser Fieber war nicht so hoch, und wir haben uns insgesamt besser gefühlt. Wir haben gedacht, dass wir die Krankheit überstehen. Es war nicht geplant, dass der Lander eine Bruchlandung hinlegt, wir wollten einfach sehen, was von der *Eurybia* übrig geblieben ist. Du hättest dasselbe getan.«

Almira widerspricht nicht.

»Und dann waren wir gestrandet.« Laure sieht erneut zu João, und das Drama dieser ersten Stunden nach dem Crash entfaltet sich in dem Blick zwischen ihnen. »Es dauert eine Weile, bis sich der Körper umgestellt hat. João konnte mit Hilfe des Energiegewinners aus dem Lander der *Eurybia* Sauerstoff erzeugen, diese Systeme waren nicht beschädigt. Wir haben die PLSS getragen, bis wir sie nicht mehr brauchten.«

»Und wie habt ihr das festgestellt?«

Laure schaut zur Seite, es dauert einen Moment, bis sie antwortet: »Ich habe den Helm abgesetzt.«

Das Grauen kriecht Almira in die Knochen. Wie ausweglos muss Laure die Situation vorgekommen sein, wenn sie den Tod auf diese Weise riskiert? Jede mögliche Frage bleibt ihr im Hals stecken.

»Die Kommunikationssysteme des Landers waren ausgefallen, wir konnten die Station nicht erreichen. Wir haben Wochen in dem zerbrochenen Lander zugebracht, bis wir genug Ressourcen zur Verfügung hatten, um den Rückweg über das Eis anzutreten.«

»Lebensmittel.«

Laure nickt. »An Bord hatten wir beschränkte Ressourcen, aber es hat uns über ein paar Tage gebracht, bis die Umstellung zumindest so weit war, dass wir einen geringeren Verbrauch hatten.«

»Wie gering?«

Laures Schultern sacken ein Stück nach vorn. »Lass es mich so sagen, in der Not frisst der Teufel Fliegen und Spaceworker auch Dreck im Eis.« Sie hebt die Hände. »Wenn es darauf ankommt, wird man kreativ. Wir haben Silicate aus dem Eis gewonnen, Samen ausgesät, Pilze gezüchtet... gehungert.«

In Almira krampft sich alles zusammen. Dafür hat sie ihr Kind nicht in die Welt gesetzt, dass es an einem kalten, dunklen Ort Schmerzen spürt, die am Verstand kratzen und einen dazu bringen, das Visier eines Helms zu öffnen, weil es nichts mehr zu verlieren gibt und der Tod nach Erlösung aussieht.

»Warum seid ihr nicht in die Station zurückgekehrt?«

»Weil ich wusste, dass du kommen würdest.« Laure lächelt, und es ist das Lächeln eines Kindes, das immer noch glaubt, es gäbe für seine Eltern nichts Wichtigeres, als es zufriedenzustellen. Selbst wenn das bedeutet, quer durchs Sonnensystem zu fliegen.

»Warum, Laure?«

»Wir wollten es, glaub mir. Als wir uns auf den Weg zur Station gemacht haben, hatten wir es vor, vor allem auch wegen Sam. Aber dann ist uns etwas klar geworden.« Laure sieht ihr direkt in die Augen. »Wir können nicht zurück. Wir wissen nicht, ob wir auf der Erde noch überleben können, in einer anderen Atmosphäre mit anderen Umweltbedingungen.«

»Dann müssen wir das herausfinden, bevor ihr zurückfliegt. Das erklärt nicht, warum ihr nicht in die Station zurückgekehrt seid. Warum ihr niemandem gesagt habt, dass ihr noch am Leben seid, und warum du mich in dem Glauben gelassen hast, du wärst hier draußen gestorben.« Sie wird lauter, und Laure wirft erneut einen Blick zu João, der heftig gestikuliert, als wüsste er, worüber sie reden.

Mit einer Handbewegung bringt sie ihn dazu stillzuhalten. Langsam rückt Laure zu Almira heran und umfasst ihre Knie. »Wenn wir zurückkehren, werden wir nie wieder frei sein, selbst wenn wir eine erneute Anpassung überleben oder sie ein Gegenmittel entwickeln.«

Auf einmal wird Almira wütend. »Das ist doch keine Begründung! Sie werden euch sicher nicht in ein unterirdisches Labor einsperren!«

»Unterirdisch vielleicht nicht, aber schau dir an, was passiert, wenn Pandemien ausbrechen, wie schnell sie Quarantänezirkel ziehen. Solange niemand weiß, wie das Bakterium wirklich arbeitet, lassen die uns nicht raus, das kann keiner riskieren. Aus Sicherheitsgründen. Und selbst wenn. Glaubst du, wir hätten je wieder Ruhe? Vor irgendwem?«

Almira schüttelt den Kopf und bedeutet Laure, das Kabel von ihrem PLSS abzuziehen. Sie kann nicht akzeptieren, was sie hört. »Das ist doch kein Leben hier, Laure! Hier ist doch nichts. Nur Eis. Willst du den Rest deines Lebens auf einem Eisblock in einer Höhle bleiben?«

Laure wartet mit der Antwort, bis sie wieder vor Almira sitzt, dann sagt sie leise, aber bestimmt: »Unser altes Leben war vorbei, als wir uns infiziert haben. Wir hatten nur länger Zeit, uns an den Gedanken zu gewöhnen, das ist alles.«

»Das glaube ich nicht!«

»Mama, denk nach. Du weißt, wie das ist. Nach der ersten Angst werden sie wie immer ans Geld denken. Menschen, die unter diesen Bedingungen leben können«, sie breitet die Arme aus, »das ist der Traum des Asteroid Minings. Sie versuchen doch jetzt schon, Spaceworker wie Tiere zu züchten, was meinst du, was erst geschieht, wenn wir richtig nützlich werden?«

»Und das ist der Grund, warum er seine Familie lieber in dem Glauben lässt, er wäre tot?« Almira zeigt auf João, der aufsteht und unruhig durch die Höhle läuft. Sein Gang über das Eis ist fester als ihrer; die Art, wie er ohne Anzug halb geht, halb schwebt, verdeutlicht nur den Unterschied zwischen ihnen.

»Du verstehst das nicht. Was nützt es seiner Familie, wenn sie wissen, dass sie ihn nie wiedersehen werden? Soll seine Frau ein Leben lang an ihn gebunden sein, nur weil er noch lebt? Das hat sie nicht verdient.«

Almira wendet sich wieder Laure zu. »Nein, stattdessen wird sie sich ein Leben lang fragen, was passiert ist, und um einen Mann trauern, der gar nicht tot ist.«

»Aber sie wird seine Pension erhalten und kann die Kinder durchbringen.«

»Um Himmels willen, Laure! Geld ist doch kein Grund, jemanden so etwas zu verschweigen.«

Laure richtet sich auf. »Die Prämie wird es ihnen erlauben, einen anderen Weg einzuschlagen als João. Sie müssen keine Spaceworker werden.«

Der Satz trifft Almira wie ein Schlag. »Ich habe nie gesagt, dass du Spaceworker werden musst.«

»Nein. Aber als Kind habe ich geglaubt, dass es etwas ganz Besonderes sein muss, wenn du mich dafür immer wieder allein lässt.«

Ein schmerzhaftes Ziehen in der Brust befällt Almira.

Das Schweigen zwischen ihnen ist aufgeladen, bis Laure seufzt und sagt: »Er ist nicht mehr der Mann, den sie geheiratet hat.« Sie deutet an sich hinunter. »Wir sind nicht mal mehr die Menschen, die wir einmal waren. João will nicht, dass seine Frau ihn so sieht. Es geht auch nicht nur um uns oder unsere Familien. Wenn herauskommt, was dieses Bakterium auf Europa kann, werden sie es dafür nutzen, Tausende Spaceworker anzupassen. Aber zu welchem Preis?«

»Es könnte ihnen die Möglichkeit geben, endlich eigene Bedingungen zu nennen. Wenn niemand sonst kann, was sie können, haben sie alle Trümpfe in der Hand.«

»Oder wir verbannen sie in den Schoß, ohne Chance auf Rückkehr. Sollen wir das verantworten?«

Almira weiß nicht, was sie darauf sagen soll, aber es muss andere Möglichkeiten geben.

»Es hat sich mehr geändert als nur unsere Haut und wie wir atmen. Wir können die Veränderung auch hier spüren.« Laure legt die Fingerspitzen an den Helm. »Der Mond … wir hatten viel Zeit, darüber nachzudenken, und haben schon vor einer ganzen Weile Abschied von dem Gedanken genommen, zur Erde zurückzukehren.«

»Das glaube ich nicht, João hat doch Kinder. Ist ihm das alles egal?«

»Im Gegenteil. Er will das Beste für sie.«

Almira presst die Lippen fest aufeinander, ihr Blick gleitet über die Höhlenwände, dieses unwirtliche Blau, das jeden Atemzug zu einem Kampf macht. »Ihr gebt auf, bevor ihr es überhaupt versucht habt.«

Einen Moment mustert Laure sie ernst und beinahe feindselig. »Du weißt nicht, was hier geschieht und was wir durchgemacht haben. Was es uns gekostet hat … die Anpassung ist noch nicht beendet, und wir wissen nicht, wie wir uns weiter verändern werden. Was … am Ende herauskommen wird. Wenn ihnen zu Hause nicht gefällt, was hier geschieht, und sie beschließen, das Problem im Keim zu ersticken, was dann?«

Noch einmal packt Almira sie an der Schulter. »Ihr könnt euch nicht ewig verstecken, Laure. Die Satelliten finden euch. Der Raumfahrthafen wird irgendwann stehen, mehr Leute werden herkommen. Wie soll es hier weitergehen?«

Sie erhält keine Antwort, weil Laure und João keine haben.

Es ist nur eine Frage der Zeit bis zu ihrer Entdeckung, das ist auch ihnen klar.

»Ihr könnt sie nicht daran hindern, hierher zurückzukehren, Laure.«

»Wir werden sehen.«

»Glaubst du, ich vergesse dich hier auf diesem Mond? Dass ich zurückfliege und so tue, als wäre nichts passiert?«

»Das musst du aber.«

»Vergiss es, Laure!«

João tritt neben sie, er deutet auf ihre Anzeigen und den Höhleneingang. Almira muss zurück zur Station. Sie ist schon viel zu lange hier und müsste längst auf dem Rückweg sein. Die anderen werden nach ihr suchen, wenn sie nicht rechtzeitig zurückkommt.

»Was ist mit den Europa-Proben in der Station?«, fällt ihr ein. »Könnten die für jemanden gefährlich werden?«

»Die haben wir vor unserem Flug gegen anderes Wasser ausgetauscht.«

»Warum?«

»Als Absicherung.«

»Wegen der Befehlsverweigerung.«

Laure nickt. »Sie sollten unser Pfand sein, falls die Strafen zu hoch ausgefallen wären. Wir haben uns gedacht, wenn wir die Einzigen sind, die wissen, wo die Europa-Proben sind, können wir auch Bedingungen stellen. Damals haben wir natürlich noch nicht gewusst, was sie bewirken.«

»Dann gibt es kein Europawasser mehr auf der *Chione*?«

Laure schüttelt den Kopf. »Die anderen sind sicher. Wir haben die letzten Proben hier.« Sie deutet in unbestimmte Richtung hinter sich zu einem Stapel Kisten. »Geh zurück, Mama. Du weißt jetzt, dass ich am Leben bin, du musst nicht hierbleiben. Du musst nur schwören, dass du niemandem von uns erzählst.«

Beinahe hätte Almira gelacht, noch vor Kurzem hat sie in Betracht gezogen, durch die Trauer verrückt geworden zu sein – jetzt denkt sie es über Laure. »Nimm den Helm ab«, sagt sie, und Laure zögert keine Sekunde.

Almira löst ihren rechten Handschuh vom Anzug. Für wenige Sekunden legt sie die nackten Finger an Laures Wange und spürt die Veränderung der Haut, während sich ihre eigene an den Fingern im Beinahe-Vakuum auszudehnen beginnt. Glatt, fest, strukturiert wie grober Stoff. Anders als früher. Anders als ihre eigene Haut. Der kleine Leberfleck über Laures rechter Braue, den sie mit zweieinhalb bekommen und um den sie als Kind so gern einen Stern gemalt hat, ist verschwunden. Und mit ihm das Echo, das Laure in Almira hinterlassen hat.

Sie sehen sich an, und Almira weiß nicht, wer diese neue Laure ist, die ihr da gegenübersteht, und wie sie das Fremde überwinden kann. Es ist nicht nur der veränderte Körper, es ist etwas in Laures Blick, das ihr ganz und gar unbekannt ist.

Beklommen zieht Almira den Handschuh wieder über, schließt die Verbindungen, und zurück bleibt ein stechender Schmerz in den Fingern, den sie zuvor nicht wahrgenommen hat. Steven wird sie fragen, was sie gemacht hat.

Laure setzt sich den Helm auf und lenkt Almira mit der Hand zum Ausgang; gemeinsam mit João begleitet sie Almira bis zum Rand des Kraters. Für einen Moment stehen sie einfach Schulter an Schulter nebeneinander und blicken auf die sich vor ihnen erstreckende Eislandschaft, von der Almira sich nicht vorstellen kann, dass sie für irgendjemanden zu einer Heimat wird.

»Du musst jetzt gehen, Mama«, sagt Laure, und beinahe panisch greift Almira nach ihrer Hand.

»Ich komme wieder«, verspricht sie, und nach einem Moment nickt Laure.

»Du wirst nichts sagen, oder, Mama?«

Almira schüttelt den Kopf. Sie weiß, dass Laure verschwinden wird, wenn sie den Eindruck hat, dass Almira sie anschwindelt. »Lass uns darüber reden, ja? Es muss nichts sofort entschieden werden.«

Laure seufzt, nickt aber, und Almira beginnt den Rückweg, obwohl alles in ihr danach drängt, bei Laure zu bleiben. Immer wieder dreht sie sich nach ihr um, bis sie einander nicht mehr sehen können. Und mit jedem weiteren Sprung fragt sich Almira, warum sie das Gefühl hat, als hätte sie Laure ein zweites Mal verloren.

52

Jupitermond Kallisto, Chione-Station

Zum ersten Streit in der Station kommt es, als Chino dazukommt, wie Tony eine Nachricht für die UESW einspricht, die zum Jahrestag des Stevinus-Aufstands eine Gedenkfeier abhalten und die Nachricht ausstrahlen will.

Chino bricht das heilige Gesetz und beginnt eine Diskussion über den Aufstand, die Tony abzuschmettern versucht, indem er sagt: »Du warst doch gar nicht dabei, Junge.«

Doch Chino lässt nicht ab, und an seinen zu Fäusten geballten Händen kann Sam schon sehen, dass er auf Streit aus ist. Die Crew sitzt gerade beim Frühstück zusammen, und Sam zweigt heimlich Essen ab, das er den Mäusen geben will.

»Jeder weiß doch, dass die UESW ihre Leute absichtlich aufgeheizt hat, damit die Sache eskaliert. Hätten die damals nicht so viel Druck ausgeübt, wäre der Protest nicht eskaliert. Und jetzt willst du ihnen auch noch zuarbeiten.«

»Der Protest ist eskaliert, weil die Bedingungen in den Minen von Orschat Inc. katastrophal waren und die Leute wie die Fliegen gestorben sind.« Tony setzt sich und gießt sich Kaffee ein, während Chino mit verschränkten Armen neben dem Kaffeeautomaten stehen bleibt.

»Die Soldaten, die sie über den Haufen geschossen haben, hatten mit den Minen nichts zu tun.« Auffordernd sieht er Sam an, auch die anderen wenden sich ihm zu, als wäre er für die Unterhaltung zuständig.

»Was?«, fragt er irritiert.

»Du warst doch auf dem Mond, als es passiert ist«, sagt Chino.

»Na und?«

»Du musst doch mitgekriegt haben, wie das war.«

Sam blickt auf seinen Teller. Er erinnert sich an Colin und wie er zu Boden gegangen ist, und ihm vergeht der Appetit. »Was spielt das denn noch für eine Rolle?«, sagt er leise.

»Findest du es etwa gut, wenn er die UESW unterstützt? Die wollen das doch nur nutzen, um für sich selbst Werbung zu machen.«

Tony runzelt die Stirn.

Aber Sam winkt ab. »Alle wollen Werbung für sich machen, die Gewerkschaft ist da keine Ausnahme.«

Wütend schüttelt Chino den Kopf und verlässt ohne Frühstück die Küche.

»Der beruhigt sich schon wieder«, sagt Almira und klopft Max auf den Rücken, der seinem Kameraden nachdenklich nachschaut.

»Wird das hier zum Problem?«, fragt Max nach einem Moment und sieht in die Runde.

Almira und Tony werfen sich einen Blick zu und schütteln dann die Köpfe, Cora und Wen Yu können den Streit als ESA-Mitarbeiter ohnehin nicht richtig nachvollziehen, daher schweigen sie.

Sam, der keine Lust hat, über die Vergangenheit zu reden, trinkt den Rest seines Kaffees und steht auf. Mit dem heimlich abgezweigten Essen verlässt er die Küche und geht zurück zu seiner Koje, um die Tiere zu füttern. Langsam haben sich auch die Mäuse an die neuen Bewohner der Station gewöhnt, allerdings wirken sie immer noch ein bisschen beleidigt, weil Sam ihren Bewegungsradius sehr eingeschränkt hat.

Als er sich aufs Bett setzt und das Protokoll für den Tag anlegt, kommt Chino in den Schlafbereich, um sich für das Laufband umzuziehen. Die Wut liegt ihm noch immer im Blick.

Mitten in der Bewegung hält er inne und lässt das T-Shirt sinken, das er sich über den Kopf ziehen wollte. Er baut sich vor Sam auf, obwohl er ihm nur bis zur Nase reicht. Dafür ist Chino doppelt so breit. »Du hättest etwas sagen müssen, Mann«, fährt er Sam an.

»Und dann?«

»Hast du nicht einen Kameraden auf dem Mond verloren?«

Mehr als das. »Ja. Und du?«

Irritiert wendet sich Chino ab und zieht das Shirt über.

Sam lässt sich auf die Liege fallen und verschränkt die Arme hinter dem Kopf. Nach einem Moment sagt er: »Ich kann dir nur einen Rat geben, von Soldat zu Soldat. Hier draußen hängst du solchen Sachen besser nicht so lange an. Dabei reibst du dich nur auf. Deine Wut auf die Spaceworker von damals oder die UESW bringt dich nicht weiter.« Er starrt an die Decke der Koje. »Damals hab ich das nicht verstanden, aber mit ein bisschen Abstand kann ich dir eines ganz genau sagen. Die haben die Spaceworker damals genauso verheizt wie die EASF uns.«

Chino gibt einen Laut des Unwillens von sich.

»Was hast du denn geglaubt, warum plötzlich Soldaten in einer Mine auftauchen, mit der sie gar nichts zu tun haben? Die EASF behauptet immer, die Spaceworker hätten den Raumhafen angegriffen, und deshalb wären wir gezwungen gewesen einzugreifen. Aber die Wahrheit ist, dass wir schon eher auf den Aufstand getroffen sind. Nicht erst im Raumhafen, sondern schon in der Mine, weil Orschat bei der EASF um Hilfe gebeten hat.« Sam dreht den Kopf zu Chino. »Wenn Tony das aufnehmen will, dann lass ihn doch. Die toten Kameraden interessiert es nicht mehr, und dein Leben hängt vielleicht mal davon ab, dass Tony nicht sauer auf dich ist.«

»Das ist ziemlich beschissen.«

»Aber wahr.« Sam beschreibt mit der Hand einen Kreis. »Dieser Mond macht keine Unterschiede zwischen Spaceworkern und Soldaten, und wenn du hier überleben willst, solltest du das genauso handhaben.«

Chino antwortet nicht, nickt aber und verlässt anschließend den Schlafbereich. Den Rest des Tages gehen sie sich alle ein bisschen aus dem Weg, bis sich die Gemüter beruhigt haben, und Sam findet, dass sie den ersten richtigen Krach in der Station ganz gut gemeistert haben. Er erinnert sich noch daran, wie Laure Mercer fast ein Veilchen verpasst hat, als die Toilette seinetwegen mal wieder verstopft war – dagegen ist Chinos beleidigte Miene noch harmlos.

53

Jupitermond Kallisto

Jeden Tag geht Almira zwei Stunden raus aufs Eis. Die anderen glauben, sie sucht in der Nähe der Station nach Spuren von Laure, und halten sie nicht auf. Allerdings versucht Cora immer wieder herauszufinden, wie es Almira geht.

Almira selbst versucht hingegen, sich an den Gedanken zu gewöhnen, dass ihre Tochter nicht mehr der Mensch ist, der sie einmal war. Ist sie überhaupt noch ein Mensch? Das Beinahe-Vakuum und die Umwandlung haben nicht nur Laures Körper neu gebildet, auch Teile ihrer Persönlichkeit sind nun anders. Die mit ihnen einhergehende Isolation hat ihren Blickwinkel auf vieles verändert. Es gibt Momente, da hat Almira das Gefühl, einer Fremden gegenüberzustehen.

Immer wieder diskutieren sie darüber, dass Laure nicht daran glaubt, den Prozess umkehren zu können.

»Ich verstehe nicht, dass du so schnell aufgibst. Wie du dich mit der Veränderung abfinden kannst«, sagt Almira zu ihr, während Laure neue Pilzkulturen anlegt. »Wenn ich an all die Dinge denke, die du hinter dir lässt...« Bei dem Gedanken daran, dass Laure nie wieder auf die Erde zurückkehrt, erfasst Almira ein Grauen, das ihr in die Knochen dringt.

Ganz genau beobachtet sie alles, was die beiden tun. Wie sie das Wenige essen, das sie haben. Wie sie sich eine Welt unter dem Eis erbauen. Dem unwirtschaftlichen Mond Meter um Meter abringen. Wie sie sich mit Gebärdensprache verständigen, die sie sich selbst beigebracht haben. Wie sie um jeden Tag kämpfen. Das alles spricht von einer Mühe, die Almira unerträglich erscheint, nur um am Leben zu bleiben.

Laure geht irgendwann dazu über, die Diskussionen zu beenden, indem sie sagt: »Es ist nicht deine Entscheidung.«

Und Almira muss lachen, als sie das zum ersten Mal hört, weil es sie an Laures Teenagerzeit erinnert.

Bei einem besonders hässlichen Streit lässt sich Almira beinahe dazu hinreißen zu antworten, dass Laure es ihr sehr wohl schuldig ist, ein gutes Leben zu führen. Immerhin hat sie Laure in die Welt gesetzt, sie hat Opfer gebracht. Und wofür?

Aber dann hält sich Almira doch zurück, beißt sich auf die Zunge, bis der Schmerz sie erdet, und hilft Laure mit den Beeten. Weil das Band zwischen ihnen ohnehin so dünn ist, dass sie es nicht zum Reißen bringen will.

Nur wenn sie raus aufs Eis gehen, versöhnt sich Almira mit Laures Schicksal. Dann sieht sie zu, wie ihr Kind unter einem schwarzen Himmel über die kratergeprägte Oberfläche läuft und springt und gleitet, während die Sterne über ihnen leuchten, und diese unbarmherzige Welt scheint beinahe schön. Dann wirken Laure und João eins mit der Umgebung, und Almira ahnt, dass die beiden ein Gefühl von Freiheit verspüren, dass Leute wie sie nur sehr selten empfinden. Ein selbstbestimmtes Leben ist für die meisten Spaceworker nur ein Traum, und vielleicht bindet der Wunsch danach Laure viel mehr, als Almira vermutet hätte. Und möglicherweise ist sie darüber, dass sie etwas Wesentliches über ihr Kind noch nicht gewusst hat, gleichzeitig erstaunt und verärgert.

Doch Almira weiß, dass sie bald eine Entscheidung treffen muss. Ewig kann sie sich nicht aus der Station fortschleichen und so tun, als wäre das nur irgendeine andere Mission, die sie zu erledigen hätte. Jede Stunde und jede Minute denkt sie darüber nach, was sie tun soll.

Almira denkt an die Menschen, die auf sie warten; an Harald, der ihren Briefkasten leert; an ihre Eltern, denen es vielleicht so ergehen wird wie ihr selbst, für die sie aber nichts tun kann. Sie denkt an die Orte, die sie so gern besucht hat, Haralds Schwimmhalle, den Irish Pub in der Nähe der Rout Bréck in Luxemburg und die Plitvicer Seen, an denen sie Urlaub gemacht hat. Sie denkt an die Dinge, die sie nicht mehr empfinden wird. An die Sonne. Sehr gründlich denkt sie darüber nach, wie sehr sie am Leben hängt.

Für Almira ist Laures Überleben ein kompliziertes Glück.

Aber am Ende hört sie nur auf ein einziges Gefühl, ganz tief in sich drin, auf diese eine Gewissheit, die keinen Raum für Zweifel lässt: Früher ist Laure in ihre Fußstapfen getreten, jetzt wird Almira ihr folgen.

Deshalb sagt sie am vierten Tag: »Gib mir die Probe«, und es dauert etwas, bis Laure begreift und heftig den Kopf schüttelt. »Gib sie mir!«, wiederholt Almira, und zum ersten Mal seit ihrem Wiedersehen erkennt sie so etwas wie Angst auf Laures Gesicht, die sich aus der Sehnsucht eines Kindes speist. »Ich bin da, alles ist gut«, flüstert sie, als wäre Laure erst drei Jahre alt, und der Nachtschreck hätte sie gerade aus dem Schlaf gerissen. »Gib mir die Probe.«

Langsam geht Laure zu den Kisten, öffnet eine davon und zieht ein Probenröhrchen heraus. João, der merkt, worauf das alles hinausläuft, packt sie am Arm, aber sie schüttelt ihn ab. Stumm starren sie sich an, nach ein paar Augenblicken lässt er sie los und stürmt wütend aus der Höhle.

»Er denkt an seine Familie«, sagt Laure entschuldigend. »Es hat nichts mit dir zu tun.«

»Ich weiß.« João hat Angst, das ist ihr klar. Wenn Almira hier bleibt, verschiebt sich etwas in der Dynamik mit Laure, vorher waren es schließlich nur sie zwei, sie waren aufeinander angewiesen.

Unsicher steht Laure vor ihr, die Probe in der Hand, und sieht darauf hinab. »Du musst das nicht tun, Mama.«

Und beinahe sagt Almira *Ach, Kind,* tut es jedoch nicht. Laure hat nie gut darauf reagiert, wenn man ihr sagt, dass sie etwas nicht versteht. Es ist nicht ihre Schuld, dass sie nicht begreift, wie gebunden Almira ist.

Sie nimmt Laure die Probe aus der Hand und steckt sie sich in die Seitentasche ihres Anzugs.

»Was wenn es nicht funktioniert?«

Dann begräbst du mich aufs Sams Friedhof und lebst weiter. »Wird schon.«

»Mama!«

»Mach dir keine Sorgen. Es gehört mehr dazu, mich umzubringen, als ein bisschen Wasser.«

Laure geht nicht darauf ein, hält Almira aber auch nicht auf, drückt sie beim Abschied nur fest an sich, wobei ihre Helme aneinanderstoßen.

Almira weiß, dass sie sich vielleicht nicht wiedersehen, wenn sie die Umwandlung nicht übersteht, aber sie kann ihre Gefühle nicht in Worte fassen. Manche Wahrheiten sind offenbar nicht dafür da, ausgesprochen zu werden, ganz gleich, unter welchen Umständen.

Zwei Stunden später trinkt Almira in der Station das Europa-Wasser.

54

Französisch-Guyana, Kourou

Sie treffen sich in einem Restaurant in der Mitte von Kourou, mit Blick auf den Lac Marie-Claire. Es ist früher Nachmittag, und am Ufer spielt eine Gruppe Halbwüchsiger Kasékò. Die Musik fügt sich in die Geräusche der Stadt ein.

Theresa kommt ungeschminkt und trägt Sweatpants und T-Shirt. Eine große Sonnenbrille bedeckt die Hälfte ihres Gesichts, trotzdem fällt sie noch auf. Sie ist das ganze Gegenteil von Janique, und sicher fragen sich die Leute, was sie miteinander zu schaffen haben. Janique fragt sich das auch.

Als sich Theresa zu ihr setzt, steht keine fünf Sekunden später der Kellner neben dem Tisch, der Janique in den zwanzig Minuten, die sie schon hier ist, kein einziges Mal angesprochen hat.

»Zwei Mal Ti' Punch«, verlangt Theresa und lehnt sich auf dem Stuhl zurück. Sie verschränkt die Arme und schaut raus auf den See.

Unruhig rutscht Janique auf dem Stuhl hin und her, sie weiß nicht so recht, was sie sagen soll. Als Theresa sie um ein Treffen gebeten hat, hat sie nicht angenommen, dass Theresa nur jemanden sucht, der etwas mit ihr trinken will.

Eine Weile beobachten sie schweigend die Boote, bis Theresa schließlich sagt: »Ich hatte Besuch im Club. Es waren Leute, die nach Antoine gefragt haben.«

»Nach so langer Zeit?«

»Es ging ihnen nicht um Antoine.«

Fragend sieht Janique sie an, aber Theresa schaut immer noch auf den See.

»Es ging um Antoines Geschäfte. Seine und Uches. Sie suchen nach der Quelle und haben mir ein Bild von einem Mann gezeigt, ein Kali'na.«

Janique denkt an den Mann, der vor über einem Jahr in Uches Wohnung eingebrochen ist und Mateo und sie befragt hat. Aber das war kein Kali'na. »Denkst du, das hat etwas mit Antoines Tod zu tun?«

Theresa nickt. »Das hängt alles miteinander zusammen. Antoine, Uche … sie müssen irgendeinen Fehler gemacht haben, für den Antoine teuer bezahlt hat.« Sie nimmt die Brille ab und reibt sich die Schläfen. »Manchmal träume ich davon, wie er da unter diesem Baum gelegen hat, wie ihn irgendwer aufgeschlitzt hat wie ein Schwein, und ich kann das einfach nicht auf sich beruhen lassen. Das hat niemand verdient.« Zum ersten Mal sieht sie Janique direkt an. »Diese Leute glauben, dass sie mit allem davonkommen, und mit diesem Gedanken kann ich mich nicht anfreunden. Verstehst du?«

Janique nickt.

»Die beiden im Club glauben, Antoine und Uche haben mit Chalk gedealt. Denkst du das auch?«

Einen Moment denkt sie darüber nach, dann schüttelt Janique langsam den Kopf. »Uche mochte es nicht besonders.« Sie weicht Theresas Blick aus und verschränkt die Arme.

»Was auch immer es war, es hat ihnen mehr Ärger eingehandelt, als es wert gewesen sein kann.«

Eine Weile schweigen sie, und der Kellner bringt ihre Getränke.

Janique fährt mit den Fingern über das kalte Glas. »Was willst du jetzt machen?«

»Weiß ich nicht so genau.« Theresa zuckt mit der Schulter und sieht wieder raus auf den See. »Ich habe so lange darauf gewartet, dass jemand der Sache nachgeht… Ich dachte mir einfach, ich sag dir Bescheid, damit du vorgewarnt bist.«

»Denkst du, sie werden auch bei mir vorbeikommen?«

»Wenn sie Uches Spur folgen.«

»Aber er ist doch schon so lange nicht mehr da. Über ein Jahr!«

Wieder zuckt Theresa mit den Schultern.

»Sollten wir der Security Bescheid sagen?«

»Bist du verrückt? Nein, da halten wir schön den Mund, die helfen sowieso nicht. Vielleicht solltest du mal für eine Weile aus Uches Wohnung verschwinden.«

Entmutigt sinkt Janique in sich zusammen. Wohin denn? Die Wohnung ist der einzige Platz, den sie hat. Sie besitzt weder das Geld noch die Kontakte, um einfach irgendwo anders neu anzufangen. Hier kennt sie wenigstens die Leute, und die Leute kennen sie.

Theresa deutet auf Janiques verbundenen Finger. »Vielleicht auch deswegen.«

Betreten sieht Janique auf ihre Hand. Wenn sie von hier fortgeht, wird es noch schwerer, an Chalk zu kommen. Sie legt die Hände in den Schoß, wo sie unter dem Tisch niemand sieht. »Und was ist mit dir?«, fragt sie, um von sich abzulenken.

»Was soll schon sein? Ich werde weiter im Club arbeiten und abwarten, wie sich die Sache hier entwickelt.« Theresa deutet auf den See, aber gemeint ist die ganze Stadt und auch die Insel. »Es ist alles in Bewegung.«

Die Frage ist nur, in welche Richtung. Janique trinkt einen Schluck, und der Alkohol brennt ihr in der Kehle. Sehnsüchtig sieht sie in den wolkenlosen Himmel. Im Vergleich zu den Problemen hier unten scheint ihr der Schoß um ein Vielfaches einfacher. Was würde sie dafür geben, jetzt da oben zu sein und schwerelos durch die Dunkelheit zu fliegen, anstatt hier unten die Wohnungstür zu verbarrikadieren.

55

Jupitermond Kallisto, Chione-Station

Vielleicht liegt es daran, dass Sam die Anzeichen schon früher gesehen hat, aber als er Almira eines Morgens in der Küche begegnet und sie sich den Schweiß von der Stirn wischt, weiß er, was das zu bedeuten hat.

Sie lächelt ihm müde zu, geht mit Kaffee und angebissenem Vitaminriegel in der Hand an ihm vorbei, und einen Moment lang steht er einfach nur da, die Arme schlaff an den Seiten.

Er wartet darauf, dass sie etwas sagt, dass sie es Steven erzählt und die Mannschaft informiert, aber das tut sie nicht. Stattdessen arbeitet Almira weiter wie immer. Hin und wieder bleibt sie stehen, atmet tief durch und kneift die Augen zusammen, bevor sie weitergeht. Sie schläft mehr als alle anderen, aber die Bergung ist anstrengend und Almira nicht mehr die Jüngste; niemand ist darüber verwundert.

Sam wartet auch darauf, dass sich ihr Zustand verschlimmert, mit Argusaugen beobachtet er die anderen, doch von denen zeigt keiner Anzeichen für eine Erkrankung. Deshalb zweifelt er nach einer Weile an seiner Beobachtung und zieht ernsthaft in Betracht, dass der Mond wieder einmal mit seiner Wahrnehmung spielt.

Bis er Steven im Trainingsraum zu Almira sagen hört: »Denk an deine medizinischen Tests. Du warst seit zwei Tagen nicht bei mir. Ich brauche deine Daten.«

Und Almira erwidert: »Schon gut, alles wie immer.«

»Ich meine es ernst, ich will deine Blutdruckwerte, Puls und Temperatur.«

»Stuhlgangreport nicht zu vergessen, nicht wahr?«

»Halt dich einfach an den Plan.«

Sie winkt ab. »Mein Blutdruck wird auch nicht besser, wenn du mir auf die Nerven fällst.«

Sam beißt die Zähne zusammen. Er steht in der Tür und beobachtet Almira, wie sie sich mit einem Handtuch den Schweiß von der Stirn wischt. Etwas ist anders an ihr, aber er kann den Finger nicht drauflegen.

Diesmal lächelt sie nicht, als sie an ihm vorübergeht und das Modul verlässt.

Aber so leicht lässt er sie nicht entkommen. Vor den Duschen holt er sie ein.

»Mein Gott, was ist denn heute mit dir los? Hast du nichts Besseres zu tun, als mir hinterherzulaufen?«, fragt sie genervt, das T-Shirt schon in der Hand.

»Du musst es ihnen sagen.« Er tritt näher an sie heran, drängt sie an die Modulwand, das T-Shirt in ihrer Faust die einzige Grenze zwischen ihnen. »Du musst es ihnen sagen!«, wiederholt er und legt den Handrücken auf ihre Stirn. Sie glüht.

Almira schlägt den Arm weg und senkt den Kopf. »Ich muss gar nichts«, flüstert sie, und in ihren dunklen Augen liegt ein Wetterleuchten.

»Ich weiß, was mit dir los ist.«

»Unsinn.«

Verwirrt schüttelt er den Kopf. »Aber du warst nicht auf Europa ...«

»Geh schlafen, Sam, du bist erschöpft, das ist alles.«

»Ich bin nicht verrückt!«

»Das hat doch keiner gesagt. Du bist einfach nur müde, wie wir alle. Leg dich hin, morgen sieht die Welt schon anders aus.«

Er runzelt die Stirn. Er weiß, dass er sich das nicht einbildet. Es geschieht dasselbe mit ihr wie mit der Crew der *Eurybia*. Er hat es schon einmal versäumt, rechtzeitig zu helfen. »Es ist dieser Mond…«, sagt er und sieht sich um, als würden die Stationswände plötzlich enger heranrücken.

»Geh schlafen, Sam. Es geht mir gut. Morgen reden wir in aller Ruhe.« Sie streicht ihm übers Haar.

Das hat schon seit Jahren niemand mehr gemacht. Nicht auf diese Weise, die nicht aus sexueller Intimität geboren ist. Er taumelt zurück, ihr Blick bohrt sich in seinen.

Hat sie vielleicht recht? Ist er nur erschöpft und sieht überall Gespenster, weil er so lange keine andere Gesellschaft mehr hatte als die der Toten? Wie soll sich Almira angesteckt haben? Er ist gesund, es kann gar nicht sein, dass Almira dasselbe Fieber wie Mercer hat. Nervös lacht er auf, und sie legt ihm die Hand auf die Brust und schiebt ihn langsam aus der Tür in den Gang.

»Geh schlafen«, sagt sie zum dritten Mal, bevor sie die Tür vor ihm schließt.

Unschlüssig steht er davor. Als Soldat hat er gelernt, eine Situation schnell zu bewerten, Entscheidungen zu treffen, ohne dass die Zweifel ihn lähmen. Er erinnert sich an das Gefühl absoluter Konzentration, die es möglich macht, die eigene Position wie die Mitte eines Würfels zu begreifen, von der aus man sich sämtlicher Geschehnisse bis zu allen Wänden in jede Richtung bewusst sein muss. An das Vertrauen zu den eigenen Instinkten.

Doch dieser Mond hat ihn verändert.

Sam weiß, dass der Soldat in ihm ums Überleben kämpft, genau wie während des Einsatzes, deshalb hat er es schließlich so lange auf Kallisto ausgehalten. Aber seinen Instinkten traut er nicht mehr blind. Zu oft kann er sich Dinge nicht erklären und hat Erinnerungslücken. Wenn die anderen glauben, sein mentaler Zustand ist ein Grund zur Sorge, werden sie seine Bewegungsfreiheit einschränken, und das würde er nicht ertragen.

Grübelnd dreht er sich um. Er wird Almira im Blick behalten.

56

Jupitermond Kallisto, Chione-Station

Sie hat es sich anders vorgestellt. Weniger schmerzhaft.

Almira hat nicht mit der Panik gerechnet, die sie überfällt, als sich ihr Körper verändert. Als sich die Knochen verschieben, die Haut verhärtet und das Gewebe ihrer Lunge bis in die Chromosomen verändert. Auf einmal kann sie ihre Organe spüren und muss völlig neu lernen, wie sich ihre Glieder anfühlen. Schmerz begleitet jeden Atemzug. Auf ihren Körper konnte sie sich immer verlassen, auf der Erde und draußen im Schoß, und nun fühlt sie sich in ihm wie gefangen. Dieser Vertraute ist ein Fremder, den sie nicht einschätzen kann. Almira weiß nicht, was als Nächstes passieren wird. Sie denkt an Harald und daran, dass er nie wieder für sie kochen wird, und sie fragt sich, ob er sie vermisst, während andere Frauen mit ihm das Bett teilen.

Die Stunden vergehen wie in einem Fiebertraum, sie hat genug Kontrolle über sich, um ihren Aufgaben innerhalb der Crew nachzugehen, aber alles, was sie anfasst, fühlt sich anders an – alles, was sie tut und was sie sieht.

Vielleicht war das Versprechen, das sie Laure gegeben hat, zu groß? Sie hat geglaubt, dass sie sich Laure annähert, wenn sie das Wasser von Europa trinkt, aber möglicherweise entfernt sie sich nur weiter von ihr, weil Almira am Ende nicht mehr sie selbst ist. Die Mutter, die Laure kannte.

Aber je weiter diese Evolution voranschreitet, desto stärker fühlt sie sich auch zu diesem Mond hingezogen, und zu der Freiheit, die er verspricht. War das nicht immer so, die Dinge, vor denen sie die größte Angst hatte, waren stets die mit der größten Belohnung? Damals, als sie schwanger war, und auch, als sie zu ihrem ersten Flug aufgebrochen ist. Daran erinnert sie sich, als der Schmerz in ihren Eingeweiden wühlt und sie sich in ihrer Schlafkoje wie ein Embryo zusammenrollt.

Der Schmerz geht vorbei.

57

Französisch-Guyana, l'Île du Lion Rouge

Die ersten Razzien erscheinen in den Nachrichten. Weitere Gesichter verschwinden von der Straße. Ein Lagerhaus brennt, und Dutzende Kommunikationskanäle werden geschlossen. Inzwischen hat auch der Letzte gemerkt, woher der Wind weht, und es wird immer schwieriger, an das Chalk zu kommen. Leroy nimmt keine neuen Kunden mehr an, Janique war eine der letzten. Dafür steigen die Preise weiter. Die Leute werden unruhig; als das erste Geschäft geplündert wird, erhöht die Security die Anzahl ihrer Leute auf der Insel.

Vor ein paar Tagen hat sich Janique über Leroy eine Rotterdam besorgt und die Waffe selbst modifiziert. Auf der Straße wird die Pistole als Partywaffe belächelt, weil die meisten sie vor allem als Garant für einen sicheren Heimweg nach einer Party nutzen. Der Schaden, den sie anrichten kann, ist eher gering, aber einen Handtaschendieb hält sie schon ab. Oder auch jemanden, der Interesse daran haben könnte, Janique das gerade erworbene Chalk abzunehmen.

Seit dem Gespräch mit Theresa ist sie vorsichtig geworden.

Das führt dazu, dass sie mehr Zeit im Schwimmbad verbringt, der Sport hilft ihr, die Dosierung niedrig zu halten, und vertreibt manchmal die Schmerzen in den Beinen. In den letzten Wochen ist es voller geworden, selbst mitten in der Nacht sind stets noch Leute hier. Manchmal wirft ihr einer der anderen einen Blick zu, in ihrem Badeanzug sind die Verbrennungen deutlich zu erkennen. Dann taucht sie schnell ins Wasser und schwimmt ans andere Ende des Beckens. Wenn sie hier weint, bemerkt es niemand, weil das Chlorwasser alle Tränen wegspült und ohnehin die Augen rot färbt.

In solchen Momenten spielt sie wieder mit dem Gedanken, sich den Arm durch Bionik ersetzen zu lassen, aber es würde Jahre dauern, bis sie das Geld dafür zusammenhat.

Wenn es nicht so voll ist, setzt sich Janique manchmal an den Beckenrand und lässt die Beine im Wasser baumeln. So wie an diesem Abend. Nach ein paar Minuten setzt sich Harald neben sie und stößt die Schulter gegen ihre.

»Wie sieht's aus, hast du inzwischen einen Job gefunden?«, fragt er.

Sie schüttelt den Kopf.

»Hast du dich auf die freie Stelle im Pumpwerk beworben, ich hab dir doch den Namen meines Kumpels gegeben.«

Janique nickt. »Noch nichts gehört.«

»Okay.«

Er meint es gut. Harald weiß von dem Chalk, trotzdem hat er ihr erzählt, dass sie im Pumpwerk jemanden suchen. Und sie hat sich die Stellenausschreibung auch angesehen, sogar schon die Bewerbung fertig gemacht, doch dann haben sie urplötzlich Zweifel überfallen, ob sie das wirklich kann, ob sie dazu in der Lage wäre. Deshalb hat sie die Bewerbung dann doch nicht abgeschickt, so erspart sie sich wenigstens die Absage.

»Im Moment ist es da draußen schwierig«, sagt Harald und starrt über das Wasser. »Da liegt was in der Luft.« Er redet nicht weiter, zieht nur die Brauen zusammen.

Janique ahnt, was er meint. Seit der Nachricht über Antoine Roussels Tod hat sich die Stimmung auf der Insel verändert. Über allen hängt eine merkwürdige Erwartungshaltung, deren Ziel unklar bleibt. Während Space Rocks seinen Kampf gegen das Chalk und damit gegen die eigenen Leute führt, warten die Bewohner der Insel auf etwas, das sie nicht benennen können.

»Wusstest du, dass schon die Neandertaler an Depressionen litten?«, sagt Harald plötzlich unvermittelt.

»Nein, das wusste ich nicht.«

»Mhm. Wahrscheinlich haben wir das übernommen, als wir uns mit ihnen gekreuzt haben.«

»Ich dachte immer, wir hätten unsere Aggression von ihnen.«

Er nickt. »Das auch. So verschieden waren die genetisch von uns gar nicht. Gerade mal 0,004 Prozent.«

»Was du nicht sagst.«

»Deshalb haben die großen Firmen ein Interesse daran, dass die Spaceworker unter sich bleiben, sie sind weniger anfällig für Depressionen und klagen daher auch weniger über Schmerzen. Na ja, und warum das für die gut klingt, wissen wir ja.«

Es ist kein Geheimnis, dass Harald ein Problem mit den Familienprämien der Companies hat und allem, was damit zusammenhängt. Seit seine Tochter ihren neuen Partner auf einem Verkupplungsevent für Spaceworker kennengelernt hat, ist er noch schlechter auf das Thema zu sprechen.

»Warum erzählst du mir das?«, fragt Janique.

Er beugt sich ein Stück zu ihr und sieht ihr direkt in die Augen. »Damit du verstehst, dass manche Dinge nicht deine Schuld sind.«

Es dauert einen Moment, bis sie begreift, was er meint. Wieder einmal weiß sie nicht, was sie sagen soll.

»Du musst das nicht allein durchstehen, Mädchen. Du kannst davon loskommen, ich kann dir helfen.«

»Du kennst mich doch gar nicht richtig«, erwidert sie, trotzig, weil sie trotz allem immer noch einen Rest Stolz besitzt, und niemand belastet sich freiwillig mit jemandem wie ihr. Das tun ja nicht mal ihre Eltern, warum sollte er es also?

Harald seufzt. »Das denken Kinder wie du immer. Aber so verschieden seid ihr nicht.«

»Ich bin schon lange kein Kind mehr.«

Wieder stößt er sie mit der Schulter an. »Und wahrscheinlich warst du auch nie eins, was? Ändert nichts daran, dass du mehr verdient hast als das hier.« Er deutet auf ihren Arm, und Janique blickt darauf hinab.

Langsam fährt sie mit den Fingerspitzen darüber. »Da hab ich mich nicht besonders clever angestellt.«

»Du hast einem Kumpel das Leben gerettet.«

»Aber nicht seine Beine.«

»Nein.« Haralds Blick wird weich. »Aber das ist mehr als andere haben.«

»Hat Almira dir davon erzählt?«

Er nickt. »Sie hat mir erzählt, dass sie einen Heidenrespekt vor dem hat, was du getan hast.«

»Sie war doch gar nicht dabei«, sagt Janique leise.

»In der Grubenwehr wird genauso getratscht wie überall, Kleines. Heldengeschichten sprechen sich rum.«

Sie schüttelt heftig den Kopf. »Ich bin keine Heldin.«

»Nein. Du bist einfach ein verdammt guter Kumpel. Und

das ist alles, worauf es ankommt.« Er deutet an die Decke. »Da draußen im Schoß, da muss man sich aufeinander verlassen können. Dass dich jemand aus dem Feuer zieht. Deine Leine sichert. Darauf kommt es an. Manchmal auch nachdem wir heimgekehrt sind.«

Sie atmet tief durch, dann gibt sie zum ersten Mal zu: »Manchmal fühlt es sich so an, als wäre ich nie heimgekehrt. Als wäre ich noch immer da draußen.«

»Ein Teil von uns bleibt immer dort oben zurück. Und es herrscht eine große Dunkelheit da draußen. Manchmal frage ich mich, ob wir uns einen Gefallen damit getan haben, als wir den ersten Schritt nach draußen gewagt haben.« Nachdenklich starrt er nach oben, dann grinst er und senkt den Kopf. »Lass mich nicht sentimental werden, okay? Ich könnte dir jetzt erzählen, dass du mich an meine Töchter erinnerst, aber die Wahrheit ist, dass du viel mehr mit diesem sturen Weibsbild zu tun hast, das jetzt auf Kallisto ist, als du glaubst. Lass mich dir helfen, bitte.«

»Weil du dann das Gefühl hast, dass du ihr hilfst?«

Sein Blick wird weich.

Spielt es wirklich eine Rolle, ob es ihm um sie geht? Draußen im Schoß sind sie auch nie allein. Sie reisen alle mit dem Gepäck ihrer Vergangenheit, den Schatten der Menschen, die sie lieben, hassen, mal gekannt haben und jetzt ignorieren; einem Chor, der sie ständig begleitet.

»Vermisst du sie?«, fragt Janique und zieht die Beine aus dem Wasser.

»Manchmal. Aber es war ja nichts Ernstes.« Die Art, wie er es sagt, lässt vermuten, dass es das doch war.

»In den News heißt es, dass alles nach Plan läuft«, versucht Janique ihn aufzumuntern, aber er winkt nur ab.

»Das heißt es immer. Bis es dann nicht mehr nach Plan läuft.«

»Sie wird bestimmt zurückkommen.«

Harald lächelt. Ein bisschen dankbar, ein bisschen traurig. »Was ist nun? Soll ich mal mit meinem Freund auf dem Festland reden? Er arbeitet da in einer Entzugsklinik, er kann dir helfen. Es wird nicht einfach, aber vielleicht ist jetzt ein guter Zeitpunkt, um mit dem Zeug aufzuhören.«

Das ist nicht gerade der beste Grund, um clean zu werden, das weiß sogar Janique, aber einen anderen hat sie nicht. »Es kann ja nicht schaden, wenn ich mich mal mit ihm treffe, oder?«, fragt sie schließlich.

Harald steht auf und streckt ihr die Hand entgegen. »Nein, das kann es nicht.«

58

Jupitermond Kallisto, Chione-Station

Eines Morgens verlässt Almira die Station, um einen Bergungsroboter zu reparieren, und kommt nicht zurück.

Zuerst fällt es ihnen nicht auf, die kleineren Sauerstofftanks schaffen gute zwei Stunden, und die Crew hat alle Hände voll zu tun. Doch dann will Cora mit ihnen weitere Einsätze besprechen, und sie können Almira nicht finden. Sie reagiert nicht auf den Funk, und auch die Kameras verraten nicht, wo sie ist. Erneut steht die Crew vor der CommWall und bangt um eine der ihren.

»Es ist das Fieber«, sagt Sam, und die anderen drehen sich zu ihm um.

»Was meinst du damit?«, fragt Cora, und er erzählt ihnen von seinen Beobachtungen der letzten Tage.

»Warum zum Henker hast du das denn nicht eher gesagt?«, fährt Max ihn an.

»Warum hast du es nicht selbst gemerkt? Ihr wart doch neunzehn Monate mit ihr im Schoß unterwegs!«, blafft Sam zurück. »Da kennt man sich doch.«

»Darüber reden wir, wenn wir Almira gefunden haben«, entscheidet Cora. »Max und Chino, macht euch fertig, um ihr nach draußen zu folgen.«

Mit Kameras und Cambots suchen sie das Gelände um die Station ab, aber es ist nichts zu finden. Während Max und Chino die Station verlassen, nimmt sich Tony die Aufnahmen der letzten Stunden vor und versucht, Almiras Weg nachzuvollziehen. Sie hat ihre Aufgabe erledigt, anschließend ist sie an der ISRU-Einheit und dem Reaktor vorbeigegangen. Und dann immer weiter, bis die Kameras sie nicht mehr erfassen konnten. Sie hat es nicht eilig gehabt, hat sich nicht umgesehen. Sie ist einfach übers Eis gegangen.

»Verdammt!« Tony sitzt, den Kopf in den Händen vergraben, vor der CommWall und hofft auf ein Signal.

»Ich sage es euch, es ist dieser Mond«, flüstert Sam. »Er verschlingt einen bei lebendigem Leib. Du hättest sie nicht aufhalten können.«

Tony sieht ihn an, als wäre Sam irgendwie schuld daran, dass Almira übers Eis gegangen ist. »Du kanntest sie nicht«, erwidert er gepresst, aber Sam zuckt nur mit den Schultern.

»Ich kannte ihre Tochter.«

Daraufhin herrscht einen Moment lang Schweigen, dann sagt Cora: »Wir gehen alle auf die Suche. Ich sage Anatol und Ole Bescheid, Tony und ich nehmen den Lander. Max und Chino fahren mit dem Rover raus.«

Wen Yu bleibt in der Station, sie soll auf Sam aufpassen. Cora muss es nicht aussprechen, er versteht es auch so.

»Wir können sie noch finden«, sagt Cora und sieht jeden von ihnen an. Dann gibt sie der Zentrale den aktuellen Statusreport durch. Auf Antwort wartet sie nicht.

Als die anderen die Schleuse nach draußen verlassen und Sam und sie auf den Monitoren ihre Bewegungen verfolgen, sagt Wen Yu: »Almira hat sich umgebracht. Deshalb ist sie raus aufs Eis.« Sie setzt sich auf den Boden neben der CommWall und starrt hoch zum Deckenlicht des Moduls, ihre Schultern zittern.

Sam versucht nicht, sie zu trösten, stattdessen antwortet er: »Ich leg mich hin«, und lässt sie sitzen, wo sie ist.

Ganz ruhig geht er zur Schleuse, zieht seinen Anzug über, wie er es schon Hunderte Male getan hat. Er braucht keine Hilfe mehr, jeder Handgriff erfolgt wie im Schlaf. Dann bereitet er die Schleuse vor und verlässt die Station, bevor ihn Wen Yu aufhalten kann. Den Funk schaltet er ab. Sie wird ihn nicht einholen können, er kennt den Mond besser als sie, und sein Körper hat sich längst daran gewöhnt.

Sam folgt der Richtung, die auch Almira eingeschlagen hat. Es gibt nur eine Handvoll gut begehbare Wege über das Eis, denen sie folgen kann, eine Richtung ergibt sich fast von selbst. Dieses Mal, schwört er sich, wird er nicht in der Station bleiben und darauf warten, dass die Cambots seine Arbeit erledigen. Er hat bereits die Tochter im Stich gelassen, ihm wird nicht dasselbe mit der Mutter passieren.

Der Orbiter ist noch nicht über ihm zu sehen, die *Halimede* muss von der anderen Hemisphäre des Monds erst herüberfliegen. Nur die glänzende Unterseite des Landers ist am Horizont zu sehen. Möglicherweise haben sie Sam auf dem Schirm, aber sie können hier nicht landen, und der Rover muss einen anderen Weg nehmen, weil er durch die Krater und Eisspitzen nicht überall entlangkommt. Sam läuft weiter, als er je in dieser Richtung unterwegs war, weil der Weg so mühsam ist. Ein ständiges Auf und Ab an Kratern. Aber das hier ist sein Revier. Er hat so viele Stunden auf dem Eis von Kallisto verbracht, dass es ihn nicht mehr ängstigt.

Er hält Ausschau nach Almira, scannt den Boden nach Spalten, Wärme und Bewegung. Nach Spuren, irgendeinem Zeichen. Und läuft weiter. Immer weiter übers Eis. Die Krater werden tiefer und die Eisspitzen höher. Ohne Instrumente wäre es unmöglich, die Richtung beizubehalten. Über Sam leuchten die Sterne in der Dunkelheit, und schwaches Sonnenlicht wirft blau-schwarze Schatten aufs Eis.

Die Sauerstoffanzeigen nähern sich dem kritischen Bereich, bevor er umkehren muss, damit die Luft noch für den Heimweg reicht, seine Muskeln brennen, und er schwitzt. Trotzdem läuft er weiter, Krater um Krater lässt er hinter sich und denkt nicht ans Umdrehen. Zeit verliert ihre Bedeutung.

Irgendwann bleibt er auf dem Rand eines Kraters stehen, verschnauft und fängt eine Bewegung auf, hält es zunächst für Einbildung wie so vieles auf diesem Mond, eine bloße Reflexion. Aber dann entdeckt er auf der anderen Seite, vierzig, fünfzig Meter entfernt, eine Art Höhleneingang.

Und da steht sie. Almira. Steht da in ihrem Anzug und sieht ihm entgegen. Ihr Gesicht kann er nicht erkennen, weil der Helm zu sehr spiegelt und die Entfernung ohnehin zu groß ist. Aber er hat sie gefunden, und sie lebt noch. Vor Überraschung stolpert er, kann sich aber fangen.

Fiebrig rutscht er den Krater hinunter, schlittert übers Eis, rappelt sich hoch, läuft weiter. Quälende Momente, bis ihn nur noch wenige Meter von Almira trennen.

Sie deutet auf ihren Helm, er soll den Funk wieder anstellen. Mit den Fingern zeigt sie ihm die Frequenz.

»Du musstest mir ja nachrennen«, sagt sie unfreundlich.

»Einer muss es ja tun.«

»Geh zurück, Sam.«

Er schüttelt den Kopf. »Ich bin nicht müde.«

Irritiert zeigt sie über seine Schulter. »Du redest Unsinn. Kehr um.«

»Vergiss es, ich lass mich nicht wieder ins Bett schicken. Glaubst du, ich lass dich hier draußen verrecken?«

»Das geht dich nichts an.«

Er hebt die Hand. »Ist mir doch scheißegal, was du vorhast. Ich bringe dich jetzt zurück.« Er verringert den Abstand zwischen ihnen, bis sie sich direkt gegenüberstehen, eine Armlänge zwischen ihnen. Er begreift nicht, weshalb sie noch Luft zum Atmen hat, aber er ist froh darüber. »Bring dich von mir aus um, wo du willst, aber nicht auf meinem Mond.«

»Das hast du nicht zu entscheiden.«

Er lacht. »Klar hab ich das. Hier auf dieser Eiskugel bin ich Gott, wusstest du das nicht? Wenn es sein muss, schleife ich dich zurück.« Er hört sie seufzen und ist überzeugt, dass sie nachgibt.

Doch dann dreht sie sich plötzlich um und tritt in das Dunkel der Höhle. Überrumpelt folgt er ihr, um sie zurückzuholen, bevor es zu spät ist. Er taucht ein in eine gefrorene Unterwasserwelt, wie er sie in all der Zeit, die er schon auf diesem Mond ist, noch nie gesehen hat. Er ist dem Mond nie unter die eiskalte Haut gekrochen.

Es sieht anders aus als in der Arktis, es fehlt das Licht von oben, alles ist dunkler, und das Geleucht treibt zuckende Schatten über die Oberflächen. Ihn überkommt ein seltsames Gefühl der Ehrfurcht; dass er hier nur geduldet ist, ein Gast.

»Warte!«, ruft er. »Wie hast du das hier gefunden?« Die Sorge um sie ist für einen Moment vergessen.

Aber Almira antwortet ihm nicht, geht einfach weiter, und es bleibt ihm nichts anderes übrig, als ihr zu folgen. Er versucht, den Abstand zwischen ihnen zu verringern.

Nach ungefähr zwanzig Metern verbreitert sich der Tunnel zu einer Höhle, deren Eingang nach unten führt. Fassungslos starrt er auf die Unterkunft, die sich vor ihm eröffnet. Und auf Laure, die hinter einer Wand hervortritt. Ohne Helm. Auf João, der neben sie tritt.

Sam erstarrt. Er wartet darauf, dass sich Mercer und Ida zeigen, und all die anderen Toten, an die er sich erinnert. Aber das passiert nicht. Seine Geister bleiben unvollständig. Er schnappt nach Luft, die mit jedem Atemzug knapper wird. Sein Herz rast, ihm wird schlecht, und seine Nackenmuskeln verkrampfen sich.

Almira deutet auf einen Eisblock, Sam soll sich setzen. »Beruhig dich, es ist alles in Ordnung«, sagt sie.

Er lacht, setzt sich aber nicht. Seine Kehle wird enger.

»Sie sind nicht tot, und du bist nicht verrückt«, fährt Almira ihn an, während Laure näher kommt. »Sam! Konzentrier dich!«

Er blinzelt.

»Sind die anderen auf dem Weg hierher?«

Langsam bewegt er den Kopf von einer Seite auf die andere. Sieht wieder zu Laure, die ihrer Mutter so ähnlich sieht, aber dann auch wieder nicht. Halluziniert er?

»Glauben sie, dass ich mich aus Trauer umbringen wollte?«, fragt Almira, und er nickt. »Das macht die Sache einfacher«, murmelt sie und wirft Laure einen Blick zu, die darüber nicht glücklich aussieht.

Laure deutet auf João, und sie gehen zu einer Kiste, in der Helme liegen, die sie überziehen. »Hallo, Sam«, sagt sie nach einer Weile und dreht sich zu ihm um.

Sein Geist kann sprechen.

Sam grinst. Vielleicht fletscht er auch die Zähne, da ist er sich nicht ganz sicher.

Almira schüttelt ihn an der Schulter. »Ich glaube, er hat einen Schock. Sam! Reiß dich zusammen!«

Er runzelt die Stirn. »Warum schreist du so?«

»Sie sind echt, sie leben noch. Begreifst du das?«

Nein, das begreift er nicht. Aber er traut diesem Mond alles zu, auch auferstehende Tote.

Laure tritt dicht an ihn heran und klopft gegen seinen Helm, dann drückt sie seinen Arm. »Muss ich erst Sex mit dir haben, bis du uns glaubst?«

»Was?«

»Sam, ich bin's, Laure.«

»Wie?«, flüstert er und verspürt einen stechenden Schmerz in der Brust.

»Du brauchst Sauerstoff. Setz dich.« Sie drückt ihn auf den Eisblock, und Almira macht sich an seinem PLSS zu schaffen.

Der Sauerstoff erwischt ihn wie eine eiskalte Welle. Das Atmen fällt ihm wieder leichter, aber der Druck auf seiner Brust bleibt.

»Bereit für die unglaublichste Geschichte, die du je gehört hast?«, fragt Laure und setzt sich zu ihm.

Er sieht sich nach João um, der noch immer Abstand hält. Dann nickt Sam.

Laure erzählt, und seine Welt steht kopf.

59

Jupitermond Kallisto

Wie kommt es, dass euch die Kameras nicht entdeckt haben?«

»Wir wissen, wo sie sind und welche toten Winkel sie haben. Außerdem hast du sie immer öfter ausgeschaltet.«

»Na wunderbar. Jetzt bin ich selbst dran schuld.« Sams Lachen bleibt ihm im Hals stecken, während Laure entschuldigend die Hände hebt.

»Das habe ich nicht gesagt.«

Ihre Erklärung enthält so viele Lücken und wirft mehr Fragen auf, als sie beantwortet.

»Ihr wart also die ganze Zeit da«, stellt Sam laut fest. »Die ganze Zeit, in der ich gedacht habe, ich drehe durch, habt ihr nur dagestanden und zugesehen. Euch bei mir bedient und die Bestände dezimiert. Während ich mir selbst nicht mehr getraut habe, wart ihr eigentlich für das Verschwinden der Roboter verantwortlich. Von wegen Erinnerungslücken!«

»Wir brauchten die Sachen! Wir mussten uns eine neue Unterkunft schaffen, den Anbau der Lebensmittel sichern. Wir haben nur genommen, was außerhalb der Module zu finden war. Schmelzsonden, Roboter. Zeug eben.«

Zeug.

»Ist die Höhle deshalb so nah an der Station?«

»Die *Chione* ist die größte Ressourcenquelle für uns.«

»Wow.« Fassungslos starrt er sie an. Es gehört schon was dazu, das laut zuzugeben. »Das hat mich noch nie jemand genannt. Eine Ressourcenquelle.« In ihrem neuen Gesicht kann er nicht erkennen, ob Laure sich schämt.

Almira schaltet sich ein. »Sam. Es ist eine Erinnerung an zu Hause. Sie wollten in deiner Nähe sein. Selbst wenn sie nicht mit dir reden konnten.«

»Nein.« Er schüttelt den Kopf. Das kann er nicht verzeihen.

»Es ging nicht anders«, erwidert João.

Das entfacht eine Wut in Sam, von der er nicht geglaubt hat, sie in sich zu tragen. Er springt auf, packt João an den Schultern, will ihn schütteln, gegen die Eiswand werfen und ihm Schmerzen zufügen, damit er fühlt, was Sam gefühlt hat. Aber für einen richtigen Kampf sind die Anzüge zu klobig.

Er hört Almiras und Laures Rufen, ignoriert es aber. Aneinandergeklammert taumeln João und er herum, bis sie gegen eine Wand knallen. Sie starren sich durch die Helme hindurch an. Sams Atem ist ein einziges Rasseln.

»Ich bin fast draufgegangen!«, schreit er und presst João gegen das Eis. »Ihr Arschlöcher!«

»Wir vielleicht nicht?«, schreit João zurück.

»Ihr wart zu zweit!« Sam hebt die Hand zum Schlag.

»Es reicht!« Almira drängt sich mit aller Kraft zwischen sie, und Laure zieht Sam nach hinten. In der Hand hat sie einen Taser.

»Verdammt!« Sam tritt nach einer Kiste in der Nähe, die beinahe schwebend durch die Höhle fliegt.

»Wir können ihn nicht zurück zur Station lassen«, hört er João zu den anderen sagen. »Er wird alles verraten.«

Almira hebt die Hände. »Lasst uns in Ruhe darüber reden.«

»Wenn er zurückgeht, wird er reden. Almira, du bist Laures Mutter, aber er hat keinen Grund, für uns zu lügen.«

»Wir sind eine Crew, Arschloch«, sagt Sam und ist auf einmal so wahnsinnig erschöpft.

»Sieh ihn dir an, Laure! Er ist völlig durchgedreht. Das Risiko gehe ich nicht ein.« Joãos Ton wird schärfer.

»Wundert dich das?« Laure stellt sich vor Sam hin und betrachtet ihn auf eine Art, die er nicht deuten kann.

Es erinnert ihn an ihre letzte Unterhaltung in der *Chione*, schon damals hatte er das Gefühl, mit einer Fremden zu reden. Ihr Blick wandert über seinen Anzug, den Helm, die Anzeigen auf seinem Arm, und sie weiß, was er weiß: Wenn sie seinen Sauerstoff abschalten, reicht es nicht für den Weg zurück.

Im Grunde ist er bereits tot, sie müssen ihn nur hier festhalten und verhindern, dass er mit den anderen über Funk Kontakt aufnimmt. Dann löst sich ihr Problem von selbst.

Sams Überlebenswille erwacht. Er schiebt Laure beiseite und nimmt Position ein, sieht sich um, sucht nach Auswegen, wie er es gelernt hat. Vielleicht kommt er weit genug, um gefunden zu werden oder die Funkverbindung herzustellen. Er ist Soldat, er kann es schaffen.

»Und jetzt bleiben wir alle mal ruhig«, sagt Almira.

Sam macht einen Schritt nach hinten. Er ist bereit durchzubrechen und hebt die Fäuste.

»Ich will dir nichts tun, Junge, Himmel noch mal!«

»Was wollt ihr machen?«, fährt er sie an. »Jeden abfangen, der hier vorbeikommt? Jeden Satelliten abschießen?« Er deutet auf Almira. »Sie suchen nach dir, mit dem Orbiter und dem Lander. Irgendjemand wird genau wie ich auf diese Höhle stoßen.«

»Wir werden weiterziehen«, sagt Laure. »Das ist nicht die einzige Höhle. Es gibt andere. Lass uns nach einer Lösung suchen.«

»Ich kann nicht hierbleiben, Laure.« Misstrauisch beobachtet er, wie sie näher kommt.

»Es gibt auch noch andere Möglichkeiten ...« Sie spricht den Satz nicht zu Ende, und es dauert einen Augenblick, bis Sam begreift, worauf sie hinauswill.

»Ich bin der Erste aus meiner Familie, der in den Schoß geflogen ist, das Bakterium wird mich umbringen, wenn ich versuche hierzubleiben.«

»Wir wissen nicht, warum einige die Anpassung überleben und andere nicht, es ist nur eine Vermutung. Die genetische Voraussetzung könnte etwas ganz anderes sein.«

»Das Risiko gehe ich nicht ein. Ich will nach Hause. Ich habe meine Zeit auf diesem Mond abgesessen, Laure. Lebenslänglich lass ich mir nicht aufbrummen, nicht mal für euch.«

»Wir haben nicht darum gebeten!«, schreit João. »Denkst du, ich lasse meine Familie zurück, weil es mir hier so gut gefällt?«

»Versprich uns, dass du nichts sagen wirst«, bittet ihn Laure, aber Sam schüttelt den Kopf.

»Das kann ich nicht. Es geht nicht nur um mich. Was ist mit Loan? Hat der kein Recht darauf zu erfahren, was Mercer umgebracht hat? Soll ich tatenlos zusehen, wie die nächste Crew rüber zu Europa fliegt und sich dort infiziert? Wenn wir nichts sagen, verurteilen wir sie zum Tod.«

»Wenn wir etwas sagen, werden Tausende Spaceworker draufgehen. Nur langsamer.«

»Ihr müsst die Leute warnen. Die bereiten gerade den nächsten Flug vor!« Auch er schreit, und sofort kommen die Schmerzen im Hals wieder. Er wendet sich an Almira.

»Ist dir die Crew da draußen ganz egal? Was ist mit Tony? Vielleicht überlebt er es, aber dann kann er nie wieder zurück. Er wird seine Enkel nicht wiedersehen. Habt ihr für die nicht erst einen Dinosaurier gebaut? Spielt das jetzt alles keine Rolle mehr? Du kannst das doch nicht gut finden.«

In Almiras Blick liegt ein Bedauern, das Antwort genug ist, sie bringt Abstand zwischen sich und Sam. Mutter und Tochter stehen nebeneinander, als wollten sie eine Front bilden.

»Wir können dich nicht gehen lassen«, sagt João erneut und nimmt den Helm ab. Für ihn ist das Reden vorbei.

Sam erkennt die klare Linie, die sie gezogen haben, mit ihnen auf der einen Seite und Sam auf der anderen. Er kann die Veränderung in der Luft spüren, genau wie damals beim Stevinus-Aufstand, kurz bevor die Hölle losgebrochen ist.

Und auch dieses Mal ahnt er den Angriff, bevor er kommt.

Das rettet ihn. Als João ihn anspringt, kann er rechtzeitig die Arme hochreißen, um ihn abzuwehren. Sofort schlägt er seinerseits zu, aber er ist viel zu langsam, um sicher zu treffen. João taucht unter seinem Schlag durch und stößt ihn mit der Schulter in die Seite. Sam taumelt, kann sich fangen, er dreht sich nach João um, aber der ist schon nicht mehr da. Seine Anpassung an den Mond verschafft ihm alle Vorteile. Sam ist schwerfällig und langsam mit dem PLSS, João doppelt so schnell.

Er springt auf Sam zu, täuscht einen Ausfall vor, einen Angriff gegen den Kopf, und als Sam die Arme hebt, reißt João die Verbindung des PLSS mit dem Anzug aus der Verankerung, und damit Sams Sauerstoffzufuhr. Hastig tastet Sam nach dem Schlauch, um ihn zurückzustecken, aber er greift vorbei. Laure schreit, Almira auch.

Plötzlich hat João eine Taschenlampe in der Hand, mit voller Wucht hämmert er den Griff auf Sams Visier. Sam kann den Schlag nicht abwehren, sein Kopf dröhnt, und João schlägt noch einmal zu und noch einmal, viel zu schnell prasseln die Schläge auf Sam ein, das Visier splittert. Die Kälte trifft ihn unvorbereitet wie ein Biss ins Gesicht. Das Beinahe-Vakuum reißt an seiner Haut. Er stolpert nach hinten, das Atmen fällt ihm schwer, sein Herz rast, und ihm verschwimmt die Sicht. *Schon wieder verraten.* Jeder Kodex gebrochen, den jeder von ihnen hatte. Nach alldem, was sie durchgemacht haben ... Sam kann es nicht fassen.

João setzt ihm nach, aber dieses Mal kann Sam ihn abwehren. Seine Kraft schwindet, verschwommen kann er sehen, wie Laure auf João zuspringt, ihn an Arm und Schulter nach hinten reißt. Sie ringen miteinander, Sam verliert sie aus den Augen. Almiras Gesicht füllt sein Sichtfeld aus, sie wirkt ruhig, löst seinen Helm vom Anzug, aber als er nach ihren Händen greifen will, um sie aufzuhalten, schüttelt sie den Kopf.

Sie nimmt seinen Helm ab und setzt Sam einen neuen auf. Sie haben nur wenige Sekunden, bevor sein Körper unter den feindlichen Umweltbedingungen zusammenbrechen wird. Als sie die Verbindung zu seinem PLSS wiederherstellt, atmet er hektisch.

»Beruhig dich«, sagt sie. »Das ist Laures Helm.«

Er sieht zu den beiden anderen hinüber. Laure hockt neben João, der sich nicht mehr regt, und Almira schließt Sam an die ISRU-Einheit an, damit sich seine Tanks aufladen. Ist der Kampf damit vorbei?

»Wir ändern uns nicht, egal, wo wir hingehen und wie wir aussehen«, keucht er.

»Wir sind keine Mörder, Sam.«

Er deutet auf João. »Erzähl das ihm.«

»Laure würde dir nie etwas tun. Sie hat immerhin dein Reaktorkabel repariert.«

Überrascht zuckt er zurück. »Hat sie das gesagt?«

Almira nickt. »Sie lässt einen Kumpel nicht hängen.«

»Was ist mit den anderen, wenn sie ohne Warnung nach Europa fliegen?«

»Sie kann nicht alle retten. Und niemand weiß, ob sie sich wirklich infizieren.« Almira seufzt. »Glaub mir, Sam, ich stelle mir dieselben Fragen, und ich habe keine Antworten für dich. Irgendjemand wird immer verlieren. Ich teile Laures Pessimismus für die Spaceworker nicht, aber ich kann auch nicht mein eigenes Kind verraten.«

»Wirst du hierbleiben?«

Sie nickt. »Die Umstellung hat schon begonnen. Du hast das Fieber ja bemerkt.« Ihr Blick wird eindringlich. »Du schuldest ihr etwas.«

Mühselig richtet er sich auf. »Es ist nicht meine Schuld, dass Laure und João sich vor der Welt versteckt haben. Sie schulden *mir* etwas! Für das, was sie getan haben, gibt es keine Entschuldigung.« Er sieht zu Laure, die ihn ohne Helm nicht verstehen kann, aber er redet trotzdem. »Die ganze Zeit, Laure … ich hab gedacht, ich geh drauf.«

Auf einmal sieht sie traurig aus. Als würde ihr das Herz brechen. Ihre Schultern rutschen nach vorn, und ihr Blick bohrt sich ohne Widerstand in ihn.

»Was spielt es für eine Rolle, ob sie es jetzt oder später erfahren?«, fährt Almira leise fort. Sie greift nach seinem Arm. »Dein Platz in den Geschichtsbüchern ist dir sicher. Du kehrst als Held zurück, was willst du mehr? Du musst dieses Geheimnis nicht preisgeben.« Sie meint es nicht ironisch, und auf einmal klingt sie sehr erschöpft. Sie lässt sich auf einen Eisblock fallen und sieht sich in der Höhle um, die nun zu ihrem Zuhause geworden ist. »Kamerad, Kumpel, wo ist da der Unterschied? Irgendwie habt ihr drei diesen Mond überlebt und den Wahnsinn, den er mit sich bringt. Willst du sie jetzt wirklich ins Messer laufen lassen?« Sie atmet tief durch und verzieht dabei das Gesicht. Die Umwandlung macht ihr zu schaffen, das kann er sehen. »Du hast recht, Sam, es wird irgendwann herauskommen, wir können das nicht für immer verhindern, aber du kannst ihnen Zeit verschaffen. Bis wir wissen, was hier passiert und wohin uns dieser Weg führt. Sag es der Zentrale, wenn du auf der Erde bist.«

»Aber was ist mit dem nächsten Europa-Flug?«

»Ich lasse mir etwas einfallen, ich verspreche es dir. Gib uns ein bisschen Zeit, damit wir uns etwas überlegen können. Das ist alles, worum ich dich bitte.«

Lange sitzen sie sich schweigend gegenüber. Sam wägt den Verrat gegen die Kameradschaft ab. Und plötzlich kommt ihm der Gedanke, dass dieser Mond nicht nur ihn durchdrehen lässt. Vielleicht geht es Laure und João auch nicht anders. Vielleicht sind sie alle nicht mehr richtig bei Sinnen.

Nach einer sehr langen Zeit nickt er schließlich. »Ihr habt Zeit, bis sie den Flug ankündigen. Dann werde ich es den anderen sagen.«

60

Französisch-Guyana, l'Île du Lion Rouge

Janique hat einen schlechten Tag. In der Nacht hat es durch den über dem Regenwald aufsteigenden Dampf stark gewittert. Sie hat kaum geschlafen. Alles tut ihr weh, selbst der Rücken, mit dem sie nie Probleme hat. Sie ist nervös, und das Sonnenlicht brennt ihr in den Augen. Am Morgen musste sie die Chalkdosis erhöhen, weil sie sonst nicht aus dem Bett gekommen wäre. Der Termin bei Haralds Freund ist erst in zwei Wochen, und die Zeit zieht sich wie Kaugummi.

Also hat sie beschlossen, Wäsche zu waschen. Diese Aufgabe kann sie meistern.

Der Waschraum befindet sich im Erdgeschoss, die Häuser auf der künstlich angelegten Insel besitzen keinen Keller. An den meisten Tagen riecht es dort nach Waschmittel, und das Schwatzen der Hausbewohner ist auf den Gängen zu hören. Manchmal auch Musik oder ein gelegentlicher Streit. Janique verlässt die Wohnung um die Mittagszeit, erfahrungsgemäß trifft man da die wenigsten Nachbarn, weil alle mit Kochen und Essen beschäftigt sind. Heute will sie niemanden sehen. Sie erträgt es nicht.

Als sie jedoch in den Gang einbiegt, der zum Waschraum führt, und sich der Tür nähert, hört sie Stimmen.

Irritiert bleibt sie stehen. Ihr ist nicht nach Gesprächen zumute, sie muss sich auf jede noch so kleine Handlung konzentrieren, die freundlichen Worte der Nachbarn strengen sie nur an. Sie lauscht. Das Herz schlägt ihr bis zum Hals, und sie fängt an zu schwitzen.

Die Stimmen klingen aggressiv. Es werden Drohungen ausgesprochen.

Ihr Herz schlägt noch schneller.

Nicht heute. Heute ist nicht der Tag dafür.

Sie stellt den Wäschekorb ab. Will umdrehen, aber dann zieht sie die Rotterdam aus dem Hosenbund. Weil sie ihr Sicherheit gibt. Etwas, woran man sich festhalten kann. Es ist kein guter Tag.

Langsam und leise geht sie bis zur Tür.

Als sie einen Blick in den Waschraum wirft, sieht sie Amadeus. Ein glatzköpfiger Kerl mit künstlicher Halsschlagader hält ihn im Schwitzkasten, der Junge hat ein rotes Gesicht und eine blutige Nase. Schon wieder. Die Locken kleben ihm an der Stirn. Mit dem Rücken zur Tür steht eine muskulöse Frau mit Taser in der tätowierten Hand. Offenbar wartet sie auf eine Antwort.

Janique hört ihren eigenen Herzschlag überlaut. Sie sollte gehen. Im Grunde kennt sie den Jungen doch kaum, was geht es sie an, wenn er Ärger kriegt? Das letzte Mal, als sie jemandem geholfen hat, hat sie teuer dafür bezahlt. Sie ist keine Heldin, das hat sie selbst zu Harald gesagt! Und dass die Proctorkids irgendwann mal an jemanden geraten, der sich nicht so einfach von ihnen beklauen lässt, war doch klar.

Amadeus gibt ein leises Röcheln von sich.

Er ist nur ein Kind.

Janique hebt die Rotterdam und tritt in den Raum. »Verdammt«, sagt sie.

Alle wenden sich ihr zu.

Sekunden verstreichen.

»Spaceworkerin«, stellt die Frau mit dem Taser fest, und es klingt nicht nett. Über ihre Sonnenbrille laufen Daten, aber ihre Haltung entspannt sich. Janique ist keine Gefahr für jemanden wie sie. »Faures Untermieterin«, sagt sie, aber es ist nicht klar, zu wem. »Zu dir wären wir auch noch gekommen.«

Sie sind also wegen Uche hier. Das müssen die Leute sein, die auch bei Theresa waren. Janique zielt weiter. Es ist nicht nötig, dass sie etwas sagt, alle wissen, was sie will.

Der Mann entlässt Amadeus aus der Umklammerung, und bevor jemand auch nur blinzeln kann, huscht der Junge durch die Tür wie eine Maus und verschwindet. Er sieht Janique nicht mal an. Sein Überlebenswille ist deutlich besser als ihrer.

Sie zielt immer noch, als Amadeus' Schritte auf dem Gang verklingen. Erst nachdem die Haustür wieder geschlossen ist, lässt Janique die Waffe sinken. Sie hat nicht weiter als bis zu diesem Moment gedacht. Sie wollte doch niemanden sehen. Sie will nur ihre Ruhe.

Die anderen greifen sie nicht an.

Stattdessen lehnt sich die Frau gegen den Abstelltisch und verschränkt die Arme. »Ist dir klar, warum wir hier sind?«, fragt sie.

Unsicher schüttelt Janique den Kopf, sie will nicht zu viel preisgeben.

»Erinnerst du dich an den Mann, der im vorigen Jahr hier in deiner Wohnung war und nach Uche Faure gefragt hat?«

Sie nickt.

»Weißt du, was mit ihm passiert ist?«

»Nein.«

»Er ist tot.«

Janique zuckt zurück.

»Deshalb sind wir hier.«

Janique läuft der Schweiß von der Stirn in die Augen. Sie blinzelt, aber das Brennen wird stärker. Ihre Beine zittern, und ihr wird schwindlig, das Adrenalinhoch fällt in sich zusammen. »Damit habe ich nichts zu tun«, erwidert sie, worauf die Frau nur den Mund verzieht.

»Das weiß ich.« Sie deutet auf die Tür. »Aber der Kleine.«

»Er ist kein Mörder!«

»Er arbeitet für einen Mörder.« Sie stößt sich vom Tisch ab und kommt langsam auf Janique zu. »Wir wollen nur einen Kontakt.«

Janique hebt erneut die Rotterdam, aber ihr Fokus ist verschwommen. Trotzdem bleibt die Frau stehen. »Er ist nur ein Informant, der die Nachbarschaft beobachtet, alle wissen das.«

»Ja, und als solcher erstattet er irgendjemandem Bericht. Wir wollen wissen, wem.«

Janique geht einen Schritt zurück. Der Geruch von Waschmittel beißt ihr in die Nase. »Wenn er euch das sagt...« Sie schüttelt den Kopf.

»Nicht unser Problem«, antwortet der Mann, und Janique sieht ihn überrascht an, weil er bis jetzt geschwiegen hat.

»Er wird euch nichts sagen.« Das muss ihnen doch klar sein.

»Das wird er.«

»Er hat mehr Angst vor den anderen.«

»Dann weißt du, für wen er arbeitet?«

»Alle hier wissen das.«

Die beiden anderen werfen sich einen Blick zu.

»Ich kenne ihre Treffpunkte nicht. Oder wie sie sich kontaktieren.« Janique schüttelt den Kopf. »Nur weil jemand einen Teil weiß, heißt das doch nicht, dass man gleich alles weiß.«

»Sie ist high«, sagt die Frau und geht wieder einen Schritt auf Janique zu.

Die Rotterdam in ihren Händen zittert.

»An deiner Stelle würde ich jetzt sehr genau nachdenken«, sagt die Frau, und dann ist nur noch das leise Rauschen der Waschmaschinen zu hören.

Janique denkt an den Mann, der nach Uche gefragt hat. Nicht so sehr an sein Gesicht, mehr an die Art, wie er Fragen gestellt hat. Sie hat ihn ja nur ein paar Minuten gesehen, an sein Gesicht kann sie sich nicht mehr erinnern. Als er in Uches Wohnung eingedrungen ist, hat sie ihm nicht unbedingt alles Gute gewünscht. Trotzdem tut es ihr irgendwie leid, dass er tot ist und jemand um ihn trauert. Sie ist doch ein Mensch. Das hat der Schoß ihr nicht abgewöhnt.

»Er arbeitet für Lars«, sagt Janique, und die Frau nickt.

»Das wissen wir. Alle hier scheinen für diesen Kerl zu arbeiten. Aber der kommt nicht persönlich her, oder? Er schickt seine Leute. Wir suchen nach einem Weg, an diesen Lars heranzukommen, und seinen Mann, der Bogdan umgebracht hat.« Sie hält Janique ihr HolMag entgegen, auf dem das Bild eines Mannes ist.

Fieberhaft denkt Janique nach, wie sie aus dieser Situation herauskommen soll. »Den Mann auf dem Bild kenne ich nicht. Aber es gibt da einen Dealer, Mateo. Er hängt meistens in einem Bistro an der Armstrong Bridge herum. Er bezieht sein Chalk von Lars. Vielleicht kann er euch helfen.«

Die Frau nickt. »Wenn wir nicht weiterkommen, tauchen wir wieder hier auf, das ist dir doch klar, oder?«

Janique sagt: »Es tut mir leid um euren Freund«, und einen Moment lang sieht die Frau sie einfach stumm an.

Dann antwortet sie: »Lars wird es auch leidtun.«

Ohne ein weiteres Wort gehen die beiden an Janique

vorbei. Sie ignorieren die Rotterdam in ihren Händen, weil solche Leute immer wissen, wann man es ernst meint und wann nicht, und kurze Zeit später steht Janique allein im Waschraum, als wäre die ganze Begegnung nur ein Traum gewesen.

Sie weiß nicht, wer diese Leute waren, oder wie knapp sie dem Ärger wirklich entkommen ist. Sie weiß nur, dass Amadeus froh sein kann, mit einer blutigen Nase davongekommen zu sein. Janique wollte nie irgendjemandes Retterin sein. Und nun ist sie es schon das zweite Mal. Beim ersten Mal hat sie Verbrennungen dritten Grades davongetragen. Sie hofft, dass es dieses Mal glimpflicher ausgeht.

Mit zitternden Fingern aktiviert sie das HolMag und ruft Theresa an.

61

Jupitermond Kallisto, **Chione-Station**

Anatols und Oles Ankunft in der Station sollte ein Anlass zur Freude sein. Stattdessen ist die Stimmung auf einem Tiefpunkt angelangt. Almiras Verschwinden so kurz nach ihrer Ankunft auf Kallisto lastet schwer auf der Crew. Die Zentrale erstellt einen aktualisierten Bergungsplan, der nun drei Leichen umfasst, und hält sich mit Nachrichten von zu Hause ansonsten bedeckt.

»Da bricht gerade die Hölle los in den Führungsetagen«, sagt Chino, und niemand widerspricht ihm.

Dass Sam länger unterwegs war, als es eigentlich möglich wäre, erklären sie sich mit seiner Gewöhnung an die Mondverhältnisse.

Kurz vor der Station hat er einen Großteil seines verbleibenden Sauerstoffs abgelassen, damit sie sich nicht fragen, wieso er nach über zwei Stunden mit fast vollen Tanks zurückkommt. Cora hat ihm mit Disziplinarmaßnahmen gedroht, wenn er noch mal eine Anweisung ignoriert, und er wäre beinahe in Gelächter ausgebrochen. Dieser Tage schreckt ihn nur noch wenig. Ihr zuliebe hat er trotzdem genickt, und Max hat ihm im Trainingsraum unmissverständlich klargemacht, dass er sich am Riemen reißen muss.

Sie behalten Sam sehr genau im Auge, weil sie sich nicht sicher sind, ob er Almira wirklich suchen oder sich ebenfalls umbringen wollte, und Sam sagt zu den Mäusen: »Dieser Mond wird mich nicht kriegen.«

Hernandez in der Zentrale berichtet ihnen von der offiziellen Trauerfeier und der medialen Aufmerksamkeit, die diese tragische Mutter-Tochter-Geschichte zu Hause ausgelöst hat. UESW und Grubenwehr halten eine der größten Gedenkfeiern ab, die es in der Geschichte der Gewerkschaft je gegeben hat, während Bürgermeister Solarin in Kourou beschließt, Almira ein Denkmal zu setzen. Die Kosten dafür übernimmt Space Rocks.

»Wenn wir noch am Leben sind, machen sie nie so einen Aufstand um uns«, sagt Tony verbittert, bevor er die Station verlässt, um an den geborgenen Trümmern der *Eurybia* und Teilen ihres zerstörten Landers zu arbeiten, die für den Rücktransport und die Weiterverarbeitung auf Kallisto vorbereitet werden müssen.

Innerhalb weniger Tage ist Tony um Jahre gealtert. Er schläft kaum noch, redet nur, wenn er angesprochen wird, und dann einsilbig, und nicht mal die Nachrichten seiner Enkel können ihn aufmuntern. Er wird zu einem weiteren Geist, der über die Oberfläche des Monds wandelt.

Sams Wut darüber beißt in ihm wie Sodbrennen. Hundert Mal am Tag steht er kurz davor, allen zu erzählen, dass Almira, Laure und João noch leben, aber das gegebene Wort hält ihn davon ab.

»Was soll ich tun?«, fragt er die Mäuse, die nur ihre Hinterteile an der Glaswand des Käfigs reiben, und Sam weiß nicht, wie er das interpretieren soll. Das einzige Hinterteil, mit dem er es seit Jahren zu tun hat, ist sein eigenes.

Tag um Tag schweigt er und hält sich an sein Wort. Weil das hier draußen im Schoß manchmal das Einzige ist, was einem ein Gefühl für sich selbst gibt und damit verhindert, dass man sich gänzlich verliert. Wenn sein Wort nichts mehr gilt, was gilt dann noch er?

Und so vergeht Chinos und Wen Yus Schicht auf der *Halimede*, die Nächsten im Orbit sind Cora und Max. Sie werden auch an Bord der *Halimede* sein, wenn die Crew zu Europa aufbricht. Das ist der Plan der Zentrale.

Niemand bittet Sam darum, die Crew auf diesem Flug zu begleiten. Er soll in der *Chione* auf die Rückkehr der anderen warten. Deshalb glaubt er inzwischen, dass die Zentrale ihn für eine Art wissenschaftliche Kontrollgruppe hält. Er ist die Negativprobe. Genau wie beim letzten Mal wird er nicht auf dem zweiten der galileischen Jupitermonde sein und nur zusehen, was mit seinen Kameraden geschieht.

Aber Sam ist nicht gut darin, nur zuzusehen. Weder im Bett noch auf dem Schlachtfeld. Als er das Hernandez in die Zentrale sendet, schickt der ihm eine unaufgezeichnete Nachricht, die aus nur einem Satz besteht.

Halt die Füße still.

Sam begreift die Aufforderung als das, was sie ist: eine Warnung. Die Zentrale weiß sehr genau, dass auf Europa etwas passieren kann, und schickt die Crew trotzdem hin. Sam fragt sich, wie er je auf die Idee kommen konnte, es würde irgendjemanden interessieren, was hier draußen mit ihnen geschieht. Ironischerweise bestätigt das, wie recht Laure mit ihren Ansichten hat.

Eines Tages fragt ihn Anatol, wonach er Ausschau hält, wenn er still auf einem Kraterrand in der Nähe der Station steht und in die Ferne starrt, und Sam antwortet: »Fahrende Händler.«

»Hier kommen doch nur Eiswagen vorbei«, antwortet Anatol, und auf einmal müssen sie beide so lachen, dass

Chino sie befremdlich ansieht, während er an ihnen vorbeigeht. Es ist das erste Lachen seit Wochen in der Station, aber von da an wird die Stimmung besser. Die Missionspsychologen wirken erleichtert.

Achtzehn Stunden später teilt die Zentrale ihnen mit, dass ein weiterer Flug nach Europa geplant ist, um erneut Bohrungen vorzunehmen. Schon in vier Tagen. Die Crew ist aufgeregt, und Sam übergibt sich in die Toilette. Anschließend bricht er das Schloss am Medizinschrank auf, das Steven angebracht hat.

Als Chino ihn davon wegzieht, hat Sam schon genug Pillen geschluckt, um gut durchzuschlafen. Er träumt von den Straßen in Leicester.

Am nächsten Tag läuft er so weit raus aufs Eis, wie er kann, ohne dass die anderen ihm hinterherkommen, und funkt den Zeitpunkt für den Europa-Flug auf Almiras Frequenz.

Es dauert vierzehn Minuten, bis sie antwortet.

62

Französisch-Guyana, l'Île du Lion Rouge

Janique repariert gerade Lulus Geschirrspüler, als es an der Tür Sturm klingelt. Irritiert schaut Janique zu ihr hinüber. Lulu legt ungehalten den Kochlöffel zur Seite, schaltet den Herd aus, auf dem ein Curry köchelt, und geht hinaus.

Angespannt wartet Janique. Sie bleibt auf dem Boden hocken, die Hände noch in den Eingeweiden der Maschine. Dieser Tage ist die Angst ein ungebetener Gast, der sich viel zu oft bei ihr einstellt. Die meiste Zeit hat sie das Gefühl, auf dem Sprung zu sein, und neben dem Bett liegt schon seit einer Weile eine gepackte Reisetasche mit dem Nötigsten. Für den Fall der Fälle.

Sie hört, wie Lulu sagt: »Was zum Henker ...«, als Amadeus auch schon in die Küche gestürmt kommt.

Er zieht Janique auf die Beine und deutet auf das Display, das über der grünen Küchenkommode hängt. Lulu kommt wieder herein, die Hände in die Hüften gestützt. Im Mundwinkel klebt ihr noch Soße vom Kosten.

»Was soll denn das jetzt?«, fragt sie, aber Janique kann auch nur mit den Schultern zucken.

Amadeus deutet noch immer eindringlich auf das Display.

»Ich glaube, du sollst es anschalten«, sagt Janique, und Lulu greift kopfschüttelnd nach der Fernbedienung.

Ungeduldig nimmt ihr Amadeus das Gerät aus der Hand. Es dauert einen Moment, bis er findet, was er sucht. Einen lokalen Nachrichtensender.

Die Schlagzeile sorgt dafür, dass sich Janique auf den dreibeinigen Schemel an der Wand fallen lässt, der bedenklich wackelt.

Auf einer Ranch in Macouria wurde eine übel zugerichtete Leiche gefunden. Es soll sich um den Handlanger eines bekannten Drogendealers handeln, dessen wirkliche Identität noch ermittelt wird, da sie weder durch Fingerabdrücke noch Iris-Scan festgestellt werden kann.

Offenbar haben Bogdans Leute den Mann gefunden, den sie gesucht haben, denkt sich Janique. Vielleicht hätte sie das kommen sehen sollen; immerhin haben Amadeus und sie auch von Mateo schon eine Weile nichts mehr gehört.

Sie sieht zu dem Jungen, der blass auf das Display starrt. Er sieht nicht unglücklich aus. Nur sehr, sehr jung und verletzlich.

Lulu schiebt ihn zum Küchentisch und gießt ihm ein Glas Limo ein, dann stellt sie ein zweites Glas hin und deutet auf Janique. »Komm hoch«, sagt sie und geht rüber zum Kühlschrank, um ein Jeune Gueule herauszunehmen.

Normalerweise mag Janique kein Weizenbier, aber an diesem Tag trinkt sie das erste Glas in zwei Zügen leer. Dann gießt sie nach.

»Kanntet ihr den?«, fragt Lulu.

Janique schüttelt den Kopf. »Das ist kompliziert …«

»Schlimm kompliziert oder gut kompliziert?«

»Weiß ich noch nicht. Ich glaube, es löst ein Problem?« Etwas ratlos betrachtet sie Amadeus, der immer noch fasziniert die Nachrichten verfolgt.

»Na dann.« Lulu holt sich ein Getränk. Einen kalten Weißwein, der sofort das Glas beschlägt. Sie ruft: »Prost!«, und zu dritt stoßen sie an auf den Tod eines Mannes, den sie nicht kannten.

Fünf Stunden später meldet sich Theresa über das Hol-Mag bei ihr, als Janique auf dem Weg in die Schwimmhalle ist. »Hast du es schon gehört?«, beginnt sie das Gespräch, und Janique nickt.

Theresas Gesicht auf dem Display wackelt, sie läuft durch ihre Wohnung. »Ich glaube, ich kann jetzt ein bisschen besser schlafen.«

»Glaubst du, der Mann, der diesen Bogdan umgebracht hat, hat auch Antoine auf dem Gewissen?«

»Ja, zumindest hängt das alles zusammen. Vielleicht war das nur ein Handlanger, wer weiß. Vielleicht werde ich nie ganz erfahren, was da passiert ist, aber«, ihr Ausdruck wird grimmig, »schadet nichts, wenn einer mal was ausgleicht. Und weißt du, was das Beste daran ist?«

Janique schüttelt den Kopf.

»Weißt du, wie sie den Kerl gefunden haben?«

»Nein.«

»In einem Pferdestall. Bedeckt von Pferdescheiße.«

63

Jupitermond Kallisto, Chione-Station

Zwei Tage nach Sams letztem Kontakt mit Almira reißt das Warnsignal alle aus dem Schlaf.

»Ihr müsst sofort zur Schleuse und in die Anzüge! Die ISRU-Einheit ist explodiert!«, schallt Stevens Stimme durch die Module. Er hat die Nachtschicht. »In drei Stationsmodulen ist Feuer ausgebrochen, und die Verbindungsschleusen werden verriegelt.«

»Verdammt!«, ruft Chino, während er schon nach seiner Hose greift.

Sams Herz rast, es ist so weit. Genau wie alle anderen folgt er dem Notfallprotokoll.

In Windeseile sind sie angezogen, haben die Rettungspäckchen aus dem Regal genommen und rennen zur Eingangsschleuse, um die Anzüge überzustreifen. Sam hat die Mäusebox bei sich, obwohl das nicht im Protokoll steht. Niemand spricht ihn darauf an. An der Schleuse treffen sie auf Steven, der kreidebleich ist.

»Was ist passiert?«, ruft Cora. »Meteoriten?«

»Keine Ahnung, es ging alles viel zu schnell. Ich konnte auf den Monitoren nichts erkennen. Die Explosion kam aus dem Nichts, und dann ging auch schon der Feueralarm los.«

»Hast du die *Halimede* informiert?«

Steven nickt. Aus der Mäusebox dringt kein Pieps. So schnell sie können, verlassen sie die Station. Die Zeit in der Schleuse vergeht quälend langsam, sie warten darauf, dass es einen Fehlalarm gibt, aber nichts passiert, und so stolpern sie endlich raus aufs Eis. Niemand spricht, die Panik hat sie fest im Griff.

Von außen wird das ganze Ausmaß der Zerstörung offensichtlich.

Das Gänseblümchen ist nur noch ein Gerippe. Von der ISRU-Einheit ist nicht mehr viel übrig, der Großteil der Verbindungskabel ist durchgeschmort, drei Module der Station sind eingestürzt, die Versorgungsanlagen der Station sind ebenfalls betroffen, genau wie der große 3D-Drucker neben der Landebahn. Das Feuer ist jedoch erloschen, nachdem der Sauerstoff aus der Station verbraucht war. Über eine Stunde katalogisieren sie die Verwüstung und schicken Bilder davon über den Lander in die Zentrale. Noch immer sagt niemand mehr als das Nötigste, als hätte sich ihre Fähigkeit zu sprechen mit der Station aufgelöst.

Sam weiß, dass sie beobachtet werden, während sie die Station umlaufen, aber er sucht nicht nach der Ursache zwischen den Eisspitzen.

»Der Reaktor strahlt ab«, teilt ihnen Wen Yu mit. »Die Strahlung ist zu hoch für uns.«

»Das können wir mit unseren Ressourcen nicht reparieren«, stellt Sam fest. Er kennt die *Chione* besser als jeder andere und sieht sofort, dass das Gänseblümchen ein feindlicher Ort geworden ist. Die Heimat seiner vergangenen Jahre ist nur noch eine Ruine, und beinahe tut es ihm leid.

»Wahrscheinlich gab es eine Art Kettenreaktion, die die Station irreparabel beschädigt hat«, vermutet Anatol. »Es ist unmöglich, ich verstehe nicht, wie das passieren konnte. Die

Sicherheitsmaßnahmen hätten doch greifen müssen …« Er versucht, sich nur um die Fakten zu kümmern, aber seine Stimme ist rau. Er stellt die Verbindung zur *Halimede* her, die sich ihrem Standort im Orbit nähert.

»Ihr müsst in den Lander evakuieren«, gibt Cora die Anweisung. »Wir sind bald über euch.«

Als sie die Station erneut betreten, tragen sie auch in der *Chione* Anzüge und Helme. Innen ist es genauso schlimm wie außen. Im Labor, der Küche und im Gewächshaus sind Kabel in den Zwischenwänden verschmort und die Außenwand beschädigt, sodass eisige Kälte eindringt. Eine Versorgung der restlichen drei Module kann nicht gewährleistet werden.

Im Labor hat die größte Zerstörung stattgefunden, das obere Drittel des Moduls ist zerstört, der plötzliche Druckausgleich hat alles durcheinandergewirbelt, der Boden ist mit zerschmetterten Proben übersät. Der Anblick bestätigt nur, was ihre Instrumente sagen und was sie instinktiv wissen.

»Dieser Ort ist verflucht«, flüstert Tony, während er in der zerstörten Station steht.

»Ich habe nichts gesehen«, wiederholt Steven, und Wen Yu legt ihm die Hand auf die Schulter, weil er schwankt, als könne er jeden Moment umkippen. »Es gab keinen Meteoritenschauer. Nichts.«

»Wir können froh sein, dass dem Lander nichts passiert ist«, sagt Wen Yu, während sie bestürzt auf die Überreste ihrer Fischfarm sieht, deren Wasser verdampft ist. Die Tiere liegen aufgeplatzt auf dem Boden um das Becken.

An Bord warten sie die Befehle der Zentrale ab. Schweigend, erstarrt. Sie glauben, nur knapp der Katastrophe entkommen zu sein, deshalb treibt ihnen die Erleichterung darüber, noch am Leben zu sein, das Zittern in die Hände. Gleichzeitig ist ihnen das Entsetzen über das plötzliche Ende der Mission in die Knochen gefahren. Sie befinden sich in einem merkwürdigen Schockzustand.

Sam hingegen kommt nur langsam von seinem Adrenalinhoch runter, und das Cortisol hat ihn noch fest im Griff. Er nimmt alles überdeutlich wahr. Seine Zeit auf dem Mond geht zu Ende, er kann es spüren.

Doch es dauert beinahe zwei Tage, bis sie die Erlaubnis erhalten, den Mond zu evakuieren. Die Zentrale schickt ihnen Anweisungen, wie sie die Station verlassen sollen, welche Technik sie vor Ort lassen und welche sie an Bord des Landers bringen sollen. Jedes überflüssige Wort wird vermieden, von zu Hause kommt kein Trost, wahrscheinlich weil sie dort auch nicht wissen, was sie sagen sollen. Mit diesem Ausgang der Mission hat niemand gerechnet.

»Es war doch nur eine Scheißbergungsmission«, murmelt Chino, während er den Lander für den Start vorbereitet.

»Und genau das machen wir jetzt, wir bergen die Reste«, erwidert Anatol bitter. »Und in den Geschichtsbüchern werden wir für immer die Crew sein, bei der die Station in die Luft geflogen ist.«

»Es ist nicht unsere Schuld«, fährt Steven ihn an.

Die Nerven liegen blank.

»Hab ich doch gar nicht gesagt. Trotzdem«, Anatol deutet auf das Gerippe der *Chione*, »waren wir hier, als es passiert ist. Das werden sich die Leute merken.«

An Sam nagt das schlechte Gewissen, obwohl er überzeugt ist, dass die Zerstörung der Station und der vorzeitige Abflug einigen von ihnen womöglich das Leben rettet. »Ihr holt mich nach Hause«, sagt er deshalb. »Sie werden es schon so darstellen, dass aus der letzten Kallisto-Mission eine Rettungsgeschichte wird.«

Chino boxt ihm freundschaftlich gegen die Brust. »Dann war's das doch wert. Und immerhin waren wir hier, wer kann das schon von sich behaupten? Wird immer noch reichen, um die Damen zu Hause zu beeindrucken, oder was sagst du, Kamerad?«

Sam hebt den Daumen.

Er ahnt, dass diese Mission nicht die letzte bleiben wird, auch wenn er es gerade behauptet hat, und den Preis dafür findet er inzwischen zu hoch. Henderson, Mercer, Bea und Adrian, vier Tote für den vierten Mond. Sam ist nicht mehr der Mensch, der er früher war, die Rechtfertigung für solche Opfer fällt ihm schwer.

Er weiß allerdings auch, dass die Menschen sich nicht davon abhalten lassen werden, wieder hierher zu kommen, da ist er sich sicher. Es liegt einfach in ihrer Natur und ist nur eine Frage der Zeit.

Vielleicht war es nie vorgesehen, dass sie auf diesem Mond bleiben. Vielleicht war das atemlose Staunen im Angesicht der Wunder dieses Universums oder die beinahe kindliche Hoffnung darauf, etwas Außergewöhnliches zu entdecken, nicht für sie bestimmt. Vielleicht ist der Mond tatsächlich verflucht, und alles hat sogar noch eher begonnen, mit diesem ersten Toten, damals vor vielen Jahren, *der Bluttaufe von Kallisto*.

Und vielleicht haben Laure und João gar kein Glück gehabt, indem sie die Infektion und den Absturz des Landers der *Eurybia* überlebt haben, sondern sind nun wie ruhelose Geister an diesen Mond gefesselt, der seine Bahn um den Jupiter zieht.

Aber Sam wird heimkehren. Fünf Monate früher als geplant. Die Reise zurück ist lang, neunzehn Monate wird sie dauern, doch er kann diesen Mond endlich verlassen. Ein weiteres Ostern, ein weiteres Weihnachten, ein lausiger Geburtstag an Bord, aber dann wird er wieder einen Fuß auf die Erde setzen. Unter blauem Himmel, dessen Sonne ihm den Schweiß auf die Stirn treibt.

Er versucht, nicht zu lächeln.

64

Luxemburg, Esch-sur-Alzette

Nachrichtensender GNL: Ausstrahlung der Space-Rocks-Pressekonferenz um 12 Uhr, MEZ

»Mit sofortiger Wirkung tritt Romain Clavier von seinem Posten als Space Rocks' CEO zurück. Er zieht damit die Konsequenzen aus den Ereignissen der letzten Tage. Ihm folgt Ricardo Clavier auf diese Position, als jüngster CEO, den das Unternehmen je hatte.«

65

Französisch-Guyana, l'Île du Lion Rouge

Es ist ein heißer Tag. Selbst für Inselverhältnisse. Die Sonne brennt die Schatten direkt in den Beton.

Janique sitzt auf der Treppe vor dem Haus und beobachtet die iBikes, die die Straße rauf und runter fahren. Hin und wieder auch Security-Fahrzeuge, die drehen jetzt häufiger ihre Runden durch die Viertel. Wenn sie in die Straße einbiegen, klappt der Imbiss die Fensterläden zu, und die Gäste verschwinden im Hinterzimmer.

Im vierten Stock ihres Hauses steht das Fenster offen, und die Musik, die aus dem Zimmer weht, gibt den Takt für die Nachbarschaft vor.

Janique wackelt mit dem Kopf. »Was machst du hier?«, fragt sie Theresa, die vor dem Haus aus einem Taxi steigt.

»Ich war beim Zahnarzt, und weil der Termin so früh lag, dachte ich, ich komme mal vorbei.«

»Das ist toll!«

»Und du bist schon wieder high.« Theresa setzt sich seufzend neben sie auf die Stufen. Im Sonnenschein schillert ihr Haar wie das Gefieder einer Krähe. Doch diese Krähe müsste um diese Uhrzeit eigentlich noch schlafen.

Janique grinst. »Noch drei Tage bis zum Ende.«

»Du hast einen Therapieplatz. Das ist nicht das Ende.«

»Es ist das Ende von etwas.«

Theresa gähnt. »Es ist der Anfang von etwas.«

»Wenn du es sagst.« Janique wackelt mit dem Fuß und beobachtet weiter die Straße, auf der sich das morgendliche Getümmel entfaltet.

Nach ein paar Minuten spürt sie Wärme im Rücken, und zwei Kinderfüße schieben sich unter ihren Achseln hindurch. Amadeus hat sich hinter sie gesetzt und legt das Kinn auf ihre Schulter.

»Na du«, sagt sie und fährt ihm durch die Haare.

Seit Mateo ihn in Ruhe lässt, geht es dem Jungen besser. Natürlich hat es nicht lange gedauert, bis die Lücke in Lars' Netz geschlossen wurde. Es ist einfach jemand nachgerückt, der die Geschäfte am Laufen hält, aber für Amadeus hat es etwas verändert. Bogdans Leute haben ihnen einen Gefallen getan.

Manchmal fragt sich Janique, ob Uche vielleicht doch noch am Leben ist und irgendwann nach Hause kommt. Irgendwie ist es doch immer noch seine Wohnung, auch wenn sie den Verdacht hat, dass selbst sein Vermieter längst weiß, dass Janique darin wohnt.

Eine Weile bleiben sie einfach so sitzen und genießen die Trägheit des beginnenden Tages. So wie sie hier sitzt, kann Janique fast glauben, dass Theresa recht hat und sie tatsächlich vor einem Neuanfang steht.

Es ist nicht das erste Mal, dass sie versucht, mit dem Chalk aufzuhören, aber vielleicht klappt es diesmal. Sie hat sich fest vorgenommen, sich im Pumpwerk zu bewerben, sie kann das schaffen. Sie wird die alte Janique einfach hinter sich lassen und eine neue werden. Sie muss das nur wie einen Flug in den Schoß betrachten. Eine Mission. Sie wird in die Dunkelheit eintauchen, und dann wird sie

schweben, und um sie herum werden die Sterne glühen.
Der Schoß hat sie schon einmal verändert, er wird es wieder tun.

Und sie wird als neuer Mensch daraus hervorgehen.

66

Norwegen, Sakrisøy

Uche liebt das Meer.
Metallblaues Wasser, in dem sich Berge und Hütten spiegeln. Beinahe bewegungslos. Wie das Gesicht einer Frau, die einem Geliebten nachsieht.

Früher ist er oft im Meer schwimmen gegangen. Zwischen den Missionen. Doch hier ist ihm das Wasser zu kalt und die Steine für die Prothesen zu glitschig. Auf ihren algenüberwucherten Kanten rutscht er zu leicht aus, und hinterher ist es die reinste Tortur, die Prothesen wieder trocken zu kriegen.

Aber es gibt viele Dinge, die er nicht mehr so macht wie früher.

Nachrichten verfolgen zum Beispiel. Oder seinen echten Namen nennen. Mit dem restlichen Geld, das er noch besaß, hat er sich eine neue Identität erkauft. Er ist nun ein anderer, und nur noch ganz selten denkt er hier an diese andere Insel und dieses andere Leben, die er hinter sich gelassen hat. Dann fragt er sich, ob Jada ihm je verzeihen kann, und ob seine Maman manchmal an ihn denkt? Er hofft, dass Janique noch am Leben ist, weil es ihm leid um sie tun würde.

Hin und wieder denkt er auch an Almira, der es irgendwie gelungen ist, an der Bergungsmission teilzunehmen, und die jetzt gemeinsam mit ihrer Tochter auf Kallisto liegt. Aber das tut er nicht gern, weil er sich dann schuldig fühlt, deshalb verfolgt er den Missionsverlauf nicht mehr, seit ihr Verschwinden bekannt gegeben wurde. Er will nicht wissen, ob Almira oder der Crew da draußen etwas passiert, für das er sich dann irgendwie verantwortlich fühlen würde.

Stattdessen beobachtet er die Menschen, denen er begegnet, und versucht herauszufinden, ob sie wirklich sind, wer sie behaupten. Ihm ist klar, dass Leute nach ihm suchen, aber offiziell heißt er nun Omar Darrieux und stammt aus Toulouse, seine Beine hat er bei einem Unfall mit einem Wingsuit verloren.

Uche Faure ist längst tot.

Vielleicht ist er schon damals auf dem Mars gestorben – eingeklemmt unter dem Walzenlader – und hat nur so lange gebraucht, um es zu begreifen.

67

Jupitermond Kallisto, Chione-Station

Zwei Tage lang bleiben sie noch mit dem Lander am Boden. Sie holen die persönlichen Gegenstände aus der Station, Medikamente, Lebensmittel, Geräte, untersuchen den Lander, der unbeschädigt ist. Antrieb, Gasanlage, Fenster, Andockschleuse, alles funktioniert vorschriftsmäßig. Das hätte Sam ihnen sagen können, aber natürlich tut er das nicht. Zum Schluss holen sie Beas und Adrians Leichen aus den Gräbern und bringen sie in Kühlsärgen an Bord des Landers.

Als er ein letztes Mal auf einem Kraterrand steht und über die Mondlandschaft blickt, überfällt ihn ein wildes Triumphgefühl. Er ahnt, dass Laure, João und Almira ihn beobachten, aber er geht sie nicht suchen. Es gibt nichts mehr zu sagen. Er wird keine Entschuldigung von ihnen erhalten, und ob er ihnen je verzeihen kann, steht buchstäblich in den Sternen.

Er hebt die Hand zu einem letzten Gruß, dann dreht er sich um und geht zurück zum Lander. Als er noch einmal auf die zerstörte Station schaut, verspürt er so etwas wie Wehmut angesichts des zerrupften Gänseblümchens. Die drei haben an der Station wirklich ganze Arbeit geleistet.

»Spaceworker«, flüstert er, und es klingt halb abwertend und halb bewundernd.

Sie wollten einen Aufschub, und den bekommen sie.

Sam weiß noch nicht, was er auf der Erde erzählen wird, aber er hat neunzehn Monate Zeit, sich etwas zu überlegen.

»Wir sind quitt«, sagt er und meint damit Laure, João und Almira und irgendwie auch Kallisto.

Als der Lander schließlich abhebt, um seinen Flug zur *Halimede* zu beginnen, sitzt Sam auf seinem Platz mit der Mäusebox auf den Knien. Die Tiere sind erstaunlich ruhig dafür, dass gerade die Hölle um sie herum los ist.

Er sieht aus dem Fenster auf die immer kleiner werdende Station, auf das Gelände und die halb fertige Landebahn. Den Friedhof kann er aus dieser Entfernung nicht mehr erkennen.

Irgendwo zwischen den Eisspitzen dort unten stehen Almira, Laure und João und sehen zu ihm herauf, um den Start des Landers zu verfolgen und danach die Station auszuschlachten, da ist er sich sicher. Er starrt auf Kallistos Staubnetz, das sich ins Eis des Monds gegraben hat, und spürt, wie sich ein unsichtbares Seil zwischen dem Mond und ihm spannt.

Sprungball wird er vermissen, und für die nächsten Monate auch die Möglichkeit, aufs Eis rauszulaufen und sich mal zurückzuziehen, aber die Reise selbst beunruhigt ihn nicht. Er hat es bis hierher geschafft, er wird es auch noch nach Hause schaffen. Durch die endlosen Befragungen und die Qual der körperlichen Anpassung und Genesung. Es ist noch nicht abzusehen, wie sich seine Gesundheit auf der Erde entwickelt nach der langen Zeit im Schoß, wahrscheinlich wird er sich erst mal einen ordentlichen Schnupfen einfangen.

Aber all das wird er durchstehen, und dann wird er kündigen. Er wird Hernandez und Liebknecht auf ein Bier einladen und sein Wettgeld einstreichen. Er wird Urlaub machen, dort, wo es warm ist. Er wird spazieren gehen, bis er sich wieder an die sich nie ändernde Schwerkraft gewöhnt hat. Er wird sich neue Sachen kaufen. Und dann wird er Sex haben. Sehen, ob es wie Fahrradfahren ist. Wenn nicht, wird er es neu lernen. Eine Weile wird er an nichts weiter denken als bis zur nächsten Mahlzeit und dem nächsten warmen Körper.

Kallisto ist nicht mehr Sams Problem. Sein Dienst ist vorbei, jetzt sollen sich andere darum kümmern.

Nachdem Anatol die Erlaubnis erteilt hat, schnallt sich Sam ab und nimmt die Mäuse aus dem Käfig. Gottmaus klettert ihm vom Arm auf die Schulter, Teufelsmaus stürzt beinahe ab, beim Versuch, es ihr gleichzutun. Sam hebt sie auf die andere Schulter und sagt sein letztes Lebewohl an den vierten Mond.

Während draußen im Schoß die neue Menschenart ihren Anfang nimmt.

Figurenregister

Uche Faure	ehemaliger Spaceworker
Ricki	Kneipenbesitzer auf der Île du Lion Rouge
Lars	Schmuggler
Antoine Roussel	ehemaliger Spaceworker, Mitglied der dritten Kallisto-Mission
Theresa Khiari	Antoines Freundin
Richard Proctor	Uches Nachbar
Amadeus Proctor	Richards Kind
Janique Niemi	ehemalige Spaceworkerin
Lulu	Uches und Janiques Nachbarin
Mateo	Dealer
Dr. Jada Fournier	Uches Ex-Freundin, Astrobiologin
Isabella Linkeln, Montgomery, Richter	Uches Kunden
Romain Clavier	Geschäftsführer des Unternehmens Space Rocks
Sabine Clavier	Romains Mutter
Emily Clavier	Romains Cousine
Christian Clavier	Emilys Sohn
Ricardo Clavier	Romains Großneffe
Geraldine Lambert	Romains Freundin
Annabella Melnikowa	Romains Assistentin

Kurt Arndt	CTO von Space Rocks
Svenja Herkner	Personalchefin von Space Rocks
Daniel Bonnet	Gesellschafterausschussvorsitzender von Space Rocks
Felix Gauthier	stellvertr. Aufsichtsratsvorsitzender von Space Rocks
Rachele Hirsch	Leiterin der PR-Abteilung von Space Rocks
Luis Martin	Leiter der vierten Kallisto-Mission bei Space Rocks
Nicklas Long	Finanzchef von Space Rocks
Tessa Neumann	Mitarbeiterin der Europäischen Sicherheitsbehörde
Bogdan Jurić	Romains persönlicher Sicherheitschef, Ex-Söldner
Tamara Nowak	Bogdans Mitarbeiterin, ehemalige Söldnerin
Julian Müller	Bogdans Stellvertreter
Samuel Thomas Król	Major in den European Armed Space Forces
Almira Castel	Spaceworkerin
Laure Castel	Almiras Tochter, Spaceworkerin
Harald Empson	Almiras Freund, ehemaliger Spaceworker
Tony Vassalo	Spaceworker, ehemals Grubenwehr

Crew der vierten Kallisto-Mission:

Laure Castel	Spaceworkerin für Space Rocks
João Montes	Spaceworker für Space Rocks
Samuel Thomas	Soldat in der EASF, Dienstgrad
Król	Major, Sicherheitschef der Mission
Adrian Gramont	Bauingenieur, Schwerpunkt Asteroidenbergbau, für die ESA, Mission Commander
Mercer Green	Raumfahrtpilot für die ESA
Bea Ludwig	Ärztin, Schwerpunkt Weltraummedizin, für die ESA

Crew der fünften Kallisto-Mission:

Almira Castel	Spaceworkerin für Space Rocks, Bergbautechnologin
Tony Vassalo	Spaceworker für Space Rocks, Berg- und Maschinenmann
Ole Ahmed	Raumfahrtpilot für Space Rocks
Max Kaminsky	Soldat in der EASF, Dienstgrad Major, Sicherheitschef der Mission
Chino Gabriel	Soldat in der EASF
Espinoza Flores	
Anatol Gromov	Soldat in der EASF
Liao Wen Yu	für die ESA, Meeres- und Astrobiologin
Cora Antonsen	für die ESA, Geologin
Steven Hollander	für die ESA, Arzt, Schwerpunkt Weltraummedizin

Abkürzungsverzeichnis

CNSA – China National Space Administration
EART – European Aerospace Industries Round Table
EASF – European Armed Space Forces
ELC – European Lobby Control
ESA – European Space Agency, die Europäische
Weltraumorganisation
ESB – Europäische Sicherheitsbehörde
GSC – Guyana Space Center, Weltraumbahnhof in
Kourou, gehort zur franzosischen Raumfahrt-
agentur CNES unter Beteiligung der ESA
– interplanetares Internet, interplanetary internet
NASA – National Aeronautics and Space Administration,
zivile US-Bundesbehörde für Raumfahrt und
Flugwissenschaft
UESW – Union of European Space Workers

Glossar

Abkehren – Begriff aus der Bergmannssprache, der den Austritt oder die Entlassung aus dem Bergbau bezeichnet

Albedo – Maß für das Rückstrahlvermögen von diffus reflektierenden Oberflächen, die nicht selbst leuchten

Aparai – indigene Bevölkerung, die in Teilen Brasiliens, Französisch-Guyanas und Surinames lebt

Arschleder – Begriff aus der Bergmannssprache, Kleidungsstück, dient zum Schutz vor Nässe und Kälte oder Abwetzen der Hose beim Sitzen

Baumläufer – umgangssprachliche Bezeichnung für Menschen, die sich ab 2063 im Gebiet von Guyana meist illegal im Regenwald niedergelassen haben. Die Gemeinschaften bauen ihre Unterkünfte in den Bäumen, die durch verschiedene Brückensysteme verbunden sind und den Kontakt außerhalb ihrer Siedlungen meiden. Unter den Bewohnern finden sich viele sogenannte Aussteiger, aber auch Umweltaktivisten verschiedener Nationalitäten. Ihren schlechten Ruf haben die Baumläufer vor allem durch Kriminelle, die die Siedlungen als Unterschlupf und Umschlagsplatz verwenden. Die Gemeinschaften der Kali'na und Saamaka gelten nicht als Baumläufer, ihre Ursprünge auf diesem Gebiet sind deutlich älter.

Benzos – Benzodiazepine, Gruppe von Arzneimittelwirkstoffen, die als Entspannungs-, Beruhigungsmittel oder

Schlafmittel eingesetzt werden und zur Abhängigkeit führen können

Bergschaden – aus der Bergmannssprache, Schaden an Bergleuten oder Gegenständen, die durch den Bergbau eingetreten sind

Black Smoker – hydrothermalen Quelle am Grund der Tiefsee. Häufig ein Biotop für chemolithotroph aktive Bakterien. Diese sind in der Lage, organische Verbindungen aus anorganischen Stoffen zu erzeugen, da sie die Oxidation von Schwefelwasserstoff als Energiequelle nutzen.

Blue-Paper – Papierersatz mit e-Ink-Technologie, der es möglich macht, eine Dicke von unter 1 mm zu produzieren

Bodymusic – Implantate geben Hormone passend zur Musik in den Körper ab. Die Gefühle beim Musikhören werden dadurch drastisch verstärkt. Ohrimplantate verstärken den Bass im Innenohr; Kleidung erzeugt elektrische Impulse im Takt der Musik.

Bouillon d'aurora – landestypischer Eintopf aus Krabben, Hühnchen, geräuchertem Fisch, Garnelen und Gemüse

Chalk – auf Schmerzmitteln basierende Designerdroge, in ihrer Wirkung ähnlich wie Tilidin. Schmerzblockend und enthemmend. Erstmals aufgetaucht im Jahr 2092, seitdem weite Verbreitung vor allem in Mittel- und Südamerika und in Spaceworker-Kreisen.

Chione – griech. Mythologie, »die Schneeweiße«, Tochter der Oreithyia und des Boreas, Göttin der sanften Brisen und des Schnees.

Copkiller – panzerbrechende Munition

EarMag – Kommunikations- und Mediengerät, Weiterentwicklung eines Kopfhörers

Eurybia – griech. Mythologie, Meeresgöttin, Tochter des Pontos und der Gaia, mit einem Herz aus Stahl

Farblos werden – aus der Bergmannssprache, unter Tage sterben. Es wird vermieden, vom Sterben zu reden, da auf diese Weise nie jemand wirklich stirbt.

FC Sheffield – der älteste Fußballverein der Welt

Furry – Anhänger von anthropomorphen Darstellungen von Tieren, als Tiere verkleidete Menschen

Geleucht – aus der Bergmannssprache, Leuchte am Helm

Grubenwehr – eigentlich Space Mine Rescue, organisiert durch die Union of European Space Workers (UESW), teilfinanziert durch die EU und private Unternehmen. Die Grubenwehr hilft bei Grubenunglücken im All und wird betraut mit der Bergung von Bergleuten, der Bekämpfung von Grubenschäden und der Erhaltung von Sachwerten. Die Verpflichtung für die Grubenwehr erfolgt freiwillig für einen begrenzten Zeitraum (ähnlich der Freiwilligen Feuerwehr) mit hoher Prämie. Durch das enorme Risiko mangelt es der Grubenwehr jedoch an Nachwuchs.

Gürtel – Asteroidengürtel, gehäufte Ansammlung von Asteroiden zwischen Mars und Jupiter, nicht zu verwechseln mit dem Kuipergürtel außerhalb der Neptunbahn

Guyana Salara – aufgerolltes Brot, das mit rot gefärbten Kokosraspeln gefüllt ist

Halimede – griech. Mythologie, die »Rat wissende Meergöttin«, eine Nereide

Hmong – indigenes Volk Ost- und Südostasiens. Durch den laotischen Bürgerkrieg kam es zu Flucht und Umsiedlung, infolge derer Hunderte Hmong nach Französisch-Guyana kamen.

HolMag – biegsames Smartphone, das hologrammfähig ist

in situ – vor Ort

ISRU – In-situ-resource-utilization, Ort, an dem das vor Ort (z. B. auf dem Mond) gewonnene Material in einen

Rohstoff umgewandelt wird, der ansonsten von der Erde mitgebracht werden müsste. Also zum Beispiel die Umwandlung von Eis in Wasser und dessen Aufspaltung zur Gewinnung von Sauer- und Wasserstoff.

IPN – interplanetary internet, interplanetares Internet

Jastram – Boot

Jerk-Pattys – karibische Buletten

Kali'na – indigenes Volk, ursprünglich in den nördlichen Küstengebieten Südamerikas beheimatet

Kasékò – Musik- und Tanzstil aus Französisch-Guyana mit afrikanischen, europäischen und amerikanischen Einflüssen

Koenigsegg - Luxusauto aus Schweden

Kumpel – aus der Bergmannssprache, Bergmann

L'Île du Lion Rouge – *Die Insel des roten Löwen*. Zwischen 2065 und 2072 hat Space Rocks, einer der Hauptsponsoren des Weltraumhafens in Kourou, vor Kourou eine Insel aufgeschüttet. Darauf wurde die Retirement Community für Spaceworker errichtet, die bei Space Rocks unter Vertrag stehen.

Mars Mining Murder – populäre Serie um den US-Space-Force-Sonderermittler Iker Mateo Flores Pérez, El Marciano, der im Auftrag von NASA und Militär bei Verbrechen in den US-amerikanischen Minen ermittelt. Die Serie läuft seit 2097 und erfreut sich vor allem in Spaceworker-Kreisen großer Beliebtheit.

Mars-One-Mission – 2039 startet die erste bemannte Mars-Mission mit sechs Astronauten unter Leitung der NASA. Die Crew ist drei Jahre unterwegs und verbringt zwei Jahr auf dem Mars. Die Mission gilt als Grundstein der bemannten interplanetaren Raumfahrt.

Metropole – umgangssprachlich für Paris

MIB – mass identity building

Leons – schmale Pfade im Dschungel

OLED-Lampe – Weiterentwicklung der Leuchtdioden (LEDs), sogenannte organische Leuchtdioden, mit geringem Stromverbrauch, hoher Lichtausbeute und langer Lebensdauer

Padalka-Tower – benannt nach Gennadi Iwanowitsch Padalka, einem russischen Astronauten, der über viele Jahre den Rekord hielt, am längsten im All gewesen zu sein

Pholourie – frittierte Teigbällchen, beliebtes karibisches Imbissgericht, das allein oder mit Chutney gegessen werden kann

PLSS – Portable Life Support System, ein mit dem Raumanzug verbundenes Lebenserhaltungssystem

Planetary-Protection – internationale Vereinbarung zum Schutz vor Kontaminierung durch terrestrische Lebensformen wie z.B. Mikroorganismen oder Biomolekülen auf anderen Planeten, Monden, Asteroiden und Kometen bzw. deren Verschmutzung durch Erd- und Raumfahrtabfall

Polder – eingedeichtes niedrig gelegenes Gelände in der Nähe von Gewässern

Pseudobrookit – selten vorkommendes Mineral aus der Mineralklasse der Oxide und Hydroxide

Rieslingspaschtéit – (luxemb., Rieslingspastete) Blätterteiggebäck mit Schweinefleisch- und Rieslinggelantinefüllung

RTG – radioisotope thermoelectric generator, eine Radionuklidbatterie, die thermische Energie des spontanen Kernzerfalls eines Radionuklids in elektrische Energie umwandelt

SAR – smart assault rifle, Sturmgewehr

Servientes equites – adliger, noch nicht zum Ritter geschlagener oder mit dem Schwert umgürteter mittelalterlicher Reiterkrieger

Spinney Hills – Stadtviertel in Leicester, England

Stevinus-Aufstand – 2101 kommt es in einer Mine im Stevinus-Krater auf dem Mond zu einem Streik der dort tätigen Spaceworker, die sicherere Arbeitsbedingungen fordern. Als eine Einigung zwischen der UESW und Orschat Inc., dem Eigentümer der Mine, scheitert, kommt es zu einer Eskalation auf dem Mond und in Columbus, dem Hauptsitz des Unternehmens. Dabei sterben siebzehn Spaceworker, vier private Sicherheitsleute und zwei Soldaten der EASF, die auf dem benachbarten Weltraumhafen Station haben. Der Aufstand endet mit der Zusicherung des Unternehmens, einen Acht-Punkte-Plan zur Verbesserung der Arbeitsbedingungen in den Minen des Unternehmens umzusetzen. Sechs der acht Punkte sind bis zum heutigen Tag nicht umgesetzt.

Touloulous – Damen in aufwendigen Kostümen, die beim Karneval in Erscheinung treten. Ihre Identität bleibt streng geheim, daher zeigen sie keine Haut, auch ihre Gesichter sind komplett von Masken bedeckt, und die Stimmen werden verstellt. Auf den Maskenbällen oder in den Tanzlokalen herrscht Damenwahl, wer von einer Touloulou aufgefordert wird, kann nicht ablehnen.

trigger happy – bezeichnet umgangssprachlich eine erhöhte Bereitschaft, eine (Feuer-)Waffe abzuschießen bzw. zu schnell den Abzug zu drücken, ohne ausreichend nachgedacht zu haben

Trojaner – Klasse von Asteroiden, die die Sonne auf der gleichen Bahn wie Jupiter umkreist

Upper – Drogen mit aufputschender Wirkung, das Gegenteil sind sogenannte Downer-Drogen

V-Display – free-space volumetric displays, hologrammfähiges Display

Walzenlader – Abbaumaschine im Bergbau zur schneiden-
den Gewinnung

Waterzooi – Eintopf der flämischen Küche

Wetter – aus der Bergmannssprache, Gase im Bergwerk
(schlechte Wetter, gute Wetter)

Danksagung

Es ist eine alte Diskussion: Wie viel Science *muss* und wie viel Fiction *darf* in einen Text, damit er noch als Science-Fiction gilt? Über kaum etwas wird dabei so leidenschaftlich gestritten wie über die Frage nach der Funktionsweise eines Antriebs, der Raumschiffe an die Grenzen unseres Sonnensystems und darüber hinaus bringen kann.

Lassen Sie es mich also gleich zugeben: Ich habe keine Ahnung, wie ein solcher Antrieb funktionieren könnte. Oder auch künstliche Schwerkraft. Verstehen Sie mich nicht falsch, Physik ist sehr faszinierend, und ich liebe meine Gadgets, aber nichts interessiert mich so sehr wie das menschliche Gehirn – die größte Maschine von allen.

Die Frage nach dem Antrieb wird in diesem Roman also nicht beantwortet, ebenso wenig wie die, warum eine mögliche Evolution (wie sie Laure und João erleben) derart schnell vonstattengehen kann (oder überhaupt funktioniert). Beides ist nicht Thema des Buchs. Natürlich habe ich trotzdem versucht, den Roman auf eine halbwegs glaubwürdige Basis zu stellen, denn gänzlich ohne Science geht es ja nun doch nicht in der Science-Fiction.

Dabei haben mir vor allem zwei Experten besonders geholfen, denen ich zu großem Dank verpflichtet bin, weil sie mir mit ihrem Fachwissen unermüdlich zur Seite standen und großzügig darüber hinweggesehen haben, wenn ich mir mit den Fakten einige Freiheiten zugunsten des Plots erlaubt habe.

Dr. Sandra Pinkert hat mir wiederholt geduldig erklärt, wie Bakterien funktionieren und welche Eigenschaften ein Organismus auf Kallisto mit sich bringen müsste, um dort zu überleben. Häufig (nicht nur für dieses Buch) begannen ihre Antworten mit: »Das geht eigentlich nicht…«, endeten mit: »Mit sehr viel Fantasie und Augenzudrücken könnte es so funktionieren…«, und waren somit das unerlässliche Bindeglied zwischen *Science* und *Fiction*.

Dr. Hauke Hussmann hat sich mit mir nicht nur ausführlich über die Jupitermonde Europa und Kallisto unterhalten und kritische Anmerkungen zum Manuskript gemacht, sondern es auch noch verstanden, mich erneut für die Raumfahrt in einem Maß zu begeistern, dass ich dem Aufbruch einiger Sonden zum Jupitersystem nun entgegenfiebere wie andere Leute dem Auftritt ihrer Lieblingsband.

Einer Reihe weiterer Menschen bin ich ebenfalls zu Dank verpflichtet, weil sie mir bei diesem Roman geholfen haben. Unter anderem Dr. Solveig Tenckhoff, die versucht hat, während nächtlicher Telefonate auf alle meine biologischen Fragen (»Lecken die dann wegen der Mineralien am Eis?«) eine Antwort zu finden. Annette Jünger und Peter Anders beantworteten Fragen zur französischen Grammatik und der Funktionsweise von Konzernen, beides ähnlich verwirrend, wenn man sich nicht damit auskennt.

Ein großer Dank geht wie immer an meine Erstleser Mirjam Becker, Franziska Ebel, Mona Gabriel und Anna Kuschnarowa, die mir auch dieses Mal mit ihren klugen und ausführlichen Anmerkungen und Korrekturen in einem Maß zur Seite standen, das nicht selbstverständlich ist. Ich schulde ihnen mehr als nur ein Abendessen für die investierte Zeit und Arbeit am Text.

Und weil Autoren auch ein Sozialleben haben sollten, während sie an einem Buch schreiben, gilt dieses Mal ein ganz persönlicher, längst überfälliger Dank Sandra Gehrmann und Sven Kettmann, die an vielen Wochenenden dafür gesorgt haben, dass ich (und der Rest der Bande) aus dem Haus kam und nicht geschrieben habe – was einem Text genauso guttut wie ein gründliches Lektorat.

In diesem Zusammenhang auch ein herzliches Dankeschön an Stefanie Brösigke vom Heyne Verlag für ihre Begeisterung und Catherine Beck für eben jenes Lektorat.

Mein größter Dank gilt dieses Mal jedoch Boris Koch, meinem Partner im Leben wie in der Kunst. Ich spare mir an dieser Stelle die detaillierte Begründung, schließlich ist das hier trotz fehlender Antriebserklärung und mysteriöser Evolution ein Science-Fiction- und kein Liebesroman.

Adrian Tchaikovsky

Das große Zukunftsepos aus England

Ein fremder Planet, ein tödliches Geheimnis,
ein grandioses Abenteuer zwischen den Sternen – Adrian Tchaikovsky
schreibt so kluge wie actionreiche Science-Fiction

978-3-453-31898-4

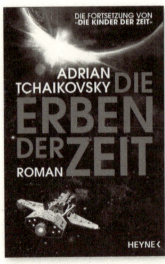

978-3-453-32036-9

Leseprobe unter www.heyne.de